# DER TOD BOHRT NACH

Nach vielen Jahren als Schauspielerin an Staats- und Stadttheatern in Österreich, der Schweiz und Deutschland lebt Isabella Archan derzeit in Köln. Hier begann auch ihre Laufbahn als Autorin. Im Emons Verlag sind zwei Kriminalromane in der Reihe um die ermittelnde Zahnärztin Dr. Leocardia Kardiff erschienen, »Tote haben kein Zahnweh« und »Auch Killer haben Karies«, sowie der Thriller »Schere 9«. Neben ihren Soloabenden ist die gebürtige Grazerin auch im TV zu sehen, u.a. im Kölner »Tatort«, in der »Lindenstraße« und der Serie »Diese Kaminskis«. Ihre speziellen Krimi-Programme zu ihren Büchern, die MordsTheaterLesungen, erfreuen sich großer Beliebtheit.
www.isabella-archan.de

ISABELLA ARCHAN

# DER TOD BOHRT NACH

KRIMINALROMAN

emons:

**Bibliografische Information der Deutschen Nationalbibliothek**
Die Deutsche Nationalbibliothek verzeichnet diese Publikation in der Deutschen Nationalbibliografie; detaillierte bibliografische Daten sind im Internet über http://dnb.d-nb.de abrufbar.

FSC
www.fsc.org
MIX
Papier aus verantwortungsvollen Quellen
FSC® C083411


Umschlaggestaltung: Nina Schäfer
Gestaltung Innenteil: César Satz & Grafik GmbH, Köln
Lektorat: Hilla Czinczoll
Druck und Bindung: CPI – Clausen & Bosse, Leck
Printed in Germany 2018
ISBN 978-3-7408-0312-4
Originalausgabe



Dieser Roman wurde vermittelt durch die
Autoren- und Verlagsagentur Peter Molden, Köln.

*Es möchte manch einer beißen, wenn er nur Zähne hätte.*

Deutsches Sprichwort

# I.

# GEHEN SIE LANGSAM, ABER DENKEN SIE SCHNELL

# 1

Dietrich wollte nicht zum Mörder werden.

Trotzdem ließ er zwei weitere Tabletten aus dem Röhrchen auf das Küchenbord gleiten.

Als er sie mit einem Buttermesser zermalmte, hörte sich das Geräusch in der stillen Küche wie das Kratzen eines Fingernagels auf Holz an. Die Gänsehaut auf seinen Armen kam zurück, trotz der warmen Temperaturen. Es knarrte hinter ihm, und mit einem Stöhnen wirbelte er herum.

Niemand war da. Er drehte eine schnelle Runde durch die Wohnung, blieb an der Eingangstür stehen und sah durch den Türspion nach draußen. Der immer gleiche Blick auf die graue Mauer gegenüber erwartete ihn, der Hausflur war verlassen.

Dietrich kehrte in die Küche zurück.

Er versuchte sich zu erinnern, wie viele Tabletten er bereits im Wein aufgelöst hatte. Drei Medikamentenröhrchen standen vor ihm, unterschiedlich in ihrer Zusammensetzung, aber alle drei als Beruhigungs- und Einschlafhilfe gedacht. Rezeptpflichtig. Im Laufe der Jahre hatte er so viel von dem Zeug gehortet, dass er zusammen mit den Antipsychotika einen Verkaufsstand hätte eröffnen können.

Bei seinem Selbstversuch letzte Woche hatte er zehn genommen, und er war bereits nach wenigen Minuten weggetreten gewesen. Erst vier Stunden später war er auf dem Teppich seines Wohnzimmers wieder zu sich gekommen. Er hatte sich eingenässt, ohne es zu bemerken, und hatte hinterher noch zwei Tage gebraucht, bis die leicht halluzinogene Wirkung in seinem Hirn vollkommen abgeklungen war.

Warum also jetzt die mögliche Überdosis, die zum Tod führen konnte?

Andererseits musste er um jeden Preis verhindern, dass sie zu früh erwachte. Außer Gefahr musste sie dann schon sein, das hatte absolute Priorität.

Wieder ein Geräusch.

Es war jemand hinter ihm.

Dietrich schnappte nach Luft.

Für Sekunden war er nicht fähig, sich zu bewegen. Er fühlte den Hauch eines fremden Atems, konnte die Klinge eines Messers an seinem Hals spüren, wie sie angesetzt wurde zu einem schnellen und blutigen Schnitt. Als sich seine Starre wieder löste, drehte er sich wie ein Derwisch in einem Tanz mehrmals im Kreis. Am Ende musste er sich an der Kühlschranktür festhalten.

Nur er, Dietrich, außer ihm war keiner da. Doch die Zeit lief.

Sollte er noch weitere Tabletten zerteilen?

Nein, es war genug. Er schraubte alle drei Röhrchen zu und stellte sie auf die Ablage. Das grobkörnige Häufchen kam in das Weinglas, danach rührte Dietrich mit Schwung um, bis kein einziger Klumpen mehr zu sehen war.

Sie sollte schlafen, vergessen, in Sicherheit gebracht werden. Nach ihrem Erwachen würde sie in Dietrich ihren Retter und nicht ihren Feind sehen.

Und wenn sie bei seinem Versuch, ein Held zu werden, starb?

Dietrich seufzte. Dann hatte er es zu tragen wie ein Mann.

Er würde sie auf Rosen betten und in den Armen halten. Begraben und an ihrem Grab Wache halten. Trösten würde ihn der Gedanke, dass sie auch dann befreit, erlöst, vor einer dunklen Zukunft bewahrt worden war. Anders zwar als geplant, aber wer war er schon, dass er das Schicksal, das sie alle vor sich hertrieb, durchschauen wollte oder konnte. Er würde ihr Bild wie eine Fahne vor sich hertragen und sie in seinem Herzen unsterblich machen.

Diese Phantasie gab ihm die Sicherheit und den Mut zurück, sein Vorhaben durchzuziehen.

Warum heute?

Weil sich die Schlinge mit der ersten Hitzewelle des beginnenden Sommers enger zuzog. Um sie beide. Seit die heißen Tage und Nächte begonnen hatten, fühlte er die nahende Bedrohung mehr denn je.

Gestern hatte er in ihrer Wohnung nach dem Rechten gesehen. Eine Weile hatte er auf ihr Bett gestarrt, sich vorgestellt, sie würde darin schlafen. Wie Schneewittchen in ihrem gläsernen Sarg.

Nachmittags war er noch draußen in der Stadt gewesen. Zuerst mitten in der Menge harmloser Passanten, die in Shorts und Sandalen unterwegs waren, die Mädchen in superkurzen Röcken. Es roch selbst in der Innenstadt nach Sonnenöl und Pommes frites. Er hatte sich ein Eis am Stiel gegönnt. In den Lokalen am Rhein stapelten sich unter Sonnenschirmen fröhliche Mitmenschen, der Lärmpegel war hoch und das Lachen schrill gewesen.

Doch dann war die Szenerie gekippt, und er hatte gesehen, wie sich eine ganze Gruppe an einem der Tische nach ihm umgedreht hatte. Da hatte er es gewusst.

Dietrich hatte das Eis fallen gelassen und war losgerannt. Einmal hatte er sich umgesehen und einen Mann in einem Anzug bemerkt, der eine Botschaft in sein Handy tippte. Sie waren demnach überall.

Dietrich war nach Hause zurückgefahren, sich hektisch in der Straßenbahn umsehend. So viele mögliche Beobachter, so viele Bedrohungen. Sein Magen hatte rumort, und ihm war klar geworden, dass für sie beide höchste Gefahr bestand. Mehr noch für sie. Kaum zurück in seinen vier Wänden, hatte er mit den Vorbereitungen begonnen.

Würde er sie tragen können?

Er testete das geschätzte Gewicht mit seiner einzigen großen Balkonpflanze, die er samt dem Übertopf ins Zimmer hievte und in den Teppich einrollte. Dietrich hob die Testkonstruktion an und hoch. Er durchquerte damit das Wohnzimmer, bis sie ihm aus den Händen fiel und ein großes Stück von der Keramik abbrach. Noch dazu war der Teppich voller Erde, und er musste ihn mühsam abbürsten. Seinen Staubsauger hatte er vor einigen Wochen entsorgt, nachdem ihm ein bedrohlich brummender Ton unter den Sauggeräuschen aufgefallen war.

Was, wenn er auch sie fallen lassen würde? Nein, er schüttelte den Kopf, niemals. Sie war weicher und leichter als ein dummer Keramiktopf, und die Liebe würde ihn stark machen.

Er brachte die Pflanze zurück auf den Balkon, damit einem Beobachter von außerhalb nichts Ungewöhnliches auffallen würde. Dabei sah er zu den Fenstern ihrer Wohnung hin, die rechter Hand von seiner Behausung lag, auf derselben Höhe, im anderen Teil des winkelförmigen Wohnkomplexes. Nichts regte sich dort, noch war sie nicht da. Er hätte es außerdem über den Lautsprecher gehört.

Er drehte eine Runde durch alle Zimmer, lauschte an der Haustür, sah durch den Spion. Nichts. Nur die graue Mauer gegenüber.

Er ließ gegen seine sonstigen Gewohnheiten sein Balkonfenster weit geöffnet, und der heiße Atem der Stadt strömte in seine Wohnung, ließ ihn schwitzen und schwerer atmen.

Er hatte letzte Nacht von der Liebe geträumt, auch vom Liebemachen, aber nicht mit ihr. Sie war zu kostbar, um berührt zu werden, zu zerbrechlich. Er hatte sich zu einer Frau aus einer Talkrunde vom Donnerstagabend im Fernsehen gelegt, doch bevor der Akt vollzogen war, war er mit klopfendem Herzen hochgeschreckt. Jemand war in sein Schlafzimmer gekommen, er hatte sich die Decke über den Kopf gezogen und den Rest der Nacht erstarrt vor Angst wach gelegen. Mit dem Tageslicht war auch der unheimliche Besucher verschwunden, und Dietrich hatte sich in seinem Entschluss bestärkt gefühlt.

Sie war in Gefahr. Kein Zögern mehr. Verschleppen und erretten. Der Schurke und der Superheld sein, dem zweigesichtigen Gott Janus gleich.

Er kratzte sich am Kopf, rieb sich die Schläfen, zerwühlte sein Haar. In seiner jetzigen Gestalt hatte er wahrlich nichts Göttliches an sich. Kurz und dick. Halbglatze. Schmerbauch. Unbedeutend. Alleinstehend. Zu wenig Frührente, um sich Liebe zu kaufen, zu viel verbleibendes Testosteron, um frei von Sehnsucht zu sein. Dazwischen so viel Nettigkeit, so viel Hilfsbereitschaft und diese eine Prise Wagemut.

Diese Jahre, diese Ängste, dieses Leben.

Dietrich nahm ein Ticken aus dem Schrank wahr. Er riss die Türen auf, aber außer seinen Hemden und Hosen konnte er nur einen Weberknecht sehen, der über den oberen Rand der Ablage kletterte. Er griff mit Zeigefinger und Daumen nach einem der Beine, doch das Spinnentier war zu flink.

Ob sie Angst vor Spinnen hatte? Dort, wo sie in Sicherheit wäre, gab es jede Menge davon. Wenn sie es von ihm verlangte, würde er alle töten.

Ein Gedanke huschte durch seinen Kopf. Wenn sie an seiner Mischung starb, müsste er ins Gefängnis. In eine Zelle. An einen viel düstereren Ort als sein Zuhause und die Stadt um ihn herum. Er beschloss, im Falle ihres Todes sich selbst das Leben zu nehmen. Erschießen war immer möglich, die letzten drei Patronen in der Tokarew mussten reichen. Oder sich erhängen mit einem ihrer Gürtel? Sich eine eigene Mischung zubereiten mit allem an Medikamenten, die sich bei ihm stapelten?

Wieder in der Küche, hob er das Glas an. Nichts unterschied die rote Farbe des Weins darin von dem zweiten, aus dem er selbst trinken wollte. Sie würde keinen Verdacht schöpfen, vor allem, wenn er den ersten Schluck nahm.

Er musste sich den Platz merken, den Standort. Im linken Glas hatte er die Tabletten aufgelöst, links von der Spüle aus gesehen. Immer links, denn das war Dietrichs Führungshand, damit schrieb er, mit dem linken Fuß machte er jeden Morgen seinen ersten Schritt aus dem Bett. In das andere Glas, rechts, hatte er nur Wein gegossen, puren Rebensaft. Sonst nichts.

In dem Moment wurden über den Lautsprecher, den er mit dem Abhörgerät verbunden hatte, Geräusche übertragen.

Sie war nach Hause gekommen. Er musste sofort nachsehen. Ob sie allein zurückgekehrt war. Ob sie müde aussah. Welches T-Shirt sie trug und welche Ohrringe.

Dietrich war mit wenigen Schritten im Wohnzimmer. Wenn er sie an der Kamera mit Teleobjektiv heranzoomte, war sie zum Greifen nahe.

Sein Herz machte einen Sprung. Gott, wie wundervoll sie war. Wie schön und zerbrechlich zugleich.

Fasziniert von ihrem neuen gelben Sommerkleid stand er eine Weile einfach nur da, bewunderte zeitvergessen ihre Schönheit.

Hatten ihre Eltern ihr das Kleid zum Geburtstag geschenkt, oder hatte sie es sich selbst gekauft? Er hätte es ihr schenken sollen, nicht das Buch, das hübsch verpackt hinter den Weingläsern wartete.

Schließlich riss er sich von ihrem Anblick los und kehrte in die Küche zurück. Er musste weitermachen, sie würde bald klingeln, er hatte einen Zettel mit der Einladung an ihre Tür geklebt.

Der nächste Schock folgte. Es hatte jemand die Küche betreten, während er im Wohnzimmer auf seinem Beobachtungsposten gewesen war.

Dietrich keuchte. Die drei Tablettenröhrchen auf der Ablage waren verschoben worden. Der Besucher von gestern Nacht fiel ihm ein, und diesmal war die Gänsehaut überall auf seinem Körper.

Was war noch anders? Die Gläser? Der Wein? Er war sich plötzlich nicht mehr sicher.

Links, im linken Glas hatte er die Tabletten aufgelöst. Links, immer links.

Oder hatte er sich vorhin umentschieden und das Pulver in das rechte Glas eingerührt?

Dietrich holte sich einen der Küchenstühle, stellte sich darauf und beugte sich von oben über beide Gläser. Er starrte auf die roten Oberflächen. Dann stieg er wieder herunter, konzentrierte sich aus nächster Nähe auf den Inhalt, ob er Reste oder Klümpchen oder irgendeinen Unterschied sehen konnte. Aber alles wirkte genau gleich, selbst die Menge an Wein schien in beiden Gläsern die gleiche zu sein.

Sein Plan schwenkte in ein Katastrophenszenario um. Was, wenn sie beide tranken und er umfiel?

Wenn er k. o. ging, seine Blase wieder losließ und er sich vor ihr anpisste wie ein dummer kleiner Junge, der das erste Mal ohne Windeln durch die Welt lief?

Aus seiner Lautsprecherbox hörte er ein starkes Husten und vergaß für Sekunden seine Befürchtungen. Der Laut hatte sich zu dunkel und rau angehört, um von ihr zu stammen. Hatte sie in den letzten zwei Minuten Besuch bekommen? War der unheimliche Besucher jetzt bei ihr, und Dietrich kam zu spät, um sie zu retten. Die Waffe? Wo war die Waffe?

Er hielt inne. Nein, so ein Ablauf war nicht in seinem Sinn, sie musste in ihm den Helden, nicht einen Amokläufer sehen.

Langsam fasste er sich wieder. Andere Phantasien meldeten sich.

Sie war über das Wochenende bei den Eltern gewesen, das wusste er, aber hatte sie dort an ihrem Geburtstag einen anderen getroffen? Einen ehemaligen Schulkameraden, einen Freund des Vaters, einen Cousin dritten Grades oder einfach einen Mann im Zug, im Bus, auf der Straße? Dieser andere war ihr nach Köln gefolgt und hustete sich jetzt die Seele aus dem Leib. Ein Rivale um die Gunst seiner Angebeteten. Einer, der groß war, schlank, der einen Job hatte.

Plötzlich konnte sich Dietrich nicht mehr an seinen früheren Beruf erinnern. Was hatte er gemacht? Etwas verkauft? Oder eingekauft?

Es hatte keinen Sinn, sich zu quälen, die Erfahrung hatte gezeigt, dass ihn irgendwann das Wissen wieder einholen würde. Seine Vergangenheit war für den Moment ausgelöscht. Umso mehr zählte die Zukunft mit ihr. Umso mehr musste er ihr Retter sein.

Dietrich atmete auf. Im Appartement gegenüber stand nur sie, inzwischen hatte sie sich umgezogen. Sie trug eine leichte Leinenhose und ein blaues T-Shirt und hustete ein zweites Mal.

»Arme, süße Liebste, du hast dich mitten in diesen heißen Frühsommertagen erkältet? Wärst du wohl besser hiergeblieben und hättest auf deinem Balkon ein Buch gelesen und dir dazu eine Zitronenlimonade gemixt.«

Er hielt sich die Hand vor den Mund. Hatte er laut gesprochen?

Sein nächster Gedanke jagte ihm einen neuen Schreck ein. Was, wenn sie keinen Rotwein trinken wollte bei den Temperaturen? Dietrich hatte keinen Weißen zu Hause, auch keine Zitronen, und überhaupt, was, wenn sie nicht kommen würde, den Zettel übersehen hatte?

Er gab sich selbst eine Ohrfeige. Seine Finger berührten seine schweißnasse Wange, und das Klatschen hörte sich wie ein Schlag mit einem feuchten Tuch an.

»Ruhig bleiben und die Dinge laufen lassen, dann zupacken!«

Wer hatte das gesagt?

Niemand. Jedermann.

»Dietrich, hör auf!«

Er schniefte.

Zurück zum Wein.

Nach der zweiten Unterbrechung war es Dietrich überhaupt nicht mehr möglich, festzustellen, welches Glas nun einen möglichen Totenkopfaufdruck als Warnhinweis verdient hätte. Das brachte ihn unvermutet zum Schmunzeln.

Die Vorstellung, dass sie in seine Arme niedersinken würde wie in einem Theaterstück, bereitete ihm plötzlich Freude. All seine Ängste waren wie weggepustet.

»Aber Stille. Was für ein Licht bricht aus jenem Fenster hervor? Es ist der Osten, und Julia ist die Sonne –«

Dietrich begann, die Balkonszene aus Shakespeares »Romeo und Julia« nachzuspielen. Wie immer verlor er sich darin, tänzelte durch die Küche, gab mit einem hohen Fiepen den Part der holden Julia und mit einem gedämpften männlichen Timbre den Romeo. In einem Anfall von Euphorie stieg er noch einmal auf den Küchenstuhl, um die Höhe des Balkons zu simulieren, dann sprang er nach unten, wechselte Stimme und Rolle.

Am Ende der Szene verbeugte er sich schweißtriefend vor einem imaginären Publikum. Gleich würde er sich noch unter die Dusche stellen, eine Viertelstunde blieb ihm, wenn sie die Zeitangabe auf seiner Einladung einhielt. Er wollte gut riechen.

Dietrich holte sich ein sauberes, leeres drittes Glas aus dem Regal, füllte Wasser ein und trank gierig. Durst und aufkommender Hunger, Gelüste, die er immerhin sofort stillen konnte. Er griff zu den Nusskeksen, die auf einem Teller neben den beiden gefüllten Weingläsern lagen, und biss zu.

Vor dem Schmerz kam das Knacken. Es schallte lauter in die stille Küche hinein als alle Geräusche davor. Dietrich zuckte zusammen und krümmte sich, doch bereits in der Bewegung nach unten setzte ein Stechen in seinem Mund ein, ein Ziehen, ein heller Schmerz, der wie ein hoher Ton zu sirren begann. Er ließ den angebissenen Keks fallen, hob schützend beide Hände vor den Mund und rannte gebückt ins Badezimmer.

Eine Weile stand er vor dem Waschbecken und wagte nicht, sich aufzurichten, um den Schaden im Spiegel zu begutachten. Die erste Schmerzfolge begann sich in ein lautes Pochen zu verwandeln. Dietrich fühlte, dass sich Flüssigkeit in seiner Mundhöhle zu sammeln begann. Er musste etwas tun, sich die Katastrophe ansehen.

Schließlich war sein Mund voll wie ein prall gefüllter Wasserschlauch, und er musste sich über das Waschbecken beugen und ausspucken.

Hell. Rot.

Blut.

Er spürte, wie er schwankte.

Nicht nur Blut, auch der inzwischen breiige Rest des Nussplätzchens und dazwischen ein harter kleiner Klumpen waren im Becken zu sehen. Dietrich griff danach, bevor er den Wasserhahn aufdrehte und Blut und Keksbrei in den Ausguss spülte.

Mit der freien Hand schaufelte er Wasser in seinen Mund, der Schmerz heulte mit ihm auf, und er spuckte noch mal aus. Wieder Blut, aber kein Brei mehr. Seine Spucke wurde rosa, beim dritten Mal kam klares Wasser heraus. Aber das Pochen schwoll zu einem Kreischen an, es fühlte sich an, als würde ein glühender Draht seine Mundhöhle durchziehen.

Unter Tränen wusch er den Klumpen ab und hielt eine seiner Kronen zwischen den Fingern. Oder war es ein richtiger Zahn, einer seiner verbliebenen gesunden Zähne? Genau konnte er es in seiner Panik nicht erkennen. Er fuhr mit dem Finger über die Zahnreihe, ganz zart, aber nicht vorsichtig genug. Der Schmerz an der neu entstandenen Lücke brachte ihn zum Heulen, und Rotz quoll aus seiner Nase.

Er riss sich Toilettenpapier ab, schnäuzte sich und wischte sich Augen und Wangen wieder trocken. Dann sah er endlich hoch, und sein leichenblasses Gesicht im Spiegel über dem Waschbecken kam ihm fremd vor. Er öffnete seinen Mund ganz weit wie zu einem Gähnen und sah es. Ein Stumpf vorn, links unten, anstelle des Eckzahns. Der Stummel sah aus wie ein grotesker Zwerg, der zwischen den anderen Beißerchen hockte. Und fehlte nicht daneben, am Schneidezahn selbst, auch ein Stück?

In Dietrichs Kopf machte sich eine eigenartige Leere breit, er konnte nicht fassen, was er sah, konnte nicht begreifen, was ihm geschehen war, wollte nicht einsehen, dass der Abend nun eine völlig andere Wendung genommen hatte.

Es klingelte.

»Nein.« Dietrich schluchzte jetzt. »Nein, nein, nein und nein.«

Er stand unschlüssig da, unfähig zu entscheiden, was er als Nächstes tun sollte.

Stehen bleiben hieße, dass sich nichts, aber auch gar nichts von seinen Heldenträumen heute erfüllen würde. Aber wer wusste denn, wie viel Zeit ihr noch blieb? Wie nahe waren ihnen die Verfolger, die ihn gestern in der Stadt beobachtet hatten?

Morgen würde er seine Liebste nicht zu sich bitten können, da war sie eingeladen bei ihrer Freundin Malu. Die Zeit lief ihm davon. Was tun?

Das nächste Klingeln nahm ihm die Entscheidung ab und brachte ihn in die Gänge. Er musste sich zusammenreißen, er musste öffnen, er durfte keine Schwäche zeigen. Diese Gelegenheit war zu wichtig, um sie vorbeiziehen zu lassen.

Sein Spiegelbild war immer noch kreidebleich. Zuerst legte er die Krone vorsichtig am Beckenrand ab. Dann gab er sich zwei weitere schnelle Ohrfeigen, um Röte auf seine Wangen und Schwung in seinen Kreislauf zu bekommen. Er jaulte vor Schmerzen auf. Später, wenn alles erledigt war, würde er die Stelle kühlen und ein Schmerzmittel nehmen. Mit etwas Glück und strikter Beherrschung würde er verhindern, dass sie sein Malheur bemerkte, bis alles vorbei war.

Er rannte los, heraus aus dem Bad, um die Ecke, den Flur entlang. Er riss die Tür auf.

Da war sie, seine ganz persönliche Julia, sein Schneewittchen, mit ihren dunklen langen Haaren, den roten Lippen, dem scheuen Blick. Bereit, von ihm errettet zu werden. Tot oder lebendig.

»Hallo, Herr Möwe. Habe Ihre Nachricht gelesen.« Sie hielt den Zettel in der Hand. »Und hier bin ich.«

Ihre Stimme ein Engelschor, ihr Lächeln eine Welle der Schönheit.

»Geht es Ihnen gut, Herr Möwe?«

Er nickte und nickte immer weiter. Ihm schwindelte, ob wegen ihr oder der Schmerzen, konnte er nicht mehr unterscheiden. Die Hitze war jetzt auch in ihm, stieg in seinem Kopf höher und höher, baute einen Turm und sperrte sein Denken in der obersten Kammer ein.

Außen musste die Szene aber weitergegangen sein. Denn sie war an ihm vorbei in den Flur gelangt. Panik übertrumpfte den Schmerz, denn sie durfte auf keinen Fall in das Wohnzimmer sehen oder es gar betreten. Nicht um alles in der Welt. Ein schneller Blick zur Seite zeigte ihm jedoch, dass er die Zimmertür geschlossen hatte, wann, das wusste er nicht mehr, aber er schickte ein Stoßgebet zum Himmel.

Sie ging wie immer geradeaus weiter, und dann waren sie in der Küche.

Er hob das Päckchen hoch, das er für sie vorbereitet hatte.

»Das wäre nicht nötig gewesen, lieber Herr Möwe.«

Doch, dachte Dietrich, alles für dich, nur für dich, meine süße Liebste.

So gern hätte er sie aufgefordert, es sofort zu öffnen, hatte er ihr doch den Bildband über Kanada besorgt, den sie sich gewünscht hatte. Was für ein Zufall, würde er sie sagen hören und ihr Lächeln bewundern.

Sie hob ihrerseits eine Papiertüte hoch. »Ich habe Ihnen ein paar weiße Schokokugeln von zu Hause mitgebracht, Herr Möwe. Für Ihre nette Nachbarschaftshilfe. Fürs Blumengießen. Meine Mutter macht sie immer selbst, und sie schmecken einfach köstlich. Am besten gekühlt bei der Hitze. Bitte schön.«

Sag Dietrich zu mir, wollte er sagen, stattdessen nickte er erneut. Selbst in all seinem Elend hätte er auf eine dieser Kugeln gebissen, wenn sie es von ihm verlangt hätte. In diesem Augenblick war er kein seelisch verkrüppelter Kerl mehr, sondern Romeo, der vor Liebe und Sorge hätte bersten können. Sieh mich, dachte er weiter, sieh mein inneres Heldenstrahlen und schau nicht auf den zu kurz geratenen, übergewichtigen Frührentner Dietrich Möwe.

Der Moment war gekommen.

»Zuerft n' Ffflu… n' Schluuuck. Ja?« Die Realität versetzte ihm nun eine Ohrfeige. Er merkte, dass ihm das Zahnmissgeschick das Sprechen fast unmöglich machte. Etwas war in seiner Mundhöhle angeschwollen. Dazu roch er den Schweiß unter seinem Hemd, er hatte sich nicht geduscht, er stank wie ein Omelett, das zu lange in der Sonne gelegen hatte.

»Ist wirklich alles in Ordnung, Herr Möwe?«

Sein gesamter Plan konnte immer noch scheitern. Er zwang sich zu einem Lächeln, ohne die Zähne zu zeigen, und nickte ihr immer weiter und weiter zu, einem Wackeldackel gleich.

Sie zögerte, nahm aber das Glas, das er ihr anbot, sah sich den Wein an.

Sie wollte nicht trinken, sondern das Getränk wieder abstellen. Das durfte er nicht zulassen. Jetzt oder nie.

»Proft! Auf Ihren Geburtftaach!« Er prostete ihr zu.

Doch mitten in der Bewegung hielt Dietrich inne. Es war wie eine Woge, eine Riesenwelle, ein Tsunami, der ihn überrollte. Hatte sie nun das Glas mit den aufgelösten Tabletten? Ja oder nein? Links oder rechts? Oder würde er gleich umfallen? Am Ende sogar sein Leben lassen?

Was sollte er tun?

Da fiel ihm wieder Romeo ein, der im Angesicht des Todes seiner Julia das Gift ohne zu zögern getrunken hatte. Ja, auf Leben oder Tod, dachte er und leerte sein Glas in einem Zug.

Als der Alkohol auf seinen Zahnstummel traf, wünschte sich Dietrich sogar, dass er den versetzten Wein erwischt hatte und schnell daran sterben würde.

# 2

Ich bin kein Fan von nächtlichen Notdiensten. Wirklich nicht.

Aber heute Abend gibt es einen, den ich geradezu enthusiastisch angenommen habe: den Papa-geht-leider-nicht-Bereitschaftsdienst.

Was für ein tolles Wort für Scrabble, auch wenn hier die Mitspieler lautstark ihr Veto einlegen würden.

Schade, dass meine Töchter aus dem großen Spielealter heraus sind.

Es ist ungerecht. Wenn die Kinder klein sind, dann lässt man sie gewinnen, um Heulereien zu vermeiden, sind sie jedoch später endlich so weit, dass man seine eigenen Siegchancen ausspielen kann, dann wollen sie auf keinen Fall mehr die Abende mit Mama bei einem Brettspiel verbringen.

Lieber machen sie Party. *Crazy* und *great*, wie Luise sagen würde.

Heute gibt es eine solche Party bei Nathalies Freund Vinzenz. Nein, nicht Linus, der sie entjungfert hatte. Diese Sache hat sich schneller erledigt, als ich Zeit hatte, endlich mein Verhütungsgespräch mit ihr zu führen. Ein paar Tränen sind geflossen, und dann stand Vinzenz, der rothaarige Schlaksige mit den silbernen Turnschuhen, vor unserer Haustür und hat sie abgeholt.

Vinzenz' Eltern haben ein riesiges Haus in Rodenkirchen, nahe dem Rhein, und er wird in zwei Monaten, wenn er endlich seinen Führerschein hat, sofort ein eigenes Auto bekommen. Gefällt mir nicht, kommt mir alles zu verblendet reich vor, aber immerhin ist Vinzenz höflich und gibt nicht an, eher das Gegenteil.

Die ganze Klasse ist bei ihm eingeladen, auch Luise geht mit ihrem Freund Nils hin. Beide Mädels sind zurzeit mit festen Freunden unterwegs, und sie sind erwachsener geworden, oft erwachsener als ich.

Hoffentlich wird die Party lahm und langweilig, denn ein

wenig in Sorge bin ich immer. Der Wochenendnotdienst ist auch dafür eine gute Ablenkung.

Hätte ich keine Bereitschaft gehabt, hätte ich heute Abend meinen Vater, Dr. Gerwald Hubertus, dem ich meinen zweiten Vornamen, Huberta, verdanke, treffen müssen. Da meine Mutter, Agathe, mir ihren Nachnamen, Kardiff, vermacht hat, wollte er damit ein Teil meines Lebens bleiben. Ich verschweige dieses Huberta allerdings vor der Welt, so gut es geht.

Er und seine zweite Frau wollten mich unbedingt besuchen kommen. Man hätte sich ewig lange nicht gesehen, und überhaupt gäbe es so vieles zu bereden. »Man« – kein »wir« oder »du und ich«, nur man.

Nein, man hat keine Lust. Man mag nicht.

Ich, Leocardia Huberta, will nicht.

Nicht ohne meine Töchter, die immer ein Gesprächsthema mit Opa zu haben scheinen. Und nicht mit seiner Gemahlin, die ohne Punkt und Komma quatscht, nicht einmal Luft holen habe ich sie gesehen in ihren endlosen Monologen. Ich bin zwar froh, dass Papa mit jemandem zusammen ist, der sich um ihn kümmert, aber bitte, bitte keinen ganzen Abend mit meiner Stiefmutter.

Bei so einem Zusammentreffen würde ich noch dazu endlich die Gelegenheit beim Schopf ergreifen und von meinem neuen Freund erzählen müssen. Sie würde mich löchern und Papa mir mit seinen Kommentaren den letzten Nerv rauben.

Ich höre meinen Vater schon wortwörtlich fragen: Leocardia, wenn dein neuer Freund schon an der Quelle sitzt, könnte er doch meinen letzten Strafzettel zerreißen, oder? – Nein, Papa, dafür ist mein Liebster nicht zuständig. – Gott, was macht er denn dann? – Mein Freund, der ist zwar Polizist, aber Mordermittler, Hauptkommissar Jakob Zimmer.

Endlich sind meine Gedanken an einer schönen Aussicht angekommen.

Jetzt ein Zwischenstopp.

Jakob und ich sind ein Paar. Wir sind zusammen. Er und ich. Der Hauptkommissar und die Zahnärztin. Titel einer neuen TV-Serie, erste Staffel.

Unfassbar, dass wir es doch noch geschafft haben.

Auch vor mir selbst muss ich diese Tatsache öfter wiederholen, denn nach dem unendlich langen Hin und Her und den seltenen Dates mit unsicherem Ausgang haben wir tatsächlich die nächste Stufe erklommen. Eindeutig mit Langzeitbeziehungstendenz. Wieder ein Wort für Scrabble, diesmal völlig legitim.

Beziehung mit allem Drum und Dran. Gemütliche Kuschelabende, kleine und größere Reibereien, Koordination im Alltagsleben und natürlich Sex.

Herrlich. *Crazy* und *great*.

Ich prickle bei dem Gedanken an Jakob. Wenn ich an ihn denke, grinse ich selbst während einer Behandlung lasziv. Gut, dass keiner meiner Patienten es durch den Mundschutz sehen kann.

Heute Nacht ist Jakob allerdings ebenso beruflich unterwegs wie ich, er hat eine Einsatzbesprechung mit seinem Team, jagt sozusagen böse Buben.

Seine Mutter Stefanie liebt solche Formulierungen, sie ist bekennender Jerry-Cotton-Fan und sieht in ihrem Sohn den Ermittler ohne Furcht und Tadel. Ich mag sie, und auch diese Tatsache ist etwas Besonderes, denn bisher waren meine Erfahrungen mit Schwiegermüttern eher traumatisch. Die Mutter meines Exmannes hieß Hella und war die Hölle. Ihr Sohn war der Traumprinz und hätte als begnadeter Künstler etwas Besseres abbekommen können als eine schnöde Zahnärztin. Dass ich ihrem Johannes seinen Lebensunterhalt zum Teil heute noch finanziere, hat sie nie interessiert.

Die edle Helga, Mutter meines letzten Lovers Magister Heinz Leerbaum, wollte immer nur, dass er zu seiner Ehefrau zurückkehrt, die angeblich nicht so verrückt und anspruchsvoll war wie ich. Nun, das hat sie erreicht.

Hella und Helga, das Teufelsschwiegermonsterduo.

Stefanie Zimmer ist einfach nur nett. Bodenständig und direkt, wie ihr Sohn. Ich glaube, meinem Jakob ist es ein wenig unangenehm, dass ich mich mit seiner Mutter so gut verstehe.

Mein Jakob. Klingt nach mehr. In meinem Alter sehnt man

sich nach einer Beziehung, in der man miteinander alt werden könnte.

Gott, jetzt verwende ich auch schon dieses »man«.

Ich bin inzwischen fünfundvierzig, und es war leichter als gedacht. Superleicht. Ich bin über diese Altersstufe hinausgeflogen, in den Armen meines Lieblingsermittlers, und habe mich wie fünfundzwanzig gefühlt.

Na ja, in Wahrheit habe ich an diesem Geburtstag lange gearbeitet und nebenbei mit mir und der Lebenszahl gehadert, habe mir in der Mittagspause einen Badeanzug im Internet bestellt, weil ich nie mehr bauchfrei tragen wollte. Dazu eine Kaftanbluse, um die nackten Arme zu überdecken.

Erst nach Praxisschluss, als mir meine Angestellten ein Ständchen gesungen haben, begann der erfreuliche Teil. Anschließend war ich mit meinen Töchtern essen, später kam Jakob dazu, und wir haben mit Champagner angestoßen. Somit lief der Ausklang dieses Tages immerhin bestens. Allerdings habe ich spätnachts eine Liste mit Dingen erstellt, die ich bis zu meinem Fünfzigsten unbedingt noch erleben will, Drachenfliegen und Wildwasserpaddeln stehen auch darauf.

Schluss damit, Konzentration auf das Hier und Jetzt.

Patienten – Notdienst – Praxisarbeit.

Meine Zahnarzthelferinnen haben gestern den Eingangsbereich neu dekoriert. Britti Poster, allen voran, fand das Ambiente beim Eintreten zu kühl, zu streng. Nun hängt dort eine Bilderreihe mit niedlichen Katzen und Hunden, als ob wir eine Tierarztpraxis wären. An der Anmeldung vorn stehen oben drei muschelartige Porzellangebilde, und unter der Theke leuchtet eine Lichterkette in Rosa. Ich kann mir kaum vorstellen, dass Gerda Horst, meine Empfangsdame, die gern Bulldogge genannt wird, weil sie es immer schafft, sich selbst gegen die unangenehmsten Patienten durchzusetzen, damit einverstanden war. Ich gehe davon aus, dass Britti, Greta und die anderen Helferinnen sie überredet oder einfach überstimmt haben.

Mal sehen, wie die Patienten es finden.

Aber in meinen Behandlungsräumen bleibe ich die alleinige

Stylingexpertin. Ich entscheide über die Bilder an den Wänden und die jeweiligen Farben.

Still ist es.

Eigentlich sollte ich nicht allein hier sein.

Mein neuer Kollege Olaf Jansen stellt sich meistens gern für Notdienste zur Verfügung. Der junge Mann ist ein Glücksgriff. Freundlich, kompetent und bei den Helferinnen seit seinem ersten Arbeitstag der stolze Hahn im Korb. Sie kichern immer, wenn er ihnen Anweisungen gibt, und selbst die noch immer etwas traumatisierte Britti plappert in seiner Gegenwart wieder so viel und so schnell wie vor ihrer letzten Katastrophe.

Aber an alles, was damit verknüpft ist, werde ich heute nicht denken. Ich habe mir bei nächtlichen Notdiensten ausschließlich mordfreie Gedanken verordnet.

Apropos. Mein neuer Zahnarzt ist bei der Beerdigung seiner Uroma. Ein natürlicher Tod, traurig, aber immerhin weit und breit kein Killer in Sicht.

Bisher ein ungewohnt entspannter Abend.

Nur drei Schmerzgeplagte, die sich an einem Olivenkern eine Plombe ausgebissen, einen schmerzenden Weisheitszahn und eine stressbedingte Kiefersperre hatten. Seit einer halben Stunde kein neuer Notfall. Ein seltenes Phänomen während eines Wochenendbereitschaftsdienstes. Fast zu ruhig für mich.

Ich werde meine Töchter nerven und ihnen eine Nachricht schicken, fragen, wie die Party denn so läuft. Oder ich sende Jakob drei küssende Smileys in seine Besprechung hinein.

Nein, ich halte das Schweigen um mich herum einfach aus. In meinem Kopf plappere ich ja sowieso ohne Punkt und Komma.

Ohnehin wird jede Minute einer meiner Stammpatienten auftauchen.

Herr Weninger, der Gute.

Er hat sich vorhin telefonisch angemeldet. Immer wieder mit entzündeten tiefen Zahnfleischtaschen geschlagen, aber auch immer bereit, sich dabei ohne Spritze behandeln zu lassen. Was nicht nötig wäre, denn meine Spritzenphobie halte ich relativ gut im Zaum. Vielleicht wird auch dieses Problem mit meiner

Hypnosetherapie und meinem neuen, stabilen Verhältnis mit Jakob irgendwann ganz aus meinem Leben verschwinden.

Ich beginne in der leeren Praxis zu pfeifen.

Es hört sich befremdlich an.

Besser versuche ich es mit Summen.

Genauso seltsam.

Es klingelt an der Eingangstür. Ich zucke zusammen.

Es ist nicht Herr Weninger.

Stattdessen steht ein rundlicher kleiner Mann vor der Tür. Er hält sich einen Eisbeutel an seinen Mund.

»Find Fie Zahnäftin?«

Klar, wer sonst würde an einem Samstagabend kurz vor dreiundzwanzig Uhr die Tür einer Zahnarztpraxis öffnen? Ich stelle mich vor.

»Muff ich waten?« Er wechselt die Hand am Eisbeutel und wippt auf seinen Füßen. Er scheint es eilig zu haben.

»Sie sind im Moment der Einzige, Behandlungsraum vier. Dort nehme ich auch Ihre Personalien auf.«

Sofort rennt der kleine Mann an mir vorbei Richtung Büro.

»Nein, Sie müssen nach links.«

Er wendet, rennt wieder los, bekommt die Drehung nicht ganz hin und stößt mit dem Kopf gegen die Stehlampe, die neben der Garderobe steht. Es ist das erste Mal, dass so etwas passiert, und ich muss insgeheim schmunzeln.

Ungerührt setzt der Mann seinen Lauf fort. »If hab'f total eilig!«

Schon ist er im Gang, schwankt etwas, während er auf die Türnummern sieht, und verschwindet in der Vier. Ich muss mich beeilen, um ihn einzuholen. Im Zimmer sitzt er bereits auf dem Zahnarztstuhl und hat sich selbst das Dentallätzchen umgelegt. Mein Patient scheint eine ältere und molligere Ausgabe von Flash zu sein. Immer noch hat er den Eisbeutel an der Lippe.

Ich setze mich auf den Drehstuhl neben ihn. Er wendet seinen Kopf in meine Richtung und macht seinen Mund auf.

»Na, Sie haben es aber wirklich eilig, Herr ...?«

»Möwe. Wie der berühmte Vogel auf dem Roman, nur mit anderem Vornamen. Alfo nicht die Möwe Jonathan, fondern Dietrich. Dietrich Möwe.«

Ich lache. Er nicht. Keinen Funken Humor strahlt er aus, nur Dringlichkeit und etwas Angst. Außerdem stinkt er ziemlich nach Schweiß.

»Ich muff nach Haufe zurück. So fnell wie möglich. Ef geht um Leben. Und Tod.«

Wieder lache ich, und er wirft mir einen Blick zu, der auch etwas Tödliches in sich trägt.

»Ich wäre nicht hier, wenn dieffffe Fmerzen ...« Er stöhnt auf, presst den Eisbeutel fester an seine Backe. »... nicht foooo riefig wären. Ich fterbe gleich, Frau Doktorrr, aber fie könnte auch schon tot sein.«

Ich kann seinem Gebrabbel nicht folgen. Was meint er damit? Wer soll denn bitte schön tot sein?

»Herr Möwe, geben Sie mir bitte den Eisbeutel und dann erzählen Sie mir, was passiert ist.«

Er drückt mir den Beutel in die Hand. Jetzt sehe ich, dass er recht unorthodox gebastelt wurde. Das Plastik ist ein Luftpolster von einer Paketverpackung, und die Eiswürfel scheinen von einem zerstückelten Speiseeis am Stiel zu stammen.

»Können Fie daf einfrieren, damit ich ef fpäter wieder mitnehmen kann? Bitte? Ich hab mir meine Krone aufgebiffen und ein Ftück Zahn dazu.«

Seine untere Lippe ist tatsächlich auf Pflaumengröße angeschwollen. Es sieht wie ein frischer Kinnhaken aus.

»Mach ich gern, Herr Möwe.«

»Danke, Frau Doktor. Tot ift tot, wiffen Fie!«

Ich bräuchte Britti Poster an meiner Seite, sie versteht jeden Patienten, egal, welches Kauderwelsch er redet.

Ich nehme ihm seine Kreation ab und gehe damit ins Pausenzimmer, wo ein Kühlschrank steht. Als ich ihn öffne, höre ich ein Stöhnen und dann einen Laut, der wie ein Pfeifen klingt, aus dem Behandlungsraum.

Jetzt fühle auch ich mich gehetzt. Warum ist der Mann so

außer sich? Was ist ihm geschehen? Und warum meint er, dass jemand tot sein könnte?

Leo, stopp.

Die Ameisen in meinem Hirn rennen los, und ich muss ihnen sofort Einhalt gebieten. Ich schüttle vehement den Kopf, um mir selbst ein klares »Nein« und »Aus« zu signalisieren, dann kehre ich rasch in die Vier zurück.

Dietrich Möwe ist auf dem Zahnarztstuhl in sich zusammengesunken. Sein Kopf hängt seitlich schief, eine Speichelspur glitzert über seiner geschwollenen Lippe. Er ist in Ohnmacht gefallen.

Hatte ich mich nicht eben erst beschwert, wie ruhig es heute Nacht ist?

# 3

Als ihr neuer Patient keine Minute später wieder zu sich kam, atmete Leo erleichtert auf.

Sie hatte seinen Puls gefühlt und ihn zugleich mit lauter Stimme angesprochen. Wäre der Mann nicht so schnell aus seiner Ohnmacht erwacht, hätte sie den Notruf gewählt. Sicher war sicher.

Seine Augenlider hatten kurz geflattert, dann hatte er zu husten begonnen, als hätte er sich verschluckt. Schließlich hatte er seine Umgebung wieder wahrgenommen und sich klar äußern können, als Leo ihn erneut nach seinem Namen und seinem Missgeschick befragte. Er erzählte in einer hohen Geschwindigkeit, aber etwas leichter verständlich von der beim Zubeißen abgebrochenen Zahnkrone, dazu noch von Blut und Schmerzen. Dabei sah er sich mehrmals um, als würde er jemanden hinter sich vermuten.

Leo holte das Blutdruckmessgerät. Sie wollte sichergehen, dass die Werte des Patienten nicht immer noch zu niedrig waren. Um die Lage weiter zu beruhigen, begann sie im Anschluss, seine Patientendaten aufzunehmen.

Er saß angespannt im Zahnarztstuhl, und sein dicker Bauch hob und senkte sich in schnellem Rhythmus. Eines seiner kurzen Beine hatte er angewinkelt, das andere bewegte er nervös hin und her.

Als Leo ihm seine Versichertenkarte zurückgab, zitterten seine Finger. In der nächsten Sekunde schlug er sich selbst unsanft auf die Wange und schrie dabei auf. Es klatschte.

Leo sah ihn überrascht an. »Was war das denn, Herr Möwe?«

»Daf mache ich immer fo, wenn ef mir flecht geht.«

Ihr blieb für einen Moment der Mund offen stehen. Wie hoch war die Wahrscheinlichkeit, dass sie auf einen Patienten traf, der sich, wie sie selbst, hin und wieder kleine Ohrfeigen gab? Sie war immer noch dabei, sich diese eigenwillige Angewohnheit abzugewöhnen, aber in wirklich chaotisch-stressigen Momenten half es ihr. Dem Patienten anscheinend auch.

Trotz der Gemeinsamkeit blieb der merkwürdige Eindruck, den der Mann auf Leo machte.

»So, Herr Möwe. Jetzt lassen Sie uns endlich nachsehen, ob es noch Rettung gibt.«

Dietrich Möwe stöhnte erneut heftig. »Keine Rettung mehr. Allef zu fpät, wenn Fie nicht schneller machen. Ich habe mir daf Teil aufgebiffen und im Taxi auf der Fahrt hierher verloren.«

»Vielleicht könnten wir nachfragen, ob der Taxifahrer Ihre Krone gefunden hat, wenn Sie die Nummer des Wagens noch wissen?«

»Nein, nein. Weitermachen. Ich hab schreckkkkliche Schmerzen. Die Schmerztablette hat bereitf aufgehört zu wirken. Schreckkkklich, verftehen Fie? Defhalb bin ich doch hier. Keine weitere Verfögerung mehr, um Gottef willen.«

Er lehnte sich zurück und machte den Mund derart weit auf, dass Leo sein Zäpfchen sehen konnte. »Nicht ganz so weit, Herr Möwe, das ist nicht nötig. Drehen Sie bitte den Kopf zu mir.«

Sie überlegte, ob eine Behandlung nach dem Ohnmachtsanfall wirklich zu rechtfertigen war, entschied sich aber dafür. Wenn der Mann solche Schmerzen litt, musste sie ihn auf der Stelle versorgen. Leo schob sich den Mundschutz über das Gesicht und zog ihre rosa Latexhandschuhe über, griff nach Sonde und Mundspiegel.

»Rofa Handschuhe? Rofa?«, fragte er skeptisch.

»Bitte nicht mehr sprechen. Ich sehe mir die Sache an.«

Die Sache war eindeutig.

Am Dreier links unten, also am Eckzahn, war das Missgeschick sofort erkennbar. Dort musste die abgebrochene Krone gewesen sein, von der der Patient erzählt hatte. Jetzt sah man nur mehr den abgeschliffenen Stumpf. Dazu einen Einriss am Zahnfleisch. Aber auch der Zweier, der linke der unteren Vorderzähne, hatte etwas abbekommen. Die Schneidekante war abgesplittert. Kein Wunder, dass der Mann solche Schmerzen hatte.

»Herr Möwe, auf was um Gottes willen haben Sie denn gebissen? Wollten Sie Superman spielen und haben Stahlbonbons gekaut?«

Für einen Moment hatte Leo vergessen, dass der Mann offenbar keinen Funken Humor hatte. Kaum war sie mit den Instrumenten aus seinem Mund heraus, hob Dietrich Möwe seinen Kopf hoch.

»Ich wollte einen völlig normalen Kekf effen. Nuffkekf. Und ich bin nicht Fuperman oder der Fledermaufmann oder fonft etwaf in der Art. Oder meinen Fie, bei meiner Figur könnte ich abheben?«

Leo dachte an eine Hummel, die trotz ihres Eigengewichts gegen alle Physik fliegen konnte, aber sie schwieg. Auch dieses Bonmot würde der nervöse Herr Möwe nicht amüsant finden. Stattdessen atmete sie einmal ein und aus und zog eine der für den Notdienst vorbereiteten Spritzen auf. Ihre Phobie zuckte nur kurz auf wie ein Aufstoßen nach einem üppigen Essen, aber nicht mehr.

Dietrich Möwes Augen hingegen wurden groß. Er hob abwehrend die Hand. »Kann ich auch ohne? Totale Angfffft!«

Leo schüttelte den Kopf. »Herr Möwe. Ich werde Ihren Stumpf am Eckzahn heute Nacht einer gründlichen Wurzelbehandlung unterziehen. Als Erstversorgung. Auf den ersten Blick scheint der Zahn noch zu retten zu sein. Der Schneidezahn nebenan hat eine Absplitterung erlitten, die werde ich versuchen abzuschleifen. Ohne Spritze ist das einfach nicht möglich.«

Der Patient zögerte. Doch dann seufzte er tief, lehnte sich ergeben wieder zurück und ließ Leo mit ihrer Arbeit beginnen. Er wimmerte laut, als Leo ihm die Spritze setzte.

»So, Herr Möwe, das wäre schon mal erledigt. Während wir auf die Betäubung warten, erzählen Sie mir doch, was Sie den Abend über bis zu Ihrem Missgeschick gemacht haben.«

Leos Versuch, eine Konversation zu beginnen, scheiterte völlig. Dietrich Möwe wurde wieder kreidebleich, er schnaubte, keuchte. Leo sah die nächste Ohnmacht kommen. »Bitte, bleiben Sie bei mir, Herr Möwe. Sonst rufe ich den Notarzt.«

»Fie find doch Ärftin. Ärffftin! Wofu noch jemanden anrufen?« Sein überraschend lauter Tonfall passte nicht zu seinem kalkweißen Gesicht. »Ich hab keine Feit, keine Feit mehr. Fie hat keine Feit mehr.«

»Ganz ruhig, Herr Möwe. Alles ist gut. Atmen Sie. Langsam und regelmäßig. Ein und aus. So ist es gut. Noch einmal. Und weitermachen. Wir schaffen das.«

»Fie erinnern mich an eine bestimmte Politikerin.«

Jetzt musste Leo grinsen, sie zog sich den Mundschutz unters Kinn, damit der Mann ihr Lächeln sehen konnte. Die Stimmung entspannte sich etwas. Es hätte für Leo nun die Möglichkeit bestanden, das Thema zu wechseln, aber dafür war ihre Neugier zu groß.

»Entschuldigen Sie, wenn ich nachfrage, aber Sie haben vorhin davon geredet, dass jemand tot sein könnte. Habe ich Sie richtig verstanden? Wer ist damit gemeint, Herr Möwe? Soll ich mich um noch jemanden kümmern? Wartet auf Sie jemand, der krank ist? Soll ich jemanden verständigen?«

Dietrich Möwe packte Leo am Unterarm. »›O wackrer Apotheker! Dein Trank wirkt schnell. – Und fo im Kuffe fterb ich.‹«

»Was?«

»Romeof letzte Worte. Bevor er daf Gift trinkt.«

Leo fasste ihrerseits den Mann am Handgelenk und schob seine Hand von ihrer weg. Dieser Patient war eine Tüte voller Seltsamkeiten, aber Angst hatte sie vor ihm nicht. Im Notfall würde sie sich gegen den klein gewachsenen, untrainierten Mann wehren können. Er würde sie höchstens mit seinem Kugelbauch umstoßen.

»Worauf wollen Sie hinaus, Herr Möwe? Entweder Sie haben eine Art Humor, die ich einfach nicht verstehe, oder Sie wollen mir mitteilen, dass tatsächlich jemand aus Ihrem Umfeld in Gefahr ist. Sollte es Letzteres sein, bitte reden Sie.«

Der Patient schnaubte wieder, berührte mit Vorsicht seine

geschwollene Lippe. »Allef taub. Ich bin bereit. Bitte fangen Fie an und beeilen Fie fich.«

Sein Kopf ging nach hinten und sein Mund auf. Keine weitere Erklärung mehr, damit musste sich Leo abfinden. Sie bedeckte ihr halbes Gesicht wieder mit dem Mundschutz, setzte dem Mann den Sauger in den Mund und bereitete das Instrument vor.

»Fünfzig zu fünfzig ftanden die Chancen, Frau Doktor.« Seine Stimme bekam ein Tremolo.

Leo hielt inne. Dietrich Möwe hatte sich im Zahnarztstuhl unvermutet kerzengerade aufgerichtet und hielt den Sauger jetzt in seiner erhobenen Hand. Sein Blick war auf das Bild an der Wand im Behandlungsraum vier gerichtet. Darauf tanzten ein Zahn und eine Zahnbürste Ringelreihen. Beide hatten lustige Gesichter aufgemalt und dünne Hände, an denen sie sich hielten.

»Ef war in ihrem Glas. In ihrem. Fie ist umgefallen, ich hab sie aufgefangen.« Seine Aussprache war mit einem Mal fast wieder klar. »Wenn ich vollkommen ehrlich bin, hätte ich mir gewünscht, dass es doch mich selbst getroffen hätte. Fie ist so wunderschön und zart, so unberührt, so still. Schneewittchen ist fie, oh ja.«

Leo nahm das kleine Schauspiel, das ihr Patient seit seinem Eintreffen lieferte, nur noch verwundert zur Kenntnis. Vielleicht war eine solche Inszenierung eine merkwürdige Art des Mannes, mit seiner Angst umzugehen.

Als Zahnärztin hatte Leo im Laufe der Jahre alle nur erdenklichen Szenen in ihrer Praxis erlebt. Noch früher hatte ihr Vater oft von absurden Vorkommnissen mit seiner zahnwehgeplagten Klientel erzählt.

Ihr fiel »Zorro« ein, ein Angstpatient mit einer Vorliebe für Süßkram jeder Art, der sich immer wenn er auf dem Stuhl Platz nehmen musste, eine schwarze Schlafmaske über seine obere Gesichtshälfte gezogen hatte. Nur damit hatte er sich bereit gefühlt, die Behandlung zu überstehen. Das Skurrile daran war, dass diese Schlafmaske um die Augen herum Sehschlitze hatte, die »Zorro« selbst hineingeschnitten hatte, um doch jederzeit die Möglichkeit zu haben, der Behandlung zu folgen.

Am Ende waren das ängstlich-eilige Gehabe und verwirrende Gerede von Dietrich Möwe vielleicht auch nur ein Spleen.

Schon redete er weiter. »Wissen Fie, Frau Doktor, was das Flimmste ist?« Eine einzelne Träne lief über seine Wange. Er schien nicht Leo, sondern die tanzenden Figuren auf dem Bild anzusprechen.

»Dass fie denken könnte, ich wäre ein Monster.« Seine Stimme wurde klein und brüchig. »Dass fie glauben könnte, ich hätte ihr Böses angetan, dabei will ich fie nur erretten. Annika, meine liebfte Annika.«

Leo hatte keine Ahnung, was sie antworten sollte, und auch der Patient schwieg mit einem Mal.

Ein schriller Ton zerriss die Stille. Dietrich Möwe und Leo zuckten beide heftig zusammen.

Es war die Türglocke. Herr Weninger oder ein anderer Notfall. Hoffentlich kein zweiter Paranoiker. Vielleicht kamen ja sogar die Herren in den weißen Kitteln, um Herrn Möwe abzuholen und ihn an den Ort zurückzubringen, von wo er ausgebüxt war.

Leo fasste den Mann an der Schulter, nahm ihm den Sauger aus der Hand und drückte seinen Oberkörper sanft gegen die Stuhllehne.

»Ich muss öffnen, Herr Möwe. Leider bin ich heute Nacht allein beim Notdienst. Bitte lehnen Sie sich zurück. Ich bin in wenigen Augenblicken wieder bei Ihnen. In der Zeit hat die Betäubung gänzlich eingesetzt, und wir können loslegen.«

Während Leo den Gang entlanghastete, sprangen ihre Gedanken hin und her. Einerseits war sie froh, nicht mehr allein mit dem seltsamen Herrn Möwe zu sein, andererseits hätte sie ihn gern weiterplappern lassen, hätte gern herausgefunden, ob er nur Schwachsinn erzählte oder wirklich eine Annika im näheren Umfeld des Mannes in Gefahr war.

Diesmal war es tatsächlich Herr Weninger.

»Frau Dr. Kardiff, es tut mir so leid, dass ich Sie stören muss, aber das Stechen und Klopfen geht nun schon über Stunden, und morgen ist Sonntag. Da müsste ich in die Zahnklinik zu einem mir fremden Arzt, und das geht überhaupt nicht. In den Krankenhäusern sind nur Schlächter angestellt. Unerfahrene junge Buben, die auf die hilflosen Notfallpatienten losgelassen werden.«

Wie immer redete Herr Weninger viel, wenn er aufgeregt war. Das war seine Art der Stressbewältigung, allerdings klangen seine Sätze logisch.

»Dafür bin ich doch hier, Herr Weninger. Bitte, kommen Sie herein. Und nehmen Sie im Wartezimmer Platz, eine Behandlung läuft noch.«

In genau diesem Moment wurde Leo von hinten angerempelt. Erschrocken wirbelte sie um ihre Achse.

Dietrich Möwe stand hinter ihr, das Dentallätzchen noch um den Hals. Seine wenigen dünnen Haare standen ihm am Hinterkopf zu Berge, und er hatte hektische rote Flecken im Gesicht. Mit der geschwollenen Lippe dazu sah er wie ein Zwerg aus einem der Hobbit-Filme aus.

»Ich muff mich entschuldigen, aber ich muff zurück. Muff lof, muff fie vom Tode befreien. Muff fie retten!«

Sein komisches Sprechen hatte sich wieder verstärkt. Leo und auch Herr Weninger sahen den kleinen dicken Mann perplex an.

»Herr Möwe, bitte gehen Sie zurück.«

»Kein Feit, keine Feit mehr. Meine Schmerzen find weg, und ich muff einfach lof! Auf dem Weg!«

»Dass die Schmerzen weg sind, kommt nur von der Betäubungsspritze, Herr Möwe. Wenn die Wirkung nachlässt, spüren Sie alles wieder wie vorhin. Bitte, gehen Sie ins Behandlungszimmer.«

Leo versuchte den Patienten aufzuhalten, doch der Mann drückte sich an ihr und Herrn Weninger vorbei und war schneller auf der ersten Treppenstufe im Flur, als man ihm bei seiner Fülle zugetraut hätte.

»Ich komme Montag, Frau Doktor, Montagmorgen werde ich der Erfte fein. Grofef Ehrenwort.«

Er hastete die Treppe nach unten und war wie der Blitz um die erste Biegung und aus Leos und Herrn Weningers Blickfeld verschwunden.

»Leben oder Tod, Tod oder Leben. Frau Doktor, dann Montag!«, schrie er durch das nächtliche Treppenhaus.

Leo machte vier Schritte an Herrn Weninger vorbei in den Flur bis zur Treppe hin. »Herr Möwe, warten Sie. Hallo! Herr Möwe.« Sie rief jetzt ebenfalls laut. Es gab einen Nachhall wie ein Echo.

Dietrich Möwe war nicht mehr zu sehen, nur noch seine Schritte zu hören, am Ende die Eingangstür unten.

Herr Weninger kam zu Leo an den Treppenabsatz.

»Was war das denn?«

»Eine fliehende Möwe«, antwortete Leo, ohne es komisch zu meinen.

# 4

»Jakob, Schatz?«

Sie kuschelten vor dem Fernseher.

Immer noch wollte Leo sich kneifen, wenn die Idylle zwischen dem Hauptkommissar und ihr zu perfekt schien. Konnte es tatsächlich sein, dass sie nach allen ihre vorherigen verkorksten und komplizierten Beziehungen endlich den Mann ihres Lebens gefunden hatte?

Wie meistens in den letzten Wochen war Jakob zu Leo nach Junkersdorf gekommen. Die Gründe waren einfach, in ihrem Haus gab es mehr Platz, mehr Kuschelecken, und Leo wollte die Mädchen abends nicht zu oft allein lassen. Jakob war es recht, er hatte ohnehin zu wenig Zeit, seine Junggesellenwohnung in Deutz ständig für eine Besucherin chaosfrei zu halten.

Sie fuhr ihm mit der Hand durch sein dunkelblondes Haar, das immer kreuz und quer zu stehen schien.

»Magst du noch ein Glas Wein, Leo?«

Leo. Er nannte sie nie bei einem Kosenamen, sprach aber sein Leo so liebevoll aus, dass es wie Musik in ihren Ohren klang.

Unter seinem T-Shirt fühlte sie seinen durchtrainierten Oberkörper und dachte mit leichtem Schwindel an ihr intimes Zusammensein. Was lange währt, wird endlich gut. Dieses Sprichwort passte. Der Sex war nicht nur gut mit Jakob, sie konnte sich nicht erinnern, bei ihren Männern davor je Spaß und Leidenschaft in einer so wundervollen Kombination erlebt zu haben. Leo zählte im Kopf die Monate, seit sie offiziell ein Paar waren. Sechs. Nein, sieben.

Ihr schoss durch den Kopf, dass es sich mit dem siebten Monat vielleicht ähnlich wie mit dem verflixten siebten Jahr verhalten könnte, aber da sie davon noch nie gehört hatte, schob sie den Gedanken außer Reichweite. Sie war nie abergläubisch gewesen, vermied es jedoch, an einem Freitag, den 13., etwas Wichtiges zu planen.

Im Fernsehen lief der »Tatort«, und zu Leos Erstaunen hatte sich Jakob als Fan geoutet.

»Natürlich ist bei Weitem nicht alles wie in der realen Polizeiarbeit, aber die Fälle sind interessant. Und ich mag die Kommissare«, hatte er ihr erklärt.

Schnell hatte sich der »Tatort«-Abend zu einem festen sonntäglichen Ritual zwischen ihnen entwickelt. Sie rätselten mit, und Jakob landete mit seinen Mördertipps wesentlich weniger Treffer als Leo. Eben betrat Harald Krassnitzer die Szene, griesgrämig wie immer, der Wiener »Tatort« war an der Reihe.

»Hey, ihr zwei!« Nathalie tauchte in der Tür zum Wohnzimmer auf.

Sie war bereits im Pyjama. Die Party am Vorabend war zwar nach den Angaben beider Mädchen unsagbar dröge gewesen, aber Luise und Nathalie waren trotzdem bis spätnachts geblieben. Beide hatten ihrer Mutter geschworen, keinen Alkohol getrunken zu haben.

»Wollt ihr mit uns gucken? Eine Leiche gibt es schon.« Jakob hob die Hand und winkte Leos Tochter zu.

Er hatte sich von Anfang an um die Zwillinge bemüht, und sie zeigten ihm ihre Zuneigung, indem sie sich genauso lässig verhielten wie Leo gegenüber.

»Nö. Lulu muss noch was für die Schule vorbereiten, und ich helfe ihr dabei. Danach hauen wir uns direkt aufs Ohr. Nacht, Jakob. Nacht, Leo.«

»Hatte ich nicht gestern gesagt, ihr dürft nur auf die Party, wenn alle Hausaufgaben erledigt sind?«

Nathalie gähnte, ohne die Hand vorzuhalten. »Leo, bleib cool. Ist nur ein Projekt. Freiwillig. Mach dir keinen Kopf.«

Mit diesen Worten verschwand sie wieder.

»Ich sehne mich nach dem Wort ›Mama‹, ehrlich.« Wie öfter war Leo unschlüssig, ob sie aufstehen und nach oben gehen sollte, um die beiden zurechtzuweisen. »Freiwilliges Projekt, das klingt mir nach einer faulen Schwindelei.«

Jakob lachte. »Wenn du mich als Kriminalbeamten fragst, glaube ich deinen Töchtern. Dass man mit Projekten seine Noten aufbessern kann, das gab es auch schon zu meiner Schulzeit.«

»Du stellst dich also gegen mich und meine dürftigen Versuche, zwei freche Teenager zu erziehen.«

»Deine zwei sind tolle Kinder, finde ich. Wein oder nicht, das war doch die Frage.«

»Nein, keinen Wein. Darf ich dich stattdessen kurz etwas fragen?«

Seit gestern Nacht hatte Leo darüber nachgedacht. Nicht nur über den seltsamen Dietrich Möwe und seine sonderbaren, beängstigenden Aussagen, sondern auch darüber, ob sie ihrem Liebsten davon erzählen, ihn womöglich sogar bitten sollte, sich über den Patienten zu informieren. Auch vielleicht über diese Annika, von der er die ganze Zeit gefaselt hatte.

Jetzt gleich. Bevor der »Tatort« im TV Fahrt aufnahm.

»Im Notdienst gestern. Da war so ein Kerl.«

»Auch Kerle müssen zum Zahnarzt.« Jakob gab ihr einen Kuss mitten in ihre blonden Locken, seine Lippen kitzelten sie. »Findest du, dass ich dem Darsteller ähnlich bin?«

Leo unterbrach ihre eigenen Gedanken. »Dem Kommissar Eichner?«

»Eisner heißt er, Leo, Moritz Eisner. Ja, meine Kollegen ziehen mich damit manchmal auf.«

Mit seinem Team, Hauptkommissarin Birgit von Zeh, Hauptkommissar Luis Fahrenz und Kommissar Per Kowalski, hatte Jakob einen fast schon familiären Umgang, das wusste Leo. Sie scherzten und neckten sich, doch im Ernstfall würde jeder von ihnen für die anderen durchs Feuer gehen.

Leo gewöhnte sich nur langsam an die Allgegenwart der drei, bemühte sich aber, sie alle zu mögen. Jakob hatte sich an das Familienleben der Kardiffs ja ebenso angepasst, obwohl er bisher mit Kindern nichts am Hut gehabt hatte. Wobei – Kinder stimmte wirklich nicht mehr, Luise und Nathalie waren sechzehn. Die jungen Damen fanden die neue Beziehung ihrer Mutter zu einem Mordermittler der Kölner Kripo mega, groovy und cool. Mehr Zustimmung ging nicht.

»Nein, Jakob, finde ich nicht. Moritz Eisner ist älter und untrainierter als du, zumindest sieht er so aus. Außerdem ist er muffiger, als du es je warst.«

»Danke.« Noch ein Kuss, und Leo fühlte die Wärme in ihrem Herzen. »Was wolltest du mich fragen?«

»Vergiss es, nach dem Krimi dann.«

»Jetzt komm schon. Da war ein Kerl, und weiter?«

Leo holte tief Luft. »Da war ein seltsamer Notfallpatient in meiner Praxis. Erst wurde er ohnmächtig, dann hat er von einer weiblichen Person gefaselt, die tot sein könnte. Ich habe darüber nachgedacht, der Sache vielleicht nachzugehen.«

»Was meinst du mit ›der Sache nachgehen‹?«

Sein sanfter Ton hatte unwillkürlich eine Strenge angenommen, die Leo nur zu gut kannte. Ihre Neugierde hatte die aufkeimende Liebe zwischen ihr und Jakob öfter auf die Probe gestellt, auch der Umstand, dass sie sich während zweier Mordermittlungen kennen- und lieben gelernt hatten, bei denen Leos Schnüffeleien sie beide Male fast das Leben gekostet hatten.

Jakob hatte demnach guten Grund, einen skeptischen Ton anzuschlagen. Trotzdem fühlte sich Leo leicht beleidigt, weil sie sich in den letzten Monaten wirklich in nichts, aber auch gar nichts eingemischt hatte, was nur ansatzweise nach einem Verbrechen ausgesehen hatte. Wäre Jakob gestern Nacht dabei gewesen, würde er jetzt nicht diesen scharfen Unterton in seine Frage legen.

»Ich meinte damit, ob ich vielleicht bei dem Mann anrufen und nachfragen sollte oder du mir als Ermittler einen Ratschlag geben könntest. Auf keinen Fall wollte ich von der Couch hochspringen und meinen eigenen Tatort inszenieren. Also nur keine falschen Schlüsse, Herr Hauptkommissar.«

Leo rutschte auf der Couch einen halben Meter von Jakob weg. Er sah sie irritiert an, nahm die Fernbedienung und stellte den Ton aus. »Sei nicht empfindlich, ich wollte nicht böse klingen. Erzähl's mir.«

»Nach dem Film. Wir verlieren sonst den Faden.«

Jakob schüttelte den Kopf. »Raus damit. Du platzt sonst, und ich kann mich ohnehin nicht mehr auf die Handlung konzentrieren. Also, wie wir Bullen gern sagen: Schieß los!«

Leo musste schmunzeln. Ein Streit nach ihrer anstrengenden Notdienstnacht wäre vor dem Start in die neue Woche einfach ekelhaft gewesen. Noch dazu brannte ihr die Geschichte tatsächlich unter den Nägeln. Sie gestand sich ein, dass sie den ganzen Abend bereits darauf gelauert hatte, Jakob von Dietrich Möwe zu berichten.

Kaum waren die Schleusen geöffnet, sprudelte die Geschichte wie ein Wasserfall aus ihr heraus. Jakob schenkte sich Wein nach, unterbrach sie nicht.

»... und dann hat er beim Davonlaufen geschrien, dass er Montag wiederkommt«, endete sie nach weniger als fünf Minuten. »Hätte ich dich nicht besser sofort verständigen sollen?«

»Quatsch. Wenn du jedes Mal die Kavallerie rufst, wenn ein Patient im Taumel seiner Schmerzen oder unter einer Betäubung Unsinn redet, könnte ich gleich einen Mann bei dir als Dauergast abstellen.«

»Du meinst, all sein Gerede hat nichts zu bedeuten?« Ihr Unmut kehrte zurück. Es kam nicht alle Tage vor, dass sich ein Patient so äußerte, und schon gar nicht hatte ihr jemals ein Mensch auf dem Zahnarztstuhl von einem möglichen Verbrechen erzählt.

Abgesehen von diesen Umständen hatte Leo sich von ihrem Freund und Geliebten mehr Aufmerksamkeit erhofft. Oder ging ihre Phantasie wieder einmal mit ihr durch?

»Deine Phantasie geht mal wieder mit dir durch, Leo.«

Ihren eigenen Gedanken wortwörtlich von Jakob wiederholt zu hören steigerte ihre beginnende schlechte Laune. »Keiner meiner anderen Notfälle hat sich je derart benommen, Jakob. Ich bin immer noch irritiert.«

»Leo«, sein Ton wurde wieder sanft.

»Was?«

»Lass uns rekapitulieren. Du bist allein beim Notdienst. Was ich übrigens nicht gut finde. Das nächste Mal muss dein neuer Kollege dabei sein oder wenigstens eine deiner Helferinnen.«

Seine Sorge um sie ließ Leos Unmut wieder abschwellen.

»Ach, Unsinn. Bevor wir uns kannten, habe ich sicher Hunderte Notdienste allein hinbekommen. Nicht immer sind wir zu zweit oder zu dritt. Wird dir jeder Arzt bestätigen.«

»Trotzdem, du warst allein in der Praxis, es war Nacht, und der Typ hat sich mehr als komisch verhalten.«

»Aber seine Geschichte von der Frau –«

»Stopp, Leo, lass mich ausreden. Er war ein seltsamer Kauz mit Höllenangst vorm Zahnarzt, und wahrscheinlich hatte er im Vorfeld bereits irgendetwas geschluckt, um die Schmerzen loszuwerden. Kein Wunder, dass er nach seiner Ohnmacht halluziniert.«

»Was, wenn er die Wahrheit gesagt hat?«

»Überleg doch bitte. Wenn gerade eine Frau durch ihn zu Tode gekommen ist, läuft er nicht in die nächstbeste Zahnarztpraxis und gesteht dort alles. Sollte er tatsächlich ein Mörder sein, der sich stellen wollte, wäre er zu einer Polizeiwache gegangen. Oder?«

Was Jakob sagte, stimmte. Auch wenn Leo nicht die nächstbeste Zahnärztin war.

»Hast du seine Patientendaten?«

»Selbstverständlich. Er wohnt in der Suevenstraße 30b in Deutz. Muss ohnehin in der Nähe deiner Wohnung sein. Kannst du nicht doch vorbeigehen?«

»Nein«, Jakob hob abwehrend die Hand, »das geht auf keinen Fall. Mehr will ich auch nicht hören. Du stehst unter ärztlicher Schweigepflicht, und ich habe keinen Grund zu ermitteln.«

»Mein Bauchgefühl schlägt an.«

»Leo, bitte, versteh das jetzt bloß nicht falsch, aber ich arbeite mit Fakten.«

»Du hast oft gesagt, wie wichtig Intuition bei deiner Arbeit ist.«

»Basierend auf Recherche und Ermittlung, Spurenauswertung und taktischem Vorgehen.«

»Aber du könntest dich umhorchen?«

»Mit welcher Begründung?«, seufzte Jakob. »Dass meine Freundin wieder einen Mord wittert?«

Leo rümpfte die Nase. Dennoch: Jakob hatte recht.

»Komm lieber zurück in meine Arme, zum Krimiabend auf der Couch, Leo.« Er streckte lächelnd seine Arme aus. Auf seinen Wangen zeigten sich seine Grübchen.

Sie kapitulierte. Ein gemütlicher Fernsehabend war zu verlockend. Wenn dieser Dietrich Möwe morgen wiederkommen sollte, konnte sie immer noch nachbohren. Auf mehrere Arten.

Leo verkürzte die Distanz zwischen ihr und ihrem Liebsten und kuschelte sich an ihn. Jakob stellte den Ton wieder an. Auf dem Bildschirm standen Moritz Eisner und seine Kollegin Bibi Fellner unschlüssig vor einer abgeschlossenen Eingangstür und debattierten auf Österreichisch. Der Wiener Oberstleutnant und Sonderermittler gab sich recht muffig.

»Er ist dir doch ähnlich«, sagte Leo, aber so leise, dass Jakob sie nicht hören konnte.

# 5

Zur selben Zeit stand im realen Leben eine junge Frau, die auch aus Österreich stammte, ebenfalls unschlüssig vor einer verschlossenen Wohnungstür.

»Mir kommt das Ganze komisch vor, Moritz. Was soll'n wir machen? Red!«

Allerdings war dieser Moritz kein TV-Ermittler, sondern ein Hund. Statt mit ihr zu debattieren, hechelte er in der angestauten Hitze des Abends und wedelte mit dem Schwanz. Das dichte Fell machte der Collie-Jagdhund-Mischung bei heißen Temperaturen immer zu schaffen.

Sein Frauchen machte ein besorgtes Gesicht, und deshalb fühlte sich Moritz unglücklich. Mit seinem Wedeln versuchte er sie aufzuheitern, aber es gelang ihm nicht.

Malu klingelte ein viertes Mal. Keiner öffnete. Sie nahm wieder ihr Smartphone zur Hand, tippte eine nächste Nachricht: »Annika, wo bist du? Annika, geh, jetzt melde dich doch! Ich hab auf dich gewartet, was is'n los?«

Diese und weitere zwölf Nachrichten hatte Malu ihrer Freundin hinterlassen. Doch weder über Facebook noch WhatsApp oder Twitter hatte Annika geantwortet.

Wäre Annika jetzt Malu gewesen, hätte sich keine der beiden gewundert. Malu war verpeilt, unpünktlich und meistens nicht so ganz in der Spur, wie sie über sich selbst gern kundtat. Sie war bereits Mitte dreißig, lebte seit mehr als zwei Jahren in Köln und hoffte immer noch, das richtige Ziel in ihrem Leben zu finden.

Seit sie mit achtzehn von Österreich, aus der kleinen Marktgemeinde St. Veit am Vogau, zuerst nach Wien, dann über Stuttgart, Nürnberg, Konstanz, Lübeck schließlich hierher gezogen war, um wieder einmal ein neues Studium, diesmal war es Möbeldesign, zu beginnen, lief es besser. Zusätzlich hatte sie sich in drei Fächern als Gasthörerin an der Universität zu Köln eingetragen, um auch hier für neue Optionen offen zu bleiben.

Ob Köln ihre Bestimmung war, stand in den Sternen, aber in der Stadt gab es im Gastgewerbe immer genug Jobs, mit denen sie sich ihr Leben als ewig Suchende finanzieren konnte. Das Trinkgeld war wesentlich besser als in ihrer Heimat, denn Malu galt mit ihrem saftigen Dialekt als Exotin bei den Gästen.

»Sakra, wo bist du denn, damische Dirn?«, schrie sie laut die Holztür an.

Moritz stellte sich mit seinen Vorderpfoten auf die Türklinke, wie um seine Hilfe beim Öffnen anzubieten.

»Aus, Moritz, sitz.«

Der Hund ließ ab und setzte sich folgsam. Warum ihr das Tier aufs Wort gehorchte, hatte Malu noch nie verstanden, denn erzogen hatte sie ihren vierbeinigen Gefährten nie. Moritz war im Gegensatz zu ihr ein von Natur aus verlässlicher und disziplinierter Zeitgenosse.

Ähnlich wie Annika.

Malu hatte die viel jüngere Frau kennengelernt, als sie gemeinsam vor den Wohnungsangeboten am Schwarzen Brett in der Uni gestanden und zur gleichen Zeit geseufzt hatten. Es war der Horror. Selbst die WG-Zimmer waren überteuert oder weit außerhalb von Köln. Für Studentenheime gab es Wartelisten. Einzelne kleine Wohnungen waren fast unerschwinglich.

Dieser synchrone Seufzer hatte sie beide hysterisch lachen lassen, wieder zur gleichen Zeit, als wären sie ein Comedyduo on Tour. Der Rest ging rasend schnell. Sie waren in die Mensa gegangen, um den Frust mit einem Kaffee hinunterzuspülen, dann am selben Abend auf ein paar Kölsch in die Innenstadt.

Für Annika war es unbegreiflich gewesen, dass Malu aus ihrer kleinen Wohnung in der Suevenstraße in Deutz freiwillig ausziehen wollte. Malu wiederum hatte es nicht fassen können, dass Annika gerade achtzehn Jahre alt war, wie Malu damals bei ihrem Auszug aus dem Heimatkaff, aber bereits ihr Abi mit eins Komma null in der Tasche hatte und plante, ihr Jura-Grundstudium in vier Semestern durchzuziehen. Die einzige Gemeinsamkeit war, dass auch Annika aus einer Kleinstadt stammte, aus Alsdorf in der Nähe von Aachen.

Die Gegensätze zogen sich an, beide waren neben einer neuen Bleibe auch auf der Suche nach einer Freundin gewesen. Annika hatte viel über Malu und ihre österreichischen Geschichten gelacht, Malu war von den klaren Zielen der strebsamen Annika fasziniert. Auch von ihrem schönen Aussehen.

Sie selbst war auch hübsch mit ihren wilden braunen Locken, ihren Kurven und ihrer lockeren Art im Umgang mit ihren Mitmenschen, aber Annika besaß zusätzlich zu ihrer Jugend eine Zartheit, die Beschützerinstinkte wecken konnte. Mit ihrer aufmerksamen Freundlichkeit wirkte sie nahezu perfekt. Schneewittchen hatte Malu sie einmal genannt, das lange schwarze Haar und der blasse Teint passten dazu.

An jenem ersten Abend hatten sie sich bereits so vieles aus ihrem Leben erzählt, dass Malu ihre erste große Lüge bis heute unendlich leidtat.

Sie hatte nicht aus der Suevenstraße wegziehen wollen, weil sie Deutz schrecklich fand und weil die Wohnung sie an ihren Ex erinnerte, das war schlicht gelogen gewesen. Malu hatte ausziehen wollen, weil der Nachbar auf derselben Etage ein unheimlicher alter Spanner war.

Das Wohnhaus in der Suevenstraße war in Winkelform gebaut, sodass sich auf jeder Etage die Zimmer mit Balkon der jeweiligen Wohnungen gegenüberlagen. Anfangs war Malu völlig aus dem Häuschen gewesen, ein ruhiges Appartement mit kleinem Austritt und Blick auf eine Wiese bekommen zu haben. Noch dazu zu einem erschwinglichen Preis. Der Vermieter hatte nach Sympathie entschieden, lebte in Hürth und wollte keiner dieser Miethaie sein, wie er Malu beim Kennenlernen erzählte. Sie hatten gequatscht und sich einen Joint geteilt, dann hatte er ihr den Zuschlag gegeben. Es war wie ein Sechser im Lotto gewesen. Mit Zusatzzahl.

Doch der Typ von schräg gegenüber hatte ziemlich bald genervt. Auf eine unheimlich stille Art und Weise.

Kaum betrat Malu bei schönem Wetter den Balkon, zeigte auch er sich. Setzte sich auf einen Stuhl und sah zu ihr herüber. Manchmal winkte er, und anfangs hatte Malu zurückgewunken. Dass er jedoch jedes Mal nach draußen kam, wenn sie es sich gemütlich machte, wurde ihr immer unangenehmer. Bei seiner geringen Größe und seinem dicken Bauch machte sie sich keine Sorgen, dass er sie überfallen könnte, aber sein stierer Blick bereitete ihr Magenschmerzen.

Dann kam die nächste Stufe.

Wenn sie die Wohnung verließ, kam auch er um die Ecke, als hätte er hinter seiner Tür gelauert und gelauscht. Er grüßte leise und freundlich, bot ihr ständig Hilfe an, aber seine anbiedernde Art machte ihren Ekel noch größer.

Eine Beschwerde bei der Hausverwaltung blieb ohne Erfolg, denn der Typ hatte sich nichts zuschulden kommen lassen, wohnte in dem Haus schon seit vielen Jahren und galt als ruhiger Mieter, der verlässlich seine Miete zahlte.

Eines Abends war Malu ihn nach einer Party in betrunkenem Zustand auf dem Flur direkt angegangen. Die Konfrontation hatte nur zur Folge gehabt, dass er sie mit riesigen Augen ansah. Ohne ein Wort der Erwiderung hatte er sich danach umgedreht und war zurück in seine Bude gerannt. Eine Woche lang hatte Ruhe geherrscht, dann hatte sich der unheimliche, stille Stalker ihr wieder bei jeder Gelegenheit gezeigt. Allerdings mit einem neuen Gesichtsausdruck, enttäuscht und lauernd, der ihr mehr und mehr Angst machte.

Wie er auf dem Balkon saß und zu ihr hinüberstarrte, wie er die Tür öffnete und im Flur auftauchte, wie er hinter ihr die Treppe nach unten ging oder wie zufällig bei den Postkästen erschien, all das hatte Malu an den Rand eines Nervenzusammenbruchs gebracht. Wo sie endlich einen beruflichen Hafen anzusteuern schien, durfte dieser Typ sie nicht aufhalten.

Weitere Monate hatte sie sich gequält, die Wohnung war es wert gewesen. Zum Schutz hatte sie sich Moritz aus dem Dellbrücker Tierheim geholt. Mit Nachdruck hatte sie erst ihren Vermieter, dann die Mitarbeiter des Tierheims überzeugt, dass es das Tier bei ihr gut haben würde, trotz des etwas beengten Raums. Der Deutzer Stadtgarten, die Rheinpromenade auf der Schäl Sick und die Poller Wiesen waren in kürzester Zeit zu erreichen, sie würde den Hund täglich mehrfach im Grünen ausführen.

So kam Moritz zu seinem neuen Frauchen, und schnell waren sie die besten Freunde. Aber Malus mulmiges Gefühl gegenüber dem Nachbarn legte sich nicht. Leider bellte und knurrte der Hund nicht wie erhofft, sondern wedelte auf seine vertrauensvolle Art mit dem Schwanz, wenn sich der Nachbar wie eh und je zeigte. Moritz hatte sogar einmal ein Stück Wurst aus der Hand des Irren gefressen, am liebsten hätte Malu geheult.

Schließlich hatte sie doch aufgegeben und sich auf die ätzende Suche nach einer neuen Bleibe gemacht. Schlussendlich war sie ins Umland gezogen, in eine große WG in einem umgebauten Bauernhof im Bergischen. Für Moritz ein Traum, für sie viel unnütze Zeit in Bus und Bahn. Doch immerhin hatte sie auf der Suche nach einem Zuhause ohne schrägen Nachbarn eine neue Freundin kennengelernt.

Warum sie Annika an diesem ersten Abend alles über ihre Kindheit, über ihre Sexpartner und ihre Vorlieben, aber nichts über den Grund ihres Umzuges erzählt hatte, wusste Malu bis heute selbst nicht. Tatsache war, sie hatte geschwiegen, und nicht nur das. Sie hatte Annika das Appartement in der Suevenstraße vermittelt, sie als Nachmieterin empfohlen.

Dass Malu auch später kein Wort über den unheimlichen Typen verlor, hatte einen anderen Grund, den sie sehr wohl kannte. Annika verstand sich nämlich mit dem dicken, kleinen Mann von nebenan richtig gut, unglaublich, aber eine Tatsache. Sie erzählte Malu von der angenehmen Nachbarschaft und erwähnte nie auch nur mit einem Satz, dass der Alte ihr nachstellte.

Entweder hatte der Nachbar eine Therapie gemacht, oder Malu war einem Wahn erlegen, weil sie in ihrer Pubertät zu viele Horrorfilme gesehen hatte. Eine dritte Möglichkeit leuchtete Malu aber am meisten ein, denn es konnte sein, dass es an Annikas netter Art lag, mit Menschen umzugehen, und sie in dem komischen Kerl einfach einen einsamen Hausbewohner sah, der niemandem Böses wollte.

Wie auch immer, jetzt stand Malu vor Annikas Tür und begann sich Sorgen zu machen.

Annika war pünktlich, verlässlich und treu, was die Beantwortung von Nachrichten anging. Heute hätte sie zu Malu nach Bergisch Gladbach kommen sollen. Eine kleine verspätete Geburtstagseinladung. Annika war jedoch nicht erschienen, hatte sich nicht gemeldet, auf keine der Dutzend Nachrichten reagiert, nicht zurückgerufen.

Stunden über Stunden dasselbe Spiel.

Malu hatte es bei anderen Freunden und Studienkollegen versucht, keiner hatte von Annika gehört, alle fanden es normal, dass man sich auch mal für einen Tag aus den sozialen Medien ausklinkte. Weitere Textnachrichten blieben ebenso unbeantwortet wie Malus Anrufe auf der Mailbox. Noch wollte sie Annikas Eltern nicht kontaktieren, vielleicht hatten die anderen ja recht, und sie machte unnötig die Pferde scheu.

Doch jetzt hatte sie zumindest nach Köln fahren und zur Wohnung kommen, ihren Gefühlen eine Aktion entgegensetzen müssen. Nun stand sie vor Annikas Tür, und kein Klingeln, kein Klopfen und kein Rufen half. Annika war nicht in der Wohnung. Oder war sie vielleicht doch drinnen, konnte sich nicht melden und brauchte Hilfe?

Moritz hechelte, und Malu merkte, wie ihr der Schweiß über Gesicht und Körper lief. Vielleicht war in Annikas Familie jemand krank geworden und sie aus Alsdorf noch überhaupt nicht zurückgefahren?

Aber ohne sich zu melden, ohne Bescheid zu geben mit einer einzigen Zeile? Wozu gab es die sozialen Medien, wenn nicht dafür, immer alles übereinander zu wissen. Sie waren Freundinnen, verdammt.

»A Schaß is das, a elender kräulicher Schaß!« Malu redete laut zu sich selbst und trat einmal gegen die Wohnungstür. Ein Stich in ihrem Knöchel und ein Knacken im Holz waren die einzigen Gegenreaktionen.

Kein Nachbar öffnete seine Tür, selbst bei dem Lärm nicht, niemand erschien auf dem Hausflur. Apropos Nachbar. Warum zeigte sich nicht wenigstens der unheimliche Kurze? Wo war der Alte denn abgeblieben?

Malu ging in die Richtung der Stalkerwohnung, und Moritz

sprang auf, um seinem Frauchen zu folgen. Sie bog einmal um die Ecke und starrte auf eine weitere verschlossene Tür. So nah war sie dem Irren nie gekommen. Sie stellte sich direkt vor den Türspion und legte ihr linkes Auge an. Neben ihr winselte Moritz und leckte ihr über die Hand.

»Pscht. Wir gehen gleich.«

Malu strengte sich an, etwas zu erkennen, aber außer gräulichen Konturen in einem langen Gang war nichts zu sehen. Sie presste beide Augen zu, Punkte tanzten vor ihrem Gesichtsfeld. War sie eine hysterische Närrin?

In den Monaten, als sie hier gewohnt hatte, hatte der Alte sie nie körperlich belästigt, und Annika war mit dem Typen ja sogar ganz gut ausgekommen. Warum sollte der sich plötzlich in Hannibal Lecter verwandelt haben?

Trotzdem war Annika verschwunden und antwortete nicht.

Malu nahm ihr Smartphone. Keine Meldung von der Freundin. Sie googelte nach der Nummer der nächstgelegenen Polizeidienststelle und wählte.

»Polizeiwache Köln-Deutz, was kann ich für Sie tun?« Eine dynamische männliche Stimme erklang bereits nach dem ersten Klingeln.

»Ähm, ja. Grüß Gott und servus, ich wollt ...« Malu zögerte.

Annika war einmal nicht wie verabredet zu ihr gekommen, und schon rief sie bei den Bullen an. Wenn ihre Freundin tatsächlich nur ihre Ruhe haben wollte und das Treffen einfach verpennt hatte, würde Malu blöde dastehen.

»Handelt es sich um einen Notfall? Möchten Sie Angaben zu einer Straftat machen?«

»Nein, nix Dringendes. Oder vielleicht doch, Herr Inspektor.« Malu merkte, wie sie in ihren starken österreichischen Dialekt verfiel, das machte die Aufregung. Hier gab es diese Anrede überhaupt nicht. »Ich steh vor der Wohnung einer Freundin, Annika Trautmann, Suevenstraße 30b, hier in Deutz. Sie is quasi verschwunden.«

»Haben Sie es denn bereits sonst überall versucht? Familie, Freunde, auch in den Krankenhäusern?«

»Nicht überall.«
»Ist die vermisste Person hilfsbedürftig?«
»Nein, gar nicht. Vielleicht wart ich noch einen Tag oder so.«
»Für eine Vermisstenanzeige gibt es kein Zeitlimit. Sie können jederzeit kommen und eine aufgeben.«
Die Hitze stieg Malu in den Kopf, und sie lehnte ihre Stirn an die Mauer neben der Tür. Wenigstens gab es dort etwas Kühle.
Es war wirklich das Beste, zu warten und einen zweiten Rundruf zu starten. Was konnte sie sonst noch tun? Vielleicht in Annikas Wohnung nachsehen?
Malu ächzte. Was war sie für eine dumme steirische Kuh! Die Hysterie hatte sie blöde werden lassen.
Die Lösung lag auf der Hand.
Irgendwo in ihrem neuen Zuhause lag ein Zweitschlüssel, den sie sich damals bei ihrem Einzug hier in Deutz hatte machen lassen, für ihren damaligen Freund. Der Freund hatte sich als Arschloch entpuppt, aber den Schlüssel gab es noch. Bei ihrem Auszug hatte sie dieses Exemplar weder ihrem Vermieter noch Annika gegeben. Malu hatte keine Ahnung mehr, wo sie ihn aufbewahrte, aber sie würde zurückfahren und in den nächsten Stunden ihr WG-Zimmer auf den Kopf stellen.
»Ja, das mach ich, Herr Inspektor. Wenn ich meine Freundin nicht finden kann, komm ich zu Ihnen auf die Wache. Danke schön. Wiederhören!«
Malu beendete den Anruf, stieß erleichtert die Luft aus ihren Lungen. Die Idee beruhigte sie. Moritz bellte einmal laut.
»Ja, mein Hunderl, auf geht's. Los, lauf!«
Der Hund trippelte wild wedelnd um die Ecke, als wäre er über die Entscheidung seines Frauchens hocherfreut.
Malu schaute noch einmal zurück. Trotz der angestauten Hitze im Hausflur wurde ihr plötzlich eisig. Sie hätte in dem Moment schwören können, dass hinter der Tür der Nachbarwohnung jemand stand und sie durch den Türspion beobachtete.
Malu rannte hinter Moritz her.

# 6

Montagmorgen.

Mag ich.

Wenn ich ehrlich bin, mag ich es sogar sehr, am Morgen diesen noch patientenfreien Ort zu betreten. In den Sommermonaten ist es angenehmer als in der kalten Jahreszeit, denn da bleiben die Fenster gekippt, und der Desinfektionsgeruch wird von einer frischen Brise von draußen verweht.

Meist bin ich die Erste, und dann laufe ich durch den langen Gang, öffne die Türen zu den Behandlungszimmern und atme den würzigen Geruch der sonnendurchfluteten Räume ein.

Zahnarztkitsch, ich weiß.

Noch sind die Temperaturen angenehm lau, die Schwüle soll erst gegen Mittag wiederkommen.

Ich gehe zurück, Richtung Rezeption. Die Absätze meiner Schuhe klacken heute Morgen nicht auf dem Marmorboden, denn ich habe mich entschlossen, auch einmal Ballerinas zu tragen. Damit komme ich mir zu klein und auch zu mollig vor, aber Nathalie und Luise haben sie mir als Scherz geschenkt, weil sie um Mamas Schuh-Tick wissen, und zum Trotz will ich zumindest einmal ausprobieren, wie es ist, nicht in High Heels durch meine Praxis zu stöckeln.

Meine Praxis – hört sich immer wieder gut an.

Früher die Praxis meines Vaters, dann unsere Praxis, als Dr. Lang noch mit an Bord war, jetzt aber mein Baby. Tatsächlich nimmt meine Arbeit mehr Zeit in Anspruch als meine Töchter. Oder Jakob.

Gestern haben wir noch über einen möglichen Urlaub am Meer geredet. Es wären unsere ersten gemeinsamen Ferien. Allerdings will ich Luise und Nathalie mitnehmen, wenn die beiden überhaupt noch ihren Urlaub mit Mama verbringen wollen, und Jakob seine Mutter Stefanie. Also ein Familientrip statt einem Romantikausflug.

Ist Jakob bereits Teil meiner Familie? Und ich seiner? Geht es nicht zu schnell zwischen uns? Was, wenn unsere Liebesgeschichte nicht *happy ever after* weitergeht?

Lass es sein, Leo. Zu viel Grübeln am Montagmorgen macht schon den Wochenbeginn anstrengend.

»Hallo, Dr. Leo.«

Ich stoße Luft mit einem leisen Fiepton aus und drehe mich um.

Hinter mir steht Britti Poster, meine hübsche Zahnarzthelferin. Wie immer sieht sie keck aus. Ihre Frisur ist zurzeit asymmetrisch gestylt, eine Seite bis über Ohr und Auge, die andere kürzer. Sie trägt einen blauen Sonnenhut zu einem blau-weiß gestreiften Kleid und sieht aus, als sei sie eben aus dem Schwimmbad gekommen. Nur ihr Gesicht ist merklich blass.

»Oh Gott, Britti. Ich dachte, ich wäre die Erste. Sie haben mich fast zu Tode erschreckt.«

Britti lächelt zaghaft. »Ich war mit Herrn Jansen beim Frühschwimmen. Er will sich noch ein Brötchen für die Pause holen und kommt nach.«

Ihr Teint bleibt käsig, was überhaupt nicht zu ihrer sonstigen Erscheinung passt.

»Ist denn alles in Ordnung, Britti?«

»Ja, Dr. Leo. Bei der Hitze ist es morgens megaangenehm, und Schwimmen ist gut für die Linie. Herr Jansen hat gemeint, ein eigenes Schwimmbecken zu Hause wäre toll, er könnte sich eines in seinen Garten bauen, hinter seinem neuen Haus.«

»Herr Jansen hat ein neues Haus?«

»Er hat doch die ganze Belegschaft nach Hürth eingeladen, als er Ende April endlich von Eschweiler ganz hierher umgezogen ist. Erinnern Sie sich nicht?«

Ich überlege. In meinem Hirn ist nur dichtes Grau. Es kann doch nicht sein, dass ich dort war und die Sache vollkommen vergessen habe. Nein, da taucht eine Erinnerung wie ein Boot aus dem Nebel auf. Im April hatte zuerst Nathalie die Grippe mit hohem Fieber, dann Luise, dann Jakob, und am Ende lag ich flach und habe Dankesgebete zum Himmel geschickt, weil Olaf

Jansen mich in der Praxis vertreten hat. Bei seiner Einweihungsparty war ich deshalb nicht anwesend.

»Sie haben eine Gedächtnislücke, liebe Britti. Da lag ich krank im Bett. Wie war es übrigens? Wir haben nie darüber geredet.«

»Sie haben uns nie danach gefragt, Dr. Leo. Es hat geregnet, aber wir mussten trotzdem draußen feiern, unter einem Partyzelt. Brrr! Aber sonst nett.«

Nett, nur nett. Manchmal erstaunt mich meine Zahnarzthelferin. Meist plappert sie wie eine aufgezogene Eieruhr, und dann kommt ein so schwacher Kommentar.

»Ich will meinen nassen Badeanzug durchschwemmen und mich im Aufenthaltsraum umziehen, Dr. Leo. Wenn der Tumult losgeht, bin ich bereit.« Britti wirkt jetzt etwas verlegen. Wenigstens haben ihre Wangen wieder Farbe bekommen.

Warum trifft sich Britti privat mit meinem Zahnarztkollegen? Hoffentlich steckt nicht eine neue Liebelei dahinter, denn in Sachen Liebe hat sie wahrlich kein gutes Händchen.

»Sie beide haben sich also schon morgens zum Schwimmen verabredet?«

Eigentlich will ich fragen, ob die zwei die Nacht miteinander verbracht haben, aber das geht mich nicht wirklich etwas an. Bisher hat es keine Beziehung am Arbeitsplatz gegeben, soweit ich weiß, wobei man dazusagen muss, dass Olaf Jansen der einzige Quotenmann im Team ist. Es gibt noch meinen Zahntechniker, aber der hat sein Labor seit Beginn des Jahres in größere Räumlichkeiten zwei Straßen weiter verlegt.

Olaf Jansen ist ein gut aussehender junger Zahnarzt, und alle meine Helferinnen scheinen für ihn zu schwärmen. Zumindest kichern sie immer, wenn er einen Witz macht, obwohl seine Witze schlecht sind und eigentlich nicht so komisch wie meine Bonmots.

Hoffentlich ist Britti klug genug, sich auf nichts einzulassen, was über einen Besuch im Schwimmbad hinausgeht.

»Wir haben kein Verhältnis, wenn Sie etwas in der Art andeuten wollen, Dr. Leo. Wir gehen nur beide gern bereits morgens schwimmen, das ist alles. Bei der Hitze bietet es sich an.«

Jetzt ist es mir peinlich, dass mich Britti durchschaut hat. Ich spüre, wie meine Wangen glühen.

»Es ist allein Ihre Sache, Britti. Aber wenn Sie schon mal da sind, möchten Sie in meinem Büro einen Kaffee mit mir trinken, wenn Sie Ihren Badeanzug versorgt haben?«

Endlich strahlt meine Zahnarzthelferin, und auch ich freue mich über die unerwartete Gesellschaft. Ich gehe in mein Büro und bereite alles vor. Meine Kaffeemaschine ächzt und stöhnt, doch sie gibt immer noch ausgezeichneten Kaffee aus. Ich schäume Milch auf und streue am Ende Kakaopulver über den Schaum.

Meine Zahnarzthelferin kommt herein, statt des Kleides trägt sie jetzt eine weiße Hose und eine gelbe Bluse für den Arbeitsalltag. Komischerweise hat sie den Hut noch auf.

»Was gibt es Neues, Britti?«

Britti Poster ist ein nie versiegender Quell, wenn es darum geht, Neuigkeiten zu erfahren und weiterzugeben. Die neuen Medien wurden für sie erfunden. Sie postet, sie bloggt, sie twittert. Dazu lebt sie auch noch die altmodische Form der Kommunikation aus und quatscht einfach mit jedem. Über meine Patienten weiß sie mehr, als mir lieb ist, und manchmal, wenn ich zur Behandlung im Zimmer erscheine, sehen mich Zahnarzthelferin und Patient entrüstet an, weil ich für die leidige Behandlung ihr Gespräch unterbreche.

»Oh, eine ganze Menge, Frau Doktor.«

Britti pustet in ihre Tasse, zögert aber noch. Das kenne ich nicht von ihr. Ich hoffe, dass sie keine traurigen oder auch unappetitlichen News hat.

Vor zwei Monaten hat sie mir erzählt, dass die Patientin Elke Sturm während der Wartezeit auf dem Stuhl ihre Fingernägel abkaut und dann in weitem Bogen ausspuckt. Seither muss ich nach deren Besuch immer den Boden nach Nagelteilchen absuchen. Es ist ekelhaft, aber ich kann nicht anders. Elke Sturm ist dazu noch eine Süßigkeitenliebhaberin, wie sie im Buche steht, und ihre Karies ist atemberaubend. Sie ist quasi ein Stammgast und fürchtet sich vor mir wie vor dem Teufel.

Das gilt für viele meiner zahnschmerzgeplagten Besucher. Sie sind wie kleine Kinder, die nicken, wenn Mutti ihnen an der Supermarktkasse streng verbietet, sich etwas von der Schokolade zu nehmen, aber sofort zuschnappen, wenn sie sich unbeobachtet fühlen.

»... in der Zwischenzeit.«

Oh, jetzt hab ich alle Neuigkeiten verpasst. Egal, wie ich Britti kenne, wird sie einiges davon mehrfach wiederholen.

»Ach, vorhin hab ich im Aufenthaltsraum in den Kühlschrank geguckt, ob noch Milch da ist. Was machen denn Speiseeis und ein Luftpolster in unserem Tiefkühlfach, Dr. Leo?«

Dietrich Möwe.

Der seltsame dicke Mann und sein Gerede. Nach dem »Tatort« gestern Abend habe ich keinen Gedanken mehr daran verschwendet. Jakob hat mich beruhigt, und unsere Urlaubsplanung hat meine gesamte Aufmerksamkeit auf sich gezogen. Jetzt ist diese Behandlung, oder besser Nichtbehandlung, wieder voll da.

Allerdings erzähle ich Britti nur einen Auszug aus der ganzen Geschichte, sonst wird in ihrer stillen Post eine große Sache daraus. Den gesamten Teil mit der Frau, dieser Annika, wer auch immer sie sein mag, lasse ich weg. Ich erwähne das seltsame Verhalten des Patienten, seine Eile, seine Angst und seinen schnellen Abgang. Im Gegensatz zu Jakob ist Britti sofort Feuer und Flamme.

»Meinen Sie, es könnte mehr dahinterstecken? Vielleicht ist dem Mann etwas Unheimliches beim Ausbeißen seines Zahnes zugestoßen, oder er ist auf der Flucht vor einem Killer oder ist selbst ein Übeltäter. Spannend.«

Mich wundert, dass sich Britti nach allem, was wir zusammen erlebt haben, immer noch an solchen Dingen erfreut. Wie gut, dass ich Herrn Möwes Geplapper über einen möglichen Todesfall verschwiegen habe.

»Ich habe keine Ahnung, Britti. Vielleicht hat er nur sinnloses Zeug geredet, vor Angst und vor Schmerzen.«

»Aber Sie bohren doch nach? Im wahrsten Sinn des Wortes.

Ich könnte ihn auch befragen, das mache ich gern. Sie haben doch seine Personalien. Ich rufe unter dem Vorwand an, einen Termin ausmachen zu wollen, und wenn er wiederkommt, geben Sie mir etwas Zeit, bis Sie zur Behandlung kommen.«

»Nein, Britti. Auf keinen Fall. Ich gehe davon aus, dass Herr Möwe heute einer der ersten Patienten sein wird. Sein abgebrochener Zahn wird ihm weiter Höllenschmerzen verursacht haben. Er wird ohne Aushorchen behandelt. Ich habe Ihnen die Geschichte im Vertrauen erzählt.«

»Wenn er nicht kommt, dann rufen Sie ihn aber selbst an, nicht? Oder Sie gehen direkt bei ihm vorbei, so wie ich Sie kenne. Nicht wahr?«

Ich bin empört. »Natürlich nicht, Britti. Ich werde mich nie wieder einmischen.«

Britti klatscht in die Hände wie nach einem guten Gag. Ich gucke sie beleidigt an und erwarte eine Entschuldigung. Stattdessen verzieht sie ihren Mund zu einem schiefen Lächeln und blinzelt mir verschwörerisch zu. »Schon klar, Frau Dr. Leo, ich habe verstanden. Nie mehr.«

Bevor ich zu einem lautstarken Protest ansetzen kann, sind draußen im Flur Stimmen zu hören.

Zahnarzthelferin Greta Lutzinger und Gerda Horst, meine Empfangsdame an der Rezeption, sind eingetroffen. In den nächsten Minuten werden auch die anderen Angestellten dazukommen, und die Arbeitswoche ist offiziell eröffnet.

Britti trinkt mit einem schnellen Zug ihren Kaffee aus, stellt die Tasse ab und ist mit drei Schritten an der Tür.

Dort dreht sie sich noch einmal zu mir um. »Fehlt es Ihnen denn?«

»Was bitte?« Ich verstehe nicht.

»Na, das Nachbohren eben. Das Ermitteln und Schnüffeln.«

»Um Gottes willen, Britti, natürlich nicht. Ich bin froh, dass es in den letzten Monaten so ruhig war.«

»Darf ich Ihnen noch etwas anderes erzählen? Was dazu passt?« Britti senkt den Kopf, beißt sich auf die Lippe.

»Klar doch, Britti.« Heute Morgen erstaunt mich meine

Zahnarzthelferin schon zum dritten Mal. Seit wann fragt Britti nach, wenn es um eine neue Story geht?

Die Stimmen an der Rezeption werden lauter, die Begrüßung zwischen den Angestellten ist wie immer herzlich. Die Stimmung unter der Mannschaft ist fabelhaft. Ein tieferer Bass kommt dazu, Olaf Jansen, der neue Zahnarzt, ist also auch eingetroffen.

»Später, Frau Doktor, später reden wir.«

»Wie Sie wollen, Britti.«

Sie huscht nach draußen. Zeit, mich fertig zu machen.

Ob Britti nun die Wahrheit gesagt hat und sie mit meinem Kollegen »nur« schwimmen war?

Ob Dietrich Möwe tatsächlich heute zu seiner Behandlung kommen wird?

Wenn ja, dann werde ich –

Und wenn nicht, dann könnte ich –

Nein, nein, Leo. Du wirst dich in nichts einmischen. In absolut gar nichts.

Ein Teil von mir würde gern widersprechen, aber ich lasse es nicht zu.

# 7

Dietrich wollte nicht zum Opfer werden.

Doch eben hatte er beobachtet, wie sein Gegenüber etwas ins zweite Glas geschüttet hatte. Nachdem der Saft aus der Flasche eingegossen worden war.

Sicher?

Todsicher.

Da war diese Bewegung gewesen, die die andere Person verraten hatte. Dieser Griff in die Jackentasche, das Anheben, das Kippen. Dietrich meinte sogar, ein leises Glucksen gehört zu haben, als sich die Tropfen mit dem Saft vermischten.

Es war ein unheimliches Déjà-vu nach seinem eigenen Erlebnis am Wochenende. Mit dem großen Unterschied, dass er diesmal die Seite gewechselt hatte.

Er war hier der Unwissende.

Dietrich war an diesem Ort, weit weg von seinem Zuhause, bei dieser Begegnung weder in der Romeo-Rolle noch auf einer Rettungsmission. Er fühlte sich elend und wäre am liebsten schnellstmöglich abgehauen. Aber das ging auf keinen Fall. »Nachbarin, euer Fläschchen«, das bekannte Zitat aus Faust fiel ihm ein; und wenn er allein gewesen wäre, hätte er aus dem Stück zitieren können. Damit hatte er schon einige Stunden verbracht, in denen er über Annika gewacht hatte. Um ihretwillen musste er bleiben. Ausharren.

»Ich hätte nicht gedacht, dass Sie so viele Theaterstücke auswendig können, Herr Möwe«, hatte Annika gesagt, dann wieder geweint. Aber er durfte nicht schwach werden, nicht nachgeben. Es ging um viel mehr, als er Annika erzählen konnte.

In der Flüssigkeit, die Dietrichs Gegenüber in das Glas geleert zu haben schien, konnte alles Mögliche enthalten sein. Nicht nur eine Mischung aus Schlaftabletten, wie er selbst sie gemixt hatte, sondern auch Gift oder Schlimmeres.

Was wäre schlimmer als Gift? Ein radioaktiv verseuchtes Getränk, das nach nichts schmeckte und Dietrich doch verstrahlen würde. Ein langsamer Tod. Ein leises Sterben.

Quatsch. Dietrich schüttelte den Kopf. Woher sollte denn die andere Person eine solche illegale Substanz bekommen haben? Schluss mit Spekulationen. Er musste sich konzentrieren.

Was soll das? Was hast du mir ins Getränk getan? Denkst du, ich bin blind? All das wollte er fragen. Mit dunkler Stimme und einem seinerseits scharfen Unterton. Kein höfliches »Sie« mehr, sondern ein gefährliches »Du«. Auch wenn Dietrich sich nicht vorstellen konnte, was an ihm gefährlich wirken könnte.

Die Pistole.

Aber die Tokarew lag versteckt unter seiner Decke auf der zerschlissenen Couch. Unerreichbar für den Augenblick.

»Möwe, mein Freund«, sagte stattdessen sein Gegenüber. Dietrich meinte, eine Ausbuchtung an der Seitentasche der grauen Jacke zu sehen. Ebenfalls eine Waffe?

Dietrich wurde das Glas entgegengehalten.

Es war der Ausdruck in den Augen, der jede Erwiderung aus Dietrichs Mund im Keim erstickte. Der Blick, der ihn musterte, war kalt. Kalt und distanziert. So, als sähe sein Gegenüber durch ihn hindurch, als wäre er schon längst nicht mehr hier. Vielleicht schon begraben und am Verfaulen.

Vollkommen egal, was Dietrich erzählen würde, wie sehr er sich um Verständnis bemühen würde. Egal auch, ob er mit gefährlicher oder piepsiger Stimme reden würde. Lächerlich überhaupt, sich unter diesem Blick vorzustellen, es bis zur Couch und der Tokarew zu schaffen.

Dietrich war klein und rundlich, immer ein Büromensch gewesen, unsportlich. Heute wusste er zumindest wieder, dass er in einem Sanitärladen die Buchhaltung gemacht hatte, bis zu seinem Zusammenbruch. Aber an den wollte er nicht denken. Nicht an den Beginn seiner Ängste, an den ersten Aufenthalt in der Klinik, nicht an Therapie, Frühpension, Medikamente, Isolation.

Stopp. Alles zurück ins Vergessen. In den dunklen Schacht, der sein Hirn geworden war.

Immer wieder war er zum Ziel gefährlicher Mächte geworden. Nach dem Warum fragte er schon lange nicht mehr. Er hatte sich geschützt, so gut es ging, und angefangen zu beobachten. Hatte sich aus alten DDR-Beständen mit dem nötigen Equipment eingedeckt. Vieles hatten sie ihm weggenommen, aber nicht alles.

Das Ausspähen war ihm geblieben. Zuerst, um die Feinde zu enttarnen, dann, um Liebe zu finden.

Ein und dieselbe Tätigkeit, mit denselben Mitteln. Nur die Motive andere. Jetzt, am Ende, verschmolzen beide wieder zu einer einzigen großen Aufgabe.

Annika, alles für Annika.

Wie also konnte er sich wehren gegen die andere Person?

Wenn er sich weigerte, den Schierlingsbecher zu trinken, würde er mit Gewalt dazu gezwungen werden. Dessen war er sich sicher. Welche Waffe trug sein Gegenüber? War es überhaupt allein gekommen, oder warteten draußen die Schergen?

Dietrichs Blick wanderte durch die fremde Küche in dem fremden Haus in der fremden Stadt. War er nicht schon früher hier gewesen? Nein, kein Wiedererkennen. Woher wusste er dann von diesem Ort? Wie hatte er den Weg hierher gefunden? Wie immer, wenn ihm die Dinge entglitten, schob er die Leere in seinen Gedanken weit nach hinten. Anderes war wichtiger.

Dass er es gewagt hatte, aus seinem bekannten Umfeld hierher zu fliehen, hatte ausschließlich mit Annika zu tun. In Köln wäre sie nirgends sicher gewesen, das hatte von Anfang an festgestanden. Warum nur hatte Dietrich nicht daran gedacht, ein paar seiner Küchenmesser von zu Hause mitzubringen? Wenn er sie bei sich trüge, dann hätte er jetzt nach einem greifen, sein Gegenüber damit überraschen können.

Wieder Quatsch. Er war nicht nur zu dick und schwächlich, er war auch ein Feigling. Mutig war er nur gewesen, als er in seiner Wohnung mit Todesverachtung das Glas Wein mit Annika getrunken hatte, ohne zu wissen, ob es die Tablettenmischung enthielt oder nicht. An den Ablauf erinnerte er sich glasklar, vor ihr hatte er der Held sein können, dafür hätte er auch sterben wollen.

Selbst in der jetzigen brenzligen Situation wurde ihm bei seinen Gedanken an Annika warm ums Herz.

Als würde ihm sein Schicksal diesen Lichtblick nicht gönnen, begann sein Zahn rhythmisch zu pochen. Kein greller Schmerz wie Samstagnacht, dagegen schluckte er alle paar Stunden starke Schmerztabletten, aber ein dunkles, intensives Klopfen. Nicht auch das noch.

»Bei der Hitze soll man viel trinken, Möwe.« Sein Gegenüber stellte ein zweites Glas mit der gelblichen Flüssigkeit auf die Tischplatte neben das erste. Die leere Saftflasche dahinter fing das Sonnenlicht von draußen ein, der Flaschenhals glitzerte.

»Orangensaft.« Weich jetzt der Unterton, einlullend, nicht zu dem kalten Blick passend. »Nicht frisch gepresst, aber mit Fruchtfleisch und bio. Wir wollen doch alle gesund sterben, oder?« Jetzt ein herzliches Lachen, doch die Augen blieben völlig humorfrei. Mochte es heute auch über dreißig Grad haben, dort in den Pupillen herrschte ewiger Winter.

Um seine Angst zu mildern, stellte sich Dietrich vor, wie die Person vor ihm schrumpfte, winzig wurde, zu einem Persönchen schmolz.

Persönchen – das klang tatsächlich weniger furchteinflößend.

Bei diesem Wort klingelte etwas in seinem Kopf. Konnte es sogar sein, dass er sein Gegenüber kannte? Dietrich kramte in seinem Gedächtnisspeicher, holte Bild um Bild hervor, versuchte dem Gesicht einen Namen zuzuordnen. Es gelang ihm nicht. Etwas anderes kroch stattdessen aus den Tiefen seines Bewusstseins hervor.

Er wagte endlich zu sprechen. »Ich muss noch viel erledigen. Mich um die Einkäufe kümmern, um die Versorgung und den korrekten Ablauf. Außerdem habe ich einen Termin beim Zahnarzt. Dr. Leocardia Kardiff, Nikolausplatz in Köln. Tolle Zahnärztin. Kann ich empfehlen, sollten Sie einmal eine brauchen. Wenn Sie mich bitte entschuldigen, ich habe keine Zeit mehr.«

Der Name der Zahnärztin war ihm eingefallen und sein Besuch dort. Daran klammerte er sich. Unter dem Vorwand eines festen Termins musste er heil hier herauskommen.

Und er wusste wieder den Grund, warum sie überhaupt alle zusammengekommen waren.

Er bekam Oberwasser. Seine Stimme klang trotzdem dünn, aber wenigstens konnte er eine Dringlichkeit in seine Sätze legen. Wenn er jetzt klar darlegen konnte, wie wichtig er in dem ganzen Spiel war, würde der Kelch vielleicht an ihm vorübergehen.

»Ich bin ein gleichberechtigter Teil der Geschäfte. Es gibt einen Zeitplan und eine ganze Reihe von Dingen, die auf der Kippe stehen. Ich muss sofort los, kann nicht weiter mit Ihnen plaudern. Wenn Sie mich also entschuldigen würden.«

Dietrich machte drei Schritte von seinem Gegenüber weg, Richtung Gang. Richtung Ausgang. Es kam ihm vor, als wären Felsblöcke an seine Füße gebunden.

»Halt, Möwe. Verstanden?« Keine Höflichkeit mehr. Ein klarer Befehl.

Geh weiter, Dietrich, dachte er. Durchquere diesen Raum. Geh in den Flur hinaus, als ob nichts wäre. Dann rennst du. Am Ende ist die Eingangstür. Dorthin musst du. Reiß die Tür auf. Flieh auf die Straße. Bring dich in Sicherheit. Dann kehrst du mit Polizei und Militär zurück und rettest Annika.

Doch er blieb stehen. Zu dem Pochen in seinem Zahn gesellte sich das seines Herzens, das an Fahrt aufnahm. Er war sich mit einem Mal sicher, dass vor dem Haus bereits Polizei und Militär auf ihn warteten, weil sie alle die Seiten gewechselt hatten. Dietrich und Annika blieben als Einzige übrig. Sie hätten in seinem Zuhause gemeinsam sterben sollen. Zu spät.

Das Persönchen deutete auf die Gläser, schob sie mit zwei Fingern ein Stück über die Tischplatte. Der Inhalt unterschied sich weder in der gelben Farbe noch in der Konsistenz. Es konnte in beiden nur Saft schaukeln.

»Zuerst trinken wir, dann sehen wir weiter. Los doch, Möwe.«

Wie ein Opferlamm schlurfte Dietrich zurück an den Tisch. In dem Moment ertönte das Klopfen.

Annika pochte, schlug nebenan gegen die Holzwand. Klopfte und rief. »Hallo, hallo! Ist da wer? Hilfe, bitte, Hilfe!«

Dietrich hatte Annikas Rufen und Klopfen schon oft gehört, sie immer mit seinen Zitaten und Geschichten zu beruhigen versucht. Er durfte, er konnte sie nicht freigeben, die Lage war zu gefährlich. Später würde Annika alles verstehen, später konnte er ihr das Unvermeidliche erklären. Er legte sich die Hände auf die Ohren, versuchte, die Geräusche auszublenden.

Doch die andere Person verlor für einen Moment völlig die Contenance, und die kalten Augen wurden zu Schlitzen. »Verdammte Scheiße!«

Sie durchquerte die Küche, so schnell, dass Dietrich der Plan, bis zur Eingangstür zu rennen und zu fliehen, jetzt absolut lächerlich vorkam. Aber der Abstand zwischen ihnen war größer geworden. Kein Gegenüber mehr, sondern ein Weiterentfernt.

Dietrichs Herz begann zu rasen. In seinen Ohren rauschte es, der Schmerz in seinen Zähnen flammte trotz der vielen Schmerztabletten auf. Doch selbst das Zahnweh konnte ihn nicht aufhalten. Eine Eingebung schoss durch seinen Kopf.

Jetzt, in dieser einen rettenden Sekunde.

Oder nie.

Dietrich beugte sich vor, packte die beiden Gläser und vertauschte sie. Schob das linke nach rechts und das rechte nach links. Machte einen Schritt zurück. Fasste sich an die Brust.

»Annika hört gleich wieder auf«, sagte er und schnappte nach Luft. »Am besten, wir flüstern.«

Die andere Person machte kehrt, wandte sich Dietrich zu, kam langsam an den Tisch zurück, wurde wieder zu seinem Gegenüber. Dietrichs Knie fühlten sich weich an, er stützte sich an der Kante der Tischplatte ab.

Seine Aktion schien nicht bemerkt worden zu sein. Er wagte es sogar, in die kalten Augen zu schauen. Kein Argwohn dort, kein Erkennen. Ein Funken Hoffnung keimte in ihm auf.

Auch Annika war wieder verstummt.

»Gut, Möwe. Machen wir es so.« Tatsächlich ein Flüstern. »Darauf bräuchte ich jetzt mehr als nur Saft.«

Die fremden Hände kamen in Dietrichs Blickfeld zurück, die Finger griffen nach den beiden Gläsern, hoben aber das rechte hoch. Plötzlich setzten Schmerzen und Herzschlag für Sekunden aus.

Denn das war falsch.

Oder?

Alles umsonst, stöhnte sein Herz.

Nein, genau richtig, keuchte sein Hirn.

Er überlegte angestrengt, meinte, seinen Kopf rauchen zu spüren. Das Spiel begann erneut, in Köln hatte es seinen Anfang genommen, und hier drehte sich das Karussell zum zweiten Mal.

Wie war der Ablauf gewesen? Am Beginn war die Flasche aus dem Einkaufskorb genommen worden, die Gläser ebenso. An der Spüle hatte das Persönchen eingeschenkt. Die Tropfen heimlich und schnell ins rechte Glas getropft, dieses Dietrich entgegengehalten, dann rechts, von ihm aus gesehen, auf der Tischplatte abgestellt.

RECHTS! Schrie sein Gefühl.

Eben hatte Dietrich die Gläser getauscht, die nun umgekehrt platziert waren. Sein Gegenüber sollte also nach dem von Dietrich aus linken Glas greifen.

LINKS! Brüllte sein Denken.

Er war sich hundertprozentig sicher.

Und auch wieder nicht.

Wie bei dem Wein. Genauso. Nur jetzt gelb statt rot. Die Wiederholung der Szene wollte ihm den Verstand rauben. Vollends.

Stopp.

Er schlug sich auf die Wange. Zweimal. Fest.

Sein Gegenüber musste darüber lächeln. Leise kichern.

Auch Dietrich bekam plötzlich Lust, über sich zu lachen. Er war ein Idiot, urteilte er. Ein kleiner, dicker, nichtsnutziger Psycho.

Links oder rechts? Das Fragezeichen wurde riesig. Es kreischte nicht, es schrie nicht, trotzdem verdrängte es die Bedrohung, die Todesangst in seinem Kopf. Selbst Annikas Gesicht schrumpfte auf Stecknadelkopfgröße.

Dazu ein nächster idiotischer Gedanke: Was, wenn es am Ende weder Tropfen noch Fläschchen gab? Seine überreizten

Nerven ihm etwas vorgaukelten, das nicht existierte, einer Fata Morgana gleich? Dieses Persönchen hier vor dem Einschenken einfach nur die Saftflasche geschüttelt hatte?

Dietrich stieß einen winzigen Laut aus. Wie die kleinste Dampflok der Welt hörte er sich an. In seinem Kopf überlappten sich die Abläufe, und seine Erinnerung schien sich in unendlich vielen Möglichkeiten zu verlieren.

»Komm, Möwe. Vitamine gegen den Durst. Ich sterbe in der Hitze.« Ein leises, feines Lachen folgte der neuerlichen freundschaftlichen Aufforderung. »Lass uns endlich trinken.«

Annikas Gesicht kämpfte sich durch seine Panik zurück nach vorn. Dietrich sah jetzt ihre Augen vor sich. Wie sie ihn arglos angesehen hatte, bevor sie den Wein trank. »Wie nett von Ihnen, lieber Herr Möwe«, hatte sie gesagt. Auf Leben und Tod, hatte er gedacht.

So dann.

Dietrich griff sich das verbliebene Glas Orangensaft, von dem er nicht mehr sagen konnte, ob es nun rechts oder links gestanden hatte, und trank. Der gekühlte Saft schmeckte herrlich, wunderbar gegen die Sommerhitze.

Nichts weiter geschah.

Dietrich Möwe und sein Gegenüber flüsterten noch über Belangloses, und dann ging jeder seiner Wege.

Seine Erleichterung war so groß, dass Dietrich beschloss, unbedingt doch noch die Zahnärztin aufzusuchen. Mit solchem Zahnweh konnte kein Mensch lange weiterleben.

Die Wirkung von Rizin stellt sich nicht unmittelbar ein. Der Weg in den Tod kann Tage dauern.

Das äußerst giftige Protein wird aus den Samen des Wunderbaums gewonnen, und bereits eine kleine Dosis, oral aufgenommen, kann tödliche Folgen haben. Allerdings ist bei einem schnell herbeigeführten, heftigen Erbrechen ein Überleben durchaus möglich.

Für Dietrich kam diese Chance zu spät.

Als sich sein Körper mit Fieber, Übelkeit, Durchfall und

Krämpfen zu wehren begann, erinnerte er sich nicht einmal mehr an das Glas Orangensaft, sondern vermutete den Beginn einer schweren Darmgrippe.

Rein hypothetisch: Hätte Dietrich gefragt, hätte er theoretisch erfahren können, dass die tödliche Dosis Rizin bereits in der Saftflasche gewesen war. Weiter hätte das Persönchen ihm erklären können, dass es selbst niemals vorgehabt hatte, aus einem der beiden Gläser zu trinken, und das Glas nur mit den Lippen berührt hatte.

Doch natürlich hatte Dietrich keine einzige solche Frage gestellt.

Achtundvierzig Stunden später versagten seine Nieren, und sein Atemzentrum war gelähmt.

Wenigstens waren die Schmerzen während Dietrichs letzter Minuten wesentlich leichter zu ertragen als das abgesplitterte Stück Zahn vom Samstag.

# II.

## PLAUDERN IST GOLD, SCHWEIGEN NUR BLEI

# 1

Hauptkommissar Jakob Zimmer wurde mehr und mehr einer der klassischen Montagshasser. Dabei mochte er seinen Job wirklich. Sein Suchen nach Gerechtigkeit und seine Leidenschaft, Mordfälle aufzuklären, konnten jedoch den unendlich drögen Wochenbeginn nicht aufhellen.

In den letzten Monaten war es schlimmer geworden. Seit er sich auf eine engere Beziehung mit seiner wunderbaren und zugleich chaotischen Dr. Leo eingelassen hatte, brauchte er immer einen Anlauf, um vom sonntäglichen TV-»Tatort« auf die echten und meist langwierigeren Fälle zurückzukommen. Je größer seine Liebe zu Leo wurde, desto schwieriger fand er es, Privatleben und Beruf zu vereinen.

Nachts hatte er von Claudia, seiner ersten Frau, geträumt, von seiner Scheidung. Claudia hatte ihn im Traum wie damals am Ende ihrer Ehe beschimpft, dass sein Beruf ihre Beziehung aufgefressen habe und er sich entscheiden müsse. Auf der Suche nach einer richtigen Antwort war er durch Gänge geirrt, die ihn an das Polizeipräsidium erinnerten, und hinter jeder Ecke hatten Statuen gestanden, deren Gesichter zerstört worden waren.

Als Jakob aus dem Traum hochschreckte, war es vier Uhr am Montagmorgen gewesen. Neben ihm hatte Leo ihr leises Schnarchen und Schnauben von sich gegeben, das sie vehement verleugnete, und er wäre am liebsten aufgestanden und in seine eigene Wohnung zurückgekehrt. Nicht, weil er nicht gern die Nacht in ihrem Heim und in ihrem Bett verbrachte, sondern weil er in seinem Zuhause nach so einem Traum herumtigern, sich einen frühen Tee kochen oder seine Fallnotizen noch mal laut hätte durchlesen können. In dem ihm doch fremden Haus hätte er Leo und ihre Töchter nur gestört.

Um sie nicht zu wecken oder später eine Diskussion über eine nächtliche Flucht führen zu müssen, war er liegen geblieben, hatte in Gedanken den momentanen Fall rekapituliert, mit dem er und sein Team sich ein paar Stunden später beschäftigen würden.

»Der Nudelholzmord«, so war er in den Medien sofort reißerisch benannt worden.

Ein Toter und drei Verdächtige, die sich gegenseitig beschuldigten. Spuren von allen dreien an der Leiche und an dem Nudelholz, mit dem der italienische Pizzabäcker erschlagen worden war. Die zwei Männer und die Frau hatten beim selben Pizzaservice gearbeitet, Samstagmittag war es angeblich zu einem lächerlichen Streit über frische oder eingelegte Anchovis gekommen, und Samstagnachmittag hatte Alfredo Macchero mit einer tödlichen Wunde am Kopf am Küchenboden gelegen.

Die Ermittler hatten bis Samstag spät in die Nacht hinein die Aussagen aufgenommen und erste Spurenauswertungen abgewartet. Seither galten alle drei Kollegen des Pizzabäckers als Hauptverdächtige.

Fast achtundvierzig Stunden später waren sie immer noch nicht weitergekommen. Jakob hatte die heutige Besprechung mit seinem Team im kleinen Konferenzraum anberaumt, hier drinnen arbeitete wenigstens die Klimaanlage auf Hochtouren, in ihrem Großraumbüro war es schon morgens stickig heiß.

»Also, ich plädiere nach wie vor für die Täterin«, sagte Per Kowalski jetzt. »Sandra Nonzi ist doch schon während ihrer ersten Aussage mehrfach ausgerastet. Sie war's, sie hat die Nerven verloren. Eine hysterische Überreaktion. Typisch.« Er streckte seine Arme nach oben, gähnte mit offenem Mund.

Per hatte gestern spontan seinen Geburtstag nachgefeiert, hatte trotz des Wochenendmords zumindest zu einer kleinen Runde eingeladen. Einer der Letzten, die das Treffen verlassen hatten, war sein Kollege und Freund Luis Fahrenz gewesen, der sich, in sein iPad versunken, vom Gähnen seines Kollegen und Freundes anstecken ließ.

»Ich denke auch, dass sie es war. Wenn wir die Auswertung des Aufschlagwinkels von Nudelholz auf Schädel heute bekommen, wird es sich bestätigen. Es passt bei ihr von der Körpergröße, ganz einfach.«

»Stopp, Jungs.« Birgit von Zeh, die neben Per saß, stellte ihre Kaffeetasse mit Schwung ab. Ein paar Tropfen schwappten über den Rand. »Abgesehen davon, dass ihr alle drei wie benutzte Taschentücher ausseht, kommt mir der vorschnelle Lösungsansatz doch sehr chauvinistisch vor.«

Jakob hob seine Hand. »Ich persönlich bin nur vom Grübeln müde, Birgit. Ich habe die Spontanparty gestern geschwänzt und den ›Tatort‹ geguckt.«

Per grinste. »Mit seiner persönlichen Dentistin.«

Die Liaison zwischen dem Boss und der neugierigen Zahnärztin war auch nach Monaten immer noch ein Thema, mit dem das Team Hauptkommissar Zimmer aufzog.

»Schade, dass Birgit und du nicht aufgetaucht seid«, fügte der lange und dünne Kommissar hinzu.

»Mein Mann und meine Kinder wollen mich auch hin und wieder gern zu Hause haben.« Birgit klopfte auf die Tischplatte. »Aber um ohne weitere Umschweife zu unserem Fall zurückzukommen, ich glaube sowieso nicht an einen Totschlag im Affekt.«

Jakob horchte auf, seine Montagserschöpfung war mit einem Mal wie weggeblasen. »Erkläre uns das näher, Birgit. Am Wochenende hast du nichts von deiner Vermutung hören lassen.«

Hauptkommissarin von Zeh warf ihren Kollegen einen triumphierenden Blick zu. »Tja, am Wochenende hatte auch das Amtsgericht geschlossen.«

Sofort hatte sie die Aufmerksamkeit ihrer drei Kollegen und machte eine dramatische Pause.

»Komm schon, leg los.« Jakob rieb sich die Hände.

»Also, ich bin heute früher als ihr alle aufgestanden und war eine der Ersten am Amtsgericht auf der Luxemburger Straße. Ich hab mich schlaugemacht. Alfredo Macchero war bereits seit längerer Zeit der alleinige Besitzer des Hauses, in dem auch der Pizzaservice auf zwei Etagen seine Räume hat. Der ehemalige Eigentümer Pepe Costa hat es ihm mit einer Schenkung quasi vor seinem Tod vererbt. Nach meinem Besuch beim Amt habe ich Pepe Costa am Telefon im schönen Örtchen Aichach in Bayern erreicht. Er ist über achtzig und war auskunftsfreudiger, als es allen Beteiligten lieb sein dürfte.«

»Moment, da stimmt etwas nicht. Laut Aussage aller drei waren unsere Verdächtigen doch mitten in der Planung, das Gebäude samt dem Pizzaservice als Eigentümergemeinschaft zu kaufen, um die Pacht zu sparen. Eine Renovierung war vorgesehen. Wieso war Macchero seinen Partnern in spe zuvorgekommen und hatte nie ein Wort erwähnt?«

Synchron atmeten Luis und Per hörbar laut ein.

Birgit schob ein paar Blätter Papier in die Mitte des Tisches. »Alfredo Macchero hatte seine eigenen Pläne verfolgt. Es ging ihm um das Grundstück, nicht um das Gebäude. Er hatte vor, es an eine Immobilienfirma weiterzuverkaufen, die dort eine Wohnanlage errichten will. Von dem Gewinn hätte auch der alte Herr Costa etwas abbekommen. Noch mal durch drei teilen wollte er niemals.«

»Das heißt also, einer der drei hat es herausgefunden, und der Anchovisstreit hatte mit dem Mord nichts zu tun?«

»Ich denke nicht.« Birgit genoss es sichtlich, ihre Kollegen mit den neuen Fakten überrascht zu haben.

Das iPad gab eine Reihe von Tönen von sich.

»Sorry, Birgit. Aber Harro meldet sich über Skype«, unterbrach Luis seine Kollegin. »Soll ich ihn dazuholen?«

»Ja, mach.« Jakob nickte. »Wenn er die Auswertungen bereits hat, können wir unser Puzzle vielleicht schon am Wochenbeginn fertigstellen.«

Das Gesicht von Harro deNärtens füllte den Bildschirm des iPads völlig aus, seine Nase wirkte überdimensional.

»Mörderischen Wochenbeginn zusammen.«

Der Leiter des Rechtsmedizinischen Instituts am Melatengürtel wirkte gut gelaunt. Ein schmunzelnder Harro konnte nur bedeuten, dass er spannende Neuigkeiten für die Ermittler vorzuweisen hatte.

»Hallo, Harro.« Jakob runzelte die Stirn. »Was hast du für uns?«

»So streng unterwegs heute Morgen, Herr Hauptkommissar?

Ist einer der Verdächtigen abgehauen? Oder hat dich Oberstaatsanwalt Prunk geärgert?«

»Nein, es ist nur Montag. Eigentlich läuft die Sache gerade ziemlich gut. Birgit hat etwas Relevantes herausgefunden, und wir hoffen, du genauso.«

Harro deNärtens kam noch ein Stück näher an den Bildschirm heran. Auf Nase und Kinn waren die Poren zu erkennen. Überdeutlich auch das breite Grinsen von einem Ohr zum anderen.

»So ist es, Kollegen. Zwar waren an der Tatwaffe, dem Nudelholz, Fingerabdrücke von allen dreien, da ja alle drei in der Küche damit gearbeitet haben. Aber an der Splitterstelle, wo Holz auf Kopf getroffen ist, konnte ich DNA extrahieren, die nur zu einem passt. Noch kein endgültiger Beweis, aber ein schwerwiegendes Indiz dafür, wer als Einziger noch nach dem Mord das Nudelholz in den Fingern hatte.«

»Wer ist es?«

»Die Frau. Sandra Nonzi.«

Ein lautes »Ha!« kam aus Pers Mund.

Birgit von Zeh wandte sich ihrem jungen Kollegen zu. »Per, auch das weiß ich seit heute Morgen. Es war Sandra Nonzi, die, wie ich heute, schon vor Wochen Einsicht in die Unterlagen genommen hat. Man muss sich dort bei Gericht ausweisen. Sie wusste Bescheid über Maccheros hinterhältiges Vorgehen.«

»Aber warum hast du mich dann auflaufen lassen?« Per kaute auf seiner Zunge, eine lästige Angewohnheit von ihm.

»Weil ich nicht wollte, dass du sofort mit einer Machoallüre recht bekommst. Das war eine Lektion von Mama Birgit für einen zu groß gewachsenen Kommissarsbuben. Dazu verspreche ich dir, es nicht deiner Freundin Else zu erzählen.«

Per senkte schuldbewusst den Kopf. »Touché, Frau Hauptkommissarin, Lektion gelernt.«

»Was jetzt, Boss?« Birgit wurde schnell wieder ernst.

Jakob erhob sich. »Ich würde sagen, wir brechen hier unsere Besprechung ab, ich lasse einen Haftbefehl ausstellen, und dann holen Birgit und ich Sandra Nonzi ab.«

An der Tür zum Konferenzraum hielt Jakob Luis Fahrenz zurück.

»Luis, kannst du mir einen Gefallen tun?«

»Klar, Boss.«

»Ein Dietrich Möwe, wohnt in der Suevenstraße 30b. Kannst du den Mann einfach mal checken?«

»In welchem Zusammenhang?«

»Gib den Namen in den Computer ein. Vielleicht ist er gelistet, vielleicht gibt es eine Vorstrafe, vielleicht hat er einmal einen Strafzettel nicht gezahlt oder so was in der Art.«

»Sehr vage. Wenn du mir sagen könntest, was du suchst oder erwartest?«

»Keine Ahnung, Luis. Es ist mehr ein Gefallen als eine Recherche meinerseits. Und es soll unter uns bleiben, wenn das geht.«

»Klar.«

»Danke dir, Luis.«

»Keine Ursache, Boss. Ich melde mich.« Luis tippte sich an die Stirn, wie um zu salutieren, und folgte Per und Birgit in den Gang.

Jakob blieb für ein paar Sekunden stehen. Sein Traum fiel ihm wieder ein, wie seine Exfrau ihn angeschrien hatte und er durch die Gänge geirrt war. Mit Leo musste es besser laufen. Zwar gab es nie eine Garantie auf die Ewigkeit, aber schon jetzt kam ihm sein Leben vor dem Zusammentreffen mit der Zahnärztin einsam und farblos vor. Deshalb tat er ihr den Gefallen.

Wenn Luis nichts Relevantes über den Notfallpatienten Möwe herausfinden würde, konnte er Leo gegenüber mit seiner Nachfrage punkten, und das Thema würde auch für sie erledigt sein. Er wusste doch, wie neugierig sie immer war, und es würde ihr keine Ruhe lassen. Also besser, er kam ihr zuvor.

Ein eben gelöster Fall und ein Gefallen für seine süße Zahnarzt-Freundin. Eigentlich gab es gar keinen Grund, Montage zu hassen.

# 2

Geschafft. Wieder ein Arbeitstag abgehakt.

Gleich geht es ab nach Hause. Dort treffe ich Nathalie und Luise zu unserem Mutter-Töchter-Abendessen, und dann lege ich die Füße hoch. Meine Mädels wollen Spaghetti mit einem neuen Saucenrezept aus dem Internet zubereiten. Ich diene als Versuchsobjekt, denn wenn ich ihre Sauce überlebe, werden sie ihre Freunde bekochen.

Als Gegenleistung will ich auf jeden Fall die Einzelheiten von der Party hören, die sie mir gestern verschwiegen haben. Einzelne Wörter wie dröge oder öde sind zu wenig, um einen ganzen Abend zu beschreiben. Ein klein wenig mütterliche Kontrolle muss auch bei sechzehnjährigen Teenagern noch sein, ob es ihnen passt oder nicht.

Meinen Jakob werde ich heute nicht mehr zu Gesicht bekommen, er hat mir am Telefon gesagt, dass er einen aktuellen Fall gelöst und noch jede Menge angestauten Papierkram zu erledigen hat. Oder besser: Computerkram, denn sogar die Kölner Polizei ist in der Moderne angekommen.

Jetzt brauche ich nur noch ein Blatt Papier oder etwas Derartiges, in das ich einen entzückenden kleinen Blumenstrauß einwickeln und mitnehmen kann. Olaf Jansen hat mir die Blumen mitgebracht. Er hat sich entschuldigt, dass er nicht beim Wochenenddienst dabei sein konnte.

Unglaublich freundlich, der Kollege. Auch ihm habe ich von dem unheimlichen Patienten erzählt, wieder die Sache mit der Frau ausgelassen. Er hat sich darüber amüsiert, mir aber sofort angeboten, bei der Behandlung mit anwesend zu sein, wenn Dietrich Möwe zu seinem Termin kommt.

Doch er ist nicht gekommen.

Das zwickt mich.

Zwischendurch habe ich immer wieder nach ihm Ausschau gehalten. Seine aufgerissenen Augen, seine gehetzte Art und sein

Gerede über den Tod und diese Annika. So lautete der Name. Annika.

Es beschäftigt mich.

Ich könnte mir vor meinem Abgang heute noch seine Patientendaten ansehen. Gerda Horst hat die Liste der Notfallpatienten bereits in die Computerdatei übertragen.

Einfach nur gucken.

Ich klicke. Ich öffne die Datei und scrolle.

Da. Dietrich Möwe.

Geboren am 31.3.1957.

Gut sechzig Jahre alt.

Bei seinem Besuch hätte ich ihn jünger geschätzt, aber das kann an den Schmerzen gelegen haben und an seiner Angst. Große, schreckgeweitete Kulleraugen verleihen jedem einen kindlichen Ausdruck.

Ich gehe meine Anmerkungen durch. Verlust der Krone und Fraktur des Stumpfes am linken Dreier unten. Absplitterung am Zweier. Fraktur der Schneidekante.

Sobald die Betäubung nachgelassen hat, muss er wieder höllische Schmerzen gehabt haben. Es könnte durchaus sein, dass er am gestrigen Sonntag zu einem anderen Notdienst oder in die Klinik gegangen ist, um sich schließlich doch behandeln zu lassen. Ob er dort seine Geschichte wiederholt hat?

Er könnte auch ein Spinner sein, ein Wichtigtuer. Oder er war verwirrt vor Schmerz, wie Jakob gemeint hat. Wie auch immer, er ist nicht zurück in meine Praxis gekommen.

Er hätte wenigstens absagen können.

Gut, er hatte ja nicht wirklich einen Termin.

Wie der Mann davongerannt ist.

Ich könnte ihn anrufen. Eine Festnetznummer hat er angegeben.

Was sage ich?

Dass ich mir Sorgen mache, weil er doch so Schmerzen hatte. Dass ich gewartet habe, ob er kommt. Dass ich eine so fürsorgliche Zahnärztin bin, die auch bei neuen Patienten immer ein Auge offen hält und sich ihre Gedanken macht.

Quatsch.

Normalerweise würde ich es nicht einmal bemerken, wenn einer meiner Patienten einen Termin ausfallen lässt. Gerda Horst regelt den Terminplan, und sie würde ein neues Datum ausgeben. Vielleicht sollte ich sie anrufen und fragen, ob sich ein Herr Möwe gemeldet hat. Vielleicht erscheint er morgen.

Vielleicht ist kacke.

Ich wähle die Festnetznummer. Nach achtmaligem Klingeln geht ein Anrufbeantworter an.

»Sie sind mit dem Anschluss Möwe verbunden. Nachricht nach dem Signalton.«

Kein »Guten Tag«, kein »Bitte«. Seine Stimme klingt auf Band tiefer als am Samstagabend.

Es piept, und ich sollte etwas sagen.

»Ja, hier spricht Dr. Kardiff. Sie waren Samstagnacht in meiner Praxis, und ich melde mich, weil ... ja, weil ...«

Jetzt fange ich an zu stottern.

Toll, Leo, ganz toll.

Ich melde mich, weil ich wissen will, ob es eine Frau namens Annika gibt, die tot sein könnte.

Red jetzt bloß keinen Blödsinn, Leo.

Konzentriere dich.

»Sie sind heute nicht zur Behandlung erschienen, Herr Möwe. Bitte geben Sie Rückmeldung.«

Ich lege schnell auf, als ob das meinen Anruf besser machen würde.

Zeit, endlich die Praxis zu verlassen. Meine Töchter warten.

Bevor ich die Datei wieder schließe, sehe ich noch mal nach seiner Adresse. Suevenstraße 30b. Andere Rheinseite. Liegt nicht auf meinem Weg nach Hause.

Dumme Idee. Ich werde nicht bei dem Mann vorbeifahren. Auf keinen Fall.

Vielleicht kommt Dietrich Möwe ja morgen.

Oder ruft zumindest zurück.

# 3

»Jakob, hast du kurz Zeit?« Luis stand im Türrahmen.

Jakob beschäftigte sich lustlos mit dem noch ausstehenden Papierkram. Nach dem überraschend positiven Beginn der Woche langweilte ihn der Arbeitsalltag am heutigen Mittwoch.

»Ja, klar, Luis, komm herein.«

Er hatte seinen jungen Kollegen vorhin eine Weile durch die große Glasscheibe beobachtet, die sein Zimmer vom Großraumbüro seines Teams trennte.

Früher waren diese Räumlichkeiten Vernehmungsräume gewesen, doch beim Umbau des Präsidiums hatte man das gesamte Stockwerk modernisiert und hier die einzelnen Abteilungen untergebracht. Wenn dazu noch die Klimaanlage besser funktioniert hätte, wäre es ein Fünf-Sterne-Arbeitsplatz gewesen.

»Wie läuft's mit der Suche nach Sandra Nonzi?«, fragte Luis. Bei Birgits und Jakobs Eintreffen in der Pizzeria war die neue Hauptverdächtige vom Nudelholzmord wie vom Erdboden verschluckt gewesen. Auch ihre Wohnung war verwaist, niemand in ihrem Umfeld hatte den Beamten einen Hinweis geben können. Jetzt war sie zur Fahndung ausgeschrieben.

»Bisher keine Spur, aber darüber würdest doch du als Erster Bescheid wissen. Was gibt's denn wirklich, Luis?«

Auch jetzt noch sah Jakob mit einem prüfenden Blick auf den Kollegen, der schon seit mehreren Wochen sehr blass wirkte. Er schien an Gewicht verloren zu haben, und selbst die Witze zwischen ihm und Per waren spärlicher geworden.

Wenigstens klemmte noch das iPad unter seiner Achsel und erinnerte an den sonst so enthusiastischen Hauptkommissar Luis Fahrenz.

Jakob hatte die Zeit gefehlt, um sich neben den Fällen, die er in den letzten Monaten oft parallel zu bearbeiten gehabt hatte, Gedanken über das Privatleben seiner Teammitglieder zu machen. Doch seit der Lösung des Nudelholzmordes, der als ein

Tötungsdelikt aus niederen Beweggründen eingestuft worden war, war noch kein neuer Fall für das Team um Zimmer hereingekommen.

Birgit und Per hatten sich heute Vormittag als Verstärkung einer Razzia in einer Spielhölle in Ehrenfeld angeschlossen, diesem Stadtteil, in dem entzückende In-Cafés neben dunklen Spelunken lagen. Beide Kollegen hatten sich bereits im Vorfeld an den Ermittlungen gegen den Besitzer wegen Menschenhandel und Zwangsprostitution beteiligt, und so hatte Jakob sein Okay gegeben. Wenn die Sache gut lief, würden sie gegen Mittag zurück sein.

»Setz dich, Luis. Oder wollen wir nach draußen? Ein Kaffee im Sonnenschein auf der Kalker Hauptstraße mitten im Dienst, was meinst du?«

Luis seufzte. »Wenn du mich fragst, Jakob, dann nicht nur Kaffee, sondern den Rest des Tages lau machen, zum Beispiel dem Odysseum einen Besuch abstatten. Lach mich aus, aber dort will ich schon seit der Eröffnung hin, und die liegt Jahre zurück.«

»Ich lach dich nicht aus, Luis. Weißt du was, genau das machen wir jetzt.«

»Wie?«

»Wir gehen hin, und ich lade dich auf einen Rundgang ein.« Jakob stand auf und klopfte Luis auf die Schulter. »Los, gehen wir auf Streife, bevor jemand auf die Idee kommt, uns mit neuer Arbeit zu überschütten.«

»Was erzählen wir Birgit und Per?«

»Eine Geheimermittlung im Museum beim T-Rex?«

Ein breites Lächeln zeigte sich auf Luis' Gesicht, er sah wie ein kleiner Junge aus, der vom Papa in die Eisdiele oder zum Fußballspiel mitgenommen wird.

Eine Tüte Eis holten sich die Beamten tatsächlich auf ihrem Weg Richtung Odysseum.

»Also, was gibt es?« Jakob mochte nicht lange um den heißen Brei herumreden.

Auch Luis tat nicht so, als wäre er über Jakobs Nachfrage erstaunt. Eher wirkte er erleichtert, dass sein Chef ihm uneingeschränkte Aufmerksamkeit schenkte. »Ich habe meine Ziele aus den Augen verloren.«

Er sah gedankenverloren in den blauen Himmel, sein Eis begann zu tropfen. »Ich war der Jüngste beim Abi, beim Studium, bei all meinen Praktika und schließlich auch in deinem Team. Zwar nur, bis du Per mit ins Boot geholt hast, aber ich verzeihe dir diesen Fehlgriff.« Er hob einen Mundwinkel an. »Ich bin Hauptkommissar. Mit dir als Boss bin ich in der geilsten Truppe Deutschlands.«

Sein halbes Lächeln verabschiedete sich wieder. »Trotzdem schlafe ich schlecht. Bin nervös und unzufrieden. Die anderen merken es auch. Per guckt mich immer öfter von der Seite an, und Birgit bringt mir zu oft Restkuchen von zu Hause mit. Ich habe Angst, dass mein Einsatz nachlässt. Mein Interesse. Meine Euphorie. Die Arbeit macht immer noch Freude, aber was kommt dann?«

Statt eine Antwort auf Luis' Frage zu versuchen, schwieg Jakob. Er wandte die Taktik, die bei Vernehmungen oft einen Fortschritt brachte, auch bei dem jungen Ermittler an.

»Will ich Familie?« Luis redete schon weiter, wie bei einer geöffneten Schleuse strömten die Worte aus seinem Mund. »Kinder? Bei unserem Job nicht so leicht. Ich sehe doch, wie Birgit sich abstrampelt, um Mann und Söhne nicht zu vernachlässigen, und wie häufig ihr das nicht gelingt. Ich sehe Per, der mit Else aus dem Labor zusammenziehen will und keine Zeit findet, Wohnungen zu besichtigen. Ich habe seit Jahren nur Kurzzeitbeziehungen, für mehr als ein paar Treffen reicht es nicht. Sex und manchmal ein Brunch am Morgen danach. Früher hat mir die Arbeit genügt, der Triumph, wenn wir einen Täter dingfest machen konnten. Heute denke ich, dass unsere Erfolge Tropfen auf einen glühenden Stein sind, die in dem Moment verpuffen, in dem sie auftreffen.«

Jakob nagte an seiner Unterlippe. Hatte er doch ebenso nach seinem üblen Traum kürzlich erst über seinen Beruf nachgegrübelt. Nicht das erste Mal. Der Job konnte einen auffressen. In den Jahren nach Claudia hatte er nicht mal Zeit für sexuelle Abenteuer gehabt, und seine Frühstückstreffen hatten mit seiner Mutter stattgefunden. Aber er hatte weitergemacht, sich durchgebissen.

Wer, wenn nicht leidenschaftliche Ermittler wie die in seinem Team und all die anderen Polizeibeamten, sollte überhaupt für ein gewisses Maß an Ordnung und Sicherheit in der Gesellschaft sorgen?

Ein Held seiner Mutter war Jerry Cotton aus der Heftromanserie. Schon als kleiner Bub hatte Jakob das Strahlen im Gesicht der lesenden Stefanie Zimmer geliebt, wenn es Jerry in all seiner Lässigkeit gelungen war, den nächsten Bösewicht auszulöschen. Er sah sich selbst am Anfang seiner Teenagerzeit mit seiner Sammlung von Batman-Heften. Schon damals hatte ihn neben dem Helden auch die Figur des Commissioner Gordon interessiert. Er mochte bis heute die Superhelden der Marvel Comics und hatte mit Leos Töchtern verabredet, dass sie gemeinsam in den neuen Avengers-Film gehen würden. Vielleicht sollte er Luis auch dahin mitnehmen.

Der Beruf war auch Berufung.

Natürlich gab es die Tatorte, die Opfer, die schrecklichen Szenerien nach Gewaltverbrechen. Immer wieder mitzuerleben, wie viel Schlechtes in Menschen stecken konnte, war desillusionierend. Aber am Ende einer erfolgreichen Ermittlung vereinigten sich die Tropfen der Mühe zu einem Rinnsal, zu einem Bach, zu einem Strom gegen das Verbrechen.

Gib nicht auf, Luis, hätte Jakob sagen können, das wird wieder.

»Nimm dir eine Auszeit«, sagte er stattdessen. »Ein paar Monate unbezahlten Urlaub. Wenn du einen Antrag stellst, gebe ich mein Okay dazu. Atme durch, reise oder sieh dich einfach nur um. Wenn du danach immer noch Zweifel hast, reden wir noch mal.«

Sie waren am Odysseum angelangt.

»Darüber denke ich nach. Danke, Boss.«

Drinnen im Abenteuermuseum wurden beide Männer zu kleinen Jungs.

Luis machte ein Selfie mit der Dino-Dame Trexy. Jakob staunte über den Blick aus dem All auf die Erde und über das Weltraumklo. Die beiden Kommissare setzten sich mit einer Schar von Schülern ins 3D-Kino und ließen sich anschließend von physikalischen Experimenten faszinieren, bevor sie wieder in ihre Männerwelt zurückkehrten und sich auf dem Rückweg ins Präsidium am Büdchen ein gekühltes Kölsch holten. Alkoholfrei, versteht sich, so früh am Tag und während der Dienstzeit.

»Boss, jetzt habe ich dir noch gar nicht gesagt, weswegen ich vor unserem Mords-Ausflug eigentlich zu dir gekommen war.«

Jakob schmunzelte. »Spuck's aus.« Auch ihm hatte die kleine Auszeit gutgetan.

»Ich sollte mich doch mal nach einem Dietrich Möwe erkundigen.«

»Ja.« Der Alltag war schneller zurück, als Jakob sein Kölsch austrinken konnte. »Hast du schon etwas?«

»Es gibt mehrere Dietrich Möwes über ganz Deutschland verteilt. Keiner ist auf unseren Fahndungslisten. Über den einzigen Möwe, der in der Suevenstraße gemeldet ist, habe ich ebenfalls nichts gefunden. Keine polizeiliche Akte in den letzten Jahren, nicht mal ein Strafzettel wegen Falschparken. Wenn du willst, bleib ich dennoch dran und forsche tiefer in seiner Vergangenheit.«

»Nicht nötig.« Jakob atmete erleichtert durch. »Ich denke, die Auskunft genügt.«

»Ich bin noch nicht ganz fertig.« Luis nahm einen Schluck. »Die Wohnanschrift ist aktuell in einem Vermisstenfall aufgetaucht, der gemeldet wurde.«

»Vermisstenfall?« Schon war Jakobs Entspannung verpufft.

»Eine junge Studentin. Seit dem Wochenende nicht mehr gesehen. Eine Freundin hat es auf der Wache Deutz gemeldet. Inzwischen machen sich auch die Eltern, die in Alsdorf bei Aachen leben, große Sorgen. Es läuft bereits ein Aufruf über Facebook. Die Frau wohnt in der Suevenstraße 30b. Wie dieser Möwe.«

Jakob merkte, wie seine Kehle trocken wurde, trotz des Kölschs. »Annika?«

»Ja, genau. Annika Trautmann heißt die Vermisste. Kennst du sie?«

»Nein.«

Nein, Jakob kannte die junge Frau nicht. Aber Leo hatte diesen Namen gehört, von einem Patienten, der etwas von Tod und Gefahr gestottert hatte. Leo war hellhörig geworden. Sie hatte ihn gebeten, nachzuforschen.

»Luis, ist in dem Vermisstenfall der Name Dietrich Möwe aufgetaucht?«

»Nein, überhaupt nicht. Ich bin nur durch dieselbe Adresse darauf aufmerksam geworden. Es gibt sicher noch mehr Bewohner in diesem Haus, also kann es sich um einen Zufall handeln.«

Jakob überlegte kurz. Es schienen lose Fäden zu sein, die vielleicht an einem noch nicht sichtbaren Ende zusammengeknotet waren. Dietrich Möwe allein mochte nichts bedeuten, aber Dietrich Möwe, der den Namen Annika genannt hatte, war eine andere Sache. Ein vermisstes Mädchen war keine Bagatelle. Sein Bauchgefühl sprang an. Leo hätte sich jetzt eine Portion Schadenfreude gönnen können.

»Pass auf, Luis. Ich erkundige mich bei der zuständigen Dienststelle und frage nach dem Stand der Dinge. Sehe mir die Akte an. Wenn Per und Birgit gleich von ihrem Einsatz zurück sind, werde ich euch allen berichten, wie ich auf diesen Dietrich Möwe überhaupt gekommen bin. Falls mehr daraus werden sollte.«

»Komm schon, Boss, sag es mir gleich. Die anderen hast du ohnehin noch nicht eingeweiht, und ich bin schrecklich neugierig.«

»Ha, jetzt erwacht der Ermittler wieder in dir, das gefällt mir. Nein, ich erzähle es euch allen, dann muss ich mich später nicht wiederholen. Ich hoffe ja, es steckt nichts dahinter, trotzdem möchte ich Gewissheit. Wenn wir wieder im Präsidium sind, kümmere ich mich darum.«

»Wie bist du auf den Namen gekommen? Wenigstens das kannst du mir doch verraten.«

»Eine Freundin hat mich darauf angesprochen.«

Dass es seine Freundin gewesen war, verschwieg Jakob noch. In seinem Team würden sie früh genug ihre Witzchen darüber anstimmen. Musste sich denn, von allen Zahnärzten in und um Köln, dieser Dietrich Möwe gerade seine Leo aussuchen? War sie ein Magnet, der Verbrechen anzog?

Nein, stopp. Bauchgefühl hin oder her, ohne Beweise würde er keine voreiligen Schlüsse ziehen.

# 4

In ihrer heutigen Mittagspause stand Leo doch vor dem Eingang eines weitläufigen Wohnkomplexes in der Suevenstraße 30.

Als ihr am Morgen beim Zähneputzen erneut Dietrich Möwe eingefallen war, der weder zurückgerufen hatte, noch persönlich erschienen war, wäre sie am liebsten wieder ins Bett verschwunden. Decke über den Kopf und an alles Mögliche denken, nur nicht an den kleinen, dicken Mann mit der ausgebissenen Krone und sein eigenartiges Verhalten.

Auch in der Praxis hatte sich dieser Gedankenwurm gegen sie verschworen, denn zuerst wunderte sich diesmal Zahnarzthelferin Greta, woher das Speiseeis und das Luftpolsterkissen im Tiefkühlfach kämen. Die Teile, mit denen Möwe sich seine Lippe gekühlt hatte, hatte Leo immer noch nicht entsorgt und auch keine der Helferinnen. Dann erkundigte sich Britti Poster, ob denn dieser entflohene Patient wiedergekommen sei, und Leo ärgerte sich, dass sie Britti die Geschichte überhaupt ansatzweise erzählt hatte.

Den letzten Ausschlag hatte ihr Kollege Olaf Jansen gegeben, der kurz zu ihr ins Behandlungszimmer gekommen war.

»Liebe Frau Dr. Kardiff, ich würde gern heute über Mittag durcharbeiten und etwas früher gehen.« Jansen war wie immer in guter Stimmung. »Ich muss eine größere Bestellung bei der Post abholen, bevor sie wieder zurückgeht. Gerda Horst hat meine Termine vorverlegt, und ich werde auf eine Helferin verzichten, damit niemand hier seine Pause opfern muss.«

»Da Sie schon alles geregelt haben, gern, Herr Jansen.« Wieder war Leo froh, einen so gut organisierten Zahnarzt eingestellt zu haben. Sie zog ihren Mundschutz unters Kinn und drehte ihren Stuhl in seine Richtung. »Darf ich Sie etwas fragen?«

»Immer doch, Dr. Kardiff.«

Leo stand auf und ging ganz nahe an ihn heran. Sie wollte nicht, dass Zahnarzthelferin Greta oder die Patientin etwas mitbekam. »Hatten Sie schon mal einen Patienten, der Ihnen, wie soll ich sagen, entfleucht ist?«

»Sie meinen, der aus Angst getürmt ist?«

»Genau. Ohne dass seine Behandlung abgeschlossen war.«

»Ich noch nicht, aber Dr. Fink, mein Chef in Eschweiler, hatte so eine Frau. Die ist mehr als einmal nach dem Einspritzen abgehauen. Aber er hat sie wieder eingefangen.«

»Ach«, Leo spitzte die Ohren, »er ist also zu ihr nach Hause, oder wie?«

Olaf Jansen zuckte mit den Achseln. »Nun ja, Dr. Fink hat seine Arbeit immer sehr persönlich genommen, seine Patienten sind für ihn ein klein wenig wie seine Familie. Aber Eschweiler ist auch nicht so groß, da kennt man seine Pappenheimer.«

Also war Leo nicht die Einzige, die sich Sorgen machte um ausgebüxte Patienten und überlegte, ihnen hinterherzulaufen. Allerdings war Köln eine Großstadt und Dietrich Möwe kein Stammkunde, Leo kannte ihn so gut wie überhaupt nicht. Doch die Geschichte würde sie nicht loslassen, das konnte sie eindeutig fühlen.

Sie beendete die Behandlung, und am Beginn der Mittagspause kapitulierte sie schließlich vor sich selbst.

Sie verließ die Praxis. Mit der Straßenbahn fuhr sie von Sülz nach Deutz. Als sie den Rhein überquerte, genoss sie zumindest ein paar Minuten die herrliche Aussicht auf den Dom und die Rheinpromenade, bevor sie schließlich zu ihrem Ziel spazierte.

Nummer 30 war ein Doppelhaus, das um die Ecke gebaut war, dahinter lagen eine Rasenfläche und ein Spielplatz. Fünf Stockwerke hoch, zwei Eingänge, a und b. Am Klingelschild jede Menge Namen, einige Schilder nur angeklebte Zettel mit verwischtem Gekritzel darauf.

Das Schild von Dietrich Möwe war gut zu lesen. Leo zählte, der Mann wohnte im dritten Stockwerk. Die Eingangstür war halb geöffnet, wurde mit einem Keil festgehalten, und an der Hausmauer stapelten sich Kisten und die Bretter eines zerlegten Regals. Einer der Bewohner war wohl gerade beim Umzug.

Leo hob ihren Finger, um auf den Klingelknopf zu drücken,

überlegte es sich aber anders und betrat das kühle Innere. Ihre Augen brauchten einen Moment, um sich an das Dämmerlicht zu gewöhnen, der Flur hatte kein Fenster. Hinter Umzugskisten stand ein Kinderwagen, und am Treppenabsatz stapelten sich die neueste Ausgabe vom Kölner Wochenspiegel und das Familienmagazin Känguru.

Es gab keinen Aufzug, und nachdem Leo außer Atem und mit Seitenstechen auf der dritten Etage angekommen war, setzte sie eine erneute Anmeldung im Fitnessclub auf ihre To-do-Liste.

Über ihr leuchtete eine Neonröhre. Es gab ein Flurfenster linker Hand, das aber zu verschmutzt war, um genug natürliche Helligkeit hereinzulassen. Leo inspizierte die Wohnungstüren. Zwei rechts, zwei links, eine am anderen Ende des Ganges, dann ging es um eine Ecke.

Leo blieb ratlos stehen. An keiner der Wohnungstüren waren Namensschilder. Die Bewohner linker Hand hatten jeweils ein paar Schuhe auf den Matten stehen, einmal Turnschuhe, einmal Sandalen, auf der rechten Seite gab es keinen einzigen Hinweis auf die Mieter.

Bei jeder Wohnung zu klingeln war keine gute Idee, das würde nur unnötige Aufmerksamkeit erregen. Also musste sie wieder nach unten und ihr Glück an der Gegensprechanlage versuchen.

An solch eine Schwierigkeit hatte sie nicht gedacht.

Erst jetzt kamen ihr weitere Hindernisse in den Sinn, dass Dietrich Möwe eventuell bei der Arbeit war oder sonst wie unterwegs. Die Wahrscheinlichkeit, dass er genau zu dem Zeitpunkt, wenn Leo ihn aufsuchte, auch anwesend war, war nicht gerade groß. Wie ferngesteuert war sie einfach ihrer unstillbaren Neugierde gefolgt, ohne ihren Verstand einzuschalten.

Wenn Leocardia H. Kardiff etwas herausfinden wollte, sollte die Welt für sie stillstehen? Leo schüttelte über sich selbst den Kopf.

Die letzte Tür, bevor es um die Ecke ging, öffnete sich. Eine Frau mit einem mittelgroßen Hund, der einem Collie ähnelte, kam heraus. Das Tier steuerte sofort schwanzwedelnd auf Leo zu.

»Aus, Moritz, bleibst du stehen! Lass mir die Frau in Ruh.«

Leo kraulte das Tier am Kopf, Moritz setzte sich artig vor sie hin.

»Aus hab ich g'sagt!«

»Das geht schon in Ordnung, ich mag Hunde. Meine Töchter wollen bis heute einen. Ihrer ist ja besonders nett.«

Die Frau schloss auf und leinte Moritz an. »Ja, der is ein ganz liebes Hunderl.«

Der so Gelobte hob seine Pfote. Leo war gerührt. »Du bist ein toller Hund, Moritz.«

»Na, das macht er nicht bei jedem. Der mag Sie spontan, wie's scheint.« Die Frau lächelte.

Leo fasste die Gelegenheit beim Schopf. »Da Sie mir so über den Weg laufen, hätte ich eine Frage. Ich suche die Wohnung von Dietrich Möwe. Hier sind nirgends Schilder angebracht. Vielleicht kennen Sie ihn.«

Das Lächeln verschwand, und sie zog den Hund von Leo weg. »Zum Möwe? Was wollen Sie denn von dem?«

Leo war irritiert. »Entschuldigen Sie, das kann ich Ihnen jetzt nicht so einfach sagen, aber ich bin auf der Suche nach ihm.«

»Ist es wegen Annika? Kommen Sie von der Polizei?«

Es war wie ein Paukenschlag.

Leo merkte, wie ihr augenblicklich kalt wurde. »Ist etwas passiert? Ist Herr Möwe tot?«

»Wie? Der Möwe is tot?«

»Keine Ahnung. Was ist denn mit dieser Annika? Geht es ihr gut?«

»Sie kennen die Annika? Wer zum Teufel sind Sie, wenn Sie nicht von der Polizei sind?«

Beide Frauen waren lauter geworden. Zwischen ihnen saß Moritz und sah von einer zur anderen.

Die Hundebesitzerin holte ihr Handy aus ihrer Hosentasche. »Ich ruf sofort die Bullen an. Die sollen Sie und den Möwe gleich mal verhaften.«

»Stopp! Bitte!« Leo holte tief Luft. »Es gibt keinen Grund, meinetwegen die Polizei zu verständigen. Ich bin Dr. Leocardia

Kardiff, Zahnärztin in Sülz, und Herr Möwe ist mein Patient. Ich bin auf der Suche nach ihm, weil er seine Behandlung abgebrochen hat. Er hat mir etwas von einer Frau namens Annika erzählt, die in Gefahr sein soll. Das ist alles.«

Das Frauchen von Moritz wurde leichenblass, und ihre aggressive Haltung löste sich augenblicklich. Sie fasste Leo am Handgelenk.

»Bitte. Seit dem Wochenende gibt es kein Lebenszeichen von Annika, und wir alle suchen sie. Ihre Eltern, ihre Freunde, ich und der Moritz und jetzt auch die Polizei. Wenn Sie also etwas darüber wissen, sagen Sie's.«

»Ich weiß weniger als Sie, tut mir leid. Nicht mal, dass nach ihr gesucht wird.«

»Steht doch schon im Internet. Wir haben einen Aufruf gemacht.«

»Davon habe ich nichts mitbekommen.«

»Das is alles so ein Schas!« Sie schluchzte auf. »Ich mein, so ein Scheiß. Ich bin jetzt vorhin noch mal hierher, in die Wohnung rein, ich hab endlich meinen Schlüssel von früher gefunden. Ich hab da selbst mal gewohnt, wissen Sie. Ich hab gedacht, vielleicht find ich etwas, was die Eltern übersehen haben. Die waren gestern da. Da dürft ich vielleicht gar nicht hinein, nicht während der Suchaktion, doch es ist mir egal. Da drinnen war aber nix, da is alles wie immer. Nur die Annika fehlt.«

Die Frau brach endgültig in Tränen aus. Ihr Hund winselte leise und hob wieder seine Pfote.

In Leos tiefsten Gehirnwindungen gab es einen winzigen Triumph, weil sie recht behalten hatte mit ihrer Vorahnung, aber im nächsten Moment überflutete sie großes Mitgefühl. Sie nahm Moritz' Frauchen in die Arme, und eine Weile standen sie so im Flur, und keiner der beiden sagte etwas. Schließlich stupste der Hund die Frauen mit seiner Nase an.

Leo löste sich und begann in ihrer Handtasche nach einem Taschentuch zu kramen. Schneller als gedacht fand sie eine ganze Packung. »Hier, nehmen Sie.«

»Danke. Ich bin übrigens die Malu. Wollen wir uns duzen?«

»Ja, gut. Mich können Sie – kannst du – Leo nennen. Du kommst aus Österreich?«

Die Mundwinkel der Frau gingen kurz nach oben. »Das hört jeder, ich weiß.«

Malu schnäuzte sich, lehnte sich an die Mauer und hob ihr Handy vor Leos Nase. »Das is sie. Die Annika.«

Auf einem Foto war eine hübsche, sehr junge Frau mit langen dunklen Haaren abgebildet, die mit einem scheuen Lächeln in die Kamera schaute.

Leo schluckte. »Seit diesem Wochenende hat sie also nichts mehr von sich hören lassen?«

»Sie war in Alsdorf bei ihren Eltern auf Besuch, weil sie Geburtstag gehabt hat, und am Sonntag wollt sie zu mir kommen. Ich wollt kochen und mit ihr nachfeiern, und irgendwo dazwischen is sie verschwunden. Die Polizei denkt immer noch, sie is vielleicht einfach so weg, aber das kann nicht stimmen. Die liebe Annika. Viel zu nett für diese blöde Welt.«

Ein Seufzer kam über Leos Lippen. Am Samstagabend war Dietrich Möwe bei ihr in der Praxis gewesen. Wenn sie nur darauf bestanden hätte, dass Jakob ihre Sorge sofort ernst nahm.

Der Gedanke an Jakob ließ Leo hochfahren. »Malu, ich rufe sofort meinen Freund an. Er ist bei der Kölner Mordkommission. Er kann die Sache in Schwung bringen.«

»Du meinst also, die Annika is schon tot?«

»Um Gottes willen, nein.« Leo winkte ab. »Aber er kann den Fall übernehmen, er ist ein sehr guter Ermittler. Er wird sich auch um Dietrich Möwe kümmern. Der Mann hat etwas mit dem Verschwinden deiner Freundin zu tun, da bin ich sicher.«

Leo wollte Malu mehr von Möwes Besuch in ihrer Praxis erzählen, doch bevor sie den Mund aufmachen konnte, wechselte die Stimmung der jungen Frau von einer Sekunde auf die andere.

»Der Arsch. Der depperte Möwe. Der is nicht richtig im Kopf. Das hab ich immer schon gewusst. Der hat schon mich belästigt, der ist wahnsinnig, ein Stalker. Wegen dem bin ich umgezogen. Aber die Annika mochte ihn. Und ich hab sie nicht gewarnt. Ich bin schuld, wenn der Irre ihr was angetan hat.«

Sie ließ die Leine ihres Hundes fallen, drehte sich um und rannte den Gang entlang, bog um die Ecke. Moritz bellte und lief hinterher.

»Möwe, du Spanner, du Arschloch.« Malu schrie.

Leo konnte ein Klingeln hören, einmal, noch einmal, ein drittes Mal. Dann ein Klopfen, gefolgt von einem Hämmern. Ihr wurde klar, dass die junge Frau genau wusste, hinter welcher Tür Dietrich Möwe wohnte.

»Malu. Hören Sie auf. Hallo. Hör auf, Malu, ich rufe Jakob an.« Leo rief hinter der Frau her, während sie nach ihrem eigenen Smartphone kramte. Warum steckte es nicht in der Seitentasche?

Neben ihr machte jemand die Tür auf. »Wat es dann he loss?« Ein Mann im Unterhemd kam heraus. »Sit ehr doll jewode?« Sein Kölsch klang breit, und er stemmte die Hände in die Hüften.

Ein Krachen war hinter der Ecke zu hören. Jetzt sprintete auch Leo los. Als sie um die Ecke bog, sah sie, dass dort eine weitere Tür offen stand. Das Türschloss war zersplittert, die junge Frau musste dagegengetreten haben. Die ganze Sache begann prekär zu werden.

»Verdammt, Malu, was machst du? Komm sofort wieder raus!«

»Wat määt dat Mädche do?« Auch der Mann im Unterhemd war hinter Leo hergelaufen.

Drinnen ertönte ein lauter Schrei.

»Malu? Malu?« Leo überlegte nicht lange, sondern stürzte in das fremde Zuhause.

Zuerst war da nur ein quadratischer Vorraum, ähnlich dem in ihrem eigenen Haus in Junkersdorf. Eine Garderobe, ein Schuhschrank, ein Schemel. Von hier aus bewegte sich Leo weiter geradeaus einen Gang entlang, der in eine kleine Küche führte. Dort war Malu nicht. Leo ging zurück und sah jetzt erst die junge Frau in einem Wohnzimmer rechter Hand stehen. Wie erstarrt. Neben ihr machte Moritz folgsam Sitz.

Noch bevor sich Leo in den Raum begab, war sie sich sicher, dass sie im nächsten Augenblick auf ihre dritte Leiche treffen würde.

Annika würde daliegen, erschlagen, erschossen, erwürgt. Das wunderhübsche Mädchen von dem Handyfoto, mit starren Augen auf dem Boden oder auf einer Couch. Und alles würde sich wiederholen, alles.

Auf der Stelle umdrehen und weglaufen, das war die beste Option. Raus aus der fremden Wohnung, die drei Stockwerke nach unten und zurück in ihre Praxis. Mittagspause zu Ende, der Nächste bitte, in Behandlungsraum vier. Doch sie zwang sich weiterzugehen, zu Malu aufzuschließen.

Sie betrat ein Wohnzimmer, das mit wenigen einfachen Möbeln eingerichtet war. Am Fenster ein langer, blickdichter Vorhang, der in der Mitte ein Stück aufgezogen war und einen Sonnenstrahl hereinließ. Ungewöhnlich wirkten auf den ersten Blick nur das Stativ mit einer Kamera am Fenster, ein großes Aufnahmegerät mit Kopfhörer auf dem Couchtisch und weitere Gerätschaften, die Leo nicht identifizieren konnte.

Keine Leiche zu sehen.

Trotzdem stieß auch Leo einen Schrei aus.

Die Wände des Zimmers waren voll mit Fotos. Jedes zeigte Annika. Es mussten Hunderte sein.

»Schnaaftich!« Der Mann im Unterhemd tauchte auf. »Isch rof die Polizei.«

Leo stand fassungslos vor der Bilderflut. »Dann rufen Sie direkt im Präsidium an. Verlangen Sie nach Hauptkommissar Zimmer. Sagen Sie, es geht um seine Zahnärztin und um ein Verbrechen. Fügen Sie ›mal wieder‹ hinzu. Los!«

# 5

Auch wenn ihr der überdimensionierte Aufmarsch nach dem Hilferuf peinlich war, war Leos Erleichterung dermaßen groß, dass sie Jakob vor den Kollegen und den Sanitätern um den Hals gefallen war. Für einen Augenblick hatte auch der Hauptkommissar seinen professionellen Abstand vergessen und sie in den Arm genommen.

Der kölsche Nachbar, der inzwischen ein Poloshirt über dem Unterhemd trug, hatte nicht nur das Polizeipräsidium angerufen und war zu Hauptkommissar Jakob Zimmer durchgestellt worden, sondern er hatte davor auch noch Rettung und Polizei über den Notruf verständigt. Deshalb drängten sich binnen kürzester Zeit vor Dietrich Möwes aufgebrochener Wohnungstür zusätzlich zu Jakobs Team mehrere Streifenpolizisten und drei Sanitäter.

Nachdem sich die Beamten versichert hatten, dass kein konkretes Verbrechen vorlag, versuchte Jakob, Ordnung und Ruhe in den Haufen zu bringen.

»Die Sanis und die Kollegen von der Streife können bis auf zwei Beamte wieder abziehen. Danke für euer schnelles Eingreifen.« Seine Stimme hallte durch den Hausflur.

Birgit übernahm Malu und führte sie bis an die Treppe. Moritz trottete hinter seinem Frauchen her. Per kümmerte sich um den Nachbarn und ein Pärchen, das inzwischen aus einer der anderen Wohnungen gekommen war; die beiden mutierten sofort zu Schaulustigen, indem sie ihre Handys zückten.

Luis versuchte, einen schnellen Durchsuchungsbeschluss für Dietrich Möwes Wohnung zu bekommen, und forderte die Spurensicherung an. Vorher durfte in der Wohnung nichts angefasst werden. Außerdem mussten sie auf einen Beamten von der Stadtverwaltung warten, der als sogenannter unbeteiligter Durchsuchungszeuge diente, wenn der Bewohner nicht anwesend war.

Eines stand aber bereits fest. Es gab eine Verbindung zwischen der verschwundenen Studentin und dem Nachbarn. Zumindest seitens Dietrich Möwe war sie intensiv. Ein Blick auf die Fotos und die Gerätschaften im Wohnzimmer genügte, um zu verstehen, dass Möwe Annika Trautmann beobachtet, ausspioniert hatte. Doch hatte der Stalker das Objekt seiner Begierde auch entführt? Das würde zu klären sein, wenn der Mann auftauchte.

Jakob führte Leo ein paar Schritte Richtung Flurfenster, heraus aus dem Getümmel. Nach der ersten Erleichterung zogen sich seine Augenbrauen zusammen. »Warum bist du hergekommen, Leo? Was wolltest du hier?«

»Nicht böse sein, Jakob.« Leo strich ihrem Freund über sein strubbeliges Haar. »Ich musste einfach nach meinem Patienten sehen. Der Vorfall vom Wochenende hat mich zu sehr beschäftigt. Dass ich hier eine Freundin dieser Annika treffen würde, von der Dietrich Möwe geredet hat, war nicht abzusehen. Malu und ich sind uns rein zufällig begegnet, ehrlich.«

»Deine Zufälle setzen mir ganz schön zu. Als dein Liebster und als Polizist. Unerlaubtes Eindringen ist eine Straftat. Wenn dieser Möwe in seine Wohnung zurückkommt, kann er Anzeige erstatten. Hast du die Tür eingetreten?«

»Nein, was denkst du denn? Malu war es. Sie war außer sich vor Sorge. Dietrich Möwe hat sie anscheinend früher ebenfalls belästigt. Deshalb hat sie die Nerven verloren und sich Zugang verschafft. Sie hatte Angst um Annika, hat überreagiert. Ich wäre subtiler vorgegangen und hätte einen Wurzelheber benutzt, um das Schloss zu knacken, wie du weißt.«

Leos Scherz brachte sie beide zum Lachen.

Jakob wurde schnell wieder ernst. »Ich hätte es dir noch erzählt, aber die Informationen waren brandneu. Es gibt eine vermisste Studentin, die Annika heißt und an dieser Adresse gemeldet ist.«

»Ihr seid spät dran.«

»Leo, was denkst du dir? Wenn keine Anzeichen einer Straftat vorliegen, kann es dauern, bis die Polizeiinspektion an die Kripo übergibt. Ich hatte Luis darauf angesetzt, und er hat es herausgefunden. Wir wären am Ende auch ohne diesen Großalarm hierhergekommen. Aber du warst zugegeben schneller.«

»Du hast dich also doch erkundigt und gekümmert.«

»Ja, das habe ich. Allerdings sind Vermisstenfälle nicht mein Revier. Ich muss den Dienstweg einhalten. Noch gibt es keinen Grund für die Mordkommission, zu ermitteln.«

Leo gab ihm einen schnellen Kuss auf die Wange. »Jetzt musst du trotzdem meine Aussage aufnehmen. Samt der Geschichte vom Samstag. Ich bin doch eine relevante Zeugin.«

»Das macht Birgit direkt nachher. Die Freundin, Malu Rietz, hat diesen Dietrich Möwe bei ihrer Vermisstenanzeige auf der Polizeidienststelle zwar genannt, aber noch ist jede Aktion erst am Anlaufen. Die Kollegen hätten die gesamte Nachbarschaft und auch Möwe ohnehin unter die Lupe genommen. Aber reale Polizeiarbeit dauert, Leo.«

»Sind denn vielleicht beide seit Sonntag vermisst? Zusammen verschwunden? Oder er hat sie verschleppt?«

»Keine voreiligen Schlüsse bitte. Wir wissen noch so gut wie nichts. Dietrich Möwe könnte heute einfach verreist sein oder auf Arbeit oder sonst wo. Trotz der Fotos in seinem Wohnzimmer muss er nicht zwingend mit dem Vermisstenfall zu tun haben. Bisher wurde der Mann nicht genauer durchleuchtet. Wir wissen über Luis' erste schnelle Recherche nur, dass er keine Vorstrafen hat und keine Anzeige gegen ihn vorliegt. Du hast doch gesagt, seine Zähne waren ausgeschlagen. Vielleicht war er in einen Kampf verwickelt.«

»Nein, er hatte keine Verletzung im Gesicht. Nur am Gebiss. Verlust der Krone am linken Dreier unten. Absplitterung am Zweier. Fraktur der Schneidekante.«

»Wenn du so redest, bekomme ich eine Gänsehaut.«

»Zähnchen ausgebissen, wenn es dir so besser gefällt.«

Wieder lachten sie.

»Ich muss zu den anderen, Leo. Kannst du hier warten, bis Birgit zu dir kommt?«

Sie nickte. »Ich rufe in der Praxis an, dass ich später aus der Pause zurückkomme. Gerda Horst wird das regeln.«

Von der Seite hörte sie ein Schluchzen, gefolgt von einem Winseln. Malu und Moritz. Birgit saß neben der jungen Frau und ihrem Hund. Leo ging zu den dreien und setzte sich auf die Treppenstufe darunter.

»Länger nicht mehr an einem Tatort gesehen, Frau Doktor.« Birgit schüttelte Leo die Hand.

»Wenn die Sache hier vorbei ist, würde ich Sie alle gern auf ein Essen bei mir einladen. Damit unsere Treffen nicht immer mit einem Verbrechen zu tun haben.«

»Mal sehen, ob und wann wir Zeit haben. Wir lösen Fälle nicht als Nebenjob.«

Leo sah zu Birgit auf. Der abweisende Tonfall der Hauptkommissarin irritierte sie. Waren die Leute um Jakob mit seiner Partnerwahl nicht einverstanden, oder lag es nur daran, dass Leo wieder rumgeschnüffelt hatte?

Bevor sie eine Erwiderung geben konnte, meldete sich Malu.

»Darf ich bitte in die Wohnung von Annika? Ich war vorhin schon drinnen, und ich weiß, dass ich auch das nicht hätte tun dürfen, aber ich muss dringend auf die Toilette. Extrem dringend.«

Birgit erhob sich mit gerunzelter Stirn. »Gut, das geht in Ordnung. Dann kann ich zu meinem Kollegen und sehen, ob er bereits eine Hausdurchsuchung in Abwesenheit bei Möwe erreichen konnte. Einer der Streifenpolizisten kann Sie begleiten.«

»Ich komme auch mit.« Leo wollte die verheulte Malu nicht allein lassen. »Wenn das in Ordnung für Sie ist, Frau von Zeh.«

»Sagen Sie Birgit zu mir. Sie sind ja schließlich die Freundin vom Boss.«

Das klang versöhnlicher.

»Bitte warten Sie doch in der Küche.« Leo wandte sich an den Polizisten, der sie und Malu in Annika Trautmanns Wohnung begleitet hatte. »Wir sind keine Verbrecher, haben nicht vor zu fliehen und möchten, wie alle Frauen, einfach nur zu zweit ins Bad.«

Der junge Beamte errötete. Er nahm seine Kappe ab, nickte

und setzte sich folgsam an den Küchentisch, wie Malus Hund, der darunter Platz machte.

Leo und Malu zogen sich zurück.

»Danke dir, Leo. Ich dacht schon, ich muss die Hosen vor einem Uniformierten runterlassen. Sakra noch einmal.« Malu kicherte einmal schrill auf.

Annikas Badezimmer war klein, aber, wie die gesamte Wohnung, mit viel Nippes und Aufklebern liebevoll dekoriert. Die Räume spiegelten die Freundlichkeit ihrer Bewohnerin wider.

Leo schickte ein Stoßgebet zum Himmel, dass die Sache bitte ein gutes Ende nehmen möge. Sie fügte ein »Und Gott sei Dank, dass ich über keine neue Leiche gestolpert bin« hinzu.

»Ich muss mich erst mal beruhigen, sonst kann ich nicht.« Malu hob den Toilettendeckel hoch und blieb stehen.

»Soll ich auch wieder raus?«

»Nein, bleib, aber schau nicht her.«

Leo drehte sich zu der Ablage über dem Heizkörper um. Ordentlich waren Schminkutensilien und Haarspangen dort nebeneinander aufgereiht. Dazwischen hockte ein Porzellanfrosch mit einem Strohhut, den sie in die Hand nahm.

»Annika ist wohl ein Figurenfan.«

»Als ich hier gewohnt hab, war's nie so nett.« Malu schniefte wieder. »Bei mir war's auch nie richtig sauber. Wenn du genauer schaust, Leo, kein Staub. Is so.«

Das stimmte nicht. Zwischen dem Nippes und auch auf dem Kopf des Porzellanfrosches hatte sich bereits eine schmale Staubschicht gebildet. Die Tage ohne Annika zeigten erste Auswirkungen in ihrer Wohnung.

Leo sah sich weiter um. »Aber so viele Schminksachen. Ich würde denken, dass Annika die alle nicht gebraucht hat, so hübsch, wie sie ist.«

»Na ja«, Malu war fertig und betätigte die Spülung, »nicht privat. Aber sie wurde immer gern bei ›Madame et moi‹ gebucht. Die meisten Events dort sind am Abend und elegant, und die Herren mögen es, wenn sich die Ladys stylen. Musst du auch noch?«

Leo drehte sich zu Malu zurück. »›Madame et moi‹? Was ist das?«

»Damit hat sich Annika Geld neben dem Studium verdient. Das is ein Begleitservice in Bocklemünd.«

»Was sagst du?« Leo musste sich verhört haben. »Annika hat bei einem Hostessenservice gearbeitet? Erotik? Oder mehr?«

»Nein, nein«, Malu winkte heftig ab, »nicht, was du jetzt denkst. Vollkommen harmlos. Wie die Hostessen auf Messen und so. Komplett professionell.«

»Also Begleitservice und professionell lösen bei mir eine andere Assoziation aus.«

»Gott, nein! Wenn du Annika kennen würdest, kämst du nie auf so eine Idee, ehrlich nicht, Leo. Das hätte sie nie gemacht.« Malu hob ihre Hand ans Herz.

»›Madame et moi‹ ist eine Agentur, die nur seriöse Dienste anbietet. Nix Großes oder Wichtiges, sie vermitteln Mädchen und Frauen als hübschen Aufputz für Events oder Präsentationen. Oft eben Studentinnen. Seit zwei Jahren übrigens auch Männer. Für Geschäftsfrauen. Ohne Nebenleistungen, versteht sich. Das alles hat Annika mir erzählt. Sie hat immer gesagt, es wär total leicht verdientes Geld. Sich hübsch machen, ein bisserl gescheit plaudern an der Seite von Männern, die nicht allein zu irgendwelchen Ausstellungen oder Einladungen gehen wollen. Sie hat keine einzige schlechte Erfahrung gemacht. Sie wollte mich auch dazu überreden, aber sich so aufzudonnern und zu stylen is nicht mein Ding. Außerdem könnt ich Moritz nie mitnehmen.«

»Hast du das der Polizei mitgeteilt?«

Malu stutzte. »Nein. Noch nicht. Das ist ja ohne irgendwelche Probleme gelaufen. Soweit ich weiß, hat die Annika fast von Anfang an, wo sie dort gejobbt hat, eh nur einen Kunden gehabt, der sie laufend gebucht hat. Der war okay, hat sie gesagt. Privat hat sie nix mit dem am Hut gehabt. Meistens fand sie's eher langweilig als aufregend.«

Leo nahm Malus Hand. »Trotzdem könnte einer von dort etwas mit ihrem Verschwinden zu tun haben. Oder diese ganze Agentur.«

Malus Augen wurden groß. »Du hast recht, Leo. Ich war und bin auf den Möwe fixiert, sodass ich nicht an ›Madame et moi‹ gedacht hab. Davon erzähl ich der Polizei auf jeden Fall noch.«

»Der Name hört sich wie ein schlechter französischer Scherz an.«

»Laut Annika ist der Leiter Belgier. Und wenn man bei dem einen Termin hat, kriegt man in seinem Büro belgische Pralinen zu naschen.«

Es klopfte an der Badezimmertür. »Alles in Ordnung, die Damen?«

Malu trat an das Waschbecken. »Wir kommen sofort. Is alles abgetropft.«

Von draußen war ein Räuspern zu hören, Leo war sich sicher, dass der junge Polizeibeamte wieder rote Wangen bekam.

Nachdem sie sich die Hände gewaschen hatte, nahm Malu den Porzellanfrosch an sich und steckte ihn in ihre Hosentasche. »Eine Erinnerung an Annika.« Die Tränen kamen wieder.

Leo umarmte die Frau, auch sie bekam feuchte Augen. »Alles wird gut. Alles.«

Sicher war sie sich da nicht.

# 6

Immer noch nichts von Annika.

Ihr Verschwinden haben sie in den Nachrichten gebracht. Aber kein Wort von Dietrich Möwe.

Ich nehme die Spritze vom Instrumentenbord und die Ampulle mit dem Anästhetikum, die Britti Poster bereits geöffnet hat. In meinem Magen zuckt es, ich spüre das altbekannte Kribbeln im Nacken, und wenn ich meine Finger ausstrecken würde, könnte ich ein fast unmerkliches Zittern sehen.

Immer wenn mein Leben stressig wird, wächst auch meine Phobie. Davon merken meine »Zahnschmerzkunden« nichts.

Ich schon.

»Wird es wehtun?«, fragt mich die Patientin Nina Mandelbach. Sie blinzelt ununterbrochen und hat die Hände gefaltet wie zu einem letzten Gebet.

»Ein Stich, ein wenig warten, dann könnte ich Ihnen die Lippen abfräsen, und Sie würden es nicht merken, Frau Mandelbach.«

Sie findet meinen Scherz überhaupt nicht komisch. Ich auch nicht, aber einen Versuch war es wert. »Bitte den Mund aufmachen und den Kopf zu mir drehen, Frau Mandelbach.«

Das Blinzeln hört auf. Das Haupt der Patientin bewegt sich in Zeitlupe. Ihre Augen sind aufgerissen. Ein sehr schönes Grün. Dazu die feuerroten Haare. Ich frage mich, ob diese Farbe echt sein kann.

»Nicht so weit, ein klein bisschen weniger reicht vollkommen, Frau Mandelbach. Sonst habe ich Angst, dass Sie mich fressen.«

Keine Reaktion von ihr. Ich laufe zum zweiten Mal mit meinem Humor gegen eine Wand. Aber mein Kribbeln und Zucken ist bereits vorbei. Eigenlob stinkt zwar, aber ich tue es trotzdem: Hut ab, Leo, du schaffst es immer besser.

Im Vergleich zu früher hat sich mein Gemütszustand wirklich stark verbessert.

Allein nur die Geschichte, wie ich vor nicht mal einem Jahr das letzte Mal wegen diesem Ding in meiner Hand ohnmächtig geworden und in den Armen meines Patienten Herrn Weninger gelandet bin. Der Gute. Wäre er beim Notdienst letzten Samstag früher gekommen, hätte er mich auch bei Dietrich Möwe unterstützen können.

Daran hätte ich jetzt nicht denken sollen.

Zu spät.

Der Anblick der Wände im Wohnzimmer in der Suevenstraße hat sich nachhaltig in meinem Kopf festgesetzt. All diese Fotografien. Hunderte Bilder von Möwes junger Nachbarin in allen möglichen Situationen. Wie sie nach Hause kommt, ihre Einkäufe in der Hand, wie sie auf ihrem Balkon liest und Kaffee trinkt und so vieles mehr. Dazu die Nahaufnahmen von ihrem schönen Gesicht. Herangezoomt und ohne ihre Erlaubnis festgehalten.

Das Unheimlichste war, dass ich selbst beim Betrachten der Fotos schnell das Gefühl bekommen habe, ich würde dieses Mädchen persönlich kennen. Dadurch geht mir ihr Verschwinden noch näher.

Annika, gerade erst neunzehn Jahre alt.

Soweit mir Jakob erzählen durfte, läuft jetzt auch eine Fahndung nach Dietrich Möwe. Es muss eine Verbindung zwischen dem seltsamen Mann und Annikas Verschwinden geben.

Ihre Freundin Malu ist davon überzeugt.

Obwohl die beiden Frauen einige Jahre trennen, scheinen sie gute Freundinnen zu sein. Gegensätze ziehen sich ja an. Hier die strebsame Annika, dort die chaotische Malu. Dass sie gleich die Tür zu Dietrich Möwes Wohnung aufgetreten hat, kommt mir immer noch übertrieben vor. Andererseits hätten wir sonst nichts von seiner dunklen Passion erfahren.

Ob die Ermittler auch Bilder von Malu finden werden? Hat Annika wirklich nie bemerkt, dass der Nachbar sie stalkt?

Wie sagt Jakob immer: Wir ermitteln in alle Richtungen. Noch ist es Gott sei Dank kein Mordfall.

Stopp. Ich tue ja so, als wäre ich ein Teil von Jakobs Team.

Leo, halt dich da raus.

Zumindest ab sofort.

»Dr. Leo?«

Britti Poster spricht mich an. Ich habe ein paar Sekunden zu lange gezögert, die Patientin einzuspritzen. Britti merkt so etwas sofort. Sie ist eine gute Zahnarzthelferin, und ihr Geplapper nehme ich dafür in Kauf. Wobei mir auffällt, dass sie in den letzten Wochen erstaunlich wenig erzählt hat.

»Alles klar, Britti.«

Ich steche zu. Sanft, kompetent. Nina Mandelbach wartet noch auf den Schmerz, dabei ist bereits alles erledigt. »Ich bin gleich wieder bei Ihnen«, sage ich und freue mich, dass sie den Einstich nicht bemerkt hat.

Im Behandlungsraum eins warten Mirko Prann und seine Eltern. Der Teenager ist einer meiner Problemfälle. Sein gesamtes Gebiss ist kariös. Seine Mutter behauptet beharrlich, dass er sich nach dem Zähneputzen nichts Süßes mehr einverleibt, aber ich glaube das nicht. Ich werde mit den Eltern die Möglichkeit einer Behandlung unter Vollnarkose in der Zahnklinik besprechen. Eine Generalsanierung.

Olaf Jansen begegnet mir auf dem Flur. Er trägt ein Kurzarmhemd und hat sich einen neuen Haarschnitt machen lassen. Wie immer ist er blendender Laune.

»Liebe Chefin, da ich gestern früher los bin, werde ich heute länger bleiben. Vier Patienten haben sich für nach sieben angemeldet. Ist es Ihnen recht?«

»Aber Sie hatten doch dafür gestern keine Mittagspause, Herr Jansen.«

»Dann arbeite ich quasi vor für eine nächste kleine Auszeit.« Er zeigt mir seinen erhobenen Daumen und läuft weiter.

Neben mir streckt Britti ihren Kopf aus dem Behandlungszimmer und sieht unserem Zahnmediziner hinterher.

»Was für eine Bereicherung, der Mann, nicht, Britti?«

Sie sagt nichts, schließt die Tür von der Drei, um den Kofferdam bei Frau Mandelbach vorzubereiten. Dabei guckt der Zahn aus einem Gummispanntuch, das die feuchte Umgebung bedeckt, quasi heraus. Wieder wundere ich mich über meine sonst so geschwätzige Helferin.

Mein Gespräch mit Mirko Prann verläuft zäh. Seine Eltern stimmen zwar der Behandlung in der Zahnklinik zu, aber er behauptet steif und fest, kaum Süßkram zu essen und sich immer die Zähne zu putzen. Viele meiner Patienten flunkern über ihr Zahnputzverhalten und ihre Naschgewohnheiten, allerdings könnte bei ihm auch eine Störung des Speichelflusses vorliegen, diese Möglichkeit möchte ich vorher untersuchen. Auch könnte er unter Bulimie leiden, so dünn, wie der Junge ist. Diese Form der Essstörung gibt es auch bei männlichen Jugendlichen. Ich werde mich mit einem Kollegen beraten.

Wieder zurück zu Nina Mandelbach. Ich beginne mit der Wurzelbehandlung am Fünfer links unten.

Während ich den Zahn aufbohre, die Karies sowie den entzündeten Anteil des Zahnes entferne und den Wurzelkanal freilege, wandern meine Gedanken doch wieder zu Dietrich Möwe. Ich kann ihn vor mir sehen, wie er sich auf den Zahnarztstuhl gehievt hat. Klein und mit Übergewicht. Ein Sonderling, der an seiner Nachbarin mehr interessiert ist, als es psychisch gesund sein könnte.

Ist oder war er in Behandlung? Das könnte auch wichtig sein. In einer Therapie? Hat er Medikamente genommen? Oder liegt es an seiner Isolation, seinem einsamen, kargen Leben, dass er sich so verhält? Er ist ebenso wie die junge Frau bis jetzt nicht wieder aufgetaucht, aber niemand hat sich zu seinem Verschwinden gemeldet.

Seine Wohnung hat einen traurigen und schmucklosen Eindruck gemacht. Er scheint mir nicht mit einem großen Einkommen gesegnet zu sein, wenn ich an die Einrichtung denke. Sein gesamtes Geld scheint er für seine Überwachungsaktionen ausgegeben zu haben.

Aber hat er das Mädchen tatsächlich entführt?

Malu hat mir gesagt, dass Annika wunderbar mit ihm ausgekommen ist. Sie hat ihm sogar ihre Wohnungsschlüssel zum Pflanzengießen überlassen. So konnte er leicht seine Wanzen anbringen. Nun ja, sie hatte ja keine Ahnung, dass er von ihr besessen ist. Vielleicht finden sich noch mehr Frauen, denen er nachgestellt hat? Gibt es Anzeigen aus früherer Zeit?

Fragen, die sich Jakob stellen wird. Wenn er den Fall überhaupt bearbeiten kann. Er und sein Team sind für Mord zuständig, nicht für Vermisstenfälle. Er wird es mir berichten.

Oder sich in Schweigen hüllen.

Seine neue Taktik. Mir erst alles erzählen, wenn sie die Dinge unter sich bereits geklärt haben und ich mich nicht mehr einmischen kann.

Ich denke an ihn und lächle automatisch.

Die Länge des Wurzelkanals von Nina Mandelbach ist bestimmt, und ich beginne mit der Reinigung. Mit kleinen Feilen und einer ultraschallaktivierten Spüllösung kann ich so präzise wie möglich vorgehen.

Die Patientin hat die Augen geschlossen, und ihr Atem geht stoßweise. Manchmal muss sie trotz des Saugers schlucken.

Malu wird den Ermittlern inzwischen hoffentlich von der Begleitagentur erzählt haben. Denn was wäre, wenn Dietrich Möwe nichts mit Annikas Verschwinden zu tun hat und die falsche Fährte kostbare Zeit verschlingt?

»Madame et moi«. Was für ein Name. Malu meinte, dort würde absolut seriös gearbeitet. Wie kann sie es wissen, wenn sie sich nie dort vorgestellt hat?

Britti reicht mir ein Tuch. Sie hat vor mir bemerkt, dass ich Schweißperlen auf der Stirn habe. Diesmal nicht wegen meiner Spritzenangst. Die Hitze draußen heizt auch die Behandlungsräume auf. Natürlich gibt es eine Klimaanlage, aber von Zeit zu Zeit stelle ich sie aus, weil mir zu kalt ist. Selbst schuld. Meine jungen Helferinnen frieren nie.

»Haben Sie sich schon mal bei einer Begleitagentur beworben, Britti? Wie zum Beispiel bei ›Madame et moi‹ in Bocklemünd?« Die Frage löst sich spontan aus meinen Mund.

Einerseits beginnt mich Brittis langes Stillschweigen zu beunruhigen. Wenn sie mir assistiert, muss ich sie normalerweise stoppen, damit sie nicht mich und die Patienten mit ihrem Geplapper überrollt. Andererseits, wer, wenn nicht Britti, könnte über einen solchen Service Bescheid wissen – sie tanzt auf tausend Hochzeiten und ist über alles informiert.

Ich habe den Zahn mit dem Luftbläser bearbeitet und den Wurzelkanal mit Papierspitzen trockengelegt. Britti rührt den Sealer an und reicht mir im Anschluss die cremige Füllpaste, die ich in den Kanal einschiebe.

»Ich war doch nie bei einem Hostessenservice, Dr. Leo. Mir wurde es angeboten, das ist wahr. Ich hätte mich großartig an der Seite eines wichtigen Mannes gemacht, und auch mein Kleiderschrank würde das eine oder andere passende Outfit ausspucken können, aber selbst während meiner Ausbildung habe ich lieber gekellnert. Mit jeder Menge Trinkgeld, versteht sich. Ohne Sonderleistungen. Man hat doch schon davon gehört, dass sich Männer mehr von den jungen Frauen erhoffen, die sie sich dort mieten.«

Eine solch ausführliche Antwort habe ich gar nicht gewollt, aber ich freue mich doch, dass die Plaudertasche Britti zurück ist.

»Ncht ll snd unsrs, ch knn Mdmemo«, sagt unter meinen Händen Nina Mandelbach.

»Tatsächlich, Frau Mandelbach? Woher denn?«, antwortet Britti.

»Ch wne n Bcklmü. St be mr ggnübr.«

Jedes Mal bin ich völlig perplex, dass meine Zahnarzthelferin Patienten versteht, die während einer Behandlung reden.

»Frau Mandelbach kennt anscheinend diese Agentur«, übersetzt Britti jetzt für mich. Sie nimmt den Rahmen weg, entfernt die Klammern und löst den Kofferdam.

»Frau Mandelbach, die Zähne einmal zusammenbeißen.« Meine Neugierde flammt auf, doch ich beherrsche mich. »Und noch einmal. Wunderbar. Sie haben es fürs Erste überstanden und können dann ausspülen. Zwei Stunden bitte nichts essen, ja?«

Brittis wiedererweckte Lebensgeister bleiben am Thema dran. »Warum haben Sie mich danach gefragt, Dr. Leo? Sucht eine Ihrer Töchter einen Nebenjob in den Schulferien?«

Mit ihrer Frage bringt sie mich jetzt aus dem Konzept. »Luise oder Nathalie bei einem Begleitservice? Britti, meine Kinder sind gerade mal sechzehn! Selbst wenn sie fünfundzwanzig wären, würde ich es verbieten.«

»Das kann ich zwar verstehen …« Nina Mandelbach spuckt aus und zieht sich das Dentallätzchen vom Hals. Ihre Körperhaltung lockert sich, die Erleichterung ist ihr anzumerken. Sie zupft sich ihre rötlichen Haare zurecht. Eine extravagante Frau, vielleicht in meinem Alter.

»Sechzehn ist auf jeden Fall zu jung, aber ansonsten kann ich Ihnen die Vorurteile nehmen. Ich wohne in Bocklemünd. Keine fünf Minuten von ›Madame et moi‹ entfernt. Seit Jahren organisieren die für alle möglichen Events oder Festivitäten Begleitungen. Nur seriöse Kontakte. Geschäftsleute, Unternehmer genauso wie Großstadtsingles, die beim achtzigsten Geburtstag der Tante nicht allein aufkreuzen wollen. Ich hab da auch mal ein paar Monate gearbeitet, bevor ich im Lotto gewonnen habe.«

»Sie haben dort gearbeitet?«, frage ich.

»Sie haben im Lotto gewonnen?«, fragt Britti.

Nina Mandelbach kann sogar schon wieder grinsen.

»Keine Millionen, aber so viel, dass ich nicht mehr zwangsweise für meinen Lebensunterhalt arbeiten muss. Allerdings war der Job bei ›Madame et moi‹ ganz okay. Inzwischen male ich.«

»Machen Sie bitte einen neuen Termin an der Rezeption, Frau Mandelbach. Dann können wir in der nächsten Sitzung auch über eine Überkronung sprechen.« Ich kehre zu meinem professionellen Ton zurück, obwohl ich der Patientin gern einige weitere Fragen zu der Agentur gestellt hätte.

»Kaum haben Sie von meinem Lottogewinn gehört, schon klingelt in Ihren Ohren die Kasse. Was, Frau Dr. Kardiff?«

Nina Mandelbach lacht, Britti kichert, ich schweige. Das finde ich nun nicht lustig.

Bevor ich zur nächsten Behandlung eile, will ich mir eine kurze Pause in meinem Büro gönnen. Fünf Minuten hinsetzen, einen Schluck Wasser trinken, durchatmen, bevor es weitergeht.

Mir ein oder zwei, vielleicht auch drei meiner Pralinen gönnen. Ohne sie wäre ich verloren. Zumindest übelster Laune. Das will wohl niemand.

Laut Britti ist der nächste Patient ein junger Mann mit einem entzündeten Weisheitszahn, der auf YouTube regelmäßig seine Filme über Musik und Sport einstellt und bereits auf Hunderttausende Klicks kommt, worum ihn meine Zahnarzthelferin beneidet.

Ich nehme mir vor, mir den Namen zu merken und ihn heute Abend meinen Töchtern zu präsentieren, um sie damit zu beeindrucken. Mal sehen, ob es funktioniert.

Olaf Jansen kreuzt erneut meinen Weg. »Dr. Leo, haben Sie noch eine Minute?«

Ich frage mich, ob er wieder seine Arbeitszeiten verlängern möchte, und denke an teure Überstunden. »Was liegt jetzt an, Kollege?«

Er räuspert sich, wirkt unsicher. »Es geht um das zweite Büro, das leer steht, zumindest seit ich hier bin.«

Ich verschlucke mich und muss heftig husten.

Dieser Raum ist seit Dr. Langs Abgang nicht mehr benutzt worden. Wenn ich ehrlich bin, habe ich fast verdrängt, dass es ihn überhaupt gibt.

»Ich kann mir gut vorstellen, dass Sie gern ein Büro für sich hätten, Herr Jansen, aber ich muss Ihnen gleich sagen, dass ich noch keine Entscheidung über dieses Zimmer getroffen habe. Eigentlich wollte ich es zu meinem Büro machen, weil es ja größer ist, aber macht das Sinn? Ich denke nicht, da ich ohnehin, wie Sie wissen, oft nur kurze Pausen machen kann und mich sehr wohlfühle, wo ich jetzt bin.«

Gott, ich plappere wie aufgezogen.

Olaf Jansen sieht mich überrascht an. »Oh nein, liebe Dr. Kardiff, ich brauche kein eigenes Büro.«

»Ach nein? Was wollen Sie denn dann damit?«

»Vielleicht könnten wir uns einmal nach Feierabend zusammensetzen und darüber reden. Nicht hier, sondern bei einem Glas Wein, was meinen Sie?«

Ich stutze. Hat mich mein neuer Kollege eben zu einem Date eingeladen?

Nein, das kann nicht sein. Er ist einige Jährchen jünger als ich. Ich bin seine Chefin. Ich habe einen Freund. Hat er eine Freundin? Hat er nicht vielleicht dieses Techtelmechtel mit Britti?

»Wir werden sehen«, sage ich viel schroffer, als ich es meine.

Olaf Jansen nickt und eilt zu seinem nächsten Termin.

Die Praxis brummt.

Ich brauche meine Pause.

Kaum bin ich in meinem Büro, checke ich mein Smartphone. Keine Nachricht von Jakob. Manchmal schickt er mir einen Kuss oder ein lustiges Foto. Warum habe ich nur so lange gebraucht, um mich auf einen richtig tollen Kerl wie ihn einzulassen? Meine vorherigen Beziehungen waren dagegen Nieten.

Mein Exmann Johannes, der sich immer noch Unterhalt von mir zahlen lässt, weil er als Künstler seit Ewigkeiten auf seinen Durchbruch wartet. Mein Lover Heinz Leerbaum, der mir die Steuerfahndung auf den Hals gehetzt hat. Ich kann und will die anderen nicht aufzählen, jetzt ist mein Hauptkommissar an meiner Seite, und das ist wunderbar.

Ich schicke stattdessen ihm eine liebe Nachricht, dann gehe ich ins Internet und suche in den Gelben Seiten nach ›Madame et moi‹. Die Begleitagentur ist mit Adresse und Nummer angegeben, und ich drücke auf den abgebildeten Telefonhörer. Mein Handy wählt sich ein. Es klingelt einmal, ein zweites Mal, dann breche ich den Anruf ab.

Kein weiteres Nachschnüffeln.

Ich schnappe mir die Wasserflasche von meinem Schreibtisch, nehme einen tiefen Schluck. Die Pralinen sind dran.

Herrlich.

Während ich genieße, sehe ich mich um.

Ja, ich mag mein Büro.

Die rote Couch mit den weichen Kissen und der kuscheligen Decke, das Regal mit den Krimis, die ich immer noch gern lese, auch wenn ich so selten dazu komme, mein Schreibtisch mit seinem kleinen Chaos darauf.

Es klopft.

Das darf nicht wahr sein.

Es kann kaum eine Minute vergangen sein.

Ich merke, dass ich sauer werde. Wehe, es ist nicht wichtig. Überlebenswichtig.

»Was ist denn jetzt wieder?« Mit Schwung mache ich die Tür auf und erschrecke fürchterlich.

# 7

»Bitte, setzen Sie sich, Hauptkommissar Zimmer wird sofort bei uns sein.«

Birgit von Zeh fühlte sich hilflos in ihrem Bemühen, es den Eltern der vermissten Annika Trautmann leicht zu machen.

Ihre eigenen Söhne, Felix und Constantin, würden in ein paar Jahren auch flügge werden. Vielleicht in einer anderen Stadt studieren oder sich eine Weile im Ausland aufhalten, aber auf jeden Fall das Elternhaus verlassen. Birgit sehnte sich sogar manchmal nach dieser Zukunft, nach der Zweisamkeit mit ihrem Mann vor den Kindern zurück.

Aber was, wenn den Jungs auf ihrem Weg in die Welt etwas zustieß? Wenn sie beide groß wurden, gesund blieben, nur um eines Abends plötzlich zu verschwinden? Eine grauenhafte Vorstellung.

Birgit hatte in all den Jahrzehnten als Kriminalkommissarin mitbekommen, was Menschen Schreckliches tun konnten, und dabei machten ihr Fälle mit vermissten Kindern oder Teenagern immer mehr als all die anderen Straftaten zu schaffen.

Annika Trautmann war immer noch ein Teenager, auch wenn sie bereits studierte. Sie galt seit Sonntagabend als vermisst. Birgits rationaler Polizistenverstand sah die Wahrscheinlichkeitskurve, das Mädchen lebend wiederzufinden, rapide sinken, ihre Muttergefühle hofften mit Annikas Eltern.

»Sie war in Köln so glücklich«, sagte Irma Trautmann, gefolgt von einem lang gezogenen Stöhnen. »Erst am Samstag haben wir ihren Geburtstag nachgefeiert. Neunzehn. Neunzehn Jahre ist meine Annika.«

»Mir wäre lieber, sie wäre mit einem Hippie durchgebrannt. Von mir aus auch drogensüchtig.« Georg Trautmann sah furchtbar grimmig aus. Er hatte seine Hände zu Fäusten geballt, als wollte er baldmöglichst jemanden schlagen.

»Wie kannst du so etwas sagen, Georg. Bitte hören Sie gar

nicht auf meinen Mann, er macht sich nur Sorgen. Das ist seine Art, mit der Situation umzugehen.«

»Ich sage, wie es ist. Wenn sie Alsdorf nicht verlassen hätte, wäre alles gut. Sie hätte in Aachen studieren und pendeln können. Sie hätte ja nicht bei uns wohnen bleiben müssen, aber in der Nachbarschaft. Ich hätte ihr eine günstige Wohnung über meinem Büro besorgen können. In der Nähe von uns. Aber nein, die jungen Leute müssen in die Großstadt. Sie hätte –«

Irma Trautmann schlug mit der Hand auf den Tisch, dass es knallte. Georg Trautmann und auch Birgit von Zeh schreckten auf.

»Hätte, hätte, Fahrradkette. Genug jetzt. Ich will nichts mehr hören. Es ist, wie es ist. Wir sind hier, um unser Kind wiederzufinden, und du solltest besser beten, als deine alte Leier abzuspulen.«

Ihre Hand rutschte von der Tischplatte nach unten, und sie sackte wieder in sich zusammen. »Wie sind alte Eltern, müssen Sie wissen, Frau Hauptkommissarin. Ich war fast fünfzig, als Annika kam. Es war ein Wunder.«

Birgit nickte den beiden zu. Sie merkte, wie das Warten auf Jakob mehr und mehr an ihren Nerven zerrte. Er war ins Büro von Oberstaatsanwalt Theo Prunk gerufen worden, weil er den Vermisstenfall seinem Team unterstellen wollte, obwohl er nicht in sein Ressort fiel.

Auch die beiden jüngeren Kollegen fehlten Birgit. Luis hatte sich wegen einer Magenverstimmung krankgemeldet, sich aber von zu Hause aus trotzdem darangemacht, den E-Mail-Verkehr und Annikas Internetaktivitäten in den sozialen Netzwerken zu durchforsten. Per war zurück in die Suevenstraße gefahren. Dort wurden nun beide Wohnungen, die von Möwe und die der Studentin, von der Spurensicherung unter die Lupe genommen. Dietrich Möwe war zurzeit ebenfalls noch unauffindbar. Allerdings hatte niemand ihn als vermisst gemeldet. Vieles sprach dafür, dass es einen Zusammenhang zwischen ihm und Annikas Verschwinden gab.

Die Zahnärztin und inzwischen feste Freundin von Jakob

war wieder einmal an Ort und Stelle gewesen. Birgit schwankte zwischen Sympathie für und einer Abwehrhaltung gegen die Frau. Sie erinnerte sich, wie Dr. Kardiff genau in diesem Befragungsraum gesessen hatte, um ihre allererste Aussage im Mordfall Hedda Kernbach zu machen. Diese blonden Locken und strahlend blauen Augen. Dazu ihre unruhige Art, als würden ihr tausend Dinge gleichzeitig durch den Kopf schießen. War es damals nicht auch stickig und schwül gewesen?

Birgit sah auf die Uhr, beschloss, allein loszulegen.

»Frau und Herr Trautmann. Ich weiß, Sie sind alles bereits einige Male durchgegangen. Trotzdem möchte ich Sie bitten, mir noch mal von jedem zu berichten, mit dem Ihre Tochter näheren Kontakt hatte. Nicht nur in Alsdorf, sondern auch Freunde hier in Köln, von denen Sie wissen. Hat sie bei ihrem letzten Besuch jemand Neuen erwähnt?«

Georg Trautmann machte seine Fäuste einmal auf und zu. »Was wissen wir schon, mit wem Annika sich in dieser schrecklichen Stadt herumgetrieben hat.«

»Georg, bitte.« Irma Trautmann wirkte nach ihrem Ausbruch völlig erschöpft.

Jetzt klopfte Birgit auf die Tischplatte. »Herr Trautmann, das hilft uns nicht weiter, da hat Ihre Frau recht. Konzentrieren Sie sich. Hat Annika auch einmal von den Nachbarn in der Suevenstraße erzählt? Das wäre wichtig.«

»In einem so großen und unpersönlichen Umfeld weiß doch keiner etwas vom anderen. In Alsdorf, da kennt man noch die Nachbarn.« Georg Trautmann schnaubte. »Aber in Köln, in einem Mietshaus dieser Größe –«

»Das stimmt nicht ganz, Georg«, unterbrach Irma Trautmann ihren Mann. »Annika hat mehrmals von einem sehr netten älteren Herrn im selben Stockwerk erzählt. Sie hat ihm noch ein paar von den weißen Schokokugeln mitgenommen. Erinnerst du dich nicht?«

Georg Trautmann nickte. »Weiße Schokokugeln liebt meine Annika. Der Nachbar hatte ihren Schlüssel, Blumen brauchen bei der Hitze täglich Wasser, er wollte sie versorgen.«

»Sie sprechen von Dietrich Möwe?«

»Ja, genau, so heißt der Mann.«

Birgit wog ab, ob sie den Eltern vom Stalking berichten sollte, entschied sich aber, damit zu warten, bis hoffentlich endlich Jakob dazukam.

»Bitte erzählen Sie weiter. Jedes kleinste Detail kann wichtig sein.«

Sie zückte ihren Stift, um sich Notizen zu machen, und sah zur Tür hin. Wo blieb der Boss?

***

»Ich verstehe immer noch nicht, wie es dazu gekommen ist, dass ich dir einen Durchsuchungsbeschluss für die Wohnung des Nachbarn einer verschwundenen Studentin ausstellen musste. Wo gab es Verdachtsmomente? Warum kümmerst du dich überhaupt um einen Vermisstenfall? Dafür sind die Kollegen aus der entsprechenden Abteilung zuständig. Zum Glück hat keiner Beschwerde eingelegt, es ist also vorerst dein Fall. Wenn es überhaupt ein Fall ist. Die junge Dame könnte auch einfach ihr Umfeld sattgehabt haben. Oder sie taucht in ein paar Tagen braun gebrannt wieder auf nach einem, sagen wir, spontanen Urlaub im Süden.«

In Oberstaatsanwalt Theo Prunks Büro ließ es sich bei den hohen Temperaturen draußen aushalten. Obwohl durch die Fensterfront die Sonne hereinknallte, kühlte die Klimaanlage den Raum auf angenehme zwanzig Grad herunter.

Jakob sah auf sein Handy. Birgit hatte ihm bereits vor einer halben Stunde geschrieben, dass die Eltern von Annika Trautmann gekommen seien. Er wollte unbedingt bei der Befragung dabei sein, aber wie er Birgit kannte, würde sie mit ihrer Geduld schnell am Ende sein und nicht auf ihn warten.

»Theo, ich habe es dir erklärt.«

Jakob hatte sich eben zum dritten Mal aus dem Besucherstuhl erhoben. Die ersten beiden Male hatte ihn Theo Prunk immer wieder mit einem Wink zum Sitzenbleiben aufgefordert.

»Annika Trautmann gilt seit Sonntag als vermisst. Im Prinzip ist es ein Fall für die Kollegen, da gebe ich dir recht. Aber da wir keine neue Mordermittlung laufen haben, wären wir frei, uns darum zu kümmern. Unter uns, Theo, das Gespräch von Dr. Kardiff mit Dietrich Möwe Samstagnacht und die Abhörinstallationen in seiner Wohnung, die wir entdeckt haben, lassen den dringenden Verdacht eines Verbrechens zu. An einen Urlaub glaubt hier keiner. Ich bin durchaus befugt, einen derartigen Fall mit meinem Team an mich zu ziehen. Noch dazu eilt die Zeit. Du weißt, wie schlecht die Chancen auf ein gutes Ende inzwischen stehen.«

»Die Presse berichtet bereits über das Verschwinden der Studentin, ich will keinen weiteren Staub mit irgendwelchen Vermutungen aufwirbeln, den ich dann wieder beseitigen muss. Deine Zahnärztin in allen Ehren«, der Oberstaatsanwalt verzog seine Lippen zu einem schiefen, wissenden Lächeln, »aber nicht jede Begegnung mit ihr muss einen weiteren Mord bedeuten.«

Jakob merkte, dass er wütend wurde. Er hasste es, wenn sein Privatleben Gesprächsthema war. Andererseits ließ sich seine Beziehung zu Leo nicht geheim halten, und er hätte auch ihren Namen nicht heraushalten können. Dass es strafrechtlich fragwürdig war, wie Leo und die Freundin von Annika Trautmann in die verschlossene Wohnung des Verdächtigen gekommen waren, war ihm allerdings klar. Wenigstens hatte Leo ihn diesmal sofort verständigt. Ein Pluspunkt.

Er atmete durch. Nur keinen Streit mit Prunk vom Zaun brechen. Der prunkvolle Theo, wie der Oberstaatsanwalt intern genannt wurde, konnte Jakob den Fall jederzeit wieder entziehen.

»Du kennst mich, Theo. Ich würde nicht hier sitzen, wenn ich nicht überzeugt wäre, dass mehr an der Sache dran ist. Vielleicht können wir sogar verhindern, dass ein Mordfall daraus wird. Dr. Kardiff hat nur am Rande damit zu tun. Dietrich Möwe hätte auch jeden anderen Zahnarzt aufsuchen können.«

Jakob hob seinen Zeigefinger. »Und ich kann dir jetzt bereits mitteilen, dass Dietrich Möwe wie vom Erdboden verschluckt ist. Wir haben bei unserem ersten Rundgang jede Menge Medikamente in einem der Küchenschränke entdeckt, Beruhigungspillen und Schlaftabletten. Auch ein Antipsychotikum, dessen Haltbarkeit allerdings bereits abgelaufen war. Der Arzt, der es verschrieben hat, ist vor vier Jahren verstorben. In der Spüle stehen zwei benutzte Gläser. Wir müssen diese Dinge mitnehmen und untersuchen dürfen.«

»Gut, ich habe verstanden. Das hilft mir, eure dringende Bitte um einen Durchsuchungsbeschluss beim Untersuchungsrichter im Nachhinein zu rechtfertigen.«

»Dann wäre das geklärt.« Jakob machte einen Schritt Richtung Tür.

»Bitte setz dich wieder. Wir sind noch nicht fertig.« Theo Prunk deutete auf den Stuhl, doch der Hauptkommissar blieb demonstrativ stehen.

»Nun gut.« Der Oberstaatsanwalt seufzte. »Kommen wir auf das Wort Urlaub zurück. Wenn nun Dietrich Möwe heute oder morgen aus einer, sagen wir mal, kleinen Auszeit wiederkommt, nichts mit dem Verschwinden der jungen Frau zu tun hat, was dann? Er könnte Anzeige wegen Hausfriedensbruch erstatten.«

»Darum kümmern wir uns, wenn der Mann wieder auftauchen sollte. Sein Stalking ist ja bereits eine Straftat, also könnten wir wiederum ihn belangen.«

»Noch etwas viel Wichtigeres. Sollte ein Verbrechen vorliegen, könnte die Verteidigung später argumentieren, dass seine Wohnung illegal geöffnet wurde, und alle Beweise, die ihr da drinnen findet, wären in einem Prozess nicht mehr zugelassen.«

»Weder ich noch die Spurensicherung haben auch nur ein Teil angefasst, bevor ich den unterschriebenen Beschluss hatte. Ein Beamter der Verwaltung war anwesend. Er hat uns kontrolliert.«

»Lenk bitte nicht vom Thema ab, Jakob. Es geht darum, wie der erste Schritt in die Privatwohnung erfolgt ist.«

»Ich glaube nicht, dass wir deswegen Schwierigkeiten bekommen. Lies nach.«

Theo Prunk blätterte durch Jakobs ersten Bericht. »Malu

Rietz hat die Tür eingetreten, weil sie überzeugt davon war, dass der Nachbar, der ihr als Stalker bekannt ist, ihrer Freundin etwas angetan hat. Ich sehe, du hast Dr. Kardiff da herausgehalten, damit ihr Name nicht mehrfach auftaucht. Nicht ganz korrekt, aber clever.«

Jakobs Unmut legte sich. »Ich werde selbstverständlich die Kollegen in der Vermisstenabteilung persönlich kontaktieren und mich für die etwas unorthodoxe Fallübernahme entschuldigen.«

Sein Handy vibrierte. »Da muss ich ran, es ist Per.« Jakob bewegte sich erneut Richtung Ausgang. »Ja, was gibt es?«

»Hey, Boss. Ich bin noch in der Wohnung in der Suevenstraße. Also, die Abhörgeräte sind etwas veraltet, aber gut zu gebrauchen. Ich nehme an, dieser Möwe hat sie secondhand gekauft oder besitzt sie bereits seit Jahren. Er hat in Annika Trautmanns Wohnung ein paar Wanzen installiert und ihr Festnetz abgehört. Wir haben gespeicherte Aufnahmen gefunden, die wir auswerten müssen. Dazu die Kamera, mit deren Objektiv er sie beobachtet hat. Auch ein älteres Modell. Erinnert mich an den Film ›Das Leben der Anderen‹.«

»Habt ihr konkrete Hinweise gefunden, die direkt mit dem Verschwinden der jungen Frau zusammenhängen?«

»Sorry, das nicht. Die einzige Nachricht auf Möwes Anrufbeantworter hat übrigens Dr. Kardiff hinterlassen.«

»Okay.« Jakobs Lippen wurden schmal.

»Aber weswegen ich eigentlich anrufe: Luis kommt gleich ins Büro.«

»Der hat sich doch krankgemeldet.«

»Trotzdem. Annikas Freundin, die Österreicherin mit dem komischen Akzent, Malu Rietz. Die hat Dreck am Stecken. Er meint, wir sollten sie nochmals in die Zange nehmen. Er hat Kollegen auf den Weg geschickt, sie aus dem Bergischen abzuholen und zu uns zu bringen.«

Jakob überlegte kurz. »Ich bin noch in der Luxemburger Straße, fahre aber auch sofort los.« Er steckte das Handy weg.

Der Oberstaatsanwalt hatte genug von Jakobs Zeit verschwendet, also fasste Jakob nach der Türklinke, bevor er sich

Theo Prunk noch einmal zuwandte. »Ich muss, Theo. Fallrelevant. Wenn von deiner Seite aus nun alles okay geht, dann mache ich mich auf den Weg.«

Der Oberstaatsanwalt hob die Schultern. »Geh, Jakob. Geh. Ich könnte dich höchstens aufhalten, wenn ich dich mit den Handschellen an meinen Schreibtisch fesseln würde.«

»Wie ich dich kenne, würde dir das gefallen, stimmt's?«

Das Lachen des prunkvollen Theo konnte Jakob noch im Gang bei den Aufzügen hören.

# 8

Grau meliertes Haar, groß gewachsen, mit einer gewissen Würde im aufrechten Gang und einem Blick, der andere gleichermaßen musterte und durch sie hindurchging. Ein taxierender Blick, der jeden Menschen vor sich als Patienten wahrnahm.

Er diagnostizierte, ohne es zu merken, und speicherte ab, was seiner Meinung nach als erste mögliche Ursache in Frage kam, wenn zum Beispiel die Zähne gelblich waren.

Er hatte die Praxis in einer Zeit geführt, als die Männer in den weißen Kitteln noch uneingeschränkte Autoritätspersonen waren, zu denen man aufsah, und es noch keine Möglichkeit gab, vorher eine Recherche im Internet zu beginnen.

Gerwald Hubertus, Doktor der Zahnmedizin a. D., im vorzeitigen Ruhestand, nachdem bei ihm Parkinson im ersten Stadium diagnostiziert worden war. Exmann von Agathe und Vater von Leocardia.

Papa stand vor Leos Büro.

Mit einem Schlag schrumpfte sie.

»Papa?« Ihre Stimme wurde höher, und sie hatte das Gefühl, selbst in ihrem Zahnarztoutfit – sie trug eine weiße Hose und darüber eine Bluse in Mintgrün – wie ein Kindergartenmädchen auszusehen.

»Papa, du hast dich nicht vorangemeldet.«

Leo merkte, wie ungeschickt der Satz formuliert war. Als wäre ihr Vater ein gewöhnlicher Besucher, der einen Termin zu machen hatte. Sie wappnete sich gegen seine Zurechtweisung.

Doch statt Gerwald reagierte Gerda Horst.

Dass die Empfangsdame intern »Bulldogge« Horst genannt wurde, hatte seinen Grund. Ihr Ton gegenüber den Patienten und Helferinnen war immer ruppig. Sie war bereits zu Zeiten hier gewesen, als die Praxis noch von Dr. Hubertus und Dr. Lang geleitet worden war. Damals eine junge Frau, deren Charme einer blühenden Distel glich, hübsch, aber zäh und unnahbar, hatte sie sich schnell in den ebenfalls noch jungen Dr. Hubertus verliebt, platonisch, wie sie bis heute betonte. Doch Leo hatte da so ihre Zweifel.

»Dr. Hubertus, das ist ja eine wunderbare Überraschung.« Bulldogge Horst verwandelte sich in Sekunden von einem Wachhund zu einer Pudeldame, es fehlte nur noch eine rosa Schleife in ihrem Haar. »Wenn wir gewusst hätten, dass Sie heute kommen, dann hätte ich Prosecco besorgt und Termine verschoben.«

Immer wenn Leos Vater seinen Besuch ankündigte, wurde von Gerda Horst ein kleines Spektakel daraus gemacht, als würde ein Prominenter erscheinen. Hätte Leo vorher davon gewusst, hätte sie sich eher den Tag mit noch mehr Behandlungen vollgestopft, um eine gute Ausrede zu haben.

Sie liebte ihren Vater, aber in der Praxis machte er sie nervös. Immer hatte sie das Gefühl, nicht gut genug zu sein, nicht effektiv zu arbeiten, und vor seiner Nachfrage bezüglich des Stands ihrer Spritzenphobie hatte sie richtigen Horror. Ihre fünfundvierzig Jahre und ihre Kompetenz schmolzen unter seinem Blick wie ein Eis am Stiel bei Sonnenschein, ohne dass Leo es verhindern konnte.

Sofort wälzte sie die Möglichkeiten, warum ihr Vater unangekündigt aufgetaucht sein könnte.

Einer seiner früheren Patienten hatte ihn kontaktiert, sich beschwert. Oder er wollte zwischendurch nach dem Rechten sehen. Oder er und seine Frau waren nach Leos Absage des Abendessens am Samstag heute einfach spontan in Stommeln losgefahren, um Leo zu überraschen und ein weiteres Nein unmöglich zu machen. Hilde wartete bei laufendem Motor im Wagen.

Gerwald hob seinen Daumen und deutete über seine Schulter Richtung Flur. »Hunde- und Katzenbilder?«

Es wäre ein Wunder gewesen, wenn ihm die neue Deko nicht sofort aufgefallen wäre.

»Britti Poster und die anderen Helferinnen haben neu dekoriert, Papa. Ich weiß, es sieht aus wie beim Tierarzt, aber uns gefällt es als Abwechslung. Nicht wahr, Frau Horst?«

Leo legte den Kopf schief, um an ihrem Vater vorbeisehen zu können, aber die Anmeldung war leer. Entweder war Gerda Horst auf der panischen Suche nach einer Flasche Prosecco, oder sie machte sich in der Besuchertoilette eilig hübsch für ihren früheren Chef.

»Nein, nein, es ist okay. Ist ja jetzt schon lange deine Praxis. Überhaupt, wo Dr. Lang nicht mehr hier ist.«

Damit hatte Leo auch wieder nicht gerechnet. Mit seinem Einverständnis und dieser Ansage. Seine Worte bereiteten ihr genauso viel, wenn nicht sogar mehr Unbehagen, als wenn er sich kritisch geäußert hätte.

»Es tut mir leid, dass ich einfach so hereinplatze.« Gerwald kratzte sich am Kinn, und erst jetzt fiel Leo auf, dass er unrasiert war. »Aber kann ich dich kurz unter vier Augen sprechen, Leocardia?«

Er stirbt, dachte Leo.

Er hatte einen Termin bei seinem Arzt, und seine Parkinsonerkrankung schreitet schneller voran als gedacht. Er hat zusätzlich noch Leukämie, Krebs, Hirntumor. Papa ist hier, um seinen Letzten Willen mit mir zu besprechen.

Leo spürte, wie ihre Augen feucht wurden. »Aber ja, Papa. Komm doch herein.«

»Dr. Hubertus, wollen Sie zumindest Kaffee?«

Gerda Horst war zurück und hatte tatsächlich Lippenstift aufgetragen. Leo hätte eine Million gewettet, dass die beiden früher eine Liaison hatten. Vielleicht schon zu Zeiten, als ihre Eltern noch verheiratet gewesen waren, aber darüber mochte sie nicht nachdenken.

Ihr Vater nickte indessen huldvoll. »Gern, Gerda. Bringen Sie ihn mir ins Büro, ja?«

Leos Tränen zogen sich zurück. Sie hatte drinnen selbst eine tolle Kaffeemaschine stehen, außerdem war es ihr Büro, nicht seines. Dass sie ihre Patienten warten ließ, schien eine Selbstverständlichkeit zu sein.

Gerwald betrat den Raum und setzte sich automatisch an den Schreibtisch. Auch das fand Leo unhöflich. Doch als er seinen

Kopf schwer auf seine Handfläche legte und seufzte, bekam sie wieder Angst um ihn.

»Ich halte dich nicht lange auf, Leocardia. Mein Wagen steht ohnehin im Halteverbot. Früher war in der Stadt nie so viel Verkehr. Du solltest einen Parkplatz mieten, mehrere am besten, für dich und für die Praxis.«

»Hat Hilde dich nicht gefahren?«

»Nein.« Wieder ein Seufzen.

Eine kurze Pause entstand.

Leo sah ihren Vater am Schreibtisch sitzen und erinnerte sich an früher, als sie sich als kleines Mädchen bei ihren Besuchen mit ihrer Puppe Popsi unter einem viel größeren und schwereren Arbeitstisch versteckt hatte. Die Praxis hatte ihr Angst gemacht, die zahnkranken Menschen, das Wehklagen. Sie dachte an die vielen Pausen, die Gerwald mit ihr verbracht hatte, wie er ihr hatte zeigen wollen, dass Betäubung etwas Gutes gegen Schmerzen war, und ihrer Puppe Popsi zur Demonstration eine Spritze in die dicken Plastiklippen gedrückt hatte. Seine Inszenierung hatte das Gegenteil bewirkt, ihre Spritzenphobie hatte hier das Licht der Welt erblickt.

Jetzt, Jahrzehnte später, die Einrichtung und die Gerätschaften längst ausgewechselt und auf dem neuesten Stand, sie selbst seit dreißig Jahren in unterschiedlichen Therapien, sehnte sie sich nach Popsi oder irgendetwas anderem zum Festhalten.

»Papa, was ist los? Ich muss gleich zur nächsten Behandlung. Geht es dir schlechter?«

Endlich lächelte er. »Im Gegenteil. Das neue Medikament von Dr. Marjan bekommt mir bestens. Mir geht es so gut wie lange nicht. Kein Zittern mehr seit Wochen. Ich könnte auch wieder behandeln.« Sein Lächeln wurde zu einem Lachen.

Leo schluckte. Todkrank war er also nicht. Zurück in den aktiven Dienst konnte er auf keinen Fall, neues Medikament hin oder her, was wollte er also hier?

»Ich kann auch heute Abend nicht mit euch essen gehen, Papa. Mein Kollege hat seinen freien Nachmittag, ich werde Überstunden einlegen. Nicht einmal Jakob kann ich treffen.«

Ihr fiel siedend heiß ein, dass sie ihrem Vater und seiner Frau noch nichts von ihrer festen Beziehung erzählt hatte. Doch Gerwald schien ihr nicht zugehört zu haben.

»Also, in medias res.«

Er stand auf und sah aus dem Fenster. Auf dem Spielplatz am Nikolausplatz wurden zwei kleine Mädchen von einem Erwachsenen in die Höhe geschaukelt und jubelten dabei.

»Meine Frau und ich haben uns getrennt. Wie es scheint, endgültig.«

Mit allem Möglichen hätte Leo gerechnet, aber damit niemals. Die beiden waren Topf und Deckel. Flasche und Stöpsel.

»Du hast dich getrennt? Von Hilde?«

»Von wem denn sonst, Leocardia? Ich habe nie in Bigamie gelebt.«

»Das meinte ich nicht. Was heißt das genau, ihr habt euch getrennt?«

»Das heißt, sie bleibt vorläufig im Haus in Stommeln. Ich habe meine Koffer gepackt und werde ein paar Tage bei dir unterkommen, bis ich eine hübsche Wohnung in guter Lage hier in Köln gefunden habe. Die Details erzähle ich dir heute Abend, Leocardia. Ich wollte mir den Schlüssel von dir abholen, du hast uns ja nie einen gegeben.«

Leo musste sich auf ihr rotes Sofa setzen. Jetzt hätte sie einen Kaffee gebraucht oder etwas Stärkeres. In ihrem Kopf begannen sich die Worte »hübsch« und »gute Lage« zu drehen. Eine hübsche Wohnung in guter Lage in Köln war auf dem Immobilienmarkt momentan nicht in ein paar Tagen zu finden.

Plötzlich musste sie mit heftiger Intensität an Dietrich Möwe denken. Vielleicht war alles ganz anders, und der ältere Mann und die junge Studentin waren durchgebrannt? Auf und davon? Völlig absurd. Aber wenn Gerwald und Hilde sich trennten und ihr Vater ab sofort in ihrem Haus Quartier beziehen würde, war alles möglich.

»Aber Nathalie und Luise?« Ihre Töchter waren die einzige Ausrede, die ihr Vater überhaupt gelten lassen würde.

»Was ist denn mit meinen Enkelinnen? Endlich kann ich

mal so richtig Opa spielen. Auf dem Weg besorge ich noch Geschenke für meine Mädels.«

Ja, richtig. Nathi und Lulu hatten keine solche Vergangenheit mit Gerwald wie Leo. Sie würden sich über den langen Besuch ihres Großvaters freuen. Wenn es Geschenke gab, umso mehr.

Die Tür öffnete sich einen Spalt. »Darf ich?«, fragte Gerda Horst.

»Nur herein«, sagte Dr. Gerwald Hubertus.

Der Kaffee wurde von der Pudeldame Horst auf einem kleinen Tablett serviert. Mit Schaum und Schokostreuseln und einer Praline am Unterteller. Fehlte nur noch ein Herz.

»Hätten Sie denn auch einen gewollt, Dr. Leo?«

# 9

»Wos a imma mit da Annika is, i hab nix damit z' tun.«

Der Dialekt von Malu Rietz hatte sich in den letzten Minuten so sehr verstärkt, dass Birgit, die neben Jakob saß, nur den Kopf schüttelte.

»Frau Rietz, sprechen Sie verständlich mit uns, wir haben keine Zeit, einen Übersetzer aus Österreich einfliegen zu lassen.« Jakob wirkte streng.

Dass sie die Freundin der verschwundenen Studentin zu einer Vernehmung wiedersehen würden, hatten sie alle bis heute nicht vermutet. Doch nachdem Luis neben Annika Trautmanns Netzaktivitäten auch den Werdegang der ewigen Studentin überprüft hatte, hatte sich die Lage geändert.

Zweimal in Stuttgart wegen Ladendiebstahl verhaftet, einmal eine Festnahme in Konstanz im Zusammenhang mit dem Besitz und dem Verkauf illegaler Substanzen.

Nun saß Malu Rietz im Vernehmungsraum und wischte sich nervös immer wieder über Kinn und Wange, als hätte sich dort etwas Unangenehmes festgesetzt. »Sorry, aber wenn ich aufgeregt bin, geht es mit mir durch, Herr Inspektor.«

»Inspektor gibt's kaan«, sagten in dem Moment Per und Luis synchron auf der anderen Seite der Spiegelwand im Beobachtungsraum und klatschten sich ab. Beide waren sie Fans der alten österreichischen TV-Serie »Kottan« und hatten sich schon zum gemeinsamen DVD-Abend getroffen.

»Es wäre der Hammer, wenn die Ösi-Frau etwas mit der Entführung zu tun hat.« Per wurde wieder ernst.

»Das habe ich auch gedacht, als ich hierher bin.« Luis atmete schwer durch. Obwohl er sich elend fühlte und ihm immer noch kotzübel war, hatte er kommen müssen. Er scrollte über das Display seines iPads und las sich die Akte von Malu Rietz noch einmal durch.

»Allerdings liegen ihre Vergehen alle bereits ein paar Jährchen zurück. Entweder hat sie sich seit 2011 nicht mehr erwischen lassen, oder sie ist aus Schaden klug geworden und hat ihre kriminelle Karriere beendet. Mich wundert es, dass sie damit einen Studienplatz bekommen hat.«

»Für Möbeldesign brauchst du keinen Numerus clausus, und auf der Uni ist sie nur Gasthörerin. Abgesehen davon ist sie mehrfach umgezogen. Sicher hat keiner groß nachgefragt. Sie ist keine gesuchte Kriminelle, deren Steckbrief aufklappt, wenn man ihren Namen eingibt.«

»Als ich das gemacht hab, war ich noch jung und dumm«, sagte im Vernehmungsraum mit einem leisen Schluchzen Malu Rietz, wie um Luis' Vermutung zu bestätigen. »Sie können mich übrigens gern Malu nenne, Frau Rietz klingt so förmlich. Ich bin zwar nicht mehr die jüngste Studentin, aber immer noch cool. Ich hatt kein großes Geld damals und wollt die Sachen eben haben wie alle jungen Leut.«

»Nicht alle machen's so. Die meisten jungen Leute arbeiten neben ihrem Studium, Frau Rietz, und klauen nicht.« Birgit rümpfte die Nase. Man konnte ihr ansehen, dass sie die inzwischen als Verdächtige eingestufte Frau überhaupt nicht mehr sympathisch fand.

»Lassen wir den Diebstahl weg, Malu.« Jakobs Stimme wurde sanfter. Wie immer bewegte er sich in seinen Verhören zwischen Verständnis und Härte. Meistens kam er damit gut voran. »Mich interessiert die Geschichte in Konstanz. Die illegalen Substanzen.«

»Das hab ich für den MarkiX damals gemacht. Saublöde Geschichte. Der hat K.-o.-Tropfen gepanscht, weil er gemeint hat, damit macht er schnell Kohle. Den Deppen haben s' gleich erwischt und mich dazu. Wo die Liebe hinfällt. Sie wissen schon.«

»Nein. Aber was wir wissen, ist, dass in Dietrich Möwes Wohnung ebenfalls Benzodiazepine gefunden wurden, die auch für K.-o.-Tropfen verwendet werden. Was, wenn ich Ihnen sagen würde, dass die Spur nach Konstanz führt?«

»Unser Boss blufft.« Luis redete und konzentrierte sich gleichzeitig auf sein iPad. »Es gab in Möwes Wohnung nur verschreibungspflichtige Medikamente, die abgelaufen sind. Ich habe auch versucht, die Kamera und die mittelalterlichen Wanzen nachzuverfolgen. Keine Chance. Seine Fotos hat Dietrich Möwe im Drogeriemarkt machen lassen. Ganz offen und ohne Verdacht zu erregen.«

»Gib mal MarkiX ein.«

»Bescheuerter Name. Kein genauer Treffer.«

»Guck, Jakobs Bluff wirkt.«

Auf der anderen Seite war Malu leichenblass geworden. »Der Mark und der Möwe? Das kann nicht sein.«

»Haben Sie noch Kontakt zu diesem MarkiX oder Mark?« Birgit war wieder an der Reihe. »Wie ist sein vollständiger Name?«

»Mark Jäter. Und ja, ich red immer noch mit ihm.« Die Frau senkte den Kopf. »Über die sozialen Medien is es ja leicht.«

»Hatten Sie in der letzten Zeit auch persönlichen Kontakt zu ihm?«

»Ja, schon.«

»Kommen Sie, lassen Sie sich nicht alles aus der Nase ziehen. Hat der Mann Sie in Köln besucht? Zu der Zeit, als Sie noch in der Wohnung in der Suevenstraße gewohnt haben? Hat er Kontakt zu Dietrich Möwe aufgenommen? Haben Sie deshalb die Tür zur Nachbarwohnung aufgetreten, um vor dem Eintreffen der Polizei mögliche Beweise verschwinden lassen zu können, Frau Rietz?«

Malu hob ihren Kopf wieder und schüttelte ihn vehement. Ihre Gesichtsfarbe war immer noch kalkig. »Nein, nein und nein. Ich hab doch nix mit dem Möwe am Hut gehabt. Und der Mark auch nicht. Dem war der doch wurscht. Der Möwe is ein irrer Stalker.«

»Trotzdem haben Sie Ihre Wohnung an Annika weitergegeben, Malu.« Jakob übernahm. »Das kann ich beim besten Willen nicht verstehen. Sie vermitteln Ihre Freundin an einen irren Stalker?«

Erste Tränen begannen bei der Frau zu fließen. Sie verdeckte ihre Augen mit den Händen. »Ja, und das tut mir bis heute leid.

Dabei wollt ich was Gutes tun und ihr einfach helfen. Die Annika hat sich mit dem Möwe sogar gut verstanden. Ich hätte nie gedacht, dass er sie umbringen würde.«

»Noch steht nicht fest, dass Annika tot ist. Mit Glück werden wir sie rechtzeitig finden. Ihr Freund Mark wird sofort überprüft. Wenn Sie uns die Adresse in Konstanz geben würden.«

»Ex.« Malu schnäuzte sich, ihr Gesicht bekam wieder Farbe. »Mark is gerade hier.«

Birgit von Zeh und Jakob Zimmer sahen sich an.

Malu redete weiter, ohne zu bemerken, wie hellhörig die Ermittler geworden waren. »Er is bei mir zu Hause. Passt auf meinen Hund Moritz auf. Er is kein schlechter Kerl. Wir stammen beide aus St. Veit am Vogau, deswegen haben wir uns immer gut verstanden. Mit Drogen oder so was hat der längst nix mehr am Hut.«

»Nur weil jemand wie Sie in Kärnten geboren ist, heißt das nicht, dass er automatisch unschuldig ist, Malu.«

»St. Veit, das is in der Steiermark, Herr Kommissar!«

»Drah di net um, der Kommissar geht um.« Diesmal machte Per auf der anderen Seite den Scherz. *»Falco never dies.«*

Doch Luis ging nicht darauf ein, er massierte sich Magen und Bauch, während er gebannt auf seinen Bildschirm blickte. »Unsere Malu hat kein gutes Händchen, weder bei Nachbarn noch bei Exfreunden. Ich habe Mark Jäters Akte. Erst vor vier Monaten gab es erneut eine Anzeige. Verstoß gegen das Betäubungsmittelgesetz, Internethandel mit illegalen Substanzen. Ein Verfahren läuft. Der Mann dürfte Konstanz gar nicht verlassen.«

»Schnappen wir ihn uns.«

»Mark Jäter hält sich also in Ihrer Wohnung auf, Frau Rietz?« Als hätte sie ihren Kollegen gehört, sah Birgit in genau diesem Moment zu dem Einwegspiegel hin.

Malu nickte, begann das Taschentuch zwischen ihren Fingern zu zerreißen.

Jakob erhob sich. »Entschuldigen Sie mich, Malu. Ich bin sofort wieder zurück. In der Zeit bitte ich Sie, alle weiteren Fragen meiner Kollegin Frau von Zeh zu beantworten. Wenn Ihnen sonst noch etwas einfällt, geben Sie es zu Protokoll. Jedes Detail kann wichtig sein.«

Er zog im Gehen sein Handy aus der Hosentasche. Oberstaatsanwalt Theo Prunk würde ohne Probleme einen Haftbefehl ausstellen.

»›Madame et moi‹«, flüsterte Malu.

»Wie bitte?« Jakob wandte sich ihr wieder zu.

»Da jobbt die Annika immer mal. Das is ein Begleitservice. Davon hätt ich auch schon längst erzählen sollen. Hab ich aber nicht. Irgendwie bin ich ständig neben der Spur.«

»›Madame et moi‹?«, wiederholte Birgit etwas ungläubig.

»Begleitservice?«, staunte auch Per im Beobachtungsraum, während Luis bereits tippte. »Die Sache wird immer bunter.«

Nur Jakob schien nicht überrascht, doch sein Tonfall wurde wieder schärfer. »Dann lassen Sie uns auch darüber reden, Frau Rietz.«

# 10

Luise und Nathalie hatten ihrer Mutter aus Spaß am Morgen »Atemlos durch die Nacht« als Klingelton auf ihr Smartphone geladen.

Leo musste anfangs, wenn das Handy klingelte, darüber kichern, aber schon nach wenigen Anrufen nervte es sie gewaltig. Den gesamten Tag über wollte sie unbedingt ohne die Hilfe ihrer Töchter herausfinden, wie man es wieder rückgängig machen konnte. Kurz nach Feierabend sang sie bereits automatisch mit, wenn das Mobilteil wieder loslegte.

*Atemlos durch die Nacht …*

»Mama!«

»Hallo, Leocardia.«

»Hallo, Mama. Ich habe zweimal aufs Display gesehen, weil ich es nicht fassen konnte, dass du anrufst. Ewig nichts von dir gehört.«

»Asche auf mein Haupt, mein Schatz. Tut mir leid, wirklich, Leocardia. Ich wollte mich schon längst melden, aber immer ist etwas dazwischengekommen. Allerdings kann ich den Ball auch an dich zurückwerfen. Unendlich lange nichts von meiner Tochter gehört.«

»Ja, Mama, ich weiß. Bei mir ist es ebenso. Da ist die Praxis, die Kinder, der Alltag.«

»Immerhin hat es jetzt einen Grund gegeben, den Anruf nicht wieder zu verschieben. Dein Vater hat dich überrollt.«

»Du weißt es schon?«

»Ich weiß es länger als du, Leocardia. Hilde hat mich vor Monaten bereits kontaktiert und mir ihre Probleme mit Gerwald geschildert.«

»Seine Frau hat ausgerechnet dich angerufen?«

»Nun ja, ich bin eine gute Quelle, wenn es um deinen Vater geht. Du kannst mir glauben, ich habe ihr die besten Ratschläge gegeben, damit diese Ehe hält. Keiner von uns will doch, dass Gerwald mit seiner Erkrankung und in seiner Frühpension allein dasteht. Schon allein, weil er uns allen auf die Nerven gehen wird. Hast du bereits Schweißperlen auf der Stirn?«

»Lulu und Nathi haben sich gefreut, als ich es ihnen gesagt habe.«

»Als Opa ist er nicht schlecht. Aber bitte, lenke nicht ab.«

»Was soll ich tun? Ich kann ihn nicht vor die Tür setzen. Also wird er immer da sein, wenn ich nach Hause komme, und er wird auch in der Praxis auftauchen, wie ich ihn kenne. Mein Privatleben gibt es ab sofort nicht mehr.«

»Hast du eines? Ich meine, außer deinen Kindern?«

»Ich habe wieder einen Freund, Mama. Ich wollte dir schon bei unseren letzten Telefonaten davon erzählen, doch da war ich mir noch nicht ganz sicher, deshalb habe ich zugewartet. Entschuldige.«

»Keine Entschuldigung nötig. Wie schön.«

»Du hörst dich nicht überrascht an.«

»Ich verrate dir ein Geheimnis. Im Gegensatz zu dir melden sich meine Enkelinnen regelmäßig bei mir, zumindest über WhatsApp.«

»Davon haben die beiden nichts erzählt. Das heißt, du weißt eigentlich alles?«

»Er hat nette Grübchen, verstrubbeltes Haar, und du kicherst immer, wenn er einen Witz macht.«

»Hört sich peinlich an.«

»Nein, keine Sorge. Sie finden ihn toll. Und er hat dich schon mal gerettet, als du einen deiner Ausflüge ins Miss-Marple-Milieu gemacht hast.«

»Zweimal.«

»Dann bin ich dem Mann zu großem Dank verpflichtet, wenn er meine einzige und einmalige Lieblingstochter beschützt.«

»Ach, Mama, du fehlst mir. Auch wenn ich mich so selten melde, ich vermisse dich öfter, als du denkst.«

»Ich würde dich und meine Enkelinnen auch gern wiedersehen. Kommt ihr diesen Sommer nach Baltrum?«

»Ich muss erst meine Zeit mit Papa durchstehen. Ihn könnte ich dir hochschicken.«

»Untersteh dich!«

*Atemlos durch die …*

»Ja, hallo?«

»›Madame et moi‹, Begleitservice GmbH, guten Tag, mein Name ist Stella, mit wem spreche ich, und was kann ich für Sie tun?«

»Bitte? Sie für mich? Ich verstehe nicht. Woher haben Sie meine Nummer?«

»Sie hatten versucht, uns zu erreichen, und ich habe eben begonnen, die Anrufliste durchzugehen und zurückzurufen. Mein Dienst hier ist ein Zweitjob, deshalb melde ich mich erst so spät. Wenn Sie sich nur verwählt haben, dann tut es mir leid.«

»Nein. Ich hatte angerufen, aber wieder aufgelegt.«

»Das Band mit der Ansage geht immer an, wenn ich nicht im Büro bin. Sie hätten eine Nachricht hinterlassen können.«

»Ja, hätte ich.«

»Also, was kann ich beziehungsweise ›Madame et moi‹ für Sie tun, Frau …?«

»Mein Name ist Dr. Kar… Doro Kastig.«

»Kastig oder Karr, verzeihen Sie, ich habe nicht genau verstanden.«

»Kastig. Doro Kastig.«

»Frau Kastig, ich möchte Sie darüber informieren, dass einzelne Gespräche aufgezeichnet werden. Das dient der Verbesserung des Kundeservices. Wenn Sie damit nicht einverstanden sind, bitte sagen Sie es, bevor wir Ihr Anliegen besprechen.«

»Wird dieses Gespräch jetzt aufgezeichnet?«

»Leider kann ich Ihnen das nicht sagen, Frau Kastig, die Mitschnitte werden über einen Zufallsgenerator ausgewählt. Wenn Sie allerdings Ihr Veto einlegen, kann ich unser Gespräch aus diesem Prozess herausnehmen. Kein Problem.«

»Ja, ich meine, nein. Oder besser, es ist egal.«

»Danke, Frau Kastig. Nun zu Ihnen und Ihrem Anliegen.«

»Sie vermitteln Menschen, die andere Menschen sozusagen begleiten, nicht?«

»Genau, Frau Kastig. Brauchen Sie eine Begleitung zu einem Event, einem Theaterabend, einer Soiree oder einer Firmenfeier? Dann würde ich Ihnen empfehlen, auf unsere Internetseite zu gehen und sich zu registrieren. Damit werden Sie in unsere Kundenkartei aufgenommen und erhalten unsere Vorschläge. Sie können unsere Empfehlungsliste durchgehen und werden erstaunt sein, wie viele hochrangige Persönlichkeiten und namhafte Künstler unseren Begleitservice bereits in Anspruch genommen haben. Natürlich arbeiten wir diskret, und die Abgabe einer Empfehlung ist absolut freiwillig.«

»Ach ja.«

»Frau Kastig, wir bieten ebenfalls elegante und gebildete Herren als Begleitung an. Darf ich Sie bereits am Telefon fragen, was Ihnen vorschwebt? Für welche Art von Event, Termin oder gesellschaftlichem Ereignis würden Sie jemanden suchen?«

»Danke, ich brauche niemanden. Ich rufe an, weil ich nach einer Ihrer Damen fragen wollte. Annika Trautmann?«

»Oh, das tut mir leid. Wir geben keine Auskünfte über unsere freien Mitarbeiter und Mitarbeiterinnen. Ich möchte Sie noch mal an die Registrierung verweisen.«

»Es ist so, ich habe eine Empfehlung von einer Ihrer weiblichen – wie sagt man – Hostessen erhalten.«

»Hostessen im seriösen Sinn. Wir vermitteln keine Frauen für gewisse Stunden. Die Bezeichnung Begleitdamen hören wir lieber.«

»Dann eben Begleitdamen. Es geht um Annika, die bei Ihnen arbeitet. Jobbt. Oder Aufträge annimmt. Wie auch immer das heißt. Sie hat mir vorgeschwärmt, wie gut so ein Nebenjob ist.«

»Ach, jetzt verstehe ich. Sie wollen sich bei uns bewerben.«

»Nein!«

»Aber was kann ich dann für Sie tun, Frau Kastig?«

»Ja, also … Ich würde mich schon bewerben, aber ich bin bereits etwas reifer.«

»Sie sind Rentnerin?«

»Nein, nicht so reif. Ich bin fünfundvierzig.«

»Ein wunderbares Alter. Hat Ihnen Annika nicht erzählt, dass wir alle Altersklassen haben? Viele junge Frauen, das stimmt, aber es werden auch gern Frauen in den besten Jahren gebucht, wenn ich das so sagen darf.«

»Doch, das hat sie erwähnt.«

»Liebe Frau Kastig, dann gebe ich Ihnen einen Termin bei Hercule Pasquale, dem Leiter unserer Agentur. Neue Gesichter werden immer ihm vorgestellt. Morgen um fünf?«

»Hercule wie? Um fünf kann ich nicht. Das ist zu früh.«

»Hercule Pasquale. Dann um neunzehn Uhr?«

»Welche Art Termin meinen Sie?«

»Ein Vorstellungsgespräch natürlich.«

»Ja, also … ich …«

»Hallo, sind Sie noch dran, Frau Kastig?«

»Ja, ich bin noch dran. Ich nehme den Termin.«

*Atemlos durch …*

»Jakob, endlich!«

»Hey, Leo. Ich hoffe, ich habe dich nicht geweckt. Hast du schon geschlafen?«

»Ja, aber das macht nichts. Total lieb, dass du dich noch meldest, Jakob. Ich bin ziemlich fertig.«

»So viele Zahnwehmenschen?«

»Das auch. Mein Vater ist überraschend zu Besuch gekommen. Eigentlich wohnt er jetzt hier, bis er eine neue Bleibe gefunden hat. Seine Frau hat ihn wohl vor die Tür gesetzt. Ab sofort wird alles kompliziert.«

»Warum? Er weiß doch von uns?«

»Klar. Nicht so ganz. Zumindest ein wenig.«

»Du bist schon ein großes Mädchen, Leo, du darfst einen Freund haben. Ist eine gute Gelegenheit für mich, ihn kennenzulernen. Deinen Erzeuger.«

»Er ist nicht ganz so, wie du ihn dir vorstellst.«

»Ich stelle mir nichts vor. Ich mag ihn, weil er dein Papa ist.«

»Das hast du süß gesagt. Entschuldige, aber ich muss gähnen.«

»Du klingst reizend, wenn du verschlafen bist. Dein Gähnen ist ansteckend.«

»Und du hörst dich todmüde an.«

»Das bin ich auch. Ich bin noch im Präsidium. Morgen geht es weiter. Neben dem Vermisstenfall Annika Trautmann habe ich mich eben mit einem Hauptkommissar aus einem anderen Team beraten. Manchmal eröffnet der Austausch mit einem Kollegen einen neuen Blickwinkel. Auch ein Mordfall.«

»Das heißt, ihr erwartet, dass Annika tot ist?«

»Nein, um Gottes willen, das war schlecht formuliert. Mein Kollege hat sich an mich gewandt, er steckt in einem anderen Fall in einer Sackgasse. Von Annika keine Neuigkeiten. Wir haben einen neuen Verdächtigen, der mit dem Verschwinden zu tun haben könnte. Aber darüber kann und möchte ich nichts sagen.«

»Klar. Berufsgeheimnis.«

»Nicht nur das. Ich kenne dich doch, wenn ich dir Details erzähle, fängt es in deinem Kopf zu rattern an.«

»Ich habe im WDR einen Bericht in der ›Aktuellen Stunde‹ gesehen. Die armen Eltern. Meine Töchter haben mir auch von einem Aufruf auf Facebook erzählt.«

»Hast du mit ihnen über die junge Frau geredet?«

»Nur insoweit, als wir drei uns noch mal über Regeln unterhalten haben, was Partys und Ausgehen anbelangt. Wobei Annika ja aus ihrem eigenen Zuhause entführt worden ist.«

»Leo, auch das wissen wir noch nicht. Bleib bei den Fakten und überzeuge dich immer, ob deine Vermutungen stimmen.«

»Wenn du es so sagst.«

»Ich meine es nur liebevoll.«

»Also … ich …«

»Hallo, bist du noch dran? Oder doch leicht beleidigt?«

»Darauf gebe ich keine Antwort, Herr Hauptkommissar. Weißt du was? Wie wäre es am Wochenende mit einem Brunch oder Abendessen, ganz romantisch, nur wir zwei. Ich übernachte zur Abwechslung mal in deiner Bude. Du gibst mir deine Berufsgeheimnisse preis, und ich erzähle dir alles, was es sonst an

Neuem gibt. Wirklich alles. Meinen Vater kannst du später immer noch treffen.«

»Hört sich wunderbar an. Ich bemühe mich. Leo, denk nicht an Tote oder Verbrechen oder sonst etwas Kriminalistisches. Denk lieber an mich.«

»Mach ich fast immer.«

»Fast?«

»Gute Nacht, mein Hauptkommissar.«

»Gute Nacht, meine Zahnärztin.«

Als Leos Töchter am nächsten Morgen endlich doch wieder die alte Melodie auf dem Smartphone einstellten, fehlte es ihr beim nächsten Anruf.

*Atemlos …*

# 11

Wieland Knipps rannte um sein Leben.

Zumindest stellte er es sich immer so vor, wenn er, nach einem ersten heimlichen Latte macchiato mit einem noch heimlicheren Kuchenstück vom Café Thelen, aufbrach und seinen Schrittzähler am Smartphone aktivierte. Jede Woche einen neuen Rekord an gelaufenen Metern aufzustellen war sein Ziel.

Er musste abnehmen, da hatte sein Lebensgefährte Paul völlig recht.

Sein Arzt hatte bei Wielands letztem Check-up die buschigen Augenbrauen dermaßen gerunzelt, dass Wieland es schon mit seiner Handykamera filmen und dann als »The dancing eyebrows« auf seinen YouTube-Kanal stellen wollte. Zu viel Fett am Bauch, zu hohe Cholesterinwerte. Zu wenig Bewegung, zu viel gutes Essen. Das kam davon, wenn man mit einem Koch zusammenlebte und seit einem Jahr eine Umschulung zum Softwareentwickler machte.

Sitzen, für die Weiterbildung in Informatik lernen und sich mit Süßem belohnen, dazwischen einen Film ansehen, am liebsten einen Blockbuster mit viel Schießerei und Action, so sah Wielands Tag aus. Spätnachts, wenn Paul kam, ließ er sich noch bekochen, oder sie aßen ein übrig gebliebenes Gourmetdinner aus Pauls Restaurant. Selbst beim immer seltener werdenden Sex keuchte Wieland mehr aus Atemnot denn vor Erregung.

Also, Kampf den Pfunden. Ran an den Speck. Gesundes Essen und Sport nicht mehr als Alien-Duo aus einer fernen Galaxie ansehen.

Für ein Fitnessstudio fühlte sich Wieland zu wabbelig, ins Schwimmbad würde er nur im Taucheranzug gehen, und die Pilates-für-Anfänger-DVD setzte bereits Staub im Regal an.

Aber das Laufen ging.

In zu enge Radlerhosen gepresst, sein rot-blau gestreiftes Laufshirt über seinen Kugelbauch gezogen und mit einer Kappe auf dem Kopf, die helle Haare und Haut vor der Sonne schützen sollte, machte er dreimal die Woche einen Run. Sein Smartphone in der Brusttasche, den Schrittzähler aktiviert, um Paul abends seine Erfolge zu präsentieren, ohne den Latte samt Kuchen zu erwähnen.

Seine Ausflüge in die Welt des Joggens währten noch nicht allzu lange, und professionell waren sie auch nicht. Aber Wieland machte es Spaß, in wilde Phantasien von Verfolgungsjagden zu tauchen und entweder als Tom-Cruise-für-Abnehmwillige einen Mission-Impossible-Lauf zu starten oder sich vorzustellen, als ein verfolgtes Opfer vor einem, zugegeben richtig gut aussehenden, Bösewicht zu fliehen. Heute Morgen hatte er die Fluchtvariante gewählt und rannte mit hochrotem Kopf quer durch den Stadtpark in Monschau.

Vormittags unter der Woche war der Park nur spärlich frequentiert. Die meisten Touristen waren entweder noch beim Hotelbrunch oder schon zu Tagesausflügen unterwegs, nur wenige Mütter mit Kinderwägen, ein paar alte Leute und einzelne Läufer wie Wieland selbst zeigten sich zwischen den Bäumen auf den Stadtparkwegen.

Die Hitze machte Wieland schwer zu schaffen. Ihm war ohnehin klar, dass seine Art zu joggen, noch dazu nach einem Kaffee und einem Stück Kuchen, eher kontraproduktiv war, aber besser das als nichts. Zumindest würde ihm heute kaum jemand dabei zusehen, wie er die Röllchen an seiner Wampe zum Schwingen brachte.

Um sich weiter anzuspornen, drehte er den Kopf kurz nach hinten, eine ältere Frau schüttelte gerade den ihren, ob über Wieland und sein Gerenne oder über eine andere Sache, war nicht zu erkennen. Sie wurde eben von einem Mann überholt, der trotz der hohen Temperaturen einen schwarzen Pulli trug. Der Typ war perfekt für Wielands Kopfkino. Der schwarze Mann, der böse Pulli-Träger war ein Spion, der ihn verfolgte. Wieland brach nach links aus, wählte einen schmalen Nebenweg Richtung Rur, um zu entkommen. Mit Hilfe seiner Phantasie schaffte er es am besten, sich zu motivieren.

Er kriegt mich nicht, dachte er, steigerte sich in seine dramatische Rolle hinein und versuchte, sein Tempo zu erhöhen.

Keine paar hundert Meter weiter setzte das Seitenstechen ein. Wieland verlangsamte seinen Lauf, und die Schmerzen in seinem Zwerchfell ließen seinen inneren Agentenfilm platzen. Dazu kam ein Pochen im linken Fußknöchel. Er hielt ganz an, schnaubte und keuchte und spuckte auf die Wurzeln eines Baumes neben ihm.

Der Weg hatte ihn bis ans Ufer der Rur geführt. Er befand sich auf einem unbebauten Abschnitt mit dicht bewachsener Böschung hinter einem niedrigen Geländer zum Fluss hinunter, davor Holzbänke, die zur Rast einluden. Zeit, eine erste Pause einzulegen.

Wieland humpelte die letzten paar Schritte bis an eine der Sitzbänke und ließ sich darauffallen. Das Holz ächzte unter ihm. Sport war Mord, zumindest so, wie er ihn betrieb. Eine Weile saß er nur da, versuchte das Seitenstechen wegzuatmen und seinen schmerzenden Knöchel leicht zu drehen. Der Rückweg würde die Hölle werden.

Kein einziger Spaziergänger zeigte sich mehr. In den Bäumen rauschte ein warmer Wind, und das Wasser der Rur plätscherte, als wollte es plaudern. Wielands Körper entkrampfte sich, der Schweiß trocknete, und er begann sich wohler zu fühlen.

Zu Hause hätte er nichts von der wunderbaren Atmosphäre am Fluss mitbekommen, es hatte sich also doch gelohnt. Allerdings warteten eine Dusche und seine nächste Lernphase auf ihn. Dazu eine kleine Belohnung in Form eines halben Brötchens mit Gürkchen und Käse. Light, versteht sich. Mit einem Ächzen stand Wieland wieder auf, wünschte sich, mit einem Blinzeln zurück in sein Arbeitszimmer oder vor seinen Kühlschrank zu kommen.

Er drehte sich Richtung Fluss und umfasste mit den Händen das Geländer. Die Bewegungen des Wassers waren hypnotisch. An einer Stelle brach es sich an einem der großen Steine, schäumte und sprudelte wie eine Bierflasche, die man vor dem Öffnen geschüttelt hatte. Nah am Ufer staute es sich und überflutete halb das hohe Gebüsch. Die Zweige mit dem saftig grünen Blätterwerk ragten nach oben und wogten hin und her, ließen die Sonnenstrahlen tanzen. Dazwischen zeigte sich eine Kugel in Blau und Rot.

Wieland stutzte. Er sah genauer hin. Im Wasser trieb ein großer Ballon oder etwas Ähnliches mit kariertem Muster.

Jetzt wechselte der Film in seinem Kopf vom Spionageabenteuer zum Gruselthriller. »Es« von Stephen King kam ihm in den Sinn, da unten war Pennywise, der böse Clown, bereit, ein unschuldiges Kind in die Kanalisation zu ziehen. Diesmal bekam er eine echte Gänsehaut.

Er sollte los.

An der Stelle im Wasser gab es schließlich in Wahrheit kein dunkles Rohr oder einen Abfluss, aus dem etwas Untotes hervorkriechen konnte. Es gab auch keinen Grund, die blau-rote Kugel oder den Ballon, was es auch immer war, das zwischen dem Stein und den Büschen feststeckte, genauer unter die Lupe zu nehmen. Mochte es ein Ball sein oder ein rundes kariertes Sofakissen, wer wusste schon, was die Leute alles in den Fluss warfen.

Wieland beugte sich weiter über das Geländer, meinte, vor und hinter der gewölbten Kugel noch mehr zu erkennen. Der treibende Gegenstand war größer als angenommen.

Wie in allen Horrorfilmen überholte Wielands Neugierde sein ungutes Gefühl. Der Drang, es wissen zu müssen, war nicht zu unterdrücken. Er vergaß seine Erschöpfung, er vergaß das Käsebrötchen, die Faszination des Außergewöhnlichen übernahm die Führung in seinem Denken und Handeln.

Er stellte den rechten Fuß auf die unterste Leiste des Geländers. Dann den linken. Mit beiden Händen fasste er die obere, so fest er konnte. Er drehte sich zur Seite und schwang sein rechtes Bein ganz darüber. Jetzt war er über dem Geländer wie auf einem Pferd. Ein weiterer Stich in seiner Leistengegend folgte.

Wieland begann zu schwanken. So schnell er konnte, hob er sein anderes Bein hoch, zog es mit Schwung nach und ließ im selben Moment die obere Leiste los. Zwar gelang es ihm, mit beiden Beinen auf der anderen Seite zu landen, aber die abschüssige Böschung trieb ihn nach unten. Sein Knöchel jaulte auf, Wieland biss die Zähne zusammen. Unfreiwillig legte er einen weiteren kurzen Sprint ein, mehr gestolpert als gelaufen. Wenigstens schaffte er es, sich aufrecht zu halten und einen Sturz zu vermeiden.

Wieland rannte direkt in die Büsche hinein. Die Zweige kratzten an seinem Gesicht, und er kniff automatisch die Augen zu. Er fuchtelte mit den Armen, um sich zu schützen.

Einer der Zweige riss ihm die Kappe vom Kopf. Zugleich spürte er, wie Wasser in seine Laufschuhe eindrang. Es gab ein gurgelndes Geräusch. Wieland begann sich zu ärgern. Was hatte er sich denn dabei gedacht? Wie bescheuert musste man sein, um sich zu solch einer sinnlosen Aktion hinreißen zu lassen! Mit völlig durchnässten Schuhen seinen Heimweg anzutreten würde noch anstrengender werden. Am Ende waren seine Laufschuhe im Eimer und seine Kappe irgendwo verloren im Gebüsch.

Wenigstens würde er seinem Lebensgefährten Paul heute Abend eine gute Geschichte erzählen können.

Wielands Füße und Schienbeine stießen gegen einen Widerstand. Er machte die Augen wieder auf.

Direkt vor ihm lag die Kugel. Aufgebläht oder aufgeblasen. Völlig durchnässt. Blau-rot kariert.

Wieland hatte von oben richtig gesehen. Es gab tatsächlich noch weitere Teile an dem Ballon. Einen Rumpf mit Armen und Kopf auf der einen Seite, einen Unterleib mit Beinen auf der anderen.

Fazit, die Kugel oder der Ballon stellte einen großen Bauch dar, der sich unter einem blau-roten Hemd hervorwölbte und das Mittelstück einer Wasserleiche war.

Bevor Wieland diese Zusammenhänge herstellte, sah er an sich herunter. Sah sich sein rot-blau gestreiftes Laufshirt über seiner eigenen Wampe an. Er hob den Kopf und blickte auf das durchnässte blau-rot karierte Hemd, das sich über den aufgeblähten fremden Körperteil spannte.

Er holte das Smartphone aus seiner Brusttasche und machte die Kamera an. Für ein paar Sekunden ließ er die Aufnahme laufen und schwenkte zwischen den Mustern. »Bäuche: gestreift zu kariert«, so könnte er den Sekundenausschnitt nennen, wenn er ihn ins Netz stellte.

Dann erst suchte er im Internet nach der Nummer der Monschauer Polizei. Angegeben waren eine Mailadresse und die allgemeine Notrufnummer 110 mit Hinweisen für den Notfall.

Bevor er die Zahlen eintippen konnte, setzte das Begreifen ein.

Mit einer Geschwindigkeit, die er als Läufer nie erreichen würde, folgte die Panikreaktion. Sein Körper begann zu zittern, sein Mund öffnete und schloss sich wie bei einer Schnappatmung.

Seine nächste Aktion war sportlicher, als er es je bei sich vermutet hätte. Er drehte sich und begann die Böschung nach oben zu steigen, schwungvoll, ohne abzubremsen. Die letzten Meter krabbelte er auf allen vieren. Er zog sich am Geländer hoch, überstieg es, ohne zu zögern. Die nassen Laufschuhe bemerkte er nicht mehr, seine körperlichen Beschwerden waren wie von Zauberhand verschwunden.

Auf der anderen Seite angekommen, sah er den Mann im schwarzen Pulli wieder. Er ging den Weg entlang, den Wieland zuvor benutzt hatte, schien direkt auf ihn zuzukommen.

Diesmal war es für Wieland, als würde er ganz real um sein Leben rennen.

# III.

# TRINKEN UND ESSEN SIE WIE EIN VÖGELEIN

# 1

Feierabend. Viertel vor sieben.

Ich bin tatsächlich zu früh.

Alle meine Patienten pünktlichst versorgt.

Kein abendlicher Stau durch die Stadt, kaum rote Ampeln und ein Parkplatz direkt vor der Haustür.

Trotzdem die Frage: Was mache ich hier?

Meinem Vater ausweichen, der in meinem Haus sitzt und auf mich wartet? Ja und nein. Ein wenig.

Zur Suche nach der armen Annika beitragen? Auch das. Doch. Darum geht es.

Meine Neugier befriedigen? Zugegeben.

Bocklemünd ist ein netter Stadtteil. Wenn ich je mit Jakob zusammenziehen würde, könnten wir uns hier ein neues gemeinsames Haus kaufen oder mieten. Vielleicht auch weiter aus der Stadt raus, mehr im Grünen, mit einem größeren Garten.

Gott, was denke ich denn?

Wir sind gerade mal sieben Monate ein Paar. Wenn er wüsste, wohin ich jetzt unterwegs bin, würde er mir die Hölle heißmachen. Ich hätte es ihm sagen sollen.

Nein, meine Entscheidung steht. Ich will mich umsehen, und dann erzähle ich Jakob davon. Versprochen.

An der Haustür mit der Nummer 52 gibt es nur ein kleines, dezentes Schild. Keine große Aufmachung.

Überhaupt sieht das Haus etwas bescheiden aus. Eigentlich hätte ich etwas Elegantes oder sogar Protziges erwartet. Andererseits, warum sollte ›Madame et moi‹ mit einem Begleitservice angeben wollen?

Bevor ich klingle, mache ich einen Übersprungsbesuch und betrete das Weinhaus, das direkt nebenan ist.

»Schönen guten Tag und herzlich willkommen«, sagt ein gut aussehender Mann mit Bart, vollem weißen Haar und einem sympathischen Lächeln. »Was kann ich für Sie tun?«

Ich sehe mich um. Fühle mich planlos.

»Suchen Sie Wein für einen bestimmten Anlass, oder möchten Sie einen testen? Rot, weiß, rosé?«

Ich sehe auf die Uhr. Acht vor sieben. Es wird doch knapp.

Neben der Theke steht ein Schild mit »Wein des Monats«. »Den hier bitte«, sage ich.

Der freundliche Weinhändler hebt eine der Flaschen hoch. »Ein wunderbarer Rotwein aus der Eifel. Von einem Weingut in der Nähe von Monschau. Eine Kostprobe?«

»Nein, ich nehme ihn einfach.«

»Wie Sie möchten. Sind Sie neu zugezogen?«

»Äh, nein, auf der Durchfahrt.« Wie doof das klingt.

Jetzt ist alles andere auch egal. »Ich habe einen Termin. Bei ›Madame et moi‹. Das hört sich vielleicht etwas komisch an, aber kennen Sie diese Agentur?«

Der Weinhändler lacht. »Na klar. Wissen Sie, in unserem Stadtteil kennt man sich noch unter Nachbarn. In meinem Weinhaus ist es manchmal wie in einem Friseurladen, da gehen jede Menge Geschichten mit all dem Wein über die Theke.«

»Wie sind die so nebenan?«

»Was soll ich sagen? Gleich wird Ihnen Stella die Tür öffnen, und Sie werden zugetextet werden. Die junge Dame redet wie ein Maschinengewehr. Dann Sylvia, die Assistentin des Agenturchefs, so streng, dass sie Gouvernante sein könnte. Herrlich. Und erst Hercule Pasquale, *le chef* sozusagen, ein wunderbares Exemplar unserer Gattung. Hinter dem steckt ein kleines Geheimnis.«

Er pausiert kurz, als hätte er schon zu viel erzählt.

Geheimnis? Klingt ein wenig mysteriös. »Hercule, er ist Belgier, habe ich gehört.«

»Ja und auch nein, er ist ein ...« Der Weinhändler stockt und überlegt. »Er ist, sagen wir, eine eigene Art von Belgier.«

»Aha.« Was soll ich mit der Aussage anfangen? Langsam kommt mir auch der Weinhändler suspekt vor.

Ein weiterer Kunde betritt das Weinhaus. Mist. Der Weinhändler unterbricht unser Gespräch, ich sehe nach der Zeit. Oh, es ist zwei vor sieben.

»Tja, ich muss.«

»Vergessen Sie Ihren Wein nicht. Wenn er Ihnen mundet, dann kommen Sie wieder. Viel Glück bei ›Madame et moi‹. Sie werden sicher engagiert.«

Ich zahle etwas konsterniert. »Engagiert?«

»Keine Sorge, dafür muss sich keine Frau schämen, die sich etwas dazuverdient.«

Ich will ihm erklären, dass ich auf jeden Fall genug einnehme, um nicht nebenbei bei einem Begleitservice arbeiten zu müssen, doch er ist bereits mit seinem neuen Kunden beschäftigt.

Draußen verstaue ich die Weinflasche im Kofferraum und gehe zurück zum Haus Nummer 52. Auf mein erstes Klingeln ertönt ein Summton. Keiner fragt mich, wer ich bin. Nun gut, dann nichts wie hinein.

Der Flur sieht besser aus als die Fassade draußen. Alles sauber und wie neu gestrichen. Hier sehe ich auch ein größeres Schild mit einem Logo. Zwei Strichfiguren, die sich unterhaken, in Rot und Schwarz.

Neben der Telefonnummer gibt es eine Webseite. Ich Dummerchen hätte die Agentur auch googeln können. Gut, aber wenn ich jetzt schon einen Termin habe.

Eine weiße Tür linker Hand öffnet sich.

Keine Stella und/oder Sylvia stehen im Türrahmen, wie auch immer die beiden aussehen mögen, sondern ein Mann mit einem unfassbar dicken Bauch und einem dünnen, aber mehrfach gekringelten Schnurrbart. Der Ausspruch »Lasst wohlbeleibte Männer um mich sein« fällt mir ein. Ich glaube, das stammt aus einem Shakespeare-Stück: »Julius Cäsar«.

Doch damit hört die Ähnlichkeit des Mannes mit einem Römer aber auch schon auf. Sein Haar ist gegelt und gescheitelt, und er trägt eine randlose Brille.

Bevor ich weiter überlegen kann, kommt der Schnurrbart-Bauch-Mann mit ausgestreckter Hand auf mich zu. »'erzlich willkommen bei ›Madame et moi‹, liebe gute Madame Kastig. Ich 'abe Sie erwartet.«

Warum, bitte schön, habe ich so einen doofen falschen Namen

gewählt? Aber der Akzent des Mannes klingt auch komisch. »Ja, guten Tag auch.«

Sein Händedruck ist weich und fleischig. Mit seiner anderen Hand zwirbelt er eine Seite seines Bartes hoch.

Ich sollte umdrehen. Ohne ein einziges weiteres Wort. Raus aus dem Haus, rein ins Auto und weg. Keiner kennt mich hier. Am Wochenende dann mit Jakob die Weinflasche köpfen. Ihm dabei von meinem Ausflug erzählen.

»'erein, 'erein.« Der Belgier legt seine breite Handfläche auf meine Schulter und schiebt mich durch die Tür. Zu spät. Ich bin drinnen.

»Immer geradeaus, direkt in mein Büro.«

Wie ein Opferlamm mache ich einen Schritt nach dem anderen.

Der Flur ist lang und eng, und es hängen so viele Bilder an den Wänden, dass man kaum mehr die Tapete sehen kann. Frauen und Männer jeglichen Alters, aller Couleur, alt, jung, dick, dünn, wahrscheinlich auch groß und klein. Sie alle grinsen. Sie lächeln nicht nur oder lachen, sie zeigen ihre Zähne, die gepflegt und makellos wirken. Zumindest auf meinen ersten professionellen Blick hin.

Hinter mir höre ich den Schnurrbart-Bauch-Mann schnauben. »Stella, meine Vorzimmerdame, scheint bereits in ihrem Feierabend zu sein, und meine Assistentin Frau Junger ist noch sportlich unterwegs, deshalb bin ich allein 'ier. Aber wir zwei werden es uns auch ganz unter uns gemütlich machen. *Mais oui!*«

*Mais non*, denke ich. Ich kann mich nur an einzelne Wörter aus meinem Schulfranzösisch erinnern.

Ich gehe an vier Türen vorbei, alle geschlossen, auf einer steht »WC«, und meine Blase meldet sich, wie immer, wenn ich aufgeregt bin. Doch zuerst muss ich diesen Termin hinter mich bringen.

Die junge Frau, Annika, mit ihren langen dunklen Haaren und den schönen Augen. Um sie geht es.

Das Büro am Ende des Flurs wirkt immerhin gemütlich. Helle Möbel, eine Korbgarnitur, runder Tisch und drei Stühle mit roten Kissen links, ein Regal voller Ordner und ein schmaler Schreibtisch mit einem Laptop darauf rechts. Den wohlbeleibten Mann kann ich mir auf dem filigranen Stuhl dahinter beim besten Willen nicht vorstellen.

»Nehmen Sie Platz, Madame.« Er zeigt auf einen Korbstuhl, ich setze mich. Dann umrundet er den Schreibtisch und tippt etwas in den Computer.

»Wunderbar, dass Sie pünktlich sind, das schätzen wir sehr. Damit 'aben Sie schon den ersten Pluspünkt bei mir.«

*»Merci.«* Jetzt bin ich mit meinem Französisch-Wortschatz bald am Ende.

*»Ah mon Dieu, pardon.* Ich 'abe mich nicht vorgestellt, wie *stupide*. 'ercule Pasquale, ich leite die Agentur.«

Ich muss mich beherrschen, um nicht zu lachen. »'ercule, sagen Sie?«

Er stülpt die Lippen nach vorn, kneift die Augen zusammen, scheint sich unendlich anzustrengen. »Mit einem ›H‹. Hercule.« Er wirft das H heraus. Ein Spuckeregen kommt aus seinem Mund, gut, dass ich ein paar Meter von ihm entfernt bin.

In diesem Bürozimmer hat die Bilderflut aufgehört. Nur neben dem Regal hängt ein Foto, das ein altes, von Bäumen umrahmtes Fachwerkhaus zeigt. Idyllisch. Keine Menschen, die breit lachend ihre Zähne zeigen.

Ein rappelndes Geräusch setzt ein, und ich erschrecke mich. Es ist der Drucker, der unter dem Schreibtisch steht. Er spuckt ein Blatt aus. Mit diesem in der Hand kommt Hercule Pasquale auf mich zu und reicht es mir.

»Nach unserem Gespräch, bevor Sie wieder gehen, Madame, bitte ich Sie, dieses Formülar auszufüllen. Ein paar erste Angaben von Ihnen, damit wir Bescheid wissen. Es könnte sich doch jede Doro Kastig nennen.«

Er lacht, ich stimme ein.

Mir wird heiß bei dem Gedanken, dass ich im Augenblick wie eine Betrügerin unter einer erfundenen Identität laufe. Lieber nenne ich es »undercover unterwegs sein«.

Oh Leo, Leo, wenn das Hauptkommissar Jakob Zimmer wüsste.

»Mir wurde Ihre Agentur empfohlen. Von einer Ihrer ehemaligen Mitarbeiterinnen.«

»Ach ja? Von wem denn?«

Jetzt nur keinen Fehler. Soll ich einen Namen erfinden oder direkt Annika nennen? Nein, beides nicht nötig. Ich hab's. Meine Patientin.

»Nina. Nina Mandelbach.«

Frau Mandelbach hatte doch erzählt, dass sie ein paar Monate hier gearbeitet hat. Mit Glück kann sich der Agenturchef an sie erinnern, und mit weiterem Glück wird er die Frau nicht extra anrufen und nachfragen.

Mit Glück? Was bin ich für eine schlechte Undercover-Agentin.

»Nina, sagen Sie, Madame? Nina?«

»Ähm, ja. Sie hat vor Kurzem im Lotto gewonnen, deshalb hat sie aufgehört zu arbeiten.«

»Lotto? Tatsächlich?«

Hab ich etwas Falsches gesagt?

Hercule Pasquale mustert mich. »*Magnifique.* Nina also. Nun zur Sache: Wir würden Sie zuerst einmal bei einem Treffen testen, ein Probelauf kann man sagen. Auch Sie 'aben dabei die Möglichkeit, unsere Art des Nebenjobs auszuprobieren. Wenn beide Seiten zufrieden sind, können wir über die Übernahme Ihrer Person in unsere Kartei sprechen. Mit gutem Foto versteht sich. Sie 'aben die vielen Bilder von unseren vielen Begleiterinnen gesehen, und seit zwei Jahren vermitteln wir auch 'erren.«

Ich habe es mir anders überlegt. Bevor ich hier irgendetwas ausfülle, lasse ich doch lieber charmant einen Versuchsballon steigen.

»Nicht nur Nina Mandelbach, auch Annika Trautmann hat mir von Ihrer Agentur vorgeschwärmt, Herr Paskale.«

»Pasquale wird der Name ausgesprochen. Oder eben einfach 'ercule. Ich stamme aus Belgien. Wie ein berühmter Detektiv, wenn Sie verstehen?« Er zwirbelt wieder eine Seite seines Schnurrbartes.

Ich weiß nicht, wovon er spricht. Aber das ist im Augenblick egal. Schließlich spiele *ich* ja hier ein Detektivspiel.

Auf meinen Vorstoß hat er leider nicht reagiert, ich versuche es noch mal. »Annika Trautmann hat mir vorgeschwärmt, dass sie immer wieder Aufträge von Ihnen erhält und mehrfach im Einsatz ist.«

Monsieur Pasquale setzt sich mir gegenüber, schiebt sich seine Brille zurecht. Sie ist das einzig Zarte an ihm. Der Korbstuhl ächzt. Ich kann sehen, dass er unter seinem blauen Hemd einen Bauchhalter trägt. Er wackelt mit dem Kopf.

»Annika, *oui, oui.* Eine wunderbare junge Dame, Annika. Sie 'at tatsächlich einen Stammkunden und wird von ihm gern gebucht.«

Stammkunde, es wird spannend. In dem Moment geht die Tür zum Büro auf, und eine Frau kommt herein.

Im Gegensatz zu dem wohlbeleibten Belgier ist sie sehr schlank und sportlich. Sie trägt eine lange Jogginghose und trotz der Hitze einen langärmeligen, hochgeschlossenen Sweater. Ihr Teint ist blass, auf ihrer Nase sitzt eine viereckige Sonnenbrille, und ihre Haare sind weiß, vielleicht auch mit Absicht weiß gefärbt. Sie hat sie zu einem Knoten hochgesteckt. Gouvernante fällt mir ein, den Ausdruck hatte der Weinhändler verwendet. An ihren Handgelenken scheint sie Gewichtsmanschetten zu tragen.

Als sie mich sieht, wirkt sie überrascht. Sie zieht sich die Sonnenbrille von der Nase und lässt sie an einer Kette baumeln, die um ihren Hals hängt. Auch dieses Accessoire verstärkt den Gouvernanteneindruck.

»Oh, ich wusste nicht, dass Sie noch Besuch haben, Hercule. Sie wollen sich sicher unter vier Augen unterhalten.«

»*Mais non!* Kommen Sie zu uns. Das ist Madame Sylvia Junger, meine liebreizende Assistentin. Und 'ier sitzt Doro Kastig, eine Freundin von unserer Nina Mandelbach. Dazu, stellen Sie sich vor, auch noch von unserer Annika.«

Irre ich mich, oder hat Frau Junger eben gezuckt, als der Schnurrbart-Bauch-Mann den Namen Annika erwähnt hat? Haben sich ihre Pupillen geweitet?

»Vielleicht wird Doro ein neues Gesicht in unserer Kartei.«

Sie checkt mich durch. Ihr Blick läuft einmal von meinem Scheitel bis zu meiner Sohle und zurück. Dann erst kommt ein Lächeln. Auch sie hat weiße Zähne wie aus dem Bilderbuch.

»Nina ist nicht mehr in unserer Kartei. Aber Annika natürlich, wie schön. Wir haben so viele tolle Mädchen und eben auch gestandene Frauen, die für uns tätig sind.« Sie zeigt mit ihren Fingern auf mich. An ihren Handgelenken sind tatsächlich Gewichtsmanschetten. »Attraktive Damen in den besten Jahren.«

Sylvia Junger kommt zu uns an den Tisch und setzt sich in den dritten und letzten Korbsessel. Aufrecht und dynamisch. Ich kann ihren Schweiß riechen, verziehe kurz meinen Mund. Sie registriert es.

»Ich komme eben von meinem Abendtraining, dazu gehört, dass ich große Strecken zu Fuß zurückzulegen versuche, Frau Kastig. Ich habe bei dem herrlichen Wetter die Gelegenheit beim Schopf ergriffen, meine Kondition zu verbessern. Der Nachteil ist, dass ich etwas verschwitzt im Büro auftauche. Verzeihen Sie. Feste Arbeitszeiten gibt es ja bei Selbstständigen nie, also nehme ich mir meine Sportpausen.«

»Ist Stella mit Ihnen mitgelaufen? Sie sollte eigentlich 'ier sein.« Hercule sieht seine Assistentin etwas hilflos an.

»Nein, mein Lieber, Stella ist im Fitnessclub. Die jungen Leute trainieren lieber drinnen, unfassbar. Aber ich muss sie in Schutz nehmen, ich habe ihr erlaubt, früher zu gehen.«

Sylvia Junger wirft Hercule einen strengen Seitenblick zu, dann bin ich wieder an der Reihe.

»Darf ich Doro sagen? Sie können mich im Gegenzug Sylvia nennen. Wir sprechen uns hier gern mit den Vornamen an, bleiben aber beim höflichen Sie.«

Ich lächle auch und muss aufpassen, dass ich nicht mit meinem Aliasnamen durcheinanderkomme. »Natürlich, gern.«

Sylvia beugt sich nah zu mir hin. Ihr Gesicht ist erstaunlich faltenfrei. Ihr Outfit und ihre Haare lassen sie älter wirken, als sie wahrscheinlich ist.

»Doro, Sie haben schöne weiße Zähne, das mag ich. Es zeugt von Gesundheit und Dynamik. Zähne sind eines der wichtigsten Merkmale von Schönheit. Haben Sie ihr schon unsere Leitlinien gegeben, Hercule?«

Der beleibte Schnurrbart-Mann springt schnell von seinem Sessel hoch, sein Bauch folgt ihm. Er bewegt sich zum Regal und zieht ein kleines Heft heraus.

Sylvia nimmt es ihm aus der Hand und reicht es mir. »In diesem schmalen, aber wichtigen Ratgeber sind unsere Vorstellungen für eine erfolgreiche Begleitung unserer Kunden zusammengefasst. Denn sollten wir uns einig werden, repräsentieren Sie als unsere freie Mitarbeiterin unseren Service. Dass Sie sauber, pünktlich und gepflegt erscheinen, versteht sich von selbst, aber Hercule und ich haben noch ein paar wichtige Punkte aufgeführt, die unbedingt zu beachten sind. Halten Sie sich daran, und alles wird glattlaufen. In unserer jahrelangen Tätigkeit hatten wir selten Beschwerden und, *mon Dieu*, wie Hercule sagen würde, noch nie einen Rechtsstreit.«

*»Oui, oui, mon Dieu«*, stimmt ihr Hercule zu.

Ich drehe das Heft in meinen Händen, das in einem hellen Blau eingebunden und auf dessen Vorderseite das Logo der Agentur abgebildet ist. Ich lege es zu dem Fragebogen dazu.

Da ich meinen richtigen Namen nicht angegeben habe, kann ich nach diesem Gespräch einfach verschwinden. Und es ist großartig, dass sie nicht wissen, dass ich Zahnärztin bin.

»Was haben Sie für einen Hauptberuf, Doro, wenn ich fragen darf?« Sylvia lehnt sich zurück, faltet die Hände.

Mist, als hätte ich das Thema beschworen. Geschichten erfinden ist nicht mein Ding. »Hausfrau«, sage ich und komme mir wieder unsagbar peinlich vor. »Deshalb habe ich auch Zeit. Denn mein Leben sollte aus mehr als Kochen, Bügeln und Putzen bestehen. Annika hat mir den Tipp gegeben.«

»Wie schön.« Hercule umrundet den Tisch. »Annika 'at

kommenden Samstag einen wichtigen Begleittermin. Ein großes Event, famos, *magnifique*.«

Ich stutze. »Aber Annika ist doch verschwunden.«

In beiden Augenpaaren sehe ich jetzt ein eindeutiges Erschrecken.

Kommt es davon, dass sie es nicht gewusst haben, oder wissen die beiden etwas und fühlen sich ertappt? Hercule stoppt im Schritt, Sylvia setzt sich wieder kerzengerade hin.

Ich packe den Stier bei den Hörnern. »Seit dem letzten Wochenende gilt Annika Trautmann als vermisst. Es ist Thema in den Nachrichten gewesen. Die Suche läuft. Die Polizei ermittelt.«

Sylvia Junger ist noch blasser geworden, Hercule zupft an seinem Schnurrbart, schiebt die Brille auf seiner Nase vor und wieder zurück.

»Ich 'abe etwas von einer verschwundenen Studentin gehört, aber 'abe es nicht mit unserer Annika verbunden.«

»Entschuldigen Sie mich bitte.« Sylvia schnellt hoch. »Das muss ich sofort im Internet nachlesen.«

»Warum 'at Stella nichts gesagt, sie muss so was doch wissen. Oder?«

Sylvia ignoriert Hercule, setzt sich wieder ihre Sonnenbrille auf und reicht mir die Hand. »Bitte füllen Sie den Fragebogen zu Hause aus, bringen Sie ihn vorbei oder scannen Sie ihn ein und mailen Sie ihn, wie Sie möchten. Ich kann mir gut vorstellen, dass wir einen ersten Probeauftrag für Sie finden werden. Hat mich gefreut, trotz der schlimmen Nachricht.«

Sie verlässt den Raum, ohne sich umzudrehen. Auch ich erhebe mich, es wird Zeit. Von dem Besuch hatte ich mir allerdings mehr erhofft.

Der Schnurrbart-Bauch-Mann sieht seiner Assistentin erneut hilflos nach. »*Terrible!* Das tut mir leid, so leid. Unsere Annika ist so eine Nette. So 'übsch und kommt so gut an. Was für ein Drama. Aber 'offen wir das Beste, bis nächste Woche kann sie wieder zurück sein. Gesund und munter, nicht wahr? Auch ich bedanke mich für Ihren Besuch. Wir melden uns. Da kann man nur die Daumen drücken.«

Die Verabschiedung ist kurz und seine Handfläche jetzt schwitzig, als hätte er Fingersport getrieben.

Draußen vor der Tür fällt mir auf, dass mir der Agenturchef keine belgische Praline angeboten hat. *Mon dieu*, wie schade.

# 2

»Warum zum Teufel interessiert sich die Kölner Kripo für eine Wasserleiche in Monschau?«

Polizeioberkommissarin Marit Radler erinnerte Luis an Birgit von Zeh, und das nicht nur, weil beide Vornamen auf -it endeten. Sportlich und hübsch, sachlich und direkt. Verstohlen sah er auf ihre rechte Hand, kein Ring. Vielleicht trug sie ihn nur nicht, trotzdem wollte er bei Gelegenheit einen kleinen Vorstoß wagen.

Seit dem Gespräch mit Jakob und vor allem, seit sein Magen wieder mitspielte, fühlte er sich besser, aber die dunklen Wolken seiner Gedanken konnten jederzeit wiederkommen. Ein Flirt, vielleicht sogar mehr, würde seinen inneren Himmel in der blauen Zone halten.

Allerdings war Luis Fahrenz gerade hier, um sich zu vergewissern, ob es sich bei der Wasserleiche um die gesuchte Person handelte.

Wie immer hatte er seine Suchalgorithmen in das polizeiinterne Netz gestellt und auf einen Treffer gehofft. Bei Annika Trautmann hatte sich hierbei nichts ergeben, aber was Dietrich Möwe anging, hatte sich schneller als gedacht sein iPad gemeldet. Es war möglich, dass es sich bei der Monschauer Leiche um den Gesuchten handelte.

»Wenn du weiter so gut arbeitest, muss ich mich zu einer Belobigung an höherer Stelle hinreißen lassen«, hatte sein Boss dazu gemeint.

Trotz des Anlasses genoss es Luis, einmal aus Köln raus zu sein. Die Luft roch frischer, und die Aussicht auf die in die Landschaft geschmiegten Fachwerkhäuser und die bewaldeten Hügel gefiel ihm. Hier herrschte Postkartenidylle. Das Wasser der Rur plätscherte einlullend. Schaumwellen stauten sich an größeren Felsbrocken in der Mitte. Nur eine singende Stechmücke an seinem Ohr störte die Harmonie.

Der Tote, wegen dem er gekommen war, war längst weggeschafft worden. Ein Absperrband oben am Geländer zeugte noch von dem Unglück, das zu einem Mordfall mutieren konnte. Aber Suizid war nicht auszuschließen, auch ein Unfall nicht.

Luis streckte sich. »Wo ist die Leiche jetzt?«

»Na, die haben wir nicht hier im Wasser liegen lassen, um auf einen von euch zu warten. Der Amtsarzt hat die Leichenschau bereits vorgenommen.«

Marit Radler zeigte ein Lächeln, und auch ihr Humor gefiel Luis. Doch er war nicht hier, um sich zu verlieben.

»Die nötigen Papiere sind höchstwahrscheinlich bereits bei Ihrem Vorgesetzten eingetroffen, POK Radler. Ich hoffe, die Überstellung in die Rechtsmedizin in Köln kann heute noch erfolgen.«

»Wir sind hier flotter, als Sie denken.«

»Unser Rechtsmediziner wird einen genaueren Check-up machen.«

»Klar, wenn Sie es sagen.«

»Und der Zeuge?«

»Wartet auf Sie auf unserer Bezirkswache. Wieland Knipps, achtunddreißig, in einer Weiterbildung zum Informatiker. Ist hier gejoggt. Ich habe ihn vernommen, denke nicht, dass er mit der Tat etwas zu tun hat. Wenn es ein Verbrechen war. Meinen vorläufigen Bericht habe ich fertig. Aber Sie werden ja gleich alles nochmals genauer durchchecken.« Sie schmunzelte.

»Ich halte Sie auf dem Laufenden«, versprach Luis. »Mein Team wird in den nächsten Tagen ebenfalls nach Monschau kommen, wenn die Leiche tatsächlich zu unserem Vermisstenfall passt.«

»Bis jetzt war keine Identifizierung möglich. Soweit wir wissen, handelt es sich um keinen Einheimischen. Unter uns, ich bin ganz froh darüber, dass Sie übernehmen. Ein Mord ist schlecht für den Sommertourismus. Andererseits könnten wir damit besser für die mörderische Eifel werben.«

Luis überlegte, ob er Marit Radler sofort nach ihrer privaten Nummer fragen sollte, ließ es aber sein. »Können wir?«

»Auf geht's, zur Leiche.« Polizeioberkommissarin Radler zwinkerte Luis zu.

Vielleicht würde er sich doch verlieben.

***

»Die Drogenfahndung hat sich über MarkiX gefreut.« Per trabte Jakob hinterher.

Die Vernehmung von Mark Jäter war abgeschlossen. Er war erst am Dienstag von Konstanz nach NRW gereist, konnte also nicht direkt mit dem Verschwinden von Annika Trautmann in Verbindung gebracht werden. Seine Zugkarte war abgestempelt, nach weiteren Zeugen im Zug mussten sie noch suchen.

Immerhin würde ihnen der Mann nicht abhandenkommen, nachdem sie ihn in Malus WG-Zimmer in einem Bauernhof im Bergischen überrascht hatten. Er war dabei gewesen, zwei Kilo Cannabis in kleine Päckchen abzufüllen. Der Hund seiner Exfreundin hatte schwanzwedelnd dabeigesessen.

Dass die Menge an THC-haltigen Drogen für den Eigenbedarf sein sollte, war lächerlich. Eine Verhaftung war erfolgt. Dem Mann drohten bei einer Verurteilung bis zu vier Jahre Haft.

Malu Rietz hingegen war vorerst auf freien Fuß gesetzt worden, sie musste sich für weitere Befragungen zur Verfügung halten. Wegen der Drogen in ihrem Zuhause würde sie allerdings schneller wieder Besuch von der Polizei bekommen, als ihr lieb war. Ungeschoren würde auch sie nicht davonkommen.

Birgit von Zeh schloss zu den beiden auf. Sie trug ihr Haar heute seitlich aufgesteckt, was ihr morgens einen Pfiff von Per eingebracht hatte.

»Aus welchem Grund hätte MarkiX auch die Freundin seiner Ex entführen sollen? Laut der Aussage von beiden kannte er Annika Trautmann nicht einmal. Mir fehlt das Motiv.«

»Vielleicht hat sie ihn wie wir beim Abpacken seiner Drogen erwischt, als sie Malu Rietz besuchen wollte.«

»Sein Bahnticket war auf seinen Namen ausgestellt, er hat

eine Bahncard. Was zu seinem coolen Namen und den krummen Geschäften passt wie die Faust aufs Auge.«

Per kaute auf seiner Zunge. Seit Wochen bemühte er sich, den Tick loszuwerden, schwerer als gedacht. Seine Else vom Kriminallabor hatte im Frühling einmal gemeint, sie könne die Unebenheiten auf seiner Zunge beim Küssen spüren.

»Bald ist eine Woche rum, und wir haben keine einzige Spur von Annika.«

Jakob kam vor dem Großraumbüro, in dem sein Team seine Arbeitsplätze hatte, zum Stehen. »Es sieht nicht gut aus für sie.«

»Es sind schon Personen nach Wochen wieder aufgetaucht, ja, nach Monaten.« Birgit öffnete die Tür. »Natürlich heißt es immer, nach drei Tagen ist die Wahrscheinlichkeit groß, dass man die vermisste Person nicht lebend wiederfindet, aber solange ich nicht vor der Leiche stehe, habe ich Hoffnung.«

»Apropos ...« Jakob folgte Birgit.

Drinnen hatte sich die Hitze wieder gestaut. Dieser Sommer begann wahrlich mit einer Temperaturschlacht nach oben. Wenn Jakob ehrlich war, hätte er am liebsten seine Badehose eingepackt, seine Leo abgeholt, und dann ab an den nächsten See.

Gemeinsame Stunden mit ihr kamen ohnehin zu kurz. Dabei jagte er zurzeit »nur« einer verschwundenen Studentin und einem verdächtigen Stalker hinterher. Was, wenn sich der Fall zu einem mit mehreren Toten entwickeln würde? Dann hätte er kaum noch Zeit für seine Freundin.

Leos Vater beanspruchte außerdem neuerdings die wenige Freizeit, die ihr neben der Praxis blieb. Papa Gerwald musste schnellstmöglich eine Bleibe finden, damit Jakob wieder nach Feierabend in das Junkersdorfer Haus mit der steinernen Nixe im Vorgarten fahren konnte. Seine Bude passte nicht zu ihnen, der Junggeselle trat dort überdeutlich zutage. Wenigstens wurde Leo durch die Anwesenheit ihres Vaters davon abgehalten, sich weiter in den Fall Annika Trautmann einzumischen.

»Was apropos?« Birgit unterbrach Jakobs Gedanken.

Er ging an eines der beiden Fenster und schob es auf. Heiße

Luft von draußen mischte sich mit der stickigen im Büro, keine wirkliche Verbesserung.

»Apropos Toter. Ich bin gespannt, ob die Leiche, die in Monschau gefunden worden ist, Dietrich Möwe ist. Dann hätten wir zusätzlich einen Mord aufzuklären.«

»Du würdest also den Fall aus der Eifel übernehmen?«

»Wenn der zuständige Staatsanwalt und die Behörde vor Ort mitspielen. Leicht wird es nicht. Aber wenn der Tote dieser Möwe ist, handelt es sich um einen Kölner. Da hätte ich gute Argumente für unsere Zuständigkeit.«

Wie aufs Stichwort klingelte Jakobs Handy. Er nahm den Anruf an und stellte auf laut.

»Boss, hier ist Luis.«

»Was gibt es Neues?«

»Meine Algorithmen haben ganze Arbeit geleistet. Die Polizei vor Ort hat goldrichtig reagiert. Wenn ich das aufgedunsene Gesicht mit Foto und Beschreibung vergleiche, ist er es. Aber wie bei den Lottozahlen im Fernsehen, ohne Gewähr. Auf den ersten Blick Tod durch Ertrinken.«

»Okay, dann organisiere die Überstellung in unsere Rechtsmedizin. Ich kümmere mich um alle Formalitäten. Lass dich nicht aufhalten. Harro wird Klarheit schaffen.«

Luis beendete den Anruf.

Birgit setzte sich an ihren Schreibtisch, machte sich Notizen.

»Treffer also, prima. Da tauchen doch sofort jede Menge Fragen auf. Hat nun sein Tod etwas mit Annika Trautmanns Verschwinden zu tun? War es Mord? Haben wir zwei Fälle oder einen, bei dem wir die Verbindung nicht kennen? Könnte umgekehrt Annika Trautmann sogar verschwunden sein, weil sie Möwe ermordet hat? Und was hat all das mit der Tatsache zu tun, dass Möwe in Monschau gefunden worden ist?«

»Was machen wir als Erstes, Boss?«, fragte Per und kaute.

Jakob dachte an sein Zeitproblem. Die Antwort kam von Birgit.

»Ich konzentriere mich auf Annika Trautmann. Ich habe einen Termin bei dieser Agentur, von der Malu Rietz erzählt hat.«

»Nicht dass du als Hostess engagiert wirst.«

»Dann begleite mich doch, Per.«

»Hatte ich ohnehin vor. Vielleicht werde ich ja angeheuert. Als Begleitung für eine reiche Witwe.«

»Macht das, Leute.« Jakob versuchte sich auf die neuen Erkenntnisse zu konzentrieren. »Ich rase also noch einmal zum prunkvollen Theo. Meine Verabredungen diesen Sommer habe ich mir anders vorgestellt.«

Binnen weniger Sekunden hatten sie alle den überhitzten Raum verlassen.

Auf dem Weg zum Landgericht in der Luxemburger Straße überlegte Jakob fieberhaft, wie viel von den neuen Entwicklungen er seiner Freundin erzählen konnte und wollte.

Doch dazu musste er sie erst einmal persönlich wiedersehen.

***

»Harro deNärtens, Rechtsmedizin?«

»Hier ist Jakob, Harro.«

»Oh, hast du eine neue Nummer?«

»Nein, ich komme eben aus dem Büro von Theo Prunk. Die letzten Formalitäten um die Fallübernahme Dietrich Möwe sind geklärt. Es lief zum Glück leichter als befürchtet. Mein Team und ich bekommen den Zuschlag für eine weitere Kooperation mit der Polizei in Monschau. Unser gesuchter Stalker ist tot.«

»Ich weiß bereits Bescheid, Jakob. Luis hat sich gemeldet.«

»Es ist das zweite Mal in der Woche, dass ich den Oberstaatsanwalt bitten muss, sich einzuschalten. Jetzt hat er was gut.«

»Warum flüsterst du, Jakob?«

»Mein Handyakku war leer, ich benutze gerade das Telefon seiner Sekretärin, die jeden Moment wiederkommen kann. Du weißt, dass Senta Wagenschield auch die Schwägerin von Prunk ist.«

»Köln eben.«

»Sie ist die neugierigste Frau, die ich kenne.«

»Das glaub ich jetzt nicht.«

»Ich überhöre diese Bemerkung einfach. Hör zu, Harro, der Leichnam wird dir überstellt. Wir müssen seine Identität verifizieren.«

»Bis er auf einem meiner Tische liegt, habe ich einen genetischen Fingerabdruck aus der Wohnung von Möwe erstellt und kann vergleichen.«

»Wenn es der Zustand der Leiche zulässt, hoffe ich auch, dass du die genaue Todesursache finden wirst.«

»Wasserleichen sind immer interessant. Ich bin um eine Ablenkung froh.«

Jakob hörte Harro am anderen Ende der Leitung seufzen. Lang und tief.

»Muss ich mir um dich auch Sorgen machen?«

»Um wen denn sonst noch?«

»Luis hat eine kleine Krise, und ich bin frustriert, was mein Liebesleben angeht.«

»Deine Zahnärztin? Alles wieder aus?«

»Nein, nein. Nur keine Zeit für Zweisamkeit.«

»Geht doch gemeinsam auf Mörderjagd.«

»Was meinst du, wer die Sache ins Rollen gebracht hat!«

Auf das Seufzen folgte ein Glucksen. »Ich mag die Frau«, sagte Harro.

»Ja, ich auch. Sehr. Was ist es bei dir?«

Harro wurde schlagartig wieder ernst. »Du weißt doch, dass unsere Kollegin immer noch im Koma liegt? Die Zeit fliegt.«

Jakob hatte davon gehört. Willa Stark, eine Ermittlerin aus dem Team um Hauptkommissar Peter Kraus, hatte bei ihrem letzten Fall großes Pech gehabt. Harro hatte Jakob einmal bei einem Glas Wein gestanden, dass er für die junge Kollegin mehr als nur berufliche Sympathie empfand.

»Ich drücke die Daumen.«

»Danke. Lass uns das Thema wechseln, ja?«

»Ich muss ohnehin aufhören, Senta Wagenschield nähert sich.«

***

Birgit von Zeh und Per Kowalski gingen durch denselben langen Gang, den Leo am Abend zuvor durchschritten hatte, und betrachteten die vielen Fotos mit den grinsenden Gesichtern an den Wänden.

Per setzte sich auf denselben Korbstuhl in Hercule Pasquales Büro wie am Vorabend eine gewisse Doro Kastig. Als der Agenturchef mit seinem Akzent zu reden begann, warfen sich die beiden einen schnellen Blick zu.

Birgit stellte die Fragen, und Pasquale berichtete offen und mit Ausschmückungen über die Arbeit der Frauen und Männer, die sich als Begleitung zur Verfügung stellten. Er betonte mehrfach, dass seine Agentur nichts mit erotischen oder gar sexuellen Vereinbarungen zu tun habe, die Ermittler könnten diese Tatsache in all seinen Unterlagen nachprüfen.

Über Annika Trautmann war er voll des Lobes. Er brachte sein Entsetzen über ihr Verschwinden zum Ausdruck und bot von sich aus an, der Polizei die Kartei mit allen Namen seiner freien Mitarbeiterinnen und Mitarbeiter, die sich nebenberuflich einen Zusatzverdienst als seriöse Begleitung verdienten, zur Verfügung zu stellen.

Nur bei den Namen der Kunden, die Annika Trautmann begleitet hatte, seit sie für »Madame et moi« tätig war, streikte er. Da müsse eine gerichtliche Verfügung her, da er zu Diskretion verpflichtet sei.

Der Name Dietrich Möwe sagte ihm nichts.

Seine Assistentin Sylvia Junger und die Bürokraft Stella Petermann, die beide bereits im Wochenende waren, würden sich selbstverständlich in den nächsten Tagen bei der Polizei melden und für eine Befragung zur Verfügung halten.

Am Ende erhielten die Ermittler, wie auch Leo, das Infoheft über »Madame et moi« und die Regeln der Agentur.

»Meinst du, der Kerl trägt ein Toupet?«, fragte Per auf dem Weg zum Wagen. »Sein Schnurrbart wirkt auch wie eine Karnevalsverkleidung.«

»Der Typ trägt auf jeden Fall einen Bauchhalter.« Birgit setzte sich auf den Beifahrersitz. »Aber nur weil er schräg ist, muss er nicht unbedingt etwas mit dem Verschwinden von Annika Trautmann zu tun haben.«

»Was hältst du von seiner Aussage?« Per startete den Wagen, er liebte es, zu fahren.

»Unspektakulär, mehr lässt sich noch nicht sagen. Wir bestellen ihn auf jeden Fall noch einmal ein, und seine Mitarbeiterinnen werden wir uns auch vornehmen.«

Auf der Fahrt zurück las Birgit mit Hercule Pasquales gehauchtem H aus der Broschüre vor, und sie amüsierten sich köstlich.

***

Jakob hatte seine schmutzige Wäsche vom Boden in die Maschine verfrachtet und stand schwitzend in der Waschküche. Seine Wohnung war jetzt besucherfreundlich aufgeräumt und er bereit für eine Mini-Auszeit. Die musste sein. Er stellte das Waschprogramm ein und nahm sein Handy, um Leo an diesem Samstagvormittag wenigstens auf eine kühle Limonade zu sich nach Hause einzuladen. Er würde sie zu diesem spontanen Kurzbesuch überreden können, dessen war er sich sicher.

Nicht ein ganzes Wochenende ohne sie.

Es war nicht so, dass er nur an Zitronen und Pfefferminzblätter samt Eiswürfeln in der gekühlten Wasserkaraffe dachte, aber am Telefon würde er keine erotischen Anspielungen machen, es könnte ihr Vater neben ihr stehen oder eine ihrer Töchter.

Nach dem Rendezvous musste er in die Rechtsmedizin, um dann über das weitere Vorgehen im möglichen Mordfall Dietrich Möwe zu entscheiden.

In dem Moment vibrierte das Teil in seiner Hand.

»Per«, stöhnte er. »Ich wollte nur einen halben Samstag ungestört bleiben. Mehr nicht. Was gibt's? Sag mir, dass ihr bei der Agentur jemanden verhaften konntet.«

»Nein, so ist es nicht. Aber es kam eben eine Meldung aus Aichach herein, Boss.«

»Aichach?« In Jakobs Kopf klingelte nichts. Er sehnte sich in diesem Augenblick nach einem Glas eisgekühlter Limonade fast mehr als nach seiner Freundin.

»Es geht um Sandra Nonzi. Wir haben sie.«

»Ah.« Der Groschen fiel. Die Hauptverdächtige im Nudelholzmord war endlich gefasst worden. »Danke für die Info. Ist die Frau also bis nach Franken geflohen? Gute Arbeit von den Behörden dort. Ich denke, ihre Überstellung hierher wird dann erst in ein paar Tagen erfolgen.«

»Boss, Aichach liegt in Schwaben, und du lässt mich nicht zu Wort kommen.«

Die Waschmaschine ratterte, und Jakobs Blick folgte den Drehungen, die eine hypnotische Wirkung zu haben schienen. Er fühlte sich trotz der Ahnung, dass sein halber Austag mit Pers Anruf dahin war, mit einem Mal entspannt. »Tut mir leid. Was ist los?«

»Du erinnerst dich an die Geschichte mit dem alten Pepe Costa und seinem Haus, das er an unser Opfer Alfredo Macchero verkauft hat? Damit hatte er das Tatmotiv geliefert.«

»Klar. Ich bin zwar auch älter, aber noch nicht senil.«

»Nun, die bayerischen Kollegen haben sich gemeldet. Sandra Nonzi hat sich zu Pepe Costa durchgeschlagen. Der sie wiederum zusammengeschlagen hat. Nicht mit einem Nudelholz, aber laut erster Aussage in Notwehr.«

»Was?«

»Angeblich war Sandra Nonzi auf Rache aus. Und da sie ja wegen des Mordes an Macchero nichts mehr zu verlieren hatte, wollte sie, bevor wir sie schnappen, auch dem Alten noch einen Denkzettel verpassen. Auf welche Ideen die Leute manchmal kommen. Allerdings hat er den Spieß umgedreht.«

»Wie geht es ihr?«

»Sie liegt im Krankenhaus in Aichach, aber sie kann vernommen werden. Ebenso Pepe Costa. Da dieser Zusammenstoß ebenfalls mit unserem Nudelholzmord zu tun hat, bitten dich die Kollegen vor Ort –«

»Sag es nicht, Per.«

»Ich kann die Sache mit Birgit übernehmen und heute direkt dorthin, Boss, solange unser Luis die Eifel unsicher macht.«

»Nein. Birgits Söhne brauchen ihre Mama wenigstens hin und wieder. Wir zwei fahren hin. Holst du mich ab? Du bekommst auch ein Glas Zitronenlimonade.«

# 3

»Hey, Leo, was ist das für ein komisches Ding da in deiner Handtasche?« Luise wedelte mit der hellblauen Broschüre von »Madame et moi« vor Leos Gesicht.

Schon wieder Montagmorgen. Die ereignisreiche letzte Woche war verflogen wie nichts. Die Zeit raste.

Leo hatte den gestrigen »Tatort« verpasst, aber ohne Jakob hatte sie ihn sich ohnehin nicht ansehen wollen. Sie war wie erschlagen vor Müdigkeit ins Bett gefallen. Nicht mal all ihre Nachtgedanken und Überlegungen hatten sie lange wachhalten können. Jakobs süße Gute-Nacht-Nachricht über SMS hatte sie verschlafen. Dabei vermisste sie ihn schrecklich.

»Gegenfrage: Was hast du in meiner Handtasche verloren, Lulu?«

Luise grinste. »Deine *handbag* ist doch ein wandelndes Sammelsurium, und ich brauche ein Blasenpflaster. Die neuen Schuhe machen tierisch Blasen.«

»Dann frag bitte vorher.«

»Darf ich bitte nach Pflastern in deiner Tasche wühlen, Mom?«

»Hast du doch schon. Was gefunden?«

*»Of course, mother.«*

Leo konnte jetzt wenigstens schmunzeln. Seit ein paar Wochen hatte Luise diesen Tick, ständig englische Wörter in ihre Sätze einzubauen. Zum Glück fand Nathalie die Sache blöd und redete normal. Da zeigte sich wieder, wie unterschiedlich ihre sechzehnjährigen Zwillinge waren. Noch dazu hatte Nathi ihre Schwester an Körpergröße überholt, was Lulu sehr bekümmerte.

Leo musste auch an Hercule Pasquale denken. Gern hätte sie nach ihrem Besuch in der Agentur noch einmal bei dem Weinhändler nachgefragt, was er mit seiner Bemerkung, Pasquale sei »eine eigene Art von Belgier«, gemeint hatte, aber der Laden war bereits geschlossen gewesen. Das Wochenende über hätte sie nicht eine Stunde Zeit gefunden, noch einmal vorbeizufahren.

»Was für ein Schwachsinn steht denn da drin? *Madness!*« Luise hatte in dem Ratgeber für angehende Begleitdamen zu blättern begonnen.

»Her damit, das ist nur eine Werbebroschüre.« Leo riss ihrer Tochter das Heft aus der Hand. Sie wollte auf keinen Fall, dass die Mädchen mitbekamen, dass sie sich mal wieder auf kriminalistischen Pfaden befand. Noch dazu bei einer Begleitagentur.

»Gehen Sie langsam, aber denken Sie schnell. Steht da. Lies, Mommy, die Überschrift auf der zweiten Seite.«

»Später. Sei etwas leiser, Luise, Opa schläft noch.«

Leo war unendlich froh darüber.

Ihr Vater hatte ihre Nerven die Tage zusätzlich arg strapaziert. Wie ein Hundewelpe war er hinter ihr hergelaufen und hatte ständig etwas unternehmen wollen. Kaum hatte Leo etwas organisiert, fand er es langweilig. Trotzdem suchte er sich nichts Eigenes. Weder eine neue Wohnung noch eine Beschäftigung. Leo sah sich schon, wie sie Hilde auf Knien anflehte, sich mit Gerwald zu versöhnen.

Zugleich tat er ihr leid. Gestern hatte sie gesehen, wie seine Hand gezittert hatte, als er eine Tasse anhob. Neues Medikament hin oder her. Doch über sein Parkinson wollte er nicht weiter reden, da wiegelte er ab.

Wenigstens konnte sie durchatmen, wenn er sich ins Gästezimmer zurückzog. Leo hatte ihn telefonieren hören. Hoffentlich mit seiner zweiten Noch-Frau. Leo würde ihn höchstpersönlich nach Stommeln zurückfahren.

»Opa hat gestern gemeint, er schnarcht immer wie ein Bär.« Luise senkte ihre Lautstärke um keinen Millimeter.

Die Mädchen kamen wunderbar mit Gerwald klar, lachten bei seinen Witzen und freuten sich über seine großzügigen Geschenke. Erziehen musste er sie ja nicht. Trotzdem war Leo glücklich, dass ihre Töchter Opa so sehr mochten und umgekehrt.

»Du, Leo, wenn Dad uns diesen Freitag abholt, könntest du ihm sagen, dass wir nicht wieder in den Tierpark gehen sollen?

Er denkt, wir wären *little children.*« Luises Themen wechselten meistens blitzschnell.

»Mach ich. Versprochen. Sind ja noch ein paar Tage bis dahin.«

»Aber er plant doch so gern alles im Voraus, sag oder schreib es ihm am besten heute schon. Wir wollen lieber ins Outletcenter in Lindlar. Bitte, Mommy, ja? Uns hört er nie richtig zu, vor allem, wenn seine Alicia mit dabei ist. Ätzend.« Luise nahm ihre Cornflakes-Schüssel und setzte sich auf die Terrasse.

Johannes' Wochenende. Fast hätte Leo es vergessen. Die Treffen ihres Exmanns mit seinen Töchtern waren im letzten halben Jahr unregelmäßig geworden, und oft verschob er die bereits geplanten Tage. Entweder lag es an einer neuen Schaffensperiode, von der sich der Künstler Johannes Belmont endlich seinen Durchbruch erhoffte, oder er hatte wirklich zu viel mit seiner neuen jungen Freundin zu tun. Über Letztere wollte Leo nicht nachdenken. Obwohl sie über die Scheidung immer froh gewesen war, störte es sie doch ein wenig, dass er sich in eine um über zwanzig Jahre Jüngere verliebt hatte. Wenigstens war Alicia nicht von ihm schwanger geworden, und Nathalie und Luise hatten kein kleines Halbgeschwisterchen bekommen. Noch nicht.

Wenn Johannes das Treffen mit seinen Töchtern nicht wieder verschob, würde Leo das kommende Wochenende mit ihrem Vater allein sein.

Oben im Bad hörte sie Nathalie Musik anmachen. Spätestens jetzt würde Opa erwachen. Um sich abzulenken, begann Leo sich das kleine Heft der Agentur in Bocklemünd anzusehen.

»Mesdames! Neben Pünktlichkeit und einem gepflegten Äußeren haben wir ein paar kurze und wichtige Regeln für Sie zusammengestellt, damit sich jeder einzelne Begleitservice, den ›Madame et moi‹ bereitstellt, für alle Seiten zu einem erfolgreichen und guten Miteinander entwickelt. In Ihrem und in unserem Sinne.«

Leo fragte sich, wer der Verfasser war. Hercule, der belgische Bauchhalter-Träger mit Zwirbelschnurrbart, oder die gouvernantenhafte Sylvia Junger? Sie blätterte zur letzten Seite vor, aber dort wiederholte sich nur das Logo mit den geschwungenen Linien, darunter war in einem Kästchen die Entlohnung angegeben.

»Pro Stunde Begleitung ist ein Honorar von fünfunddreißig Euro vorgesehen (inkl. MwSt). Bei Abendveranstaltungen wird ein Zuschuss für Make-up und Accessoires von einmalig fünfzehn Euro fällig.«

Nicht schlecht, dachte Leo. An einem langen Abend konnten sich Studentinnen oder Hausfrauen leicht über hundert Euro verdienen.

»Eine ordentliche Rechnung wird benötigt. Für Abgaben und Steuern hat der Honorarträger selbst zu sorgen.

Diskretion ist eine Selbstverständlichkeit.

Die Agentur möchte darauf hinweisen, dass wir ein absolut seriöser Escortservice sind. Gegenstand unserer Vermittlungen sind rein gesellschaftliche Begleitungen. Nach Beendigung des Events endet die Dienstleistung der Agentur.«

Leo blätterte zurück.

Auf den anderen Seiten war je ein Hochglanzbild von unterschiedlich zusammengesetzten Paaren zu sehen. Einmal eine junge Frau mit älterem Herrn, dann zwei Gleichaltrige, eine Frau mit einem jüngeren Mann und schließlich je zwei Damen und zwei Herren. Alle Abgebildeten trugen ein elegantes Outfit. Die Pärchen standen entweder mit einem Glas Wein in der Hand einander gegenüber, oder die Frau hakte sich bei dem Begleiter unter. Die Fotos wirkten gestellt und steif.

Dazu gab es auf den einzelnen Seiten unter dem jeweiligen Bild einen kurzen Text mit Nummerierung.

1) Gehen Sie langsam, aber denken Sie schnell:
An der Seite Ihres Auftraggebers gibt es keinen Grund zur Hast. Sie repräsentieren in Würde. Antworten Sie in der Konversation mit dem Kunden oder in einer Gruppe vor Ort bitte präzise, schnell und eloquent.

Kann man nicht auch schnell denken, wenn man schnell geht? Fragte sich Leo.

2) Plaudern ist Gold, Schweigen nur Blei:
Leichte Unterhaltungen mit Niveau sind gefragt. Wenn Sie zu lange schweigen, wird das als Unhöflichkeit verstanden.

Die Stelle sollte sie Jakob vorlesen, der sie gern mal unterbrach, wenn sie vor sich hin erzählte. Einmal war er sogar während Leos Tagesschilderungen neben ihr auf der Couch eingeschlafen.

3) Trinken und essen Sie wie ein Vögelein:
Bedenken Sie immer: Zu viel Alkohol kann dazu führen, dass Sie die Contenance verlieren, und zu viel Essen macht träge. Der Sinn Ihrer Begleitung liegt nicht in einem freien Abendessen.

In ihrer Studentenzeit hätte sie so einen Nebenjob gebrauchen können. Allerdings war Leo immer hungrig gewesen, das mit dem Vögeleinhäppchen wäre bei ihr also flachgefallen.

Auch Vögeleien waren tabu. Leo kicherte. Es musste aber doch schon vorgekommen sein, dass sich die Mesdames mit den Auftraggebern eingelassen hatten, oder? Das hätte sie brennend interessiert.

4) Strenge und Offenheit sind Zwillinge:
Bleiben Sie offen für jedes Gespräch, aber hüten Sie sich davor, Ihre Begleitkonversation ins Private zu ziehen. Ja zu einem Handkuss, Nein zu mehr.

So viel zu Leos Gedankenspiel mit den Vögeln.

Ihr Smartphone sang wieder seine gewohnte Melodie, und Leo unterbrach die Lektüre.

»Ja, hallo?«

»Stella von ›Madame et moi‹. Doro Kastig?«

Leo stutzte. Der Anruf war wie herbeigerufen gekommen.

Warum meldete sich denn diese Agentur noch mal bei ihr? Verdammte Rufnummernerkennung.

»Sozusagen.«

»Wunderschönen guten Morgen wünsche ich. Die Woche wird bestens.« Für Stella am anderen Ende der Leitung schien es eine Selbstverständlichkeit zu sein.

»Sie rufen wegen dem Fragebogen an, nicht?« Leo hielt die Hand vor Telefon und Mund. Ihre Familie durfte nichts von dem Gespräch mitbekommen. »Also, ich bin noch am Überlegen, ob ich mich bei Ihnen überhaupt anmelden soll.«

»Liebe Doro. Das wäre schade, wenn Sie sich dagegen entscheiden würden, denn ich habe tolle Neuigkeiten für Sie.« Stellas Stimme klang enthusiastisch. »Am Wochenende wird eine unserer Damen ausfallen, und Sie haben die Chance, direkt einzusteigen. Einen Probelauf zu starten.«

Leo spitzte die Ohren. Ob es sich bei dem Ausfall um Annika Trautmann handelte? Sie wollte nachfragen, aber Stella redete bereits weiter.

»Die Shoppingmeile ›Colonia Elegante‹ in Longerich feiert ihr einjähriges Jubiläum. Geschäftsmann und Investor Tim Gastius hat eine Begleitung gebucht. Dafür springen Sie ein. Kommen Sie bitte vor Beginn der Veranstaltung. Das heißt pünktlich um achtzehn Uhr dreißig am Samstagabend. Am Hintereingang ist der Treffpunkt. Wilhelm-Sollmann-Straße. Es ist die Ladenpassage neben dem großen Rewe. Kennen Sie die Ecke?«

»Ja, ungefähr.«

»Sehr gut. Sie werden Tim Gastius natürlich vorgestellt, also keine Angst. Es ist herrlich dort. ›Colonia Elegante‹ – alles, was die exklusive Welt begehrt, wie es in der Werbung so schön heißt. Ein Abend mit Reden, Büfett und Musik.«

Stella war nicht mehr zu stoppen.

»Da Hercule und Sylvia dieses Mal vor Ort sind, haben Sie direkte Bezugspersonen, die Ihnen helfen können, wenn es beim ersten Mal noch Fragen gibt. Auch das ist wunderbar. Vielleicht geselle ich mich ebenfalls dazu. Wenn mein Bauch bis dahin verschwunden ist. Für mein neues Stretchkleid, wissen Sie. Das heißt auch für Sie, leichtes Abendoutfit, nicht zu opernhaft und nicht zu sexy. Wenn Sie mir Ihre E-Mail-Adresse geben würden, könnte ich Ihnen die Details noch mal zusenden.«

Leo war völlig überrumpelt. »Ich habe … ähm … die Mailadresse … Nein, brauchen Sie nicht zu senden, ich habe alles notiert, danke.«

»Denken Sie dann auch an den Fragebogen, Doro.«

»Den bekommen Sie im Lauf der Woche.«

»Toll. Dann gratuliere ich und wünsche einen guten Einstand.«

Oben im Bad war es still geworden. Jeden Moment würde auch Nathalie herunterkommen, um zu frühstücken.

»Stella, sind Sie noch dran?«

»Ja, Doro?«

»Hat Ihre Agentur einmal mit einem Dietrich Möwe zusammengearbeitet?«

Der geschäftigen Stella schien es für einen Augenblick die Sprache zu verschlagen. Leo hörte sie am anderen Ende nach Luft schnappen.

»Liebe Doro, am besten fragen Sie Hercule und Sylvia morgen Abend.« Stellas Tonfall war jetzt merklich distanzierter. »Ich darf hier keine Auskünfte weitergeben. Machen Sie es denn nun oder nicht?«

»Äh … ja, doch. Ich bin dabei.«

»Wie schön. Einen guten Tag noch.«

Der Anruf war beendet und Leo ratlos.

Hingehen oder nicht, war die eine Frage. Jakob vorher verständigen oder nicht, die andere.

Gefährlich konnte es unter all den Menschen, die bei der Gala sein würden, nicht werden. Aber vielleicht interessant. Und aufschlussreich.

Leo nahm das hellblaue Heft wieder zur Hand.

5) Lächeln Sie:
Beginnen und beenden Sie Ihre Begleitung immer mit einem Lä-

cheln. Charmant, freundlich, neugierig, aber mit angemessener Distanz. Lächeln ist das Sahnehäubchen.

Nicht vergessen: Diskretion ist Voraussetzung für eine weitere gute Zusammenarbeit mit »Madame et moi«.

Kommendes Wochenende also. Samstagabend.

Leo würde keine Zeit haben. Ihr Vater war da, Jakob konnte einen freien Abend haben. Sie würde noch zuwarten, aber eine Absage war unvermeidbar. Eine andere Interessentin würde eine echte Chance für einen Nebenjob als Begleitdame erhalten. Sie selbst würde entweder eine Krankheit vortäuschen – Zahnschmerzen, was für eine Ironie – oder direkt auf den Punkt kommen, dass so ein Auftrag nichts für sie war.

Daumen hoch oder runter. Ja oder nein.

Noch musste sie sich nicht entscheiden.

Nathalie kam die Treppe herunter, Luise von der Terrasse humpelnd wieder herein.

»Das Blasenpflaster klebt nicht, Mom.«

»Dann zieh doch andere Schuhe an, Lulu.« Nathalie antwortete statt Leo, die hastig ihr Handy und die Broschüre in ihrer Handtasche verschwinden ließ.

»Geht's los?« Hinter den Mädchen tauchte Leos Vater auf. Nicht im Schlafanzug, sondern bereits fertig angezogen.

»Ich muss doch in die Praxis, Papa.« Er würde sich allein beschäftigen müssen.

Dr. Gerwald Hubertus lachte polternd. »Na, da komme ich doch mit. Endlich einmal haben wir etwas Spannendes vor.«

In dem Moment hatte Leo alles andere vergessen.

# 4

»Was hast du für mich, Harro?«

Hauptkommissar Jakob Zimmer war persönlich ins Rechtsmedizinische Institut am Melatengürtel gekommen, um sich von dem langjährigen Leiter und Rechtsmediziner Harro deNärtens direkt informieren zu lassen. Von Zeit zu Zeit hatte Jakob andere Kommunikationsformen, von zerhackten Handygesprächen bis hin zu ruckenden Bildern per Skype, satt und wollte einem Menschen aus Fleisch und Blut gegenüberstehen.

»Du siehst mal wieder müde aus, Jakob.«

»Das Los eines Kriminalbeamten. Mein Wochenende habe ich in Aichach verbracht. Fall in Bayern abgeschlossen, frag mich nicht nach Details. Schon mal dort gewesen?«

Der Rechtsmediziner schüttelte den Kopf. Er hatte in den letzten Monaten einiges an Gewicht verloren, es stand ihm gut. Im Gegensatz zu Jakob wirkte Harro wieder besserer Stimmung.

Sie waren auf dem Weg in einen der Sektionsräume.

»Wasserleichen sind immer eine Herausforderung für Rechtsmediziner.« Harro rieb sich die Hände. »Allerdings trieb deine noch nicht lange in der Rur, als sie entdeckt wurde. Drei bis sechs Stunden, ich tippe eher auf sechs, da sich die Waschhaut bereits über die Fingerkuppen bis zu den Handflächen ausgebreitet hat. Normalerweise würde ein Körper in einem Fluss nicht an einer Stelle und nicht an der Wasseroberfläche bleiben, doch wie ich gehört habe, ist er zwischen Steinen eingeklemmt worden.«

»Ich warte noch auf die Fotos der Monschauer Polizei. Als Luis von der Leiche erfahren hat, wurde der Körper bereits vom Fundort abtransportiert. Wir waren zu spät und hinken in der ganzen Sache hinterher. Sobald das gesamte Team in Monschau ist, werden wir versuchen, den Ablauf zu rekonstruieren. Was uns hoffentlich zu der Sprung- oder Einwurfstelle führt.«

»Es gab keine Verletzungen, die auf einen Aufprall aus größerer Höhe auf die Wasseroberfläche schließen lassen würden.«

»Monschau ist ein beliebter Touristenort, da müsste man schon Chuzpe haben, einen Toten über eine Brücke zu werfen.«

»Geht schneller, als du denkst. Du lädst den Körper in dein Auto, fährst bis zu einer Brücke. Eine Minute fürs Hinunterwerfen. Was man mehr braucht als Zeit, ist Kraft. Der Mann hatte einige Kilos zu viel auf dem Buckel, oder besser: am Bauch. Komm.«

Harro hob ein Tablett mit einer Salbe und zwei Kugeln darauf, die Ähnlichkeit mit Ohrenstöpseln hatten, vor Jakobs Nase.

»Bevor du abwinkst – ich habe hier drinnen schon härtere Typen als dich kotzen sehen. Die Fäulnis schreitet nach der Bergung einer Wasserleiche rasch voran, im Nassen selbst kann es doppelt so lange dauern. Der Körper wurde gut gekühlt gelagert, auch während des Transports, aber trotzdem. Die Duftpaste darfst du wie immer gern weglassen. Wenn du sie einmal benutzt, wird dein Gedächtnis diesen Duft immer mit Tod und Fäulnis verbinden.«

Jakob stopfte sich die Nasenlöcher zu. Sofort hatte er das Gefühl, erkältet zu sein, er hasste es, nur durch den Mund atmen zu können. Er zog sich auch den Kittel über, den eine Mitarbeiterin ihm überreichte, und folgte Harro in den Sektionssaal. Drinnen wartete eine weitere Frau, die eine schwere grüne Plastikschürze und grüne Latexhandschuhe trug.

»Das ist Bea-Verena Bösch, sie ist meine momentane Sektionsassistentin. Geht das in Ordnung?«

Jakob nickte nur. Wenn man den Namen der jungen Frau abkürzte, wurde BVB daraus, sein Lieblingsfußballverein. Er überlegte, ob diese Tatsache ein alter Hut für die junge Frau war oder er sie damit überraschen könnte.

Nur einer der Seziertische war belegt. Der Körper darauf war aufgedunsen, die Arme und Beine wirkten wie angenähte Teile einer hässlichen Stoffpuppe. Die Haut glich weichem weißen Gummi, sie warf Falten wie Wellen. Auf den ersten Blick hätte man die Leiche auch für einen toten Fisch halten können.

Trotz der Nasenstöpsel meldete sich Jakobs Magen. Er war froh, dass im Ablauf um die Liegefläche herum und an den erhöhten Rändern des Tisches weder Blut noch andere Körperflüssigkeiten mehr zu sehen waren.

»Wie weit bist du mit dem DNA-Vergleich?«

»Oh, das Labor hat sich mächtig beeilt. Ich habe die Auswertung fünf Minuten vor deiner Ankunft an dich und dein Team rausgeschickt. Es gab eine Übereinstimmung mit den Proben aus der Wohnung, die ich bekommen habe. Hiermit bestätige ich eure Annahme. Der Tote ist Dietrich Möwe.«

»Dann wissen die anderen ebenfalls Bescheid, gut so.«

Auch das grelle Neonlicht, das von den weißen Kacheln reflektiert zu werden schien, machte Jakob zu schaffen. Seine Augen begannen zu tränen.

»Du kannst also nicht sagen, ob der Mann ertrunken ist oder ertränkt wurde?«

»Weder noch, Jakob. Also, kommen wir auf den Punkt. Ich überlasse die Plattform heute Bea.«

Harros Sektionsassistentin streckte ihren Zeigefinger Richtung Bauchbereich der Leiche aus, und jetzt erst sah Jakob, dass der Rumpf geöffnet worden war. Bea schob sich den Mundschutz vom Gesicht und holte ein Diktiergerät aus ihrem Anzug.

»Nach der äußeren Begutachtung haben wir die Körperhöhlen geöffnet. Lunge und Herz, Magen, Leber, Niere und so weiter. Vor dem Eintreffen von Hauptkommissar Zimmer wurde der Abzug der harten äußeren Hirnhaut vorbereitet.«

Bea-Verena Bösch hob eines der Instrumente an, die Jakob erst jetzt auffielen. »Eine Dura-Fasszange«, sagte sie und hielt ihm das Teil unter die Nase.

Er beschloss, kein einziges Wort über die Abkürzung ihres Namens zu verlieren. Sein BVB hatte an diesem Ort nichts zu suchen.

»Sie können sofort auf den Punkt kommen, liebe Bea.« Harro schaltete sich ein. »Die wenigsten Kommissare interessieren sich im Detail für unsere Arbeit, für sie zählt nur das Ergebnis.«

Die junge Frau warf Jakob einen leicht arroganten Blick zu und ließ das Diktiergerät wieder verschwinden. »Wir konnten äußere Verletzungen an Gliedmaßen feststellen. Aber kein Wasser in den Atemwegen, keine Überblähung der Lungen oder Wasser im Magen. Das lässt den Schluss zu, dass der Mann bereits tot im Fluss entsorgt worden ist.«

»Er wurde also vorher ermordet?« Jetzt unterbrach Jakob die junge Frau und wandte sich direkt Harro zu. »Hast du die Todesursache?«

Der Rechtsmediziner übernahm. »Außer dass er nicht ertrunken ist, konnten wir noch nichts Konkretes herausfinden. Aber wir sind mitten in der Obduktion. Rein äußerlich kann ich sagen, dass die Leiche kein Einschussloch oder Stichwunden, welcher Art auch immer, aufweist. Die Verletzungen an Armen und Beinen, Schürfwunden und Blutergüsse, sind postmortal entstanden. Die Risse am karierten Hemd, das er getragen hat, bestätigen die Annahme. Die Rur führt bis in den Frühsommer Wildwasser, ist mit Felsen gespickt, da wird der Körper mehrfach dagegengestoßen sein. Es ist nicht völlig abwegig, dass er am Ufer gestanden hat und aus irgendeinem Grund im Wasser gelandet ist. Allerdings kann ich Lungenembolie und Herzinfarkt ausschließen. Dass jemand anders den Mann nach einem Suizid oder tödlichen Unfall in den Fluss verfrachtet hat, ist ebenso möglich.«

»Aber unwahrscheinlich.« Jakob betrachtete erneut die Leiche von Dietrich Möwe. Der gesamte Kopf glich einem aufgeblasenen Ballon, in dem die Augen wie Murmeln wirkten.

»Trotzdem noch auf meiner Liste, Jakob. Das Wasser hat ziemlich schonungslos die meisten verwertbaren Spuren hinfortgeschwemmt. Wir werden in einer engmaschigen Zusammenarbeit zwischen allen Abteilungen eine Rekonstruktion versuchen.«

»Was ist mit der vermissten Studentin?«, fragte Bea den Hauptkommissar.

Jakob war froh, seinen Blick wieder auf Harros Sektionsassistentin richten zu können. »Sie meinen, ob wir eine zweite Leiche entdeckt haben? Nein, zum Glück nicht.«

Zu seinem Erstaunen bemerkte er erst jetzt, dass sie keine

Nasenstöpsel trug. Er sah zur Seite. Auch Harro hatte keine. War er hier das einzige Weichei? Er überlegte kurz, seine Nase frei zu machen, ließ es aber zur Sicherheit bleiben.

»Ich verfolge die Suche nach ihr im Internet.« Bea verschränkte ihre Finger, das Latex verursachte ein reibendes Geräusch. »Auch wenn ich sie nicht kenne, hat es mich betroffen gemacht. Ein so hübsches Mädchen. Harro hat mir im Vertrauen erzählt, dass es einen Zusammenhang zwischen ihr und unserer Wasserleiche hier gibt.«

»Wir gehen davon aus. Aber auch diese Annahme ist längst noch nicht verifiziert. Das Verschwinden von Annika Trautmann kann völlig andere Gründe haben.«

Jakob musste an Leo denken. Ohne ihr Nachhaken hätte überhaupt niemand einen Zusammenhang zwischen der Studentin und dem Toten in der Rur hergestellt. Es wären Tage, wenn nicht Wochen vergangen, bis die Wasserleiche identifiziert worden wäre.

Vielleicht hatte der Täter genau das beabsichtigt, indem er sich der Leiche so weit entfernt von Köln entledigt hatte? Dietrich Möwe hatte weder Ausweis noch Brieftasche noch Schlüssel bei sich gehabt.

»Wenn du mir nicht noch etwas an dem Körper zeigen möchtest, Harro, könnten wir uns auch in deinem Büro weiter unterhalten.«

Harro grinste. »Du wolltest doch persönlich kommen. Über Bildschirm müsstest du jetzt keine Tamponkügelchen in den Nasenlöchern tragen und würdest nicht wie Daffy Duck klingen. Gehen wir.« Er wandte sich vom Stahltisch ab und zog sich im Gehen seinen Kittel aus.

»Harro?« Bea war am Seziertisch stehen geblieben. »Soll ich mit dem Darm weitermachen?«

»Nein, Bea. Machen Sie eine Pause. Lassen Sie uns gemeinsam die nächsten Pakete öffnen. Zu zweit macht Abspülen, Aufschneiden und Wiegen doch viel mehr Spaß, oder?«

Harro und Bea lachten.

Jakob dachte an die Scherze, die zwischen ihm und seinen

Kollegen immer hin und her flogen. So wie er jetzt musste sich ein Außenstehender fühlen, der zu ihnen aufs Präsidium kam.

Auf dem Weg nach draußen popelte er sich die Kügelchen aus seinen Nasenflügeln und erhaschte einen letzten Hauch vom Geruch der Leiche. In dem Moment war er froh, ein Weichei geblieben zu sein.

# 5

Einen Tag später hatte sich das Team um Hauptkommissar Zimmer für die Besprechungen im Monschauer Café Thelen eingerichtet.

Der Besitzer hatte sich sofort bereit erklärt, den Raum in der dritten Etage für sie als geschlossene Gesellschaft zu reservieren und den Ermittlern aus Köln sowie auch der Polizei vor Ort damit tatortnah einen Sammelpunkt zu bieten.

Im Ort war der Tote in der Rur seit seinem Auffinden Gesprächsthema Nummer eins unter Einheimischen und Touristen gleichermaßen. Die lokale Presse hatte berichtet sowie weitere Medien überregional. Es gab bereits einen Twitteraccount zum Thema, dem man unter mehreren Hashtags folgen konnte. Doch noch war es der Polizei gelungen, die Identität des Toten geheim zu halten, was aber die Spekulationen in die Höhe trieb.

Jakob war mit Birgit kaum die Treppen nach oben gekommen, als ihnen Per entgegenkam. Er war mit Luis seit gestern Nachmittag vor Ort. »Wir haben die Stelle, wo Dietrich Möwe ins Wasser gerollt worden ist.« Birgit zog sich ihre Jacke aus. Draußen waren die Temperaturen heute zur Abwechslung lau, aber im Dachgeschoss des Hauses herrschten trotz geöffneter Fenster einige Grade mehr.

»Gerollt?«

»Kann man so sagen. Das Problem war, dass sich die flachen Büsche an der Stelle wieder aufgerichtet haben.«

»Die Lorbeeren gebühren Polizeioberkommissarin Radler, Boss. Sie wird es dir gleich erläutern.« Luis überholte Per und rannte fast in Birgit hinein, um vor Jakob abzustoppen. »Danach war es ein Kinderspiel.«

»Das sagtest du bereits am Telefon, Luis.« Jakob wischte sich den Schweiß von der Stirn.

Birgit und er waren den beiden Kollegen mit Verzögerung nachgefolgt. Es hatte einen Hinweis zu Annika Trautmanns

Aufenthaltsort gegeben, und das Team hatte sich aufgeteilt. Ein Kommilitone wollte Annika hundertprozentig bei einer Party in der Wohnung eines Kumpels gesehen haben, aber letztendlich hatte die besagte Frau nur große Ähnlichkeit mit der Vermissten und der Kommilitone einen schweren Kater gehabt.

Die Zahl der Hinweise zu Annika Trautmann erreichte inzwischen schwindelnde Höhen, sodass Jakob drei Polizeianwärter zur Unterstützung angefordert hatte, die die Flut an eingehenden Nachrichten vorab sichteten.

Zudem waren die Ermittler noch in die Suevenstraße gefahren, waren zwischen den Wohnungen von Annika Trautmann und Dietrich Möwe hin- und hergependelt und hatten mögliche Szenarien diskutiert.

»Wir führen euch gleich an die Stelle.« Luis wirkte aufgekratzt. »Ich habe aber auch jede Menge Bilder mit dem iPad gemacht, Marit hat mich dabei unterstützt. Also ich meine POK Radler.«

»Und meine Kollegen vor Ort natürlich auch, Hauptkommissar Zimmer.« Die junge Polizistin folgte als Letzte und reichte Jakob und Birgit die Hand.

Die Gruppe bewegte sich in die Mitte des Dachgeschosses zu den drei Tischen, die zu einer Platte zusammengeschoben worden waren. Weiter hinten stapelten sich neben einer rustikalen Holztheke Stühle. Die Wände waren stark angeschrägt und liefen in einem dunklen Holzgiebel zusammen.

Marit Radler beugte sich über einen Lageplan von Monschau. Daneben lagen, bereits ausgedruckt, Aufnahmen vom Fundort. Auf früher geschossenen Fotos war auch die Leiche von Dietrich Möwe zu sehen.

»POK Radler, Sie sind dran.«

Marit Radler fuhr sich durch ihr kurzes dunkles Haar. »Meinen Kollegen und mir war von Anfang an klar, dass der Fundort nicht die Stelle sein konnte, wo der Körper ins Wasser gelangt ist, da an der Böschung keine Spuren zu finden waren, außer die von unserem Zeugen Wieland Knipps.«

»Der in einer Stunde erneut einbestellt ist, Boss. Wir wollten auf dich warten.« Luis stellte sich neben die Polizistin, und Jakob bemerkte den bewundernden Seitenblick, den er ihr zuwarf.

Sie ließ ihren Zeigefinger über die Karte gleiten. »Bis sich die Kölner Mordkommission eingeschaltet hat, sind wir ehrlich gesagt von einem Freitod ausgegangen. Der Mann steigt über das Geländer und lässt sich fallen, beispielsweise an einer der Brücken. So etwas hatten wir vor nicht allzu langer Zeit. Auch einer, der extra hierhergefahren ist, um sich das Leben zu nehmen. Wobei er nicht ertrunken ist, sondern sich den Schädel an einem Stein gebrochen hat.«

»Dietrich Möwe entführt also Annika Trautmann, nachdem er sie über längere Zeit gestalkt hat, und begeht dann Selbstmord in Monschau?« Birgit sah die junge Frau an. »Passt nicht zusammen, finde ich.«

»Da gebe ich Ihnen vollkommen recht.« Marit Radler nickte. »Wie und wo ist der Mann also in die Rur gekommen? Unter Berücksichtigung der neuen Infos aus der Kölner Rechtsmedizin, den Wasserstand und die Fließgeschwindigkeit der Rur eingerechnet, haben wir in etwa die Länge der Strecke berechnet, die Möwes Leiche zurückgelegt haben könnte, bis sie am Ende nahe am Ufer stecken blieb. Ungefähr achthundert Meter vor der Fundstelle wird das Geländer repariert, da ist der Zugang zur Rur momentan nur durch ein Absperrband gesichert.«

»Und genau dort hat Marit die abgeknickten Zweige bemerkt.« Luis konnte sich nicht zurückhalten.

»Es war mehr Glück als Zufall.«

»Intuition, würde ich sagen.«

»Luis, stopp. Ich will auf den Anfang zurückkommen.« Jakob sah sich die Fotos mit Möwe darauf an. Er fand sie im Vergleich dazu, wie der Körper in der Rechtsmedizin ausgesehen hatte, noch ansehnlich. »Wie kommt ihr darauf, dass der Körper in den Fluss gerollt worden ist?«

Endlich konnte sich auch Per einbringen. »Da kam meine Wenigkeit ins Spiel. Eine Idee von mir. Der Bewuchs an diesem Flussabschnitt bleibt über eine lange Strecke gleich. Niederes

Buschwerk. Ich habe mir aus unserem Hotelzimmer einen Teppich genommen, der ungefähr die Größe eines Erwachsenen hat, und ihn zusammengerollt. Wir haben ihn mit Steinen beschwert und nahe bei der vermuteten Stelle in mehreren Variationen vom Hang zum Wasser befördert. Geworfen, geschleift, mit Fußtritten angeschoben und eben auch gerollt. Dann haben wir gewartet. Nur nach dem Rollen haben sich die Pflanzen, bis auf einzelne abgeknickte Zweige, wieder aufgerichtet.«

»Da wäre ich gern dabei gewesen, wie du mit einem Teppich als Leichendouble hantiert hast. Ich bin auf das Gesicht des Hoteliers gespannt, wenn er seinen durchnässten Vorleger wieder zurückbekommt.« Jakob klopfte Per auf die Schulter. »Ich glaube nicht, dass die Behörde die Kosten für die Reinigung übernimmt, also spar schon mal. Aber guter Einfall.«

»Danke, Boss. Wenn wir bei den abgeknickten Zweigen nun auch noch Fasern, ein Haar, vielleicht einen Stofffetzen finden, wäre die Beweislage perfekt.«

Einer der Kellner des Cafés zeigte sich am obersten Treppenabsatz. »Ich bringe Ihnen Kaffee und etwas zu essen. Geht aufs Haus.«

»Das ist klasse!« Marit Radler klatschte in die Hände.

»Und Wasser bitte, gleich zwei Flaschen, wäre auch toll.« Birgit stand neben der Polizeioberkommissarin und band sich die Haare zu einem Pferdeschwanz. Die Ähnlichkeit zwischen den beiden Frauen war auffallend. Sie hätten Schwestern sein können.

Der Kellner stellte ein Tablett auf einem der freien Tische ab. »Danke«, folgte es aus allen fünf Mündern zugleich.

Luis lächelte Richtung Marit. »Du gehörst so gut wie zum Team.«

»Okay, Turteltäubchen.« Per war Luis' Interesse an der Polizistin gleich nach ihrer Ankunft aufgefallen. Endlich hatte er ein Gegenmittel, wenn ihn Luis mit seiner Freundin Else aufzog.

»Zurück zu unserem Fall.« Luis warf Per einen schnellen Blick zu. »Ich denke, wir können einen Selbstmord ausschließen.«

»Ertrunken ist er ja auf jeden Fall nicht.« Jakob holte sich als Erster einen Kaffee. »Ihr habt Harros ersten Bericht gelesen. Wir brauchen noch die genaue Todesursache.«

Birgit folgte ihrem Boss. »Was uns zu einigen weiteren Fragen führt. Wenn Dietrich Möwe in Monschau gestorben ist, was hatte er hier zu tun? Wen hat er hier getroffen? Wer hatte einen Grund, ihn zu töten?«

»Und welche Verbindung gibt es zu der Vermissten in Köln?« Luis begann die Stühle vom Stapel herunterzunehmen und am Tisch aufzustellen.

Jakob trank einen ersten Schluck. »Da liegt noch unser größtes Problem: Hängt das Verschwinden von Annika Trautmann tatsächlich mit dem Tod von Dietrich Möwe zusammen? Wir wissen, dass er sie gestalkt hat, seit Monaten. Wir nehmen an, dass sie davon keine Ahnung hatte, sich laut ihrer Freundin Malu eigentlich ganz gut mit dem älteren Herrn von nebenan verstanden hat. Da diese beiden Fälle nicht zwingend zusammenhängen müssen, sollten wir mit Bedacht vorgehen. Es kann auch nur eine zufällige zeitliche Übereinstimmung geben. Wir haben diesen MarkiX ausschließen können, haben aber noch jede Menge Freunde und Studienkollegen von Annika vor uns. Auch Alsdorf, wo ihre Familie lebt, steht noch auf unserer Agenda. Zwar gab es bisher keine relevanten Rückmeldungen von der Polizei dort, aber ich möchte einen von uns ebenfalls persönlich dorthin schicken.«

Birgit setzte sich. »Nicht zu vergessen die Agentur, bei der sie gejobbt hat. Zwei Mitarbeiter fehlen uns noch und die Kunden, die Annika engagiert haben. Der Agenturchef verlangt einen Gerichtsbeschluss, sonst rückt er nicht mit den Namen raus. Der nächste Besuch bei Prunk steht also an.«

»Das lässt sich machen. Aber zurück zu Dietrich Möwe. Über ihn wissen wir so gut wie nichts. Bisher haben wir weder Verwandte noch Freunde gefunden. Oder, Luis?«

Luis verschränkte seine Arme hinter dem Kopf. »Im Netz gibt es nichts von ihm. In der Wohnung kein PC. Wir haben kein Handy gefunden, nur eine Festnetznummer ist an ihn vergeben.

Ein Pkw ist auf ihn angemeldet, ein Mazda 323, Baujahr 1994, den wir ebenfalls noch nicht aufgetrieben haben. Der gemietete Parkplatz in der hauseigenen Tiefgarage war leer.«

»Vielleicht steht das Auto irgendwo in Monschau.«

»Gut möglich. Also, Dietrich Möwe war ein seltsamer Einzelgänger, der die Nachbarin gestalkt hat. Das ist Fakt.«

»Und der in Monschau, auf welche Art auch immer, ums Leben gekommen ist«, ergänzte Per.

»Was, wenn das vermisste Mädchen in unserer Gegend festgehalten wird und der Mann deswegen hier war?« Es war das erste Mal, dass sich Marit Radler in der Runde meldete. »Ich könnte die offiziellen Reservierungen der einzelnen Touristikanbieter durchgehen, ob sich ein Möwe in einer der Ferienwohnungen einquartiert hat. Einen Versuch wäre es wert.«

Sofort war Luis Feuer und Flamme. »Coole Idee.«

»Ja, eine gute Vorgehensweise.« Jakob sah in die Runde. »Passt auf, Leute. Wenn gleich die weiteren Monschauer Beamten zu uns stoßen, machen wir eine Begehung an der Rur. Besprechen die Lage noch mal mit den Kollegen von POK Radler. Anschließend splitten wir uns. Birgit und Luis fahren nach Köln zurück. Birgit überprüft weitere Kontakte von Annika Trautmann und kann heute Nacht bei ihrer Familie schlafen. Per bricht von hier nach Alsdorf auf. Ich beordere noch ein paar Leute der Spurensicherung hierher, die ich später in Empfang nehmen werde, und kümmere mich um den Fall Möwe. Wir brauchen allerdings noch die Bestätigung, dass ein Mord vorliegt. Davon hängt unser weiteres Vorgehen ab.«

»Das mit der SpuSi könnte auch ich hier übernehmen, Boss.«

»Luis, das ist kein Urlaub, auch wenn es in Monschau noch so idyllisch ist.« Birgit hatte ihren strengen Mutterton angenommen.

Jakob setzte nach. »Ich brauche dich in Köln, Luis. Du nimmst noch mal mit den Kollegen Dietrich Möwes Wohnung auseinander. Gibt es noch weitere Hinweise auf Annika Trautmann? Mach bei der Auswertung der Weingläser im Forensiklabor Druck. Dass er Annika beobachtet hat, hilft uns allein nicht weiter. Checke noch mal sein Umfeld. Kein Mensch lebt wie auf dem Mond. Es muss Verbindungen geben.«

»Was, wenn im Falle eines Mordes der Täter die Leiche von Dietrich Möwe aus Köln hierher transportiert hat, um euch alle auf eine völlig falsche Fährte zu locken.« Wieder Marit Radler.

»Ist nicht auszuschließen«, bestätigte Jakob. »Wenn sich bis morgen hier vor Ort keine bahnbrechenden Erkenntnisse ergeben, werde auch ich erst mal zurückfahren. Dann möchte ich, dass die Fäden hier in Monschau bei Ihnen, Polizeioberkommissarin Radler, zusammenlaufen. Ich werde das auf Ihrer Dienststelle mit Ihrem Vorgesetzten klären. Okay?«

Die junge Polizistin konnte sich ein kurzes Lächeln nicht verkneifen. »Ist mir eine Ehre, Hauptkommissar Zimmer.«

»Absolut wichtig: Noch möchte ich nichts davon in der Presse lesen. Wir wissen weder, ob Dietrich Möwe Opfer eines Gewaltverbrechens geworden ist, noch, ob das Verschwinden von Annika Trautmann mit Möwe zusammenhängt. Noch keine Infos an die Medien. Setzt hier vor Ort eine nächste Pressekonferenz erst in zwei Tagen an, auch wenn sie sich beschweren. Sie kommen früh genug ins Spiel.«

»Und wenn Fragen nach der Verbindung zur Kripo Köln kommen? Ihr Auftauchen ist in Monschau nicht unbemerkt geblieben.«

»Blockt sie noch ab. Dass sich die Kölner Mordkommission überhaupt in beiden Fällen eingeschaltet hat, ist auf meine Initiative hin geschehen.«

»Warum das, wenn ich fragen darf, Herr Hauptkommissar?«

»Sie dürfen immer alles fragen, POK Radler. Es gab in meinem privaten Umfeld Hinweise auf einen möglichen Zusammenhang zwischen dem Vermisstenfall und Dietrich Möwe.«

Auf der Treppe erklang Lärm. Der Kellner kam, die Wasserflaschen und Gläser auf seinem Tablett balancierend, erneut hoch. Hinter ihm tauchten drei weitere Polizeibeamte auf. Das obere Stockwerk füllte sich.

»Mein Chef und meine Kollegen.« Marit Radler stand auf. »Darf ich vorstellen, Hauptkommissar Zimmer, das sind –«

In dem Moment gab Luis' iPad einen Laut von sich. Sofort hob er seine Hand. »Sorry, aber Harro meldet sich.«

Sie blickten in das ernste Gesicht des Rechtsmediziners auf dem Bildschirm.

»Ich habe Neuigkeiten zur Todesursache. Dietrich Möwe wurde vergiftet.«

# 6

Lassen Sie es mich zum Ende dieser chaotischen Arbeitswoche so sagen, liebe Frau Schinter: Doppelt hält besser, oder wer einen Zahn verliert, würde auch zwei nicht vermissen.

Nein, das geht nicht.

Frau Schinter, bevor Sie sich aufregen: Meine Haftpflichtversicherung zahlt, Sie können Schadensersatz fordern. Und ich mache Ihnen beide Implantate für lau.

Nein, passt genauso wenig.

Vielleicht sollte ich es versingen oder vertanzen oder zur Hölle fahren oder mich gleich aus dem Fenster stürzen.

Der falsche Zahn!

DER FALSCHE ZAHN! Noch größer kann ich es in meinem Hirn nicht aufleuchten lassen, sonst fange ich an zu schreien.

Frau Schinter weiß es noch nicht. Sie hat sich mir auf meinem Zahnarztstuhl mit Gottvertrauen hingegeben und die Augen geschlossen. Mir fällt eine kleine Narbe unter ihrem Auge auf. Was ist ihr da passiert? Ich könnte sie erst mal danach fragen und dann auf den fehlenden Zahn zu sprechen kommen. Aber das wird diese Katastrophe nicht besser machen.

Die Betäubung der Patientin wirkt noch, sodass ich ihr am besten auf der Stelle den richtigen Zahn ziehe.

Den Fünfer links unten.

Nicht den Sechser links unten.

Fünf und sechs, wer hat das nicht schon mal verwechselt. Ich hab mich noch gewundert, wie leicht sich der Zahn herausziehen lässt.

Oh Gott, ich werde doch gleich kreischen.

Greta sieht mich mit Augen an, die ein einziges Fragezeichen sind. Sie hat allerdings genauso wenig aufgepasst wie ich. Wer weiß, wohin sie sich geträumt hat. Britti wäre achtsamer gewesen, aber Britti arbeitet in den letzten Wochen auffällig oft mit Olaf Jansen.

Selbst die Zange mit dem eingeklemmten Zahn in meiner Hand scheint mir etwas zuflüstern zu wollen, ich kann es aber wegen des Getöses in meinem Kopf nicht verstehen.

Wenn ich nur vorhin ein zweites Mal die Patientenakte gelesen hätte, dann wäre mir dieses Desaster an diesem irrwitzigen Tag erspart geblieben.

Katastrirrwitz. Das Wort habe ich eben erfunden, um nicht in Panik auszubrechen.

In OP-Sälen wurde schon die falsche Niere entnommen, das falsche Bein amputiert, das falsche Auge operiert. Das wäre tatsächlich alles schlimmer.

Ein Zahn weniger, was soll's, Frau Schinter, Sie haben ja noch dreißig andere.

Kollegen haben mir auf Kongressen und Weiterbildungsseminaren von solchen Missgeschicken erzählt. Beim falschen Zahn eine Wurzelbehandlung durchgeführt, den falschen Zahn abgeschliffen, den falschen Zahn überkront. Eine unendlich lange Chronik der schrecklichen Irrtümer.

Wenn ich ehrlich bin, habe ich es immer als stolzen Segen empfunden, dass mir so ein Missgeschick in all den Jahren als praktizierende Zahnärztin nie geschehen ist. Mit dieser Mir-nie-Bilanz wollte ich alt werden und mich in den Ruhestand verabschieden, in dem mein Vater bereits ist und wo er auch hingehört.

Da ist er: der Schuldige.

Papa.

Soll er doch mit Frau Schinter sprechen. Er ist es, der mich in dieser Woche langsam, aber sicher in den Wahnsinn treibt.

Seit er in Köln angekommen ist, klebt er an mir wie eine Klette.

Zu Hause gerade noch erträglich. Ich rechne es ihm an, dass er für Nathalie und Luise ein toller Opa ist. Die beiden lieben ihn, und er liebt sie. Bei ihnen ist er geduldig, freundlich und immer für einen Spaß zu haben.

Aber damit ist Gerwalds Habenseite auf seinem Konto für mich auch schon abgeschlossen. Denn bei mir ist er nörglerisch, pedantisch und permanent unzufrieden mit allem, was ich tue.

Mein Essen salzt er nach, ohne es vorher gekostet zu haben, meine Handtücher sind ihm nicht weich genug, und in meinem Garten, sagt er, hätten Kraut und Rüben die Vorherrschaft. Selbst unseren wunderbaren Nixenbrunnen findet er kitschig. Meine Bemühungen, ihm nach seinem Rauswurf bei seiner Hilde in Stommeln ein familiäres, freundliches Umfeld zu bieten, ignoriert er.

Mit alldem könnte ich noch leben.

Aber dass er nun täglich mit in die Praxis kommt und mir über die Schulter schaut, ist der blanke Horror.

»Ich übernehme hier eine Beratertätigkeit, um meine Tochter zu unterstützen«, hat er zu Gerda Horst gesagt. Natürlich hat Bulldogge, nein, Pudeldame Gerda wieder gelacht wie ein junges Huhn und ihm dazu gratuliert. Auch mit ihr muss ich ein ernstes Wort reden.

Ich bin hier die Chefin.

Ja, Leo, bilde dir das nur ein, es hilft ja famos, wie man eben sehen konnte.

Er mischt sich ein. Er redet in meine Arbeit hinein. Er läuft durch die Behandlungszimmer, als wäre es noch sein Revier. Er hat sogar davon gesprochen, sich das leer stehende Büro von Dr. Lang einzurichten.

Ich werde Köln verlassen müssen.

Doch zuerst muss ich meinen Fehler eingestehen. Denn hier drinnen bin nur ich für die Patienten verantwortlich und nicht mein Vater.

Frau Schinter öffnet die Augen. Greta schließt ihre. Ich blinzle.

»Frau Schinter, ich muss mit Ihnen sprechen.«

»Sie haben Frau Schinter den falschen Zahn gezogen, Dr. Leo?«

Britti ist manchmal wie diese kleinen Teufelchen, die aus Kisten gesprungen kommen. Ich mag sie, aber nicht ihr Plappermaul.

»Britti. Sprechen Sie nicht so laut.«

Sie legt sich einen Zeigefinger auf die Lippen.

Greta hat es wohl schnellstmöglich ihrer Kollegin und Freundin Britti erzählt, nachdem ich sie gebeten hatte, das Behandlungszimmer zu verlassen, damit ich mich allein mit Frau Schinter unterhalten kann. Ich habe darauf verzichtet, sie um Stillschweigen zu bitten, denn sie hätte so oder so geredet.

»Was hat Frau Schinter gesagt, Dr. Leo?«

Das ist allerdings das Erstaunlichste und zugleich das Positivste, das in dieser schrecklich langen Woche geschehen ist.

Nachdem ich der Patientin in wenigen klaren Sätzen erklärt habe, welche Verwechslung mir passiert ist, war sie nur wenige Sekunden erschrocken. Dann hat sie mich getröstet und gemeint, ihr wären im Laufe ihres Lebens auch einige heftige Missgeschicke geschehen, und immer hätte sie Nachsicht erfahren.

Unfassbar.

Meinen Vorschlag, ihr beide Implantate umsonst zu machen, hat sie angenommen. Sie könne sich nun von ihrem Ersparten einen Urlaub leisten, da sie nichts mehr für die Wiederherstellung ihres Gebisses zahlen muss. Sie hat nicht einmal darauf bestanden, die Versicherung zu informieren, was ich aber trotzdem tun werde. Am Ende unserer Unterhaltung hat sie mir sogar gesagt, dass sie zu keinem anderen Zahnarzt wechseln möchte.

Vielleicht habe ich dieses kleine Wunder nach all dem Chaos verdient.

Britti wartet immer noch auf meine Antwort.

»Die Sache ist geklärt, Britti. Wir hatten ein gutes Vieraugengespräch.«

Mehr will ich im Moment nicht sagen. Sie würde sofort in den Aufenthaltsraum stürzen und ihre Kolleginnen informieren. Für heute habe ich das Thema Nummer eins geliefert.

»Kann ich Sie auch unter vier Augen sprechen, Dr. Leo?«

»Leocardia, können wir über Herrn Weninger in der Zwei reden?«

Wenn Britti ein Kastenteufel ist, dann ist mein Vater das Klavier, das mir aus heiterem Himmel auf den Kopf gefallen ist.

»Nein, Gerwald.« Der unvorhersehbar positive Verlauf des Gesprächs mit Frau Schinter vorhin macht mich mutig.

Ich nenne meinen Vater beim Vornamen, das lässt ihn für mich gleichwertig erscheinen, und ich fühle mich nicht wie ein Kind, das vom Papa gemaßregelt wird.

Er sieht mich konsterniert an.

Meine Zahnarzthelferin ebenso.

»Britti, unser Gespräch müssen wir verschieben. Ich stehe mächtig unter Stress und habe keine Kapazitäten mehr frei. Ich verspreche Ihnen, das holen wir nach. Ja?«

Sie nickt.

»Britti, Sie haben doch sicher etwas zu tun?«

Jetzt versteht sie und lässt mich mit meinem Vater allein.

»Leocardia, Herr Weninger in der Zwei leidet –«

»… unter entzündeten Zahnfleischtaschen und ist zu seinem ersten Curettage-Termin hier. Ich weiß, Gerwald.«

Bei Herrn Weninger muss ich sofort an Dietrich Möwe und die junge Studentin denken. Nicht einmal für die detektivische Dauerschleife in meinem Kopf und weitere Recherchen hat mir Papa Raum gelassen. Das wäre immerhin ein weiterer Pluspunkt für ihn. Aber die arme Annika wird immer noch vermisst. Erst gestern kam in den Spätnachrichten ein weiterer Bericht darüber.

Gerwald öffnet seinen Mund, ich komme ihm zuvor.

»Papa! Ich muss dich bitten, in meinem Büro auf mich zu warten.«

»Bitte? Ich verstehe nicht?«

Jetzt oder nie. Und nie hieße, Köln verlassen zu müssen.

Leocardia Huberta Kardiff, tu es!

»Gerwald. Ich muss es dir leider deutlicher sagen, als es mir lieb ist. Ich führe die Praxis, und ich kann es nicht dulden, dass du mit den Patienten Vorgespräche führst, mit meinen Angestellten Vereinbarungen triffst und mir andauernd auf die Finger schaust. Ich verliere meine Autorität und auch meine Nerven. Papa, du musst dir ein anderes Betätigungsfeld suchen, wenn du weiter bei mir wohnen möchtest.«

Er sagt nichts, dreht sich um und geht.

Kein gutes Zeichen, da kommt noch ein Nachspiel auf mich zu. Aber wenigstens kann ich ab sofort in Ruhe weiterarbeiten.

»Dr. Leo.« Britti schon wieder.

»Was ist noch?«

»Ich hatte vergessen zu sagen, dass Hauptkommissar Zimmer an der Anmeldung ist.«

»Seit wann?«

»Erst seit ein paar Minuten.«

»Danke, Britti.«

Sie steht immer noch da.

»Ich erledige das, Sie können zu Herrn Jansen gehen.«

Etwas flackert in ihren Augen. Aber darum kann ich mich nicht kümmern. Erst Jakob, dann weiterbehandeln.

»War das dein Vater, der eben an mir vorbeigerauscht ist, Leo?«

»Ja, das war mein Erzeuger.«

»Sieht doch ganz nett aus.« Jakob grinst. Seine Grübchen zeigen sich, und ich möchte ihn küssen.

»Leo, ich bin eben zurück und müsste eigentlich schon bei der Staatsanwaltschaft sein, dann zu einer Besprechung ins Labor. Aber ich musste dich sehen.«

Mein Gott, ich freue mich so, dass mein Liebster überraschend gekommen ist. Er war wegen neuer Ermittlungen unterwegs, ohne mir Details zu verraten. Wie konnte ich es fast eine Woche lang nur ohne ihn aushalten!

Er wird wieder ernst. »Können wir uns kurz unterhalten, ich will dir einiges sagen, was nicht am Telefon oder per Kurznachricht geht.«

Ja, so sieht unser Liebesleben aus. Texte und Küsse übers Handy.

In mein Büro können wir nicht, da ist mein Vater hineingerauscht, wie Jakob es so hübsch formuliert hat. Die Behandlungsräume sind alle belegt. Im Flur sind wir auch nicht ungestört.

Ich wage es. »Komm, wir gehen in Dr. Langs früheres Büro.«

Kaum habe ich die Tür hinter mir geschlossen, fällt mir die Stille hier drinnen auf.

Der leere Raum wirkt riesig. Ich könnte das Pausenzimmer für die Angestellten hierher verlegen und Olaf Jansen hinten doch ein kleines Büro einrichten. Oder ich gestalte einen eigenen Beratungsraum für mich, um bei schwierigen Patienten Vorgespräche zu führen. Vielleicht engagiere ich auch eine Masseurin, die zwischendurch meine verspannten Schultern durchknetet.

»Schatz, es ist schrecklich. Ich habe einer Patientin den falschen Zahn gezogen. Mein Vater treibt mich in den Wahnsinn. Mach dich ruhig lustig über mich, aber ich stecke mal wieder knietief im Chaos.«

»Ich habe dich vermisst.« Jakob nimmt mich stattdessen in den Arm.

Mein Gott, das tut so gut.

Er hat mir auch gefehlt. Riesig.

Ich muss ihn nach Dietrich Möwe fragen und nach Annika und nach dem Stand der Ermittlungen und ob Malu ihm von der Begleitagentur erzählt hat und dass ich bereits dort war und von Hercule Pasquale und meinem spontanen neuen »Nebenjob« morgen auf der Gala.

Jakob küsst mich.

Immer wenn er mich küsst, dann stehen all meine laufenden Gedankenameisen still. Er und ich, wir verschmelzen, und mir wird heiß und kalt zugleich.

Er drückt mich gegen die Wand, ich kann unter meiner weißen Hose die Mauer spüren. Ich schiebe Jakobs Lederjacke nach hinten, da ist seine Dienstwaffe. Statt dass sie mir Angst macht, wie sonst immer, finde ich es aufregend.

Er spürbar auch. Unsere Umarmung wird heftiger, intensiver.

Oh Gott, wir werden doch nicht gleich …?

Es klopft. »Dr. Leo? Sind Sie da drinnen?«

Diesmal ist es Gerda Horst. Jakob löst sich und lacht. Ich muss erst nach Luft schnappen.

»Hallo? Dr. Leo?«

»Ja, Frau Horst. Ich bin da. Was gibt es denn Wichtiges?«

»Herr und Frau Reif sind eben gekommen. Frau Reif hat sich bei einem Sturz zwei Zähne ausgeschlagen. Es blutet stark. Sie und ihr Mann sind direkt hierher. Was soll ich ihnen sagen? Eigentlich ist Herr Weninger an der Reihe.«

»Herr Weninger hat doch noch Zeit, Frau Horst. Bitten Sie ihn in das Wartezimmer zurück und bringen Sie Frau Reif dafür in die Zwei. Ich bin sofort da.«

Jakob sieht mich an. Liebevoll, aber auch ein wenig besorgt. Ich richte mein Haar und zupfe meine Bluse zurecht.

»Was wolltest du mir sagen? Mach schnell. Ich muss zurück zu den Patienten.«

»Geh, Leo, mach deine Arbeit. Meine ruft ja auch schon lautstark nach mir. Wir reden ein anderes Mal. In Ruhe.«

»Hast du denn morgen irgendwann einmal Zeit?«

Er schüttelt den Kopf.

Er küsst mich noch einmal.

Ich komme doch erst etwas später zum Ehepaar Reif.

Sorry.

# 7

Am Samstag war das Team um Hauptkommissar Zimmer wieder in Köln vereint. Sie trafen sich im Konferenzraum des Polizeipräsidiums. Auch dieses beginnende Wochenende würde ausschließlich aus Arbeit bestehen.

»Wenn mir die Technik keinen Strich durch die Rechnung macht, habe ich ein paar schöne News für unsere wiedervereinte Pinguintruppe. Plus Harro als Maurice.« Luis war hinter dem großen Bildschirm verschwunden, die anderen hörten ihn dort klappern und rumoren. Noch war alles darauf blau.

Birgit setzte sich neben Harro deNärtens, der von Jakob dazugebeten worden war. »Unser Luis vergleicht uns immer mal gern mit der Zeichentrickserie ›Die Pinguine aus Madagascar‹. Meine Söhne gucken das gern und meine bereits erwachsenen Kollegen auch.«

»Wer ist Maurice?« Auch Harro hatte heute seine Notizblätter durch ein Tablet ersetzt.

»Einer aus der Lemurengruppe um einen gewissen King Julien, der etwas irre ist.« Luis antwortete, während er auf allen vieren zwischen Kabeln am Boden kroch. »Maurice repräsentiert die Stimme der Vernunft in all dem Chaos. Oft genervt, aber immer loyal.«

»Damit kann ich gut leben.«

»Guck es dir an, Harro, ist echt klasse.«

Jakob und Per kamen ins Zimmer. Einer hatte sechs leere Kaffeetassen in den Händen, der andere eine Kanne und einen Liter H-Milch.

»Koffein für die hart schuftende Mannschaft«, verkündete Jakob.

»Für wen ist die sechste Tasse?« Luis stand auf und war den Kollegen behilflich. »Ist Marit Radler mitgekommen?«

Per kam Jakob mit einer Antwort zuvor. »Nein, du verliebter Troll. Deine Polizeioberkommissarin hat in Monschau Wichtigeres zu tun. Der prunkvolle Theo wird gleich noch zu uns stoßen.«

»Oh Gott.« Birgit verdrehte genervt die Augen. »Dann hätten wir den durchgeknallten King Julien auch vor Ort, um bei den Pinguinen zu bleiben.«

»Wir brauchen Prunk, um alle Formalitäten schnell und mit geringstem bürokratischen Aufwand durchziehen zu können. Lasst uns schon mal anfangen.« Jakob setzte sich als Letzter.

Auf dem großen Bildschirm zeigte sich ein erstes Bild. Es war eine Aufnahme von Dietrich Möwes Wohnzimmer. An beiden seitlichen Wänden konnte man die Menge an Fotografien sehen, die Möwe von seiner Nachbarin Annika Trautmann gemacht hatte. Vor der Balkontür war die Kamera postiert.

Luis kam an den Tisch. »Das ist bei unserem ersten Besuch dort aufgenommen worden. Inzwischen ist die Spurensicherung ein zweites Mal durch die gesamte Wohnung von Möwe und konnte weitere Dinge offiziell eintüten. Das Labor hat endlich Spuren von Benzodiazepinen in einem der beiden ungespülten Gläser in Möwes Küche bestätigt. In einem letzten Rest angetrocknetem Rotwein. Die Zusammensetzung konnte Teilen seiner Medikamente zugeordnet werden, die er gehortet hat. Dazu die Fingerabdrücke auf dem Glas. Sie stimmen mit denen von Annika Trautmann überein. Vergleichsproben wurden in ihrem Appartement genommen. Wir können also nun definitiv davon ausgehen, dass beide Fälle zusammenhängen.«

»Gut.« Jakob nickte, und Luis fuhr fort.

»In ihrem Papierkorb lag außerdem eine Nachricht von Möwe an sie. Sie solle rüberkommen, wenn sie aus Alsdorf zurück ist, er hätte ein Geburtstagsgeschenk für sie. Es lag ja ein in Geschenkpapier verpackter Bildband in der Küche, hier auf dem nächsten Bild zu sehen, wir denken, dass der gemeint war. Darauf allerdings nur Möwes Abdrücke. Die Begegnung wird am Samstag, nach ihrer Rückkehr aus Alsdorf, stattgefunden haben. Bevor oder nachdem Dietrich Möwe bei Frau Dr. Kardiff im Notdienst war.«

»Die Aussage von Dr. Kardiff habe ich aufgenommen.« Birgit

zeigte auf. »Demnach muss Möwe in die Praxis gekommen sein, nachdem er Annika Trautmann den Wein verabreicht hat. Er hat am Zahnarztstuhl von Annika gefaselt.«

»Lass mich noch weitermachen bitte.« Luis war im Fluss. »Im Wohnzimmer war keine einzige Spur von ihr zu finden, dahinein hat Dietrich Möwe sie wohl nie gelassen. Sonst hätte sie seine Fotos gesehen. Er hat das Mädchen in seiner Küche betäubt und irgendwann verschleppt. In der Zwischenzeit habe ich seinen Wagen zur Fahndung ausschreiben lassen.«

»Nicht gerade ein Wagen, mit dem man leicht eine bewusstlose Frau kidnappen kann.«

»Würde ich nicht sagen. Ich habe zwei Szenarien anzubieten, Birgit. Das Mädchen ist noch nicht völlig hinüber, lässt sich aber ohne Gegenwehr zum Wagen führen, er setzt sie auf den Rücksitz, dort fällt sie in ihren künstlichen Schlaf.«

»Das Haus hat viele Bewohner, das ergibt ein hohes Risiko, auf dem Weg in die Tiefgarage jemandem zu begegnen, dem der Zustand der Frau auffällt. Selbst wenn er es nachts durchgezogen hat.«

»Ja, da könntest du recht haben, Kollegin. Mein Favorit ist, dass er sie in einen Teppich einrollt, nach unten schleppt und im Kofferraum verstaut. Von der Größe her ginge es. Dazu passend hat – nächstes Bild – die Spurensicherung im Wohnzimmer eine Fläche markiert, auf der ein Teppich gelegen hat, der jetzt fehlt. Das Parkett unterscheidet sich an der Stelle. Die Maße würden auch passen. Möwe hätte ein solches Paket stemmen können, denn Annika Trautmann ist schmal und leicht.«

»Was man von unserem Opfer und mutmaßlichen Täter in einer Person nicht sagen kann. Was ist mit der Person Dietrich Möwe? Weißt du inzwischen etwas mehr?«

»Er ist Frührentner, seit einigen Jahren. Hat davor bei einer Sanitärfirma als Buchhalter gearbeitet, die es heute nicht mehr gibt. Den Chef von damals habe ich noch nicht erreichen können. Dietrich Möwe hat eine längere Krankheitsgeschichte, psychische Störungen. Dafür sprechen die zahlreichen Medikamente. Wir haben zusätzlich abgelaufene Rezepte seines verstorbenen Arztes gesichtet. Es gab vor Jahren einen längeren Klinikaufenthalt. Dort konnte ich, wie erwartet, keine Einsicht in die Patientenakte erhalten wegen der ärztlichen Schweigepflicht über den Tod hinaus. In der Suevenstraße wohnte er seit 2003. Der Vermieter konnte nichts Negatives über ihn berichten, er zahlte immer pünktlich seine Miete, ansonsten hat sich keiner um ihn gekümmert. Er hatte, wie schon gesagt, keinen PC, und ich gehe davon aus, dass er auch kein mobiles Teil wie einen Laptop besessen hat, mit dem er jetzt unterwegs wäre. Er hat keine Handynummer, wen wundert's. Alle Apparate und Geräte, die wir in der Wohnung sicherstellen konnten, waren veraltete Hardware. Es gibt nichts, was ich hacken oder wiederherstellen könnte.«

»Ein Mensch, der durch alle Raster der Gesellschaft fällt.« Harro meldete sich. »Der unter uns wohnt, ohne dass er mit uns lebt. Kommt mir wie ein Geist vor. Was ist mit all den unerlaubt geschossenen Fotos von der jungen Frau?«

»Die habe ich chronologisch geordnet. Unser Mordopfer hat die Negativfilme seiner analogen Kamera sehr unspektakulär beim Drogeriemarkt abgegeben und entwickeln lassen. Das erste ist drei Tage nach dem Einzug von Annika Trautmann entstanden und zeigt sie beim Ausräumen ihrer Umzugskisten. Sie wurde also ziemlich rasch sein Objekt der Begierde.«

»Malu Rietz hat erzählt, dass sie sich von dem Nachbarn ebenfalls belästigt gefühlt hat. Was ist mit Fotos von ihr oder weiteren Frauen?« Per raschelte durch seine eigenen Notizen. Wie Birgit blieb er bei Handgeschriebenem.

»Fehlanzeige. Weder in Möwes Schränken oder Regalen noch im Chaos seines Kellerabteils konnten wir Aufnahmen von anderen Personen finden. Darin türmten sich hauptsächlich nicht mehr funktionierende Elektrogeräte. Aber auf Annika scheint sich der Kerl eingeschossen zu haben.«

»Und die Kamera?«

»Wie schon angemerkt, Technik aus dem letzten Jahrhundert. Nicht digital, sondern analog. Macht jedoch zugegeben gute Aufnahmen.«

»Ihm scheint es gereicht zu haben«, warf Birgit ein.

Per begann auf seiner Zunge zu kauen, beherrschte sich aber schnell wieder. »Dass Annika nichts gemerkt hat, kommt mir komisch vor.«

Birgit zuckte mit den Achseln. »Wenn man nicht explizit darauf achtet, kann ich es mir vorstellen. Malu Rietz hat ihr ja keinen Tipp gegeben, für Annika war Möwe ein alter, verschrobener Kauz. Sie hätte ihm nie den Schlüssel zu ihrer Wohnung gegeben, wenn sie etwas geahnt hätte.«

»Den haben wir übrigens in Möwes Schlüsselkästchen gefunden. Damit war es für ihn leicht, in Annika Trautmanns Abwesenheit die Wanzen zu installieren.« Luis ließ weitere Fotos durchlaufen.

»Auf den Tonaufnahmen waren sämtliche Gespräche aufgezeichnet, die Annika in den letzten Monaten geführt hat. Ob am Telefon oder auch mit Besuchern. Freunde von der Uni, ihre Eltern, auch Malu Rietz war zu hören. Selbst wenn sie sich geduscht, gesungen oder gehustet hat, hat Dietrich Möwe ihr dabei zugehört.«

»Echt verstörend.« Birgit umschlang ihren Oberkörper. »Aber mich würde interessieren, warum es jetzt geschehen ist. Warum spioniert Dietrich Möwe Annika Trautmann so lange aus, ohne dass die Situation eskaliert? Und plötzlich betäubt er das Mädchen und verschwindet mit ihr. Was ist der Grund?«

»Eine gute Frage, Birgit.« Jakob goss sich Kaffee nach. »Die meiner Meinung nach zu früh kommt. Lass uns erst weiter die Fakten sammeln. Einverstanden?«

Birgit gab ihr Okay.

»Gut, dann weiter mit Luis bitte.«

»Ich konnte mit der alten Rechnung, die wir in Möwes Schrank gefunden haben, tatsächlich noch den Kauf der Kamera zurückverfolgen. Ein Schnäppchenmarkt für gebrauchte Geräte aller Art an der Kalker Hauptstraße. Da findest du vom Röhrenfernseher bis zur immer noch funktionierenden jahrzehntealten Waschmaschine alles. Der Inhaber konnte sich nicht an Dietrich Möwe erinnern, hatte ihn aber in seiner Kundenkartei.«

»Die Abhörgeräte?«

»Die sind auch nicht neueste Technik.« Während Luis redete, wechselten die Bilder auf dem Bildschirm. »Dafür waren keine Rechnungen auffindbar. Sein Abhörgerät wurde noch in der DDR hergestellt. Wenn man weiß, wie, kann man sich die Teile auch selbst basteln, alles Nötige gibt es zum Beispiel bei Conrad oder Reichelt. Kostet nicht viel. Meine erste Vermutung war, dass er sie im Internet bestellt hat, aber zu seinem völlig netzfreien Leben habe ich ja vorhin alles gesagt. Sein Stalking wirkt improvisiert, aber es hat funktioniert. Wenn er doch noch im Netz unterwegs war, werde ich es in den nächsten Tagen hoffentlich herausfinden. Jetzt, wo es ein offizieller Mordfall ist, wird der Zugang zu allen Daten leichter.«

»Könnte nicht auch eine dritte Person einen PC aus der Wohnung entfernt haben?«, fragte Per.

»Ich bleibe dabei, dass Möwe keinen hatte. Alles, was er besaß, ist antiquiert. Als wäre bei ihm die Zeit stehen geblieben. Auszuschließen ist ein dritter Beteiligter an der Entführung natürlich nicht. Dazu passt, dass Möwes Leiche mit nichts außer seiner Kleidung gefunden wurde. Sein Mörder hat ihn quasi ohne Identität ins Wasser verfrachtet, hat darauf gesetzt, dass die Behörden dadurch nicht weiterermitteln konnten.«

Ein neues Bild zeigte sich. Nicht der tote Möwe, sondern eine leere Waffenbox.

»Ihr habt eine Waffe gefunden?« Davon hörte Jakob zum ersten Mal.

»Nein, nur die Box. Beim zweiten Durchgang erst. Wie gesagt, im Kellerabteil herrschte extremes Durcheinander. Nur die leere Aufbewahrungsbox, die noch nichts aussagt. Es gibt keine Rechnung über den Kauf einer Waffe. Die Box gehört zu einer sowjetischen Tokarew TT-33, Kaliber 7,62 x 25 mm. Nach meinen Recherchen kann man sie aus früheren Beständen mit drei Ladepatronen und einem Magazin erwerben. Ersatzpatronen sind nicht beschaffbar. Preis zurzeit um die dreihundert Euro. Natürlich nur mit einer Erwerbserlaubnis, aber wir wissen, wie einfach man das umgehen kann. Selbst wenn Möwe nichts im

Internet bestellt hat, kann er sich die Waffe leichter, als uns lieb ist, beschafft haben.«

»Er hat die Waffe also mitgenommen?«

»Oder, Boss, er hatte sie nicht mehr. Oder nie eine gehabt. Vielleicht gibt es nur die leere Schachtel dazu im Keller. In der Wohnung haben wir nichts dergleichen entdeckt.«

Birgit hob wieder die Hand, aber nun kam Harro ihr zuvor.

»Und wie ihr ja alle wisst, starb unser Opfer nicht an einer Schussverletzung.« Der Rechtsmediziner stimmte seinen Dozententon an. »Ich konnte eine blutige Magen-Darm-Entzündung feststellen, die letztendlich zu einem Nierenversagen und weiter zu einem Kreislaufstillstand geführt hat. Schuld daran kann eine größere Menge Rizin gewesen sein, die das Opfer oral aufgenommen haben muss. Der Nachweis von Rizin ist äußerst schwierig. Das Protein wird zügig an Körperzellen gebunden und verstoffwechselt, sodass ein Nachweis im Blut selbst bei einer tödlichen Dosis nicht immer gelingt. Somit ist die Frage, wie lange es im Körper nachweisbar ist, nicht eindeutig zu beantworten. Ob man Reste davon im Verdauungstrakt findet, kommt stark auf das Intervall zwischen Aufnahme und Todeseintritt an. Allerdings ist erst Stunden nach Aufnahme mit einem beginnenden Symptomeintritt zu rechnen. Die Beschwerden können sich sogar Tage hinziehen, bis der Tod eintritt. Dadurch ist es hochgradig unwahrscheinlich, dass nach dem Ableben noch Rizin im Magen nachweisbar ist.«

»Woher weißt du es dann?«

»Tja, ich bin doch der Harro mit den Pathologenadleraugen. Nein, im Ernst, wir hatten Glück. In Dietrich Möwes Enddarm waren noch Pflanzenfaserreste vorhanden, an denen sich winzige Mengen des Giftes abgesetzt hatten. Er hatte eine schlechte Verdauung.«

»Er hat einen vergifteten Salat oder Gemüse gegessen?«

»Oder er hat es getrunken. Die Fasern gehören zu Orangen. Ich gehe sogar davon aus, dass er nicht einmal wusste, dass er vergiftet worden ist. Gerettet hätte ihn vielleicht eine Magenspülung oder Aktivkohle, aber eigentlich gibt es kein Gegenmittel bei einer Rizinvergiftung. Wäre Möwes Leiche ein paar Stunden später entdeckt worden, hätte sich das Gift vollständig aufgelöst gehabt.«

»Wie genau kannst du dich auf einen Todeszeitpunkt festlegen?«

Harro verschränkte seine Arme. »Der Amtsarzt in Monschau hat die erste Leichenschau durchgeführt. Da ich erst ein paar Tage nach dem Geschehen den Körper begutachten konnte, verlasse ich mich auf seine Aufzeichnungen. Demnach muss Möwe in der Nacht oder am frühen Morgen des Tages, an dem er auch gefunden wurde, gestorben sein. Und mit ziemlicher Vorsicht würde ich sagen, dass seine Leiche rasch danach in der Rur entsorgt wurde.«

»Hätte der Tote auch von Köln aus dorthin transportiert werden können?«

»Transportiert ja. Es sind beidseitig Totenflecke vorhanden. Diese können bis zu einem bestimmten Zeitpunkt noch wandern. Wenn jemand in Bauchlage gestorben ist und wenig später in Rückenlage gedreht wurde, kann es sein, dass sich das Totenflecksystem noch vollständig oder teilweise umlagert. Von Köln aus erscheint mir aber die Fahrtzeit zu lang.«

Birgits Hand war immer noch oben.

»Ich habe interessante Neuigkeiten, die nicht mehr warten sollten. Ich bin gestern nicht nur an der Kölner Uni gewesen und habe mich bei den Mitstudenten und Professoren nach Annika Trautmann erkundigt, sondern ich habe auch die weiteren Nachbarn in der Suevenstraße abgeklappert. Habe gebeten, uns zu kontaktieren, wenn jemandem noch etwas einfällt. Heute Morgen: bingo. Eine Bewohnerin des zweiten Stockwerks, Vera Sanders, nur ihr Mann war zu Hause, als ich dort war, hat sich vorhin gemeldet. Dietrich Möwe hatte in den Wochen vor Annikas Verschwinden anscheinend doch Besuch. Frau Sanders hatte mit dem Mann, der Möwe aufgesucht hat, Kontakt, weil er sich im Stockwerk geirrt und bei ihr geklingelt hatte. Er wirkte gehetzt und sehr nervös, die Verwechslung war ihm ungemein peinlich. Frau Sanders hat gesagt, der Mann wird ihr unvergesslich sein, so beleibt, wie er war. Dazu noch sein aufgezwirbelter Schnurrbart.«

Per sprang in die Höhe. »Das ist dieser Belgier, der ›Madame et moi‹ leitet.«

»Genau, Per. Bei unserem Besuch dort hat er allerdings Dietrich Möwe nicht kennen wollen.«

»Dazu passt wie Deckel auf Topf eine der Aussagen, die ich aus Alsdorf mitgebracht habe. Nicht von den Eltern, denen hat Annika nur erzählt, dass sie nebenbei bei einer Kundenbetreuung arbeitet. Keine Einzelheiten. Sie dachten, es ginge um Verbraucherschutz.«

»Kann ich verstehen, dass das Mädchen ihre Eltern im Ungefähren gelassen hat, vor allem der Vater hätte nie einem solchen Nebenverdienst zugestimmt.«

»Du sagst es, Birgit. Meine Info stammt von einer Freundin, oder besser Bekannten, Sara Brittweis, die dringend nach einem Ferienjob gesucht hat und auch bis Köln pendeln wollte. Annika hatte ihr die Agentur als Einnahmequelle empfohlen, die Seriosität der ganzen Sache betont, von leicht verdientem Geld erzählt. Aber, und jetzt kommt es, sie hat auch erwähnt, dass es ihr Nachbar war, der ihr als Erster den Tipp gegeben hat.«

»Möwe hat Annika von der Agentur erzählt? Das gibt es doch nicht.« Luis erhob sich ebenfalls. »Der Mann lebt völlig isoliert, und dann kennt er einen Begleitservice?«

»Aus dem Grund vielleicht? Wobei ich nicht glaube, dass sich Möwe jemals eine Begleitung gebucht hätte. Diese Sara Brittweis hat sich also genau daran erinnert?« Birgit hakte nach.

Per begann in seinen Notizen zu suchen. »Hier, ich hab's. Annika hat Sara erzählt, dass man die Männer dieser Familie wohl immer an ihren Riesenbäuchen erkennen könnte, sich dann aber wegen dieser boshaften Bemerkung geschämt. Deshalb ist es bei Sara hängen geblieben. Sie hat dann doch in Alsdorf gekellnert und ist nicht nach Köln gegangen.«

Die Kollegen schauten zu Per. Wie so oft während der Besprechungen waren sie auf einen neuen, wichtigen Punkt gestoßen.

»Männer dieser Familie?« Jakob holte Luft. »Könnte das heißen, Möwe und der Agenturchef sind verwandt? Das wäre ja der Hammer.«

Luis hob sein iPad in die Höhe. »Ich klemme mich dahinter. Mal schauen, was ich finden kann. Zumindest diese Agentur braucht als Plattform das Internet. ›Madame et moi‹, das klingt doch schon nach einem verdeckten Serienkillerhort.«

»Per, Birgit, wie seid ihr bei eurer Befragung dort mit dem Mann verblieben?« Jakob schenkte sich ein drittes Mal nach.

»Er und seine Mitarbeiterinnen sollten ins Präsidium bestellt werden.« Diesmal war Birgit mit Blättern dran. »Für die Einsicht in die Kundenkartei brauchen wir einen Durchsuchungsbeschluss. Sylvia Junger ist seine Assistentin, und eine Stella Petermann macht den Telefondienst. Beide Frauen waren bei unserem Besuch nicht anwesend.«

»Versuch dort jemanden zu erreichen.«

»An einem Samstag?«

»Versuch es, Birgit. Wenn dieser Agenturchef da ist, fahren wir hin und vernehmen ihn direkt noch mal.«

Birgit ging hinüber zu einem der Fenster. Nach einer halben Minute konnte Jakob seine Kollegin sprechen hören. Jemand war am anderen Ende der Leitung. Nach Ende der Besprechung würde er also selbst den Belgier in Augenschein nehmen können.

Er sah auf sein eigenes Handy. Eine Nachricht von Leo war hereingekommen. Wieder einmal bat sie um Rückruf mit Kuss und Umarmung. Wieder einmal musste er sie mit wenigen Zeilen vertrösten. Gern hätte er sie einfach angerufen, um ihre Stimme zu hören, aber die Zeit reichte nicht. Noch dazu würde sie ihn wegen Möwe und Annika löchern. Sie wusste weder etwas von Dietrich Möwes Tod noch von Monschau, der Rur oder dem Giftmord.

Fürs Erste sollte es so bleiben, entschied Jakob spontan. Er tippte eine lange Reihe von Herzen ein und schickte sie auf den Weg.

Birgit kam an den Tisch zurück. »Jakob?«

»Hast du ihn?«

»Nein, aber seine Telefonkraft war im Büro. Stella Petermann.

Sie hat sofort eingewilligt, Montag für eine Aussage herzukommen. Nur die Privatadresse ihres Chefs wollte sie am Telefon nicht herausgeben, aber Hercule Pasquale wird heute Abend auf irgendeiner Jubiläumsfeier in Longerich sein. Mit seiner Assistentin. Das sei offiziell, und darüber hat sie mir freimütig Auskunft gegeben.«

»Na, dann werde ich mich dort nach diesem Pasquale umsehen.«

»Da mein Mann und meine Söhne campen sind, könnte ich dich begleiten. Was meinst du?«

»Bestens. Du weißt ja, wie ich Menschenansammlungen hasse.«

Luis kam zu ihnen. »Ihr könnt euch die Fotos der beiden Mitarbeiterinnen auf der Webseite der Agentur unter ›Team‹ ansehen. Dann habt ihr schon mal einen Eindruck.«

»Gut, druck sie uns aus, Birgit nimmt sie mit.«

Harro meldete sich wieder. »Wenn ihr es schafft, mir ein Haar von diesem Agenturchef zu beschaffen, könnte ich das in Sachen Verwandtschaft mit dem Toten abgleichen.«

Die Tür öffnete sich, und Theo Prunk betrat das Besprechungszimmer. »Ich bin zu spät, sorry.«

»Vielleicht zupfe ich dem Mann mal an seinem Schnurrbart«, sagte Birgit und wandte sich zugleich dem Oberstaatsanwalt zu. »Als Strafe für deine Verspätung, Theo, ist der Kaffee alle.«

Mit einem süffisanten Grinsen schenkte sie sich selbst den letzten Rest aus der Kanne ein.

# 8

Ich glaube nicht, dass ich mich jemals so schnell für ein Outfit entschieden habe. Schwarzer Hosenanzug, ein eleganter Einteiler, vor einem Jahr gekauft, endlich Zeit, ihn einzuweihen. Türkise High Heels. Dazu die langen türkisen Ohrringe. Haare nach oben, eingerollte Banane, festgesteckt.

Fertig.

Ich sehe mein Spiegelbild im ersten großen Schaufenster der Shoppingmeile und gefalle mir.

Dieses Vorgehen sollte ich mir merken. Mich dreißig Minuten vor Beginn einer Veranstaltung spontan entschließen hinzugehen, zehn Minuten aufs Zurechtmachen verwenden, der Rest geht für die Anfahrt samt Parkplatzsuche drauf.

Vorn an der breiten Schiebetür ist noch kein Einlass. Geschlossen. Habe ich mich in der Zeit geirrt? Ich hebe meine Hand an die Stirn und gehe ganz nah an das Glas, damit ich den Innenbereich dahinter einsehen kann.

Einzelne Läden oder besser Boutiquen, die in zwei Halbkreisen angelegt sind. Dann ein lang gestreckter, breiter Gang, der nach hinten schmaler wird und sich zu gabeln scheint. Darüber ein Glasdach.

Um die Läden im Foyer herrscht bereits geschäftiges Treiben. Jede Menge Dekoration. Eine Bühne, auf der Musikinstrumente aufgestellt sind. Hektisch flitzen Leute herum. Anscheinend die letzten Vorbereitungen.

Ich bin auf jeden Fall am rechten Ort. Und mir fällt ein, dass ich ja an den Hintereingang kommen sollte. Typisch, mein vergessliches Hirn.

Ich wusste nicht mal, dass es diese edle Meile seit einem Jahr gibt.

Jedes der Schaufenster innen scheint eine eigene Farbgestaltung zu haben. Gold dominiert im ersten, gefolgt von Rot, Weiß, Blau und weit hinten Schwarz. Hier wird man sein Geld leicht los, wenn die Geschäfte im vollen Kundenbetrieb laufen. Für Mesdames jeglicher Couleur, und das Schaufenster rechter Hand ist auch für die Herren gemacht.

Hier an der Wilhelm-Sollmann-Straße würde man ein so nobles Shoppingcenter gar nicht vermuten. ›Colonia Elegante‹ eben. Der Name ist wohl Programm.

»1. Jubiläum – alles, was die exklusive Welt begehrt!«, steht auf einer Banderole, die sich von einem Ende des Glasdaches zum anderen zieht.

Da bin ich also.

Komischerweise war die Abwesenheit meines Vaters der Grund, warum ich aufgebrochen bin.

Wochenende, die Mädchen bei meinem Exmann, Jakob mit seinem Team am Arbeiten und ich allein mit Gerwald. Dachte ich.

Ich habe mir gewünscht, er möge zurück zu seiner Hilde fahren oder mit seiner Vielleicht-früheren-Geliebten Gerda Horst durchbrennen oder wenigstens einen Spaziergang auf den Mond machen, damit ich meine Ruhe habe.

Vormittags war er mit beim Einkaufen und nachmittags beim Kaffeetrinken im Garten. Um halb sechs sieht er auf sein neues Smartphone, springt hoch, murmelt etwas von einem Termin mit einem alten Studienkollegen, und weg ist er.

Zuerst bricht bei mir die Freude aus. Ich entspanne mich bei einem fünfminütigen Nickerchen, dann kommen mir wieder all meine Überlegungen in die Quere. Ich muss an Annika denken, immer wieder. Ich rekapituliere meinen ersten Termin bei »Madame et moi«. Ich nehme mir vor, auf keinen Fall heute zu meinem »Job« zu gehen, sondern zehn Minuten vor Beginn abzusagen.

Dann entscheide ich mich um. Ich wäre zu Hause wie auf Hummeln gesessen. Also, warum nicht losfahren?

Zwei Stunden habe ich eingeplant. Zwei Stunden, in denen ich mich umsehen, umhören und Annikas Begleiter kennenlernen kann. Dazu treffe ich auch noch diesen Belgier und seine Assistentin und wer weiß wen sonst noch. Öffentlich, nicht in einer dunklen Ecke oder in einem einsamen Hinterhof. Dazu ein Glas Prosecco und ein paar Häppchen, auf solchen Events gibt es immer leckeres Essen.

Wenn ich nach zwei Stunden nichts Relevantes herausbekommen habe, gehe ich. Sage einfach, ich muss zur Toilette, und verschwinde. Ist ja nicht so, dass ich einen Nebenjob brauche.

Es ist eine gute Entscheidung. Punkt. Eine mögliche Hilfe für das arme verschwundene Mädchen.

Was ist, wenn dieser Pasquale etwas mit Annikas Verschwinden zu tun hat?

Was, wenn der Kunde, bei dem ich heute einspringen soll, sie wie dieser Möwe ebenfalls verfolgt hat?

Dann wäre ich jedenfalls auf der richtigen Fährte.

Ich als Begleitdame von Herrn Gastius. Dem Geschäftsmann und Investor Tim Gastius. Diesmal habe ich den Mann im Internet gegoogelt, bin aber nicht wirklich fündig geworden. Zwar gibt es zu ihm Abertausende Links, doch keine wirklich relevanten Informationen. Ich weiß jetzt immerhin, wie er aussieht, dass er zweiundfünfzig ist, geschieden und einen Sohn aus dieser Ehe hat.

2002 hat er für den Stadtrat in Köln kandidiert und war eine Zeit lang politisch engagiert. In den letzten Jahren hat er mit der Planung und dem Bau von Erlebniswelten im Bereich des gehobenen Shoppings von sich reden gemacht hat. In Düsseldorf hat er vor drei Jahren eine Parfum-Galerie mit aus dem Boden gestampft und vor einem Jahr in Frechen bei einer Schuhmeile als Hauptinvestor agiert.

Schuhmeile, was es nicht alles gibt. Die werde ich mit meiner wahren Identität als Leocardia Kardiff tatsächlich bald aufsuchen, um mich neu einzudecken.

Eine Pleite hat Gastius vor Jahren mit einem seiner Projekte in Olpe erlebt, sich aber wieder davon erholt. Und so weiter.

Nichts Verdächtiges. Nichts Kriminelles.

Trotzdem.

Er hatte mit Annika zu tun.

Ob ihn Jakob bereits auf seiner Liste hat? Ob sein Team »Madame et moi« besucht hat? Ich würde ihn gern fragen, aber Jakob hat recht: Laufende Ermittlungen sollten zwischen uns nicht besprochen werden. Dass er sich als Mordermittler der Vermisstenfälle Annika und auch Dietrich Möwe angenommen hat, ist ja auf meine Initiative hin passiert. Aber wenn er wüsste, dass ich mich heute Abend einmische …

Langsam werde ich doch aufgeregt.

Ich fasse meine Handtasche fester.

Neben all dem Zeug, das ich immer mit mir rumschleppe und doch selten finde, habe ich ein Kältespray und einen Bein'schen Hebel da drinnen. Im Seitenfach, damit ich im Notfall nicht suchen muss.

Keine Ahnung, ob mir diese Dinge helfen könnten, aber ich wollte mich absichern. Falls ich in eine brenzlige Situation komme. Mal wieder.

Nein, das wird nicht geschehen. Nicht auf einer Gala in einem Shoppingcenter.

Aber besser vorsorgen, als sich hinterher ärgern.

Das Kältespray habe ich aus meinem Erste-Hilfe-Koffer genommen. Ich stelle mir vor, dass es eine ähnliche Wirkung haben könnte wie ein Pfefferspray. Der Bein'sche Hebel, den man zur Wurzelextraktion benutzt, lag auf meinem Schreibtisch zu Hause.

Zahnärzte und ihre kleinen Mitbringsel aus dem Arbeitsalltag.

Der Hebel hat Ähnlichkeit mit einem Schraubenzieher. Warum ich ihn aus der Praxis mit nach Hause genommen habe, weiß ich nicht mehr, aber jetzt steckt er in meiner Handtasche. Ich habe sogar überlegt, noch eines meiner Küchenmesser einzustecken, aber das schien mir doch übertrieben.

Ich gehe zwei Schritte zurück, denn in diesem Moment öffnet sich die Schiebetür.

Wow.

Jetzt kann ich das Foyer mit all seiner Dekopracht erst richtig sehen. Große Töpfe mit hochgewachsenen Pflanzen umrahmen den Eingangsbereich, der mit Luftballons und Girlanden geschmückt ist. Ein goldener Läufer ist am Boden ausgebreitet, der nun von zwei Männern auf den Gehsteig hinaus weiter ausgerollt wird. Andere Mitarbeiter stellen Ankündigungstafeln auf: »Colonia Elegante – Wir feiern ein Jahr Luxus«.

Klingt gut.

Hübsche Frauen in goldenen Kleidern, Models, nehme ich an, nehmen ihren Platz an der Schiebetür ein. Ihr Lächeln ist strahlend, es erinnert mich an die Bilder an den Wänden bei »Madame et moi«.

Als hätte es diesen Startschuss gebraucht, kommen Besucher. Eine Traube von Menschen bildet sich rasend schnell am Eingang. Die lächelnden Goldmädchen kontrollieren die Einladungskarten. Eben hält hinter mir eine Limousine am Bürgersteig. Ein Mann mit einem Fotoapparat kommt von der Seite dazu.

Es geht also los.

Ich muss endlich zum Hintereingang, und zwar schnell, denn ich bin in Verzug geraten. Wo ist der denn?

Ich quetsche mich an einer Gruppe vorbei und frage eines der Goldmädchen. Statt einer Antwort hebt sie die Hand und zeigt nach links zur Straßenecke, die in eine schmale Seitengasse führt. Vielleicht haben die Mädchen Sprechverbot und dürfen nur lächeln.

Ich tripple also los zum Ende des Gebäudes, biege um die Ecke. Backstage werde ich mich einschleusen wie ein Groupie einer Rockband.

Leo als Undercoveragentin.

Die eigentliche Begleitdame ist Doro Kastig. Ich muss auf den falschen Namen reagieren.

Neben der Aufregung beginne ich mich auf den Abend zu freuen. Es ist lange her, dass ich auf einem Event war. Schade nur, dass Jakob nicht hier ist. Wobei er dann ja wüsste, dass ich am Spionieren bin, und das könnte ihn sauer machen.

Der verflixte siebente Monat fällt mir ein. Wenn ich etwas herausfinde und es ihm erzähle, muss ich mich wie auf Glatteis bewegen, damit es keinen Streit zwischen uns gibt.

Ein gutes Stück weiter die Seitengasse entlang kann ich eine

Gruppe junger Leute sehen, von denen einer eine Gitarre umgehängt hat. Auch zwei Männer in meinem Alter in dunklen Anzügen, sie könnten Security sein.

Hier bin ich richtig.

»Die Gäste bitte zum vorderen Eingang.« Einer von der Security hält mich auf.

Mir wird schlagartig klar, dass ich weder eine Einladung noch eine Rückbestätigung von der Agentur habe. Ich bin ja kurzfristig eingesprungen. Am Ende komme ich gar nicht dazu, meine Neugierde auszuleben.

»Pardon, pardon, die Madame ge'ört zu uns.« Der riesige Bauch ist nicht zu übersehen.

Hercule Pasquale kommt auf mich zu. Auch er trägt einen schwarzen Anzug, der ihn aber nicht schlanker wirken lässt. Dazu eine rote Fliege. Er schwitzt enorm, ich kann sogar einen Schweißtropfen an der linken Spitze seines Schnurrbartes sehen.

An seiner Seite Tim Gastius. Ich erkenne ihn sofort von den Bildern aus dem Internet und muss sagen, in natura sieht er noch besser aus. Ein gepflegter großer Mann mit grauen Schläfen, aber ansonsten vollem dunkelbraunen Haar.

»Doro, schön, dass Sie 'ier sind.« Hercule Pasquale nimmt seine randlose Brille ab und lässt sie in seinem Sakko verschwinden. »Darf ich Sie beide bekannt machen. Tim Gastius. Doro Kastig.«

Jetzt erst bemerke ich, dass auch Gastius einen Sicherheitsmann an seiner Seite hat. Ein unscheinbarer, aber gut durchtrainierter Kerl, der wie ein Schatten einen Meter hinter ihm steht. Nur PR oder steckt mehr dahinter?

In einer Aufwallung meiner Phantasie sehe ich den Bodyguard von Gastius, wie er Annika, über die Schulter geworfen, aus ihrer Wohnung trägt.

Nein, Schluss damit. Ich muss neutral beobachten.

Tim Gastius reicht mir seine Hand, sein Händedruck ist kräftig. »Ich bin froh, dass ich heute Abend doch noch eine charmante Begleitung an meiner Seite habe. Solche Events übersteht man leichter, wenn man plaudern und sich austauschen kann.

Dass Annika heute nicht da sein kann, soll uns nicht davon abhalten, ein schönes Fest zu erleben.«

Ich hatte recht. Es ist Annika, für die ich heute einspringe.

Ich nicke und begrüße ihn ebenfalls. Wirklich eine Ahnung davon, was von mir an Konversation erwartet wird, habe ich nicht. Ich stelle es mir wie bei einem der Treffen unter Zahnärzten vor, wo jeder mit jedem Small Talk macht. Nur Zahnarztwitze werden heute Abend nicht erzählt werden.

Plötzlich rieche ich es.

Faule Eier.

Toter Fisch.

Verdorbenes.

Eine Gestankwelle erreicht meine Nase, zieht über meine Augen, setzt sich in meinen Geschmacksnerven fest.

Es kommt von ihm. Von Tim Gastius.

Seine Erscheinung und sein Charme gehen in einem extrem unangenehmen Mundgeruch unter. Bah! Ich beherrsche mich, zucke aber dennoch leicht zurück.

Der Gestank nach faulen Eiern hat mit den Schwefelverbindungen zu tun, die von den Bakterien in den Zahnzwischenräumen produziert werden.

Da ich nicht glaube, dass der Mann seine Mundhygiene vergessen hat, stelle ich im Blitztempo eine Diagnose: chronischer Mundgeruch, Halitosis. Schätzungen zufolge leidet jeder dritte Erwachsene in unterschiedlichen Schweregraden darunter. Selbst eine regelmäßige Mundhygiene kann dagegen nichts ausrichten. Es gibt eine Fülle von möglichen Ursachen, von einer Nierenerkrankung bis hin zu Essstörungen. Seine Mundhöhle sollte untersucht werden, und eine professionelle Spülung mit Zeolith-Klinoptilolith könnte helfen.

Wie gern würde ich ihm meine Karte geben, aber Dr. Kardiff ist auf diesem Event nicht anwesend, und Doro Kastig ist Hausfrau.

Obwohl ich meine Reaktion kontrollieren konnte, macht Tim Gastius einen Schritt zurück und lässt meine Hand los. Ich bin mir sicher, er kennt alle Arten von Reaktionen auf sein Leiden und ist es gewohnt, Abstand zu halten. Nicht so leicht für einen Geschäftsmann, der laufend mit Menschen zu tun hat.

Engagiert er deshalb für seine öffentlichen Auftritte eine Begleitung? Diskretion wird bei »Madame et moi« großgeschrieben. Wie hat Annika darauf reagiert?

»Lassen Sie uns 'ineinge'en.« Hercule Pasquale atmet schwer. »Es wird gleich der Startschuss gegeben, und dann steppt der Bär.«

Tim Gastius sieht mich an. Seine Freundlichkeit scheint verschwunden zu sein, wie Annika verschwunden ist.

»Also, Doro«, er überbetont meinen Namen, was mir komisch vorkommt, »ich und meine Geschäftspartner haben für heute keine Kosten und Mühen gescheut. Lassen Sie uns einen interessanten Abend verbringen. Wollen wir?«

Er hält mir seinen Arm hin, und ich hake mich unter. Wir betreten das Gebäude, gehen den Gang entlang bis zur Gabelung und erreichen das Foyer, das sich zu den Läden hin öffnet. In der Mitte ist eine Bühne aufgebaut, auf der bereits ein Schlagzeug, ein Keyboard und Mikrofone stehen. Links und rechts mannshohe Lautsprecher. Die Musiker überholen uns und steigen hinauf. Vorn an der Schiebetür strömen die Besucher herein. Die goldenen Mädchen laufen jetzt auch durch die Menge und verteilen Flyer. Über unseren Köpfen beginnen Lichter zu strahlen.

Alles und alle wirken nicht nur elegant, sondern auch fröhlich.

Doch am Arm des fremden Mannes fühle ich mich fremd und fehl am Platz.

Zwei Stunden.

# 9

Leo bemühte sich, den Abend doch noch zu genießen. Nach ihrem Einzug an Tim Gastius' Seite hatte er sich kurz entschuldigt und war von drei Herren in Beschlag genommen worden. Also stand Leo inmitten der Menge und beobachtete die Szenerie. Das bunte Treiben auf dem Jubiläumsfest nahm sie ein.

Nach drei erfreulich kurzen Ansprachen des Managers, einer Politikerin und des Sprechers der Ladenbesitzer zerschnitt eines der goldenen Mädchen symbolisch ein kurzes Band, das zwischen Mikrofon und Lautsprecher hing.

Kellner servierten Häppchen und Getränke, und die Band spielte gute Songs aus den achtziger und neunziger Jahren. Noch hatte keiner der Gäste den Tanz einzuleiten gewagt, aber die Melodien verlockten bereits zum Mitwippen und vereinzelten Hüftschwüngen. Es war übervoll auf der Gala, und immer noch quollen Besucher, aufgehübscht und in guter Stimmung, durch den vorderen Eingang.

Leo hatte den Eindruck, dass sich nur Frauen, die es im Lauf der Jahre zu einem sehr guten Einkommen gebracht oder reich geheiratet hatten, die eleganten Kleidungsstücke in den Schaufenstern der einzelnen Boutiquen leisten konnten. Soweit sie es neben Tim Gastius herstöckelnd überblicken konnte, zählte die Shoppingmeile zehn oder zwölf Läden. Ob jeder von ihnen Gewinn machen konnte? Doch »Colonia Elegante« schien erfolgreich zu laufen.

Der Lärmpegel im Foyer war gewaltig, und sie war ganz froh, dass sich Tim Gastius weiterhin mit Leuten, die ihn begrüßten, unterhalten musste, statt mit ihr Konversation zu führen. Sie wechselte das Spiel- zum Standbein und gab das schmückende Beiwerk.

Hin und wieder schüttelte auch ihr jemand die Hand oder wechselte unbedeutende Sätze mit ihr über das Event, die Mode, das Wetter und das schicke Leben im Allgemeinen. Hercule Pasquale war in der Menge verschwunden und hatte sich nicht mehr blicken lassen.

Als sich Vertreter der Presse ihnen näherten, um Fotos zu schießen, kam Bewegung in Leo. Sie duckte sich hinter den anderen weg. Nicht auszudenken, wenn Britti oder, noch schlimmer, Jakob sie in der Zeitung oder in einem Bericht im Netz entdeckte. Britti würde sie von sich aus auf keinen Fall etwas erzählen, und Jakob würde sie ihre Schnüffelei später beichten. Er hatte ohnehin viel um die Ohren.

Je mehr Zeit verging, desto unwahrscheinlicher wurde es, dass es Leo gelang, Tim Gastius oder Hercule Pasquale auszuquetschen. Die Gouvernanten-Assistentin Sylvia Junger hatte sich überhaupt noch nicht blicken lassen, und auch Stella hatte sich nicht zu erkennen gegeben. Dann würde sich Leo eben mit einem Abend zwischen Häppchen und Musik begnügen.

Vielleicht sogar besser so.

»Es tut mir leid, Doro, dass ich mich nicht gleich um Sie kümmern konnte.« Tim Gastius war mit einem Mal wieder an Leos Seite.

Er nahm ihre Hand und führte sie an die Auslage einer der Boutiquen. Die Puppen im Schaufenster trugen ausschließlich rote Gewänder. Ein Kellner folgte ihnen, und Gastius nahm zwei Gläser Sekt vom Tablett, reichte eines Leo.

»Aber langsam legt sich der erste Ansturm, und wir können uns ein wenig kennenlernen. Wer weiß, vielleicht haben wir in Zukunft öfter miteinander zu tun.«

Leo stutzte. Sofort war ihr Interesse geweckt. Was meinte der Mann damit? Dass er nicht mit Annikas Rückkehr rechnete? Oder konnte es sein, dass er nichts von ihrem Verschwinden wusste? Unglaubwürdig, denn die Medien hatten inzwischen laufend darüber berichtet.

Wegen des Lärms hatte sich Tim Gastius nahe zu Leo hingebeugt. Sein Mundgeruch stieg ihr in die Nase und machte sie für ein paar Sekunden sprachlos. Eine Mischung aus leichtem Ekel und Mitleid erfasste sie. Der Mann war gut aussehend, erfolgreich und musste sich mit einem derart unangenehmen Leiden herumschlagen. Wie erging es anderen, die Umgang mit ihm hatten? Keiner seiner Gesprächspartner war vorhin vor Gastius zurückgezuckt, vielleicht waren sie auf seine Ausdünstung bereits vorbereitet.

Sie begann automatisch durch den Mund zu atmen.

»Gefällt es Ihnen, Doro?«

Leo trank einen Schluck. »Es ist toll. Ich hätte nicht gedacht, dass so viele Menschen hier sein werden. Ein richtiges Spektakel.«

»Das ist nur die erste Etappe nach einem Jahr. Wir hoffen alle, dass sich die Geschäftsidee weiter als Erfolgsgeschichte entpuppt und sich die Investitionen lohnen werden.«

»Mich würde interessieren, wie viel Geld man einbringen muss, um hier mitzumischen?«

Gastius lachte. Sein Gebiss sah in Ordnung aus, es musste also einen anderen Grund für seine Halitosis geben. Leo konnte nicht anders, als den Mann wie einen möglichen Patienten zu betrachten.

»Natürlich hat die Stadt Köln einen Großteil dazu beigetragen, dass wir die Meile errichten konnten. Wenn Sie aber etwas Extra-Geld übrig haben, nehme ich Sie gern in die Runde auf. Dazu ist weniger nötig, als Sie vermuten. Hätten Sie Lust zu investieren, Doro?«

Wieder bemerkte Leo den Unterton, mit dem er ihren Alias-Namen aussprach.

»Ich bin doch nur eine Hausfrau.«

»Also verheiratet.«

»Kann man so sagen.«

»Sie tragen keinen Ehering?«

»Hätte ich unpassend gefunden.«

»Was macht Ihr Mann?«

»Macht in Immobilien.«

Was für einen Blödsinn redete sie da? Wenn ihr Mann »in Immobilien machte«, warum war sie dann hier, um sich in einem Nebenjob Geld zu verdienen? Außerdem brauchte Tim Gastius nur sein iPhone zu nehmen und nach einem Herrn Kastig, Immobilienmakler, zu googeln. Sie hätte sich eine bessere Geschichte, eine plausibel klingende falsche Vita zurechtlegen sollen, doch dafür war es nun zu spät.

»Er ist Angestellter in einem Immobilienbüro.«

»Welchem?«

Tim Gastius' Fragen glichen mehr einem Verhör.

»Ähm, Huberta-Immo. Nicht in Köln, sondern in Frankfurt. Er pendelt.«

Ihren zweiten Vornamen für die Schwindelei zu verwenden war auch nicht geschickt. Leo war keine gute Lügnerin.

»Interessant, Doro. Ich bin oft in Frankfurt.«

Auch das noch.

Eine weibliche Bedienung ging vorbei, und Leo schnappte sich eines der Häppchen. Mit vollem Mund zu reden war unhöflich. Sie kaute langsam. Tim Gastius hob ihr sein Glas entgegen.

»Dann prost. Hercule hat mir gesagt, dass Sie heute Ihr Debüt geben, Doro. Wie sind Sie auf die Idee gekommen, sich bei ›Madame et moi‹ zu bewerben?«

Leo schluckte. Es wurde Zeit, den Spieß umzudrehen.

»Ich bin für Annika eingesprungen. Annika Trautmann. Die wollten Sie doch heute Abend an Ihrer Seite haben, Herr Gastius?«

In seinem Gesicht bewegte sich nichts. Leo hätte nicht sagen können, ob ihn ihre Gegenfrage überrascht hatte.

»Ja, Annika. Ich habe mich an das Mädchen gewöhnt. Angenehm, hübsch, klug und wunderbar diskret. Wenn ich ehrlich bin, scheinen Sie das genaue Gegenteil zu sein.«

»Wie bitte?« Wollte er sie jetzt beleidigen?

»Verzeihen Sie, das kam falsch rüber. Sie sind natürlich eine attraktive Frau, scheinen auch sehr gebildet zu sein, aber Sie sind älter als Annika. Von Ihrer beider Aussehen her wäre Annika Schneewittchen und Sie Dornröschen.«

Er lachte erneut, und der Schwall Schwefelatem erwischte Leo, die für ein paar Sekunden doch wieder durch die Nase Luft geholt hatte. Sie konnte förmlich spüren, wie sich ihr gesamtes Gesicht zusammenzog, als hätte sie in eine Zitrone gebissen.

Tim Gastius legte seinen Kopf schief. Diesmal war ihm Leos Reaktion nicht entgangen. »Ich lebe seit Jahrzehnten damit. Sie brauchen es nur heute Abend auszuhalten.«

»Damit muss man nicht leben.« Leo konnte nicht anders. »Zumindest nicht in dieser krassen Form, Herr Gastius. Da ich davon ausgehe, dass Sie es mit Ihrer Mundhygiene genau nehmen, würde ich Ihnen raten, sich gründlich durchchecken zu lassen. Eine Tour vom Internisten bis zum Hals-Nasen-Ohren-Arzt. Es gibt einige mögliche Krankheiten, die Halitosis bedingen können, selbst Diabetes ist denkbar. Ist von Ihrem Zahnarzt die Gesamtkonzentration der Schwefelverbindungen in der Mundhöhle gemessen worden?«

Tim Gastius zuckte zurück. »Was für eine Frage! Ich hasse Zahnärzte.«

Die Aussage schlug bei Leo ein. »Sie tun was?«

»Ich hasse Zahnärzte. Geldgierige Ratten, die das sinkende Schiff verlassen, wenn sie die Leidenden abgezockt haben. Tausende Euro habe ich investiert. Mein Geld genommen haben sie, aber dann folgte nur ein Schulterzucken und das Unwort des Jahrhunderts: austherapiert. Schande über dieses Geschmeiß.« Seine Stimme war beißend scharf geworden und passte sich seinem Atem an.

Diese Behauptungen konnte sie nicht auf sich und ihrer Kollegenschaft sitzen lassen. »Da muss ich Ihnen absolut widersprechen. Es gibt allein in Köln wunderbare Praxen und schwer arbeitende Zahnärzte, die oft auch ihre Freizeit opfern, um Schmerzpatienten zu behandeln.«

»Waren Sie mal Zahnärztin, bevor Sie Hausfrau wurden?«

Seine ätzende Art ließ das ganze bunte Treiben um Leo herum verblassen. »Mein Mann ist einer.«

»Ich dachte, Ihr Mann wäre Immobilienmakler in Frankfurt.«

Sie schwankte und trank ihr Glas in einem Zug leer. Wenn sie diesen Abend überstanden hatte, würde sie sich selbst eine Trophäe als schlechteste Undercoveragentin der Welt übergeben.

»Mein erster Mann. Ich bin bereits geschieden.«

Der Manager der Shoppingmeile unterbrach ihr Gespräch. Er flüsterte Gastius etwas ins Ohr, und Leo hatte Zeit, sich wieder etwas zu fassen. Sie konnte sich nicht vorstellen, warum Annika oder überhaupt eine Frau oder auch ein Mann einen solchen Begleitjob freiwillig machen wollte. Man konnte im Vorhinein doch nie wissen, an wen man geraten würde.

Der Abend war gelaufen.

Die Musik kam ihr jetzt zu laut vor, das Häppchen hatte nicht geschmeckt, und ihre Stimmung war endgültig auf dem Nullpunkt. Sobald sie sich von Gastius entfernen konnte, würde sie die Veranstaltung einfach verlassen. Ohne Gruß, leider auch ohne Informationen.

Am besten, sie entschuldigte sich, um auf die Toilette zu gehen. Das war immerhin die Wahrheit. Sie musste tatsächlich.

»Na, wie finden Sie es?« Der Manager sprach sie an.

Leo bemühte sich, ihn breit anzulächeln. »Sehr schön. So bunt. Könnten Sie mir bitte sagen, wo die Toiletten sind?«

Er hob seinen Zeigefinger. »Wenn Sie an der Bühne vorbeigehen, weiter nach hinten. Da geht jeweils links und rechts ein schmaler Seitengang ab. Männlein und Weiblein durch die Passage getrennt, also keine dummen Ideen.« Er grinste, und Leo konnte förmlich spüren, wie ihr Lächeln einfror.

»Danke, ich werde es finden.«

»Mein Tipp: Gehen Sie trotzdem zu den Herren. Bei den Damen müssen Sie mindestens eine halbe Stunde anstehen, und bei uns ist alles frei. Wenn Sie reinkommen, gleich rechtsherum, dann umgehen Sie die offenen Pissoirs.«

»Danke schön.« Ihr Lächeln wurde immer angestrengter.

Im Wegdrehen fühlte sie die Hand des Managers über ihren Rücken streifen. Das war es endgültig. Nichts wie raus.

»Ich entschuldige mich für vorhin.« Tim Gastius hielt sie jetzt zurück. »Manchmal geht es mit mir durch.«

»Schon gut.«

»Annika war in der Hinsicht wundervoll. Sie hat es mich nie spüren lassen. Deshalb hatte ich sie gern an meiner Seite.«

Leos Begleiter hatte eben in der Vergangenheitsform von der

Studentin geredet. Spontan beschloss sie, ihren Abgang doch noch hinauszuschieben. »Sie wissen, dass sie vermisst wird?«

Wieder überraschte sie seine Reaktion. Seine Augen wurden mit einem Mal feucht. Er sah zu Boden. »Es ist schrecklich. Ich verfolge die Suche in den Medien. Je länger, desto grausiger.«

»Ja, das stimmt. Je mehr Zeit vergeht, desto schlimmer wird es. Ihre Eltern und Freunde leiden sicher unfassbar.«

»Ich leide auch, das können Sie mir glauben.«

Leo kam von sich aus ganz nahe an den Mann heran. Seinen Atem würde sie aushalten. Wusste er etwas? »Ich glaube, am Schrecklichsten ist es für Annika, oder?«

»Das arme Ding. Keiner von uns hat das gewollt.«

Jetzt, jetzt hatte Leo einen Punkt erreicht, an dem es spannend wurde. »Was gewollt? Was ist passiert? Haben Sie mit der Polizei darüber geredet?«

Tim Gastius blinzelte. Der Augenblick war vorbei. »Warum sollte ich mit der Polizei reden? Ich kannte sie von den Abenden, an denen ich sie als Begleitung engagiert habe, mehr nicht. Tragisch, die Sache. Hoffen wir, dass sie bald zurückkommt.«

Er entfernte sich einen Schritt von Leo und sah sich in der Menge nach einem neuen Gesprächspartner um. »Soll ich Ihnen ein volles Glas holen, Doro?«

Leo überlegte. Es war anzunehmen, dass es keinen weiteren schwachen Moment mehr bei Tim Gastius geben würde. Trotzdem hatte sich ihr Kommen doch noch gelohnt. Für sie gab es keinen Zweifel mehr, dass er mehr über das Verschwinden von Annika wusste. Sie würde nach Hause fahren und bei nächster Gelegenheit Jakob reinen Wein einschenken. Er konnte dann offiziell ermitteln und den Mann in die Zange nehmen.

»Ja, gern, das wäre sehr nett. Ich gehe mal schnell für kleine Mädchen.«

»Lassen Sie sich Zeit, der Abend ist noch lang.«

Für mich nicht, dachte Leo.

Sie irrte sich gewaltig.

# 10

Die Screwball-Komödie wird häufig auch als Beziehungskomödie tituliert und ist eine spezielle Form des Unterhaltungsfilms.

Das Wort Screwball stammt ursprünglich aus dem Baseballsport und ist die Bezeichnung für einen angeschnittenen Ball, dessen Flugbahn einfach unberechenbar ist. Im englischen Slang betitelt Screwball eine Person mit eigenartigen und skurrilen Angewohnheiten und Verhaltensweisen.

Thematisiert werden in solchen Filmen oder auch Theaterstücken oft Gegensätze, wie die zwischen Mann und Frau, und die daraus folgenden Konflikte. Viele Figuren in diesen Komödien fallen durch ihr schrulliges, temperamentvolles, kindliches oder exzentrisches Verhalten auf.

Es kommt zu Geheimnissen oder Missverständnissen zwischen den einzelnen Protagonisten, die sich im Verlauf der Handlung zuspitzen und erweitern. Oft laufen in den Szenenwechseln innerhalb einer kurzen Zeitspanne an ein und demselben Ort mehrere Handlungsstränge nebeneinander und führen zu weiteren Verwicklungen.

Ort: einjährige Jubiläumsgala in der Shoppingmeile »Colonia Elegante«
Zeit: zwischen zwanzig und einundzwanzig Uhr

Szene 1: Britti und Olaf entdecken Leo.

*»Dr. Leo?«*

*Brittis helle Stimme ließ Leo auf ihrem Rückzug herumwirbeln. Sie war noch nicht mal bis zur Band gekommen.*

*»Britti?« Leo fühlte sich auf der Stelle ertappt und begann nicht das erste Mal, ihre Entscheidung, auf die Gala zu gehen, zu bereuen. »Was machen Sie denn hier, Britti? Ich dachte, es ist nur für geladene Gäste.«*

*Britti Poster zog beleidigt die Nase kraus, während eine Röte ihre Wangen hochzog. Die Farbe passte zu ihrem engen pinken Minikleid. Sie zog das bisschen Stoff über ihre Oberschenkel, zupfte am Saum. Auf die kürzere Seite ihres asymmetrischen Haarschnittes hatte sie einen rosa Stern gesteckt.*

*»Wir haben eine Einladung.« Sie hob die Hand zu einem Winken. »Guck mal, Olaf, wer auch hier ist.«*

*Von der linken Seite war Olaf Jansen an Leo herangetreten. Er trug zu seiner Jeans ein helles Sakko und eine Fliege und sah unverschämt smart aus. »Dr. Kardiff, mit Ihnen hätten wir nicht gerechnet. Sind Sie mit Ihrem Freund hier?«*

*Zwei Gedankenstränge sprinteten zur gleichen Zeit in Leos Hirn los.*

*Erster: wieder Olaf Jansen und Britti. Die beiden mussten ein Verhältnis haben. Leo erinnerte sich, wie oft Britti in der letzten Zeit mit ihr hatte reden wollen, und sie war sich mit einem Mal sicher, dass es darum ging. Ein Verhältnis zweier ihrer Angestellten konnte zu Konflikten führen.*

*In einem Konflikt befand sie sich allerdings auch. Denn, zweiter Gedanke, wenn die Plaudertasche Britti Leo hier mit Tim Gastius erwischte, wusste am Montag die gesamte Praxismannschaft davon.*

*»Ich bin mit meinem Vater unterwegs.« Etwas Besseres fiel Leo nicht ein.*

*Britti sah sie an, als hätte sie das Ungeheuer von Loch Ness erwähnt. »Dr. Hubertus ist auch hier? Unmöglich. Wo denn, bitte schön?«*

*Leo hätte Britti in diesem Augenblick gern fristlos entlassen, um ihre Aufmerksamkeit in eine andere Richtung zu lenken.*

*»Dann könnten wir doch alle hier einen Prosecco miteinander trinken«, fügte Olaf Jansen hinzu.*

*Und in genau diesem Moment zeigte sich Tim Gastius und reichte Leo ein volles Glas. »Haben Sie sonst alles? Ich brauche noch eine Sekunde, dann stehe ich Ihnen wieder ganz zur Verfügung, meine Liebe.«*

*Die Menge verschluckte ihn, aber Britti und Olaf war der*

*Schock deutlich anzusehen. Ein perfektes Katastrophentiming, es passte zu Leo und dem Abend.*

*Am liebsten hätte sie sich eine Selbstohrfeige gegeben, damit sie nicht in Panik ausbrach. Sie beherrschte sich nur mit Mühe. Das Beste war, sie tat so, als hätte es die letzten dreißig Sekunden nicht gegeben. »Ja, das machen wir. Später. Ich muss nach Gerwald suchen. Sie wissen ja, wie leicht sich alte Männer verirren können.«*

*Jetzt zeigte sich auf den Gesichtern ihrer Angestellten pures Erstaunen. Leo beschloss, einen harten Schnitt zu machen. Schwindeleien waren nicht ihr Ding, das hatten ihr die letzten Tage und Stunden eindrucksvoll gezeigt.*

*»Wir sehen uns.«*

*Es wurde höchste Zeit zu verschwinden. Sie drückte Olaf das Sektglas in die Hand, drehte sich demonstrativ um und quetschte sich mitten in eine Runde feiernder älterer Damen.*

Szene 2: Birgit und Jakob treffen ein.

*Birgit und Jakob kamen durch den Vordereingang.*

*Eines von zwei golden gekleideten Mädchen, die die Schiebetür den ganzen Abend über flankierten, drückte Birgit einen Shopping-Guide in die Hand. »Darf ich bitte auch Ihre Einladung sehen?«*

*Birgit zückte ihren Ausweis.*

*»Oh«, sagte das Mädchen, und kaum waren die Ermittler an ihr vorbei, begann sie mit dem zweiten zu tuscheln.*

*»Ich bin die falsche Zielgruppe.« Birgit sah sich nach einem Mülleimer für den Prospekt um. »Schau dir die Kleider auf den Puppen an, Jakob, da kommt mir das Gruseln.«*

*»In mir steigt das Grauen bei solchen Massenaufläufen hoch.«*

*Die Band stimmte eben »Y.M.C.A.« an. Neben einem der Dekorationsfenster begann eine Vierergruppe enthusiastisch zu tanzen.*

*»Gott, das erinnert mich an meine Discozeiten.«*

*»Du hattest Discozeiten, Jakob?«*

*»Mein Stehblues kam immer gut bei den Fräuleins an.«*

*»Fräuleins? Wenn du nicht so gut aussehen würdest, wärst du Dauersingle.«*

*»Bin ich doch.«*

*Birgit zog eine Augenbraue hoch. In der Sekunde fiel Jakob sein Fauxpas auf.*

*»War ich doch, meine ich. Jetzt nicht mehr. Aber wir sind hier nicht zum Vergnügen. Wir trennen uns.«*

*»Der klassische Satz in Horrorfilmen.«*

*»Die Musik ist Horror genug.«*

Szene 3: Nina Mandelbach erkennt ihre Zahnärztin Dr. Kardiff.

*»Frau Dr. Kardiff?«*

*Leo sah sich verärgert um. Waren ihr Britti und Olaf auf den Fersen geblieben?*

*Doch hinter ihr stand eine Frau mit feuerroten Haaren, die sie zu einer Turmfrisur hochgesteckt hatte. Leo erkannte sie sofort, ohne dass sie sich an den Namen erinnern konnte. Neulich im Behandlungszimmer hatte sie die Zähne hinter diesen ebenfalls knallrot geschminkten Lippen begutachtet.*

*Nach Britti und Olaf folgte also auch noch das Zusammentreffen mit einer Patientin, die Leo und ihre Profession kannte. Mehr Pech ging nicht.*

*Die Rothaarige freute sich indes riesig. »Nina Mandelbach. Ich bin Patientin bei Ihnen. Wie großartig, Sie einmal weit entfernt von Bohrern und Spritzen zu treffen.«*

*Vor Leos innerem Auge tauchte aufs Stichwort eine dieser Spritzen auf. In Großaufnahme. Wie so oft, wenn sie sich unter Druck fühlte. Waren ihr denn von ihren Angestellten bis zu ihren Patienten alle hierher gefolgt, um sie vorzuführen?*

*Nein, sie wollte keinen Verfolgungswahn aufkommen lassen. Noch dazu war Nina Mandelbach eine Leidensgenossin, was die Angst vor Spritzen anging, sie erinnerte sich. Sie atmete durch und versuchte das Bild der Spritze in ihrem Kopf weit nach hinten zu schieben. Jetzt ging es ihr besser, nur kein Rückfall.*

*Nina Mandelbach schüttelte enthusiastisch Leos Hand. »Wie schön die Deko ist, und erst die Klamotten. Ich werde mich demnächst in einer der Boutiquen einkleiden. Oder in mehreren. Was kostet schon die Welt? Die Band spielt ja auch so super. Finden Sie nicht auch, Frau Doktor? Sind Sie allein hier?«*

*In dem Moment fiel bei Leo der Groschen, nein, er stürzte in die Tiefe, raste nach unten in einen unendlich tiefen Brunnenschacht.*

*Vor ihr stand genau die Patientin, die einige Zeit bei »Madame et moi« gejobbt hatte, bevor der Lottogewinn kam. Leo hatte sich bei ihrem Termin dort auf die Frau berufen. Auch das noch. Sie kannte Hercule Pasquale und Sylvia Junger, vielleicht sogar Tim Gastius. Sie wusste, dass Leo nicht Doro Kastig war.*

*Aufgeflogen war sie, enttarnt, wie es in der Agentensprache hieß.*

*Hatte sie vorhin schon verschwinden wollen, so musste Leo jetzt sofort fliehen. Sie konnte nicht mehr anders und schlug sich auf die Wange.*

*»Alles in Ordnung mit Ihnen, Frau Dr. Kardiff?«*

*»Alles bestens. Ich muss, Frau Mandelbach. Mein Mann und mein Sohn warten auf mich. Seit einer Ewigkeit.«*

*Wenn man einmal mit dem Lügen anfing.*

Szene 4: Hercule Pasquale und Sylvia Junger begegnen Nina Mandelbach.

*Hercule Pasquale schwitzte, und ihm schwindelte. Er lehnte sich nach Luft schnappend an den Rand eines der Schaufenster.*

*»Wie oft muss ich dich noch zu einer Diät ermuntern?« Neben ihm stand Sylvia Junger, die vor zehn Minuten eingetroffen war. Sie trug eine hochgeschlossene Bluse und einen grünen langen Rock, und ihr Dutt verstärkte die Strenge ihrer Erscheinung.*

*»Sylvia, bei mir ist Hopfen und Malz verloren. Ich werde die nächste Woche nicht mehr erleben.«*

*»Reiß dich zusammen, ich bitte dich. Alles läuft, alles ist in Ordnung.«*

*»Aber die Polizei hat bei Stella in der Agentur angerufen. Hast du mir nicht zugehört?«*

*»Das habe ich. So läuft es bei Ermittlungen. Sie müssen doch nach Annika suchen. Es hat keine Bedeutung, glaub mir. Routine für die Beamten.«*

*»Ich weiß nicht, ich habe ein schlechtes Gefühl.«*

*»Das hast du immer. Auch das ist bedeutungslos. Ist denn die Neue gekommen? Stella hat gesagt, sie hätte immer noch keinen ausgefüllten Formularbogen von ihr.«*

*»Ja, sie ist da. Tolle Frau. Die könnten wir vielseitig einsetzen. Ich habe sie Gastius bereits vorgestellt.«*

*Eine Frau mit feuerroten Haaren gesellte sich zu den beiden. »Hallo, ihr zwei! Wusste ich doch, dass ich euch noch treffe. Ist Stella auch mit von der Partie?«*

*Sylvia Junger streckte ihre Arme aus. »Nina. Wie schön, dich zu sehen. Stella kommt nach, sie ist noch im Büro, macht Überstunden, damit Hercule ärmer wird.«*

*»Was ist mit dir, Hercule? Du siehst total blass aus. Ich wollte an die Bar. Kommt ihr mit?«*

*Hercule Pasquale richtete sich auf. »Mais oui, ein Schluck könnte meinen Kreislauf in Schwung bringen. Außerdem muss ich was essen. Ich freue mich auch, dich zu se'en, Nina. Es ist immer noch schade, dass du nicht mehr für uns arbeitest. Quel dommage!«*

*»Ja und nein. Manchmal habt ihr mich schon mit schrägen Typen zusammengebracht. Ehrlich.«*

*Die drei lachten.*

*»Apropos. Eben habe ich meine Zahnärztin getroffen. Die ist auch ein etwas komischer Vogel im Privaten. Dahinten, guckt, da stöckelt sie.« Nina Mandelbach zeigte Richtung Toiletten.*

*Sylvia Junger und Hercule Pasquale drehten ihre Köpfe in die angegebene Richtung.*

*Drei Sekunden später hatte Hercule Pasquale tatsächlich das Gefühl, gestorben und im Fegefeuer gelandet zu sein.*

Szene 5: Leo läuft Birgit in die Arme.

*Oh mein Gott!*

*Himmel, ich falle gleich um.*

*Eine Ohnmacht wäre eine gute Option. Oder ein Feueralarm. Oder ein Erdbeben.*

*Alles ist mir recht.*

*Alles, nur das nicht.*

*Birgit von Zeh.*

*Jakobs Kollegin.*

*Ich bin quasi in sie hineingerannt. Von all den Gästen auf der Gala treffe ich ausgerechnet auf sie.*

*Wie? Warum? Was? Mir gehen die Fragezeichen aus.*

*Sie sieht mich an, als wäre ich eine Erscheinung.*

*Ich sie auch.*

*Wenn sie hier ist, dann heißt es doch, dass Jakob … Weiter kann ich nicht denken.*

*Wenn sich der Boden auftun und mich verschlingen könnte, wäre jetzt der passende Moment.*

Und hier noch weitere wichtige Ereignisse an diesem turbulenten Screwball-Abend zusammengefasst:

*Leo und Jakob begegneten sich nicht.*

*Birgit verriet Jakob auch nicht, dass sie auf seine Freundin gestoßen war. Sie erwähnte aber Leo gegenüber, dass Dietrich Möwe tot sei, da sie annahm, dass Leo es bereits von Jakob wusste.*

*Stella erschien fünf Minuten nach dem Zusammentreffen von Sylvia Junger und Hercule Pasquale mit Nina Mandelbach auf der Gala.*

*Tim Gastius, auf der Suche nach Leo, wurde fast von Hercule Pasquale niedergerannt, der ihn dringend sprechen musste.*

*Jakob, inmitten der Besuchermenge, musste an Leo denken, als die Band »Verdammt, ich lieb dich« anstimmte.*

# 11

Leo stöckelte die Shoppingmeile entlang, an der Bühne vorbei Richtung Hinterausgang, durch den sie hereingekommen war.

Dreimal drehte sie sich hektisch um und war sich sicher, dass Jakob sie in der Menge gesehen oder doch über Birgit Bescheid bekommen hatte und bereits hinter ihr hergerannt kam. Er würde sofort wissen, dass sie nicht wegen der Boutiquen und der Mode hier war, sondern um ihrer unstillbaren Neugierde nachzugehen.

Ihre Fußsohlen brannten, und ihre Zehen schmerzten. Wie schon so oft schwor sie sich, beim nächsten Mal flache Schuhe anzuziehen.

Sie kam an der Stelle vorbei, an der nach links und rechts je ein kurzer Gang zu den Toiletten abging. Darüber Schilder, einmal mit einer abgebildeten Venus, gegenüberliegend ein Abbild von David. Die Schlange bei den Frauen begann bereits vor der Ecke, der Andrang war wie bei jedem Event, Theaterabend oder Konzert riesig. Leo schätzte die Wartezeit auf mindestens zwanzig Minuten.

Am besten wäre es, sie würde weiterlaufen, zurück zu der Gabelung, hinaus ins Freie und dann zu ihrem Wagen. Sie musste nach Hause, nach der Begegnung mit Birgit von Zeh umso mehr. Doch der Druck in ihrer Blase nahm mit jeder Sekunde zu, sie hatte das Gefühl, es nicht einmal bis zum Hinterausgang zu schaffen.

Das kurze Gespräch mit Jakobs Kollegin hatte Leo erschüttert. Auch Birgits Überraschung war augenscheinlich riesig gewesen.

»Dr. Kardiff? Jakob hat nicht erwähnt, dass Sie auch hier sind.«

Aus einem spontanen Entschluss heraus hatte Leo Birgit sofort reinen Wein eingeschenkt.

»Jakob weiß nicht, dass ich hier bin, Frau von Zeh. Ich bin

in Begleitung von Tim Gastius unterwegs, das ist der Hauptinvestor für diesen Laden hier oder so, aber es ist nicht, was Sie vielleicht jetzt denken mögen. Die Geschichte ist lang, und eigentlich bin ich auch schon wieder weg. Ich werde es Jakob erzählen, versprochen, aber nicht heute Abend.«

»Ihre Geschichte mit Jakob geht mich nichts an, solange Sie sich nicht in unsere Mordermittlung um Dietrich Möwe einmischen. Ja?«

Der Schock war Leo von den Zehen aufwärts durch ihren ganzen Körper gefahren. Sie hatte ihren Mund geöffnet, um zu antworten, aber im nächsten Moment waren sie von einer Gruppe tanzender Leute unterbrochen worden. Leo hatte diese Chance genutzt, Birgit zugewunken und sich aus dem Staub gemacht.

Dietrich Möwe war also tot.

Leo wurde klar, dass Jakob aus diesem Grund gestern in ihre Praxis gekommen war. Wegen der Hektik und ihrer Aufgewühltheit aufgrund des falschen Zahnes und ihres Vaters hatte er ihr nichts davon erzählt. Birgit von Zeh jedenfalls war davon ausgegangen, dass Leo bereits Bescheid wusste.

Sie fühlte sich wie in Watte. Ein Mord. Wieder war ein Mord geschehen, und sie hatte Anteil. Zumindest hatte sie das Opfer kurz kennengelernt. Und Annika? Was war mit ihr? War sie auch tot?

Davor schob sich eine weitere wichtige Frage: Warum waren Jakob und Birgit hier und jetzt aufgetaucht?

Es konnte wegen Hercule Pasquale und seiner Agentur sein. Oder die Ermittler hatten auch Tim Gastius ins Visier genommen. Genauso gut mochte jemand auf der Gala sein, den Leo nicht kannte, der aber in den Radius der Kriminalpolizei gekommen war.

Überlegungen, zu denen es keine schlüssigen Erklärungen gab, Fragen und keine Antwort in Sicht.

Dazu hatte Leo das Geständnis vor sich, sie musste Jakob beichten, dass sie hier gewesen war und sich davongemacht hatte wie ein Dieb. Nicht heute Nacht. Auf gar keinen Fall wollte sie Jakob heute Nacht unter die Augen treten.

Nur zurück ins traute Heim und die tausend Gedanken aussperren, ins Bett, Decke übern Kopf.

Ihre Blase klopfte. Die Schlange bei den Mädchen hatte sich um zwei weitere Damen verlängert. Auf der anderen Seite war kein Mensch zu sehen, also kein Mann, der sich seinerseits hätte einreihen müssen.

Der Tipp, nach rechts zu gehen und dort eine der Kabinen zu benutzen, erschien goldrichtig. Sie sah sich noch einmal um, hinter ihr war niemand, dann nahm sie kurzerhand den rechten Weg.

Als kleine Vorsichtsmaßnahme klopfte sie an der Herrentoilette an. Keine Antwort von drinnen. Sie machte die Schwingtür auf und sah sich hektisch um. Auf der einen Seite das Urinal, auf der anderen zwei Handwaschbecken, um eine Ecke ging es zu den Kabinen.

Drei gab es dort. Die erste war nicht zu gebrauchen, die Tür fehlte komplett, nur der Rahmen war da, ein Klo mit Aussicht, konnte man sagen.

Leo wunderte sich, wie edel und teuer die Passage und die Läden aufgezogen waren und wie mickrig die Toilettenanlage. Ganz nach dem Motto »Außen hui, innen pfui«. Sie schlüpfte in die mittlere Kabine. Wenigstens war alles sauber. Drei Rollen Toilettenpapier stapelten sich auf einer Ablage übereinander. Sie schloss hinter sich ab.

Sie wollte sich beeilen. Jetzt zeigte sich allerdings die Tücke von Leos schickem einteiligen Hosenanzug. Sie konnte ihn nur seitlich öffnen, musste dann das Oberteil herunterziehen, um mit den Hosen weiterzukommen. Beim Herausziehen ihrer Arme schlug sie sich den Ellbogen an der Wand an und stieß einen leisen Fluch aus. Die Handtasche war im Weg, und sie versuchte, sie an der Türklinke aufzuhängen. In dem Moment löste sich die Verriegelung, und die Tür ging einen Spalt auf.

Ihr nächster Fluch war lauter.

Oben nur noch mit BH bekleidet, machte sie einen nächsten Versuch. Sie drehte am Schloss, drückte die Klinke, es hielt nicht. Nach zwei weiteren fruchtlosen Anläufen musste sie sich eingestehen, dass diese Verriegelung defekt war. Auch das noch.

Die rasante Talfahrt schien an diesem Abend kein Ende zu nehmen.

Sie schloss den Toilettendeckel, legte die Handtasche darauf ab und begann das Oberteil wieder nach oben zu ziehen. Ein Wechsel in die dritte Kabine musste sein.

»Da heißt es immer, nur die Weiber würden zu zweit auf Toilette gehen.« Eine dunkle Stimme, der ein Lachen folgte.

Automatisch schlug Leo die Hand auf die Backe.

Weitere Besucher auf der Herrentoilette und, klar zu erkennen, nicht etwa weitere Damen, die wie Leo der Schlange auf der anderen Seite entkommen wollten. Leo entschloss sich zu warten, bis die Männer fertig waren.

»Ich werde mich jetzt ziemlich rasch verkrümeln, Tim.« Eine zweite Stimme.

Leo stutzte. War etwa Tim Gastius gemeint? Sie atmete flach, versuchte, kein Geräusch zu machen, und lauschte.

»Du wirkst aufgelöst. Als würdest du gleich in Ohnmacht fallen. Was gibt es so Dringendes?«

Ja, es war die Stimme des Mannes, den sie als Doro Kastig durch den Abend begleitete.

»Ich wollte dir gleich Bescheid geben, Tim. Es ist eine Katastrophe.«

»Sprich.«

»Diese Frau, deine Begleitung, ist nicht die, für die sie sich ausgibt.«

Mehr Pech ging nicht. Durch welche weitere Verkettung auch immer Gastius' Gesprächspartner so schnell Wind von der falschen Identität der Begleitdame bekommen hatte. Britti Poster, Nina Mandelbach, Birgit von Zeh, die Schlange der Möglichkeiten war ebenso lang wie die vor der Damentoilette.

Die interessantere Frage war, wer da draußen mit Gastius am Urinal stand. Es konnte nur Pasquale sein.

»Es ist die Hölle. Hast du gehört, was ich gesagt habe, Tim? Hölle.«

Nein, Pasquale war es nicht. Kein Akzent. Wer dann? Gastius' Leibwächter? Der Manager?

Was sollte sie tun? Die Tür aufstoßen, »Schönen Abend noch, die Herren« rufen und dann in die Nacht verschwinden? Für eine solch lässige Aktion musste sie aber zuerst ihr Oberteil wieder anziehen. Sie hob ihren rechten Arm und stieß erneut gegen die Wand.

»Stopp. Sei mal still«, sagte Tim Gastius. »Hallo? Ist da wer?«

Leo machte ihren Mund auf und wieder zu.

»Ich guck mal um die Ecke zu den Kabinen.« Der andere.

Leo krümmte sich zusammen und setzte sich vorsichtig auf den Toilettendeckel und ihre Handtasche. Einer der Gegenstände darin drückte gegen ihr Gesäß. Sie zog die Knie hoch. Sie hörte zwei Schritte. Eine Pause.

»Nein, alles unverschlossen. Keiner drin. Es müsste sich mal jemand um die fehlende Klotür kümmern.«

Gut, dass die Verriegelung an ihrer Tür defekt war. Leo hatte wenigstens etwas Glück im Pech.

Erneut zwei Schritte.

»Das ganze Ding hier ist sowieso bald Geschichte, also warum das Klo reparieren?« Wieder Gastius. »Jetzt zu meiner hübschen blond gelockten Lady. Gefällt mir, die Doro.«

»Das ist es eben, Tim. Das ist nicht Doro Kastig oder wie auch immer sie sich nennen mag. Das ist eine Ärztin, Dr. Karschifft oder Kardief oder so ähnlich. Wir haben es eben erfahren von einer Bekannten, die ihre Patientin ist.«

Nina Mandelbach. Es war zu erwarten gewesen. Wer war »wir«?

»Was soll der Mist? Warum gibt sich eine Ärztin als jemand anderer aus?«

»Vielleicht hat es etwas mit unserem Deal zu tun, Tim. Ich sterbe vor Angst.«

»Reiß dich zusammen, ja!« Tim Gastius war ungehalten und aggressiv geworden.

Leo würde nicht mehr lange in dieser Haltung bleiben können. Ihre Oberschenkelmuskeln zitterten bereits, in absehbarer Zeit würde sie einen Krampf bekommen. Ganz langsam begann sie mit ihrem Becken zu rotieren. Der Gegenstand in der Handtasche drückte sich tiefer in ihre Pobacke. Es tat ziemlich weh.

Die Füße ganz auf den Boden zurückzustellen wagte sie nicht. Sie legte sich eine Hand auf die Lippen, damit ihr kein Laut entkommen konnte. Dafür knackte es in ihren Knien.

Die Herren redeten weiter, dazu konnte Leo Fließgeräusche hören.

»Du stirbst doch ständig vor Angst. Wenn ich gewusst hätte, dass du eine solche Memme bist, dann hätte ich dich nicht mit ins Boot geholt. Dabei ist alles wunderbar gelaufen. In ein paar Monaten machen wir den Laden dicht, haben unser Sümmchen kassiert und lassen Gras darüber wachsen. Bis zum nächsten Deal. Wir alle werden unseren Profit machen, keine Sorge.«

Wovon war hier die Rede? Leo verstand nur Bahnhof.

»Es ist nicht alles gut gelaufen, Tim. Darf ich dich an unser Mädchen erinnern?«

»Daran ist ausschließlich der Psycho schuld, meine ich.«

Sämtliche Haare schienen sich auf Leos Haut aufzustellen. Unser Mädchen. War mit dieser Bezeichnung Annika gemeint? Und konnte der Psycho Dietrich Möwe sein?

»Er hat es gut gemeint.«

»Gut gemeint ist relativ. Kümmert er sich denn um sie? Hat sie Wasser? Füttert er sie?«

Wasser haben und Füttern waren seltsame Ausdrücke, wenn es um einen Menschen ging. Leos Zweifel kamen zurück. Nicht dass sich am Ende herausstellte, dass mit »unser Mädchen« eine Rassekatze oder eine Preiskuh gemeint war.

»Davon gehe ich aus, Tim. Er ist seither in Monschau. Hat sich nur einmal aus der Stadt dort gemeldet. Hat betont, sie wäre außer Gefahr.«

Außer Gefahr hörte sich aber wieder nach einem Menschen an, und Dietrich Möwe hatte solch eine Redewendung beim Notdienst benutzt.

»So ein Schwachsinn. Sie war nie in Gefahr.« Wieder Tim Gastius.

»Ich bitte dich. Keiner konnte ahnen, in welcher seelischen

Notlage er sich wieder befindet. Zumindest ist es keinem von uns aufgefallen. Es ist auch meine Schuld. Dietrich ist wirklich nicht ganz gesund da oben, Tim.«

»Der Möwe ist irre und ein Idiot.«

Volltreffer! Sie redeten von Dietrich Möwe.

Die Stimme des zweiten Mannes kam Leo bekannt vor. Sie musste mit dieser Person geredet haben, heute Abend. Warum bekam sie kein Bild in den Kopf? Wer war der andere?

Etwas fiel Leo zusätzlich auf.

Anscheinend wusste keiner der Männer, dass Dietrich Möwe tot war. Das hieß, keiner der beiden war ein Mörder. Nur Dietrich Möwe stand jetzt eindeutig als Stalker und auch als der Kidnapper fest. Und als Leiche. Leo schluckte.

Allerdings bestand die Möglichkeit, dass einer der Männer den anderen belog. Wenn es so war, dann musste der Lügner nach Monschau gefahren sein, um Möwe zu töten. Vielleicht auch Annika, und alle Hoffnung, das Mädchen wohlbehalten wiederzufinden, war dahin.

Monschau.

Jetzt wurde Leo erst bewusst, dass sie eben eine konkrete Spur vorgesetzt bekommen hatte. Doch diese Information allein war definitiv zu wenig. Monschau war zwar übersichtlicher als Köln, aber immer noch viel zu groß, um dort einfach an den Haustüren zu klopfen und nach »unserem Mädchen« zu fragen.

»Ich fahre hin, Tim.«

Wohin genau willst du fahren, dachte Leo, spuck es aus.

Die Fließgeräusche waren verstummt, gleich würden die Herren die Toilette verlassen. Keiner der beiden schien sich danach die Hände zu waschen, was Leo trotz all der anderen Enthüllungen spontan empörte.

»Es wäre besser, wenn ich ihm die Leviten lese, so geht es nicht weiter.«

»Nein, bitte. Lass mich, Tim. Vielleicht kann ich es morgen einrichten. Oder spätestens die Tage. Ich regle das mit Dietrich. Er ist ein alter, verwirrter Kauz. Psychisch angeschlagen, aber harmlos.«

»Möwe ist verrückt, sag ich dir. Von wegen harmlos. Mit seiner irren Aktion kann er uns die Sache kaputt machen. Wegsperren oder verschwinden lassen sollten wir ihn. Fertig!«

Leo kam Tim Gastius' Bodyguard wieder in den Sinn. Ein Mann, der die Dinge für seinen Chef geradebiegen mochte.

»Tim, ich regle das.«

»Du hättest ihn nie mit ins Boot holen dürfen. Jetzt bleibst du erst mal auf der Gala und bringst das mit dieser — was hast du gesagt ist sie, Ärztin? – in Ordnung.«

»Zahnärztin.«

Darauf folgte ein Lachen von Tim Gastius, laut und polternd, das mehr seinem bösen Mundgeruch entsprach als dem sympathischen Aussehen des Mannes. »Jetzt wird mir einiges klar. Geldgieriges Pack. Darauf pisse ich doch gleich mal.«

Komm du mir auf meinen Behandlungsstuhl, dachte Leo, dann zeige ich dir mal, was ich so alles tun kann gegen deinen Mundgeruch. Dann kannst du Abbitte leisten.

Das Wasser am Spülbecken wurde doch aufgedreht. Leo nahm ihre Entrüstung zurück und stellte unter dem Geräusch endlich ihre Füße wieder ab. Während die Herren ihre Hände wuschen, konnte sie ihren Körper entspannen.

»Was, wenn die Frau vom Finanzamt ist? Eine verdeckte Ermittlerin der Steuerbehörde, Tim?«

Wieder das Lachen. »Hör mal, eine Finanzbeamtin, die vorgibt, Zahnärztin zu sein, um sich dann als Hausfrau auszugeben und ihren Namen zu ändern. Schwachsinn. Weißt du, was ich glaube?«

»Was denn? Ich bin mit den Nerven am Ende. Mein Leben zieht minütlich an mir vorbei.«

»Diese Zahnärztin wollte sich mal im Reich der Hostessen umsehen. Vielleicht ein erotisches Abenteuer erleben. Hat sich den Abend anders vorgestellt. Ich bin mir sicher, die langweilt sich zu Tode.«

Bei dem Wortstamm Tod überkam Leo ein kalter Schauer. Dass ihr Tim Gastius unterstellte, sich wegen eines Kicks eingeschlichen zu haben, machte sie allerdings wütend.

»Du meinst, sie ist auf so was aus? Nein, auf keinen Fall.«

»Das kann ich mir bei der gut vorstellen.«

Leo überlegte, ob sie nicht doch die Tür aufreißen und Tim Gastius eine kleben sollte. Seinen Mundgeruch hatte er verdient.

»Was soll ich denn jetzt mit ihr machen?«

»Halt bloß deinen Mund und sprich sie nicht darauf an. Was soll sie denn herausfinden? Ich mache weiter Small Talk, und am Ende verabschiede ich mich mit Handkuss. Wenn sie dir danach auch noch eine Rechnung über ihre Arbeitsstunden schicken sollte, dann zahlst du ohne Murren, klar?«

»Ja, okay. Vielleicht hast du recht.«

»Noch was: Du fährst auch nicht nach Monschau. Verstanden? Ich will das übernehmen. Es ist genug schiefgegangen. Mit deinem Dietrich werde ich fertig, ich gebe ihm die Adresse von einem guten Therapeuten. Unser Mädchen wird mit sich reden lassen. Ich habe einen guten Draht zu ihr. Mit Geld wird sich alles regeln lassen. Wie immer.«

»Dietrich wird dich nicht reinlassen. Er mag dich nicht. Mehr noch, er fürchtet sich vor dir. Er denkt, du gehörst zu den Bösen, die ihn verfolgen.«

»Bekloppt. Er hat mich einmal beim Unterschreiben der Vereinbarungen gesehen. Aber beim Geschäft war er mit dabei.«

»Das war mein Fehler, ich habe es ihm eingeredet.«

»Dann ruf ihn vorher an. Rede mit ihm.«

»Dort gibt es kein Telefon, das Haus ist schon länger unbewohnt. Ich muss warten, bis er sich aus der Stadt meldet.«

»Handy?«

»Funkloch. Abgesehen davon, Dietrich hasst Mobiltelefone und ihre Strahlung.«

»Verrückt, sag ich doch. Mein Entschluss steht: Ich fahre die Tage hin. Am Zeilinger Bach, oder?«

Leo hielt den Atem an. Die Adresse. Es war nicht zu fassen, aber sie hatte eine Adresse.

Konnte Leo also Tim Gastius als Mörder ausschließen, da er danach gefragt hatte? Oder war es ein Trick, um sich nicht vor dem anderen zu verraten?

»Schönen guten Abend zusammen.« Ein dritter Mann hatte die Herrentoilette betreten.

»Tja, so ist das mit den modernen Abzockern.« Tim Gastius wechselte augenblicklich das Gesprächsthema. »Dann hat mir mein Zahnarzt auch noch eine Rechnung geschickt, ist das zu fassen! Reichen nicht schon die Schmerzen, die man auf dem Stuhl ertragen muss?«

»Oh, Zahnärzte? Ich kann Ihnen eine tolle empfehlen«, meldete sich der Neuankömmling. »Die leistet hervorragende Arbeit, und die Preise sind moderat.«

Immerhin. Einer, der zur Ehrenrettung von Leos Berufsstand beitrug.

»Schönen Abend noch«, sagte Tim Gastius, nicht weiter auf das Thema eingehend.

»Wünsche ich Ihnen beiden auch.«

»*Merci beaucoup.* Ich will 'eute Nacht über'aupt nichts mehr von Ärzten wissen, *mon Dieu*!« Die Stimme des Zweiten.

Wie Schuppen fiel es Leo von den Augen.

Hercule Pasquale. Also doch.

Die ganze Zeit hindurch ohne seinen Akzent. Deshalb hatte sie ihn nicht einordnen können. Der Belgier war nicht das, was er vorgab zu sein, und Tim Gastius wusste es.

Ein Mann mit falscher Identität. Ein anderer mit einem laufenden krummen Geschäft. Dazu Entführung und vielleicht doch ein Mord?

Leo zwang sich, noch so lange zu warten, bis auch der dritte Mann das Herrenklo verlassen hatte. Ihre Beine waren gefühllos geworden, und ihre Blase drohte zu explodieren.

Schließlich bewegte sie sich, streckte zuerst den einen, dann den anderen Fuß nach vorn. Wie eine Schildkröte, die sich an einer Yogaübung versucht, kam sie sich vor. Ihre Waden und Oberschenkel schienen von beißenden Krabbeltierchen heimgesucht zu werden, und sie musste sich beherrschen, nicht laut aufzustöhnen.

Ihr war jetzt alles egal. Sie stemmte sich hoch, nahm die Handtasche, hob den Toilettendeckel und konnte endlich ihre Blase erleichtern. Es war diese Minute lang der Himmel.

Danach lauschte sie, konnte jedoch niemanden mehr hören. Sie zog ihren umständlichen Hosenanzug wieder ganz über, drückte die Tür auf und sah vorsichtig um die Ecke. An den Pissoirs war keiner und an den Waschbecken ebenfalls nicht. Sie huschte hinaus. Auch im Gang vor der Toilette war kein Mann zu sehen.

Sie stöckelte weiter, die hohen Absätze klackten auf dem Marmorboden. An der Hauptpassage angekommen, konnte sie gegenüber immer noch eine unendlich lange Schlange von Frauen sehen, die inzwischen bis zu den Schaufenstern anstanden. Mitten in der Reihe meinte sie Britti von hinten zu sehen, deshalb beeilte sich Leo noch mehr und erreichte endlich den Hinterausgang, durch den sie vor einer gefühlten Ewigkeit am Arm von Tim Gastius hereingekommen war.

Seitenstechen mischte sich in ihre Überlegungen.

Gastius und der Agenturchef von »Madame et moi«, der Investor und der Belgier, der seinen Dialekt auf dem Weg zum Klo verloren hatte, steckten unter einer Decke.

Wer war noch involviert? Was hatten die Männer geplant oder längst durchgezogen? Und welche Rolle spielte diese Adresse in Monschau dabei? Eine, die zu Annika führte?

So viele Fragen und keine einzige Antwort.

Leo war am Hinterausgang angekommen. Die beiden schwarz gekleideten Security-Leute standen nun innen an der verschlossenen Tür, mit verschränkten Armen.

Ein Anflug von Panik erfasste Leo. Sie wussten Bescheid. Sie würden sie aufhalten.

Gastius und Pasquale hatten vorhin doch bemerkt, dass Leo auf dem Toilettensitz hockte und mithörte. Gastius hatte den Männern Anweisungen erteilt. Nicht nur würden sie verhindern, dass Leo das Shoppingcenter verließ, sondern sie würden sie zwischen ihre muskulösen Körper quetschen und in das Büro des Managers schleppen, wenn es eines gab. Oder in einen der Lagerräume. Oder in den Keller des Gebäudes. Gastius würde dort bereits warten und sie mit seinem Schwefelatem zu einem Deal überreden wollen, ihr Geld anbieten gegen ihr Leben. Pasquale würde dazu mit seinem falschen Akzent *»Mon Dieu«* rufen.

»Schönen Abend noch, die Dame«, sagte der eine der beiden, als sie mit weichen Knien an ihnen vorbeiging. Der zweite beachtete sie gar nicht. Ihre Phantasie war wieder mit ihr durchgegangen.

Kaum war sie draußen, zurück auf der Seitengasse, fiel die Anspannung von ihr ab. Sie schaffte gerade weitere zehn Schritte die Straße hoch, dann musste sie anhalten.

Ihr Herz klopfte zu laut, in ihren Ohren rauschte es, und ihre Augen tränten. Sie fühlte sich auf ihren hohen Schuhen mit einem Mal schwindlig wie auf einem Berggipfel.

Atme, Leo, dachte sie, atme und fasse dich.

In ihrer Handtasche suchte sie nach einem Taschentuch. In der Seitentasche sah sie den Bein'schen Hebel und das Kältespray. Ein hilfloses Kichern kam über ihre Lippen, und sie stellte sich vor, wie sie wie eine Furie damit auf die Männer losgegangen wäre, hätten die sie in der Kabine entdeckt.

Sie nahm das Spray heraus und überlegte, ob sie sich nicht mit einem Sprühstoß ihre heiße Stirn kühlen sollte. Was sonst zur Sensibilitätsprüfung von Zähnen eingesetzt wurde, konnte ihren Kreislauf vielleicht jetzt wieder in Schwung bringen. Statt es zu benutzen, steckte sie es in die Tasche ihres Hosenanzugs. Dann zog sie sich spontan die High Heels aus und ging in die Hocke.

Der kühle Stein des Trottoirs unter ihren nackten Fußsohlen tat gut. Für eine Minute schloss sie die Augen. Ihr Puls beruhigte sich, und das Rauschen hörte auf. Nur ihre Gedanken huschten weiterhin in die eine und in die andere Ecke ihres Gehirns.

Nach all den Fragen, die das belauschte Gespräch zwischen Gastius und Pasquale aufgeworfen hatte, war der Verbleib der jungen Frau das Wichtigste.

Unser Mädchen.

Annika?

Das Fragezeichen verlosch, und ein Ausrufezeichen erschien.

Annika!

Monschau. Am Zeilinger Bach. Dort konnte Annika sein.

Leo öffnete ihre Augen. Eine Entscheidung stand an.

Doch zurück zur Gala und Jakob suchen? Birgit von Zeh könnte sie alles sagen. Oder warten, bis sich ihr Liebster bei ihr meldete, und ihm dann davon erzählen? Was, wenn sie sich irrte und die Ermittler auf eine völlig falsche Fährte hetzte, die nur Zeitverschwendung war?

Was tun?

Nach Hause.

Das musste sie.

Wenigstens war ihr Weggang vollkommen unbemerkt geblieben, sie hatte sich nicht noch einmal durch die wogende Menschenmasse zwängen müssen. Einen Pluspunkt gab es also immer.

Sie kam mühsam wieder hoch und zog ihre Schuhe an. Die paar Meter die Wilhelm-Sollmann-Straße zurück und bis zu ihrem Wagen kamen ihr vor wie ein Fußmarsch von Köln in die Eifel.

Am Auto angekommen, sah sie einen Zettel an der Windschutzscheibe. Leo griff sich an die Stirn. Jakob war daran vorbeigegangen, hatte ihren Wagen sofort erkannt und ihr eine Nachricht hinterlassen. All ihre Bemühungen, ihm nicht unter die Augen zu kommen, waren umsonst gewesen.

Doch das Blatt Papier entpuppte sich als Werbung für einen Autohändler, der jeden Wagen kaufen würde, auch den von Leo, sie bräuchte nur die unten stehende Nummer anzurufen.

Leo stieg ein.

Sie nahm ihr Smartphone.

Jakob sofort anrufen, auch eine Option. Ja oder nein?

Im Wageninneren war es stickig, und sie ließ beide Fensterscheiben herunter.

Nach dem Starten des Motors gab sie »Monschau«, dann »Am Zeilinger Bach« in ihr Navi ein.

Jakob, dachte sie.

Annika, dachte sie.

Scheiße aber auch, dachte sie und fuhr los.

Wenn Leos Kopf nicht so voll gewesen wäre, hätte sie bemerken können, dass ihr Abgang doch nicht vollkommen unbemerkt geblieben war. Auf der anderen Straßenseite, nahe dem Haupteingang von »Colonia Elegante«, stand eine Person, die Leo unverhohlen beobachtete.

# 12

Hätte sich Britti Poster nur acht Minuten früher in die Schlange zur Damentoilette eingereiht, hätte sie ihre Chefin Dr. Leo auf der gegenüberliegenden Seite gesehen und sich ihr angeschlossen. Britti hätte von Kabine zu Kabine gequasselt, Hercule Pasquale und Tim Gastius hätten die beiden Frauen beim Betreten der Toilette sofort bemerkt und ihr Gespräch anderswo geführt.

Aber das Land des Konjunktivs ist überfüllt mit allen möglichen Szenarien, die, wenn Stephen Hawkings Theorie stimmt, sich in einer unendlichen Anzahl an Paralleluniversen verteilen.

In diesem Universum allerdings entschied sich Britti Poster erst zehn Minuten nach Leo, dass sie mal für kleine Plappermäulchen musste, und stellte sich seufzend, aber folgsam in die Reihe der anderen Frauen.

Ihre Blase war nicht wirklich voll, doch sie musste ihre Eindrücke ordnen und sich ihre weitere Strategie bezüglich Olaf Jansen überlegen. Es war höchste Zeit, ihren Mitstreiter zu informieren, ihre Rückversicherung, wie sie Dr. Gerwald Hubertus betitelte.

Britti und Leos Vater bildeten ein Team in Sachen Olaf Jansen.

Leo hätte diese Tatsache die Sprache verschlagen, aber in der letzten Zeit war so viel passiert, dass sie die Vorkommnisse in ihrer Praxis rund um Britti und Olaf schlicht übersehen hatte. Eine Reihe von betrüblichen Ereignissen hatten sich vor Leos Augen abgespielt, ohne dass sie etwas davon mitbekommen hatte.

Britti hatte mehrfach versucht, ihre Chefin mit an Bord zu holen. Denn Tatsache war, dass der neue Zahnarzt Olaf Jansen ein Verbrecher sein musste. Ein böser Bube. Ein Langfinger auf jeden Fall und, es stand zu befürchten, noch viel Schlimmeres.

Zuerst hatte Britti den Neuen auf Anhieb gemocht.

Er war ein kompetenter, relativ junger Zahnmediziner, Anfang dreißig, freundlich, höflich und immer bereit, ihren Geschichten zu lauschen, wenn sie zusammen arbeiteten oder sich in einer der Pausen im Aufenthaltsraum der Zahnarzthelferinnen trafen. Er gab sich bescheiden und ehrgeizig zugleich. Noch dazu hatte Greta Lutzinger, Brittis beste Helferinnenfreundin in der Praxis, ein Auge auf ihn geworfen, und Britti wollte diesem möglichen Liebesglück ein wenig nachhelfen. Deshalb hatte sie sich an seine Fersen geheftet, um in den richtigen Momenten Gretas Vorzüge anzupreisen.

Das erste Mal, im beginnenden Frühjahr, hatte sie noch an eine einmalige Sache geglaubt.

Britti war die Letzte in der Praxis gewesen und noch einmal zurück in den Behandlungsraum fünf gegangen, weil sie ein Geräusch daraus zu hören meinte. Tatsächlich war sie nicht die Einzige vor Ort, obwohl es schon nach sieben Uhr war. Olaf Jansen hatte vor der unteren Schublade des Dentalschranks gehockt und mehrere verpackte Spritzen in eine Tüte eingesackt.

Er hatte einen Riesenschreck bekommen, als Britti hinter ihm aufgetaucht war, dann aber ziemlich schnell ziemlich laut gelacht. »Da haben Sie mich aber erwischt, liebe Frau Poster.«

»Ja? Wobei denn, lieber Herr Jansen? Brauchen Sie die Spritzen privat?«

Sein Lachen war angeschwollen und hatte in dem Behandlungszimmer einen Rückhall erzeugt. »Nein! Natürlich nicht. In der Eins haben heute während einer meiner Behandlungen Spritzen gefehlt, und ich wollte auffüllen.«

»Das kann doch Greta für Sie machen, Herr Jansen, dafür sind wir Mädels da, und Greta ist eine hervorragende Helferin.«

»Da haben Sie recht, liebe Frau Poster. Ich und mein Übereifer.«

Er hatte die Tüte auf der Ablage abgestellt, und sie waren beide gemeinsam nach draußen in den Feierabend gegangen.

Am nächsten Morgen war die Tüte verschwunden gewesen. In der Eins aber hatten immer noch Spritzen gefehlt.

In den nächsten Wochen war nichts mehr in der Art passiert, aber Britti fiel auf, dass Olaf Jansen immer öfter Patienten über den Praxisschluss hinaus annahm und keine der Helferinnen bat, mit ihm länger zu bleiben. Nichts Ungewöhnliches, aber im Zusammenhang mit ihrem ersten Erlebnis machte es Britti hellhörig.

Sie beobachtete ihn intensiver.

Einmal konnte sie sehen, dass er eine Dentalzange in seiner Hosentasche verschwinden ließ, ein anderes Mal nahm er ganz offen nach einer Behandlung mehrere ungebrauchte Scaler, Wurzelheber und Sonden aus der Vorratsschublade und legte sie offen im Aufenthaltsraum ab. Nach der Mittagspause waren die Instrumente nicht mehr da. Im allgemeinen Trubel fiel so etwas niemandem auf.

Britti begann eine Liste zu führen. Es verschwanden weitere zwei Kofferdams, fünf Exkavatoren, fünf Feilen, zwei scharfe Löffel, ein Handmeißel und ein Matrizenspanner. Dazu das überdimensionale Lehrgebiss aus Ton, das seit ewigen Zeiten im Pausenraum in einer Ecke verstaubte.

Sie überlegte fieberhaft, warum Olaf klaute. Als Zahnarzt verdiente er sehr gut, und die paar Instrumente würden ihn, auf Ebay verkauft, nicht reicher machen. Gab es einen anderen Grund? Wenn ja, welchen?

Britti heftete sich an Olafs Fersen, wollte, nein musste mehr herausfinden. Auch aus dem Gefühl heraus, dass sie ein wenig wie Dr. Leo ein Magnet war, der Verbrechen anzog wie das Licht eine Motte.

Ihre Kuppelversuche ließ sie fallen, begann sich stattdessen selbst mit Olaf anzufreunden. Nicht so nah, dass er denken könnte, sie wäre in ihn verliebt, aber doch so, dass sie seinen augenscheinlichen Diebstahl beweiskräftig aufdecken konnte. Am Ende würde Britti Dr. Leo Bescheid geben, mit handfesten Beweisen und ohne sich zu blamieren, weil es vielleicht doch eine ganz andere, vernünftige Erklärung für Olafs Aktionen gab.

Leo hätte den aufkommenden Drang, den Dingen erst mal gründlichst auf den Grund zu gehen, verstanden.

Dann fand Britti das blutige T-Shirt.

Sie hatte sich mit Olaf morgens zum Schwimmen verabredet. Nach einem Eisessen und einem Kölsch am Büdchen war es ihr drittes privates Treffen. Nach der, zugegeben erfrischendlustigen, Stunde im Bad hatte Olaf selbstverständlich angeboten, Britti in seinem Wagen mit zur Arbeit zu nehmen. Nach einer unendlichen Parkplatzsuche in Sülz rund um den Nikolausplatz hatte er an einer Nebenstraße mit Ticketautomaten angehalten. Während Olaf sich entfernte, um sich ein Ticket für eine Stunde zu ziehen – er wollte später noch versuchen, umzuparken –, nutzte Britti die Gelegenheit, das Innere des Wagens zu inspizieren. Vielleicht würde sie einen Hinweis auf seine Leidenschaft für zahnärztliche Instrumente finden. Oder weitere gestohlene Gegenstände.

Sie öffnete das Handschuhfach, und das Shirt fiel ihr entgegen.

Britti hatte in der Praxis einen Blick für echte Blutflecken entwickelt. Sie kannte auch das kupferne Aroma, das immer noch zu riechen war. Der hellblaue Stoff war mit Flecken übersät. Am Halsausschnitt und den Ärmelansätzen gab es Spritzer und im mittleren Bereich einen großen eingetrockneten Klecks.

Als hätte man jemandem die Kehle durchgeschnitten oder mit einem Messer auf ihn eingestochen.

Brittis Herz hatte wie wild zu hämmern begonnen. Sie hatte in Panik das T-Shirt zurück in das Handschuhfach gestopft. Einige Sekunden lang war es ihr nicht gelungen, die Klappe wieder zu schließen. Doch als Olaf mit dem Ticket in der Hand zurückkam, hatte sie alles verstaut und mit all ihrem schauspielerischen Können ihren Schreck überspielt.

Schon auf dem Weg nach oben in die Praxis hatte ihr Verstand an ihren ersten schrecklichen Vermutungen zu zweifeln begonnen, und sie hatte beschlossen, endlich mit Dr. Leo darüber zu reden. Doch ihre Chefin hatte mal wieder ein ganz eigenes seltsames Erlebnis gehabt und Britti abgewürgt.

Zwei Optionen waren ihr durch den Kopf gegangen. Weiter zuzuwarten und zu beobachten, was aber bisher schon nichts gebracht hatte, oder sich noch aktiver um handfeste Beweise zu kümmern. Leider war sie so dumm gewesen, das blutige T-Shirt zurück ins Handschuhfach zu legen, statt es zwischen ihren Badesachen verschwinden zu lassen. Damit hätte sie sogar zu

Hauptkommissar Jakob Zimmer gehen können. Aber so würde das Wort des Zahnarztes gegen ihres stehen.

Ein paar Tage war sie mit ihren Erlebnissen und Optionen schwanger gegangen, dann hielt sie es nicht mehr aus.

Sie traf eine völlig andere Entscheidung.

»Wer auch immer klopft, soll eintreten.«

»Ich bin es, Britti, Dr. Hubertus. Darf ich?«

»Britti Poster. Jung, hübsch und kompetent wie eh und je. Kommen Sie und setzen Sie sich auf dieses rote Sofa, das meiner Tochter ja zu gefallen scheint.«

»Dr. Hubertus, wie schön, dass Sie wieder in der Praxis sind. Vor allem für unsere Gerda Horst, die hat Sie immer vermisst.«

»Danke Ihnen, Britti, auch mir hat der Duft in diesen Räumen gefehlt. Aber natürlich werde ich nicht behandeln, das geht leider nicht mehr. Ich werde meiner Tochter beratend zur Seite stehen.«

»Tatsächlich? Dr. Leo hat uns nichts davon erzählt.«

»Meine Umstände haben sich recht kurzfristig geändert, müssen Sie wissen. Wir werden sehen, wie alles weitergeht.«

»Dr. Hubertus?«

»Ja, Britti.«

»Kann ich Sie unter vier Augen sprechen?«

»Ich sehe außer uns niemanden im Büro meiner Tochter. Reden Sie.«

»Es ist, weil Dr. Leo so beschäftigt ist und Sie doch mal mein Arbeitgeber waren. Es ist auch wegen Dr. Lang, Ihrem früheren Teilhaber, und wegen meiner letzten Liebelei. Vielleicht reagiere ich über, und vielleicht sollte ich meinen Mund halten, aber ich platze, wenn ich nicht mit jemandem darüber reden kann.«

»Wenn ich Ihnen etwas gestehen darf, Britti? Meine Tochter hat mich vor nicht mal einer Stunde aus den Behandlungszimmern verbannt, was ich nicht verstehen kann, aber akzeptieren muss. Ich habe mich hierher zurückgezogen, um mir darüber klar zu werden, welcher Art meine neue Aufgabe sein könnte. Ich bin offen für alles.«

»Oh, Dr. Hubertus, ich glaube, der neue Zahnarzt ist vielleicht ein Mörder.«

Leos Vater zeigte auf den freien Platz neben sich. »Ich bin ganz Ohr.«

Die Erleichterung, die Britti gefühlt hatte, nachdem sie sich all ihre Vermutungen von der Seele geredet hatte, war so groß, dass sie am Ende ihrer Schilderungen in Tränen ausgebrochen war.

Dr. Hubertus hatte eine Pralinenschachtel vor Britti hingestellt und eine Weile geschwiegen. Erst als sie schon dachte, sie hätte einen Fehler gemacht und Leos Vater würde gleich Dr. Leo dazuholen und auch noch Olaf Jansen, um sie alle miteinander zu konfrontieren, hatte er sich zuerst geräuspert, dann geäußert.

»Das sind grobe Anschuldigungen, Britti.«

»Ich weiß.«

»Wenn Sie sich irren, kann das böse für Sie enden.«

»Ich weiß.«

»Andererseits, nach all dem, was Leocardia in der letzten Zeit so an Mörderischem angezogen hat wie eine Saugglocke, könnte es stimmen.«

»Genau das habe ich auch gedacht. Was soll ich tun?«

»Mmh. Lassen Sie es mich umformulieren. Was sollen *wir* tun?«

»Wir, Dr. Hubertus?«

Dr. Hubertus' Hände hatten zu zittern begonnen, ein Zeichen für Britti, dass ihre Geschichte den alten Herrn wohl mehr aufgeregt hatte als beabsichtigt. Doch dann war ihr eingefallen, dass er aufgrund seiner Parkinson-Erkrankung nicht mehr als Zahnarzt praktizieren konnte, und sie hatte sofort Zweifel an ihrem Vorgehen bekommen.

»Ich möchte Sie da in nichts hineinziehen, Herr Doktor. Mir tut es jetzt schon leid, dass ich darüber gequasselt habe.«

»Nein, nein, Britti. Ich verstehe es. Ich verstehe auch, dass Sie Ihren Verdacht verifizieren müssen. Ich werde Ihnen dabei helfen.«

»Mir helfen? Wie denn?«

»Lassen Sie uns einen Plan entwickeln, eine Strategie. Olaf Jansen ist entweder ein irrer Mörder oder ein Dentist, der unter einer kleptomanischen Störung leidet. Beides muss aufgedeckt und meine Tochter muss informiert werden, sobald wir Beweise haben. Noch würde Ihr Wort gegen seines stehen.«

»Genau so ist es. Mir fällt ein Stein vom Herzen. Soll ich die Polizei verständigen? Ihre Tochter hat ja ihren neuen Freund an der Quelle sitzen.«

»Freund? Davon weiß ich nichts. Aber nein. Wir nehmen die Sache vorerst in unsere eigenen Hände.«

»Ich verstehe nicht.«

»Machen Sie weiter, Britti. Bleiben Sie am Ball. Erschleichen Sie sich sein Vertrauen, gehen Sie in die Höhle des Löwen und öffnen Sie die Tür, die Sie zu den Köpfen von Blaubarts Frauen führt.«

»Aber ich will nicht die Nächste sein, wenn Sie andeuten wollen, dass unser Olaf Jansen sogar ein Serienkiller sein könnte.«

»Ich deute nichts an, ich verwende Metaphern, Britti. Natürlich werden Sie sich nicht in Gefahr bringen. Ich werde Ihre Rückversicherung sein.«

»Wie das denn?«

»Egal, wann und wo Sie sich mit ihm treffen, wir halten laufend Kontakt. Passenderweise habe ich mir gestern ein neues Smartphone zugelegt. Das aktuellste Modell. Wenn Sie mir zeigen, wie ich es bedienen kann, steht unserer geheimen Untersuchung nichts mehr im Wege.«

Beide waren erschrocken zusammengezuckt, als Greta die Tür zu Leos Büro geöffnet hatte. »Britti, hier bist du! Frau Doktor fragt nach dir. Oh, Dr. Hubertus, Ihre Tochter lässt fragen, ob Sie etwas brauchen?«

»Danke, Greta, ich bin voll und ganz zufrieden. Und Sie, Britti, legen Sie los.«

Eine Zweideutigkeit hatte eindeutig in der Stimme von Leos Vater gelegen.

So stand am Ende dieser Verkettung Britti nun zwischen den anderen Frauen in der Schlange zur Damentoilette in der Shoppingmeile und zupfte an ihrem pinken Minikleid. Meistens, wenn sie bereit gewesen war, bei einem Mann einen Schritt weiterzugehen, hatte das Teil großen Anteil daran gehabt, den jeweils Auserkorenen auf die richtige Spur zu lenken. Heute Nacht würde es erneut Mittel zum Zweck werden.

Britti nahm ihr Smartphone und tippte eine kurze WhatsApp-Nachricht an Dr. Hubertus ein, um ihn zu warnen, dass seine Tochter überraschenderweise auch auf der Jubiläumsgala war. Er solle mit seinem Wagen weiter die Straße hochfahren und, außer Sichtweite, auf ihre nächste Meldung warten.

»Kleo? Was? Fahre fort und ziehe ab.«

Die Rückantwort von Dr. Hubertus las sich verkorkst, Britti schob es auf seine Unerfahrenheit im Texten.

Dann formulierte sie selbst in Gedanken die ersten Zeilen der Story, die nach erfolgreichem Abschluss ihrer detektivischen Meisterleistung auf ihrem Blog erscheinen sollte.

# 13

»Ich dachte, Dr. Leo ist mit dem großen blonden Polizeibeamten zusammen, der sie schon öfter abgeholt hat.« Olaf bog in die Luxemburger Straße ein.

»Ist sie auch.« Britti checkte ihr Smartphone.

Sie waren unterwegs nach Hürth. Sie hatten die Gala ziemlich rasch verlassen, nachdem Britti es geschafft hatte, bei den Damentoiletten endlich an die Reihe zu kommen.

»Britti, was hältst du davon, wenn wir auf dem Weg zu mir an der Pommesbude da vorn halten und uns noch ein Hotdog mitnehmen? Mit viel Ketchup, damit die Wurst richtig blutig aussieht.«

Britti spürte den Hauch einer nahenden Ohnmacht.

Sie war doppelt aufgeregt.

Erstens vibrierten ihre Nerven, weil sie von Olaf vorhin in dessen Haus eingeladen worden war. Die klassische »Wollen wir noch auf einen Espresso zu mir nach Hause?«-Frage war erfolgt. Kein Wunder, so wie sie ihm in den letzten Wochen ihr Interesse gezeigt hatte. Noch dazu hatte das pinke Minikleid seine Wirkung entfaltet. Nach einem kurzen Zögern, wie es der Anstand verlangte, hatte Britti eingewilligt.

Es konnte die Gelegenheit sein, einen Beweis zu finden.

Sie erinnerte sich noch an die Belegschaftsparty bei Olaf, sein Haus war mehr ein Bungalow mit Gartenanteil und einem noch zu renovierenden Keller. Damals war ihr nichts Ungewöhnliches aufgefallen. Mit etwas Glück konnte sie sich heute umsehen, wenn Olaf den Espresso zubereitete.

Die Angst, dass sie sein nächstes Opfer sein könnte und ihr blutiges Oberteil vielleicht bald im Handschuhfach liegen würde, verdrängte sie mit aller Gewalt. Tatsächlich nahm sie sich ihre Chefin zum Vorbild. Dr. Leo hatte sich bereits zweimal in die Höhle der mörderischen Löwen gewagt, und nur dadurch hatte die Gerechtigkeit ihren Lauf nehmen können.

Hier kam auch Brittis Rückversicherung in Gestalt von Dr. Hubertus ins Spiel.

Sie hatte bereits drei weitere WhatsApp-Kurzmitteilungen an Leos Vater geschrieben, um sich zu vergewissern, dass er sich ebenfalls auf den Weg nach Hürth machte. Seine Hilfe konnte später über Leben und Tod entscheiden.

Er sollte im Auto auf der anderen Straßenseite warten und sie ungefähr eine halbe Stunde, nachdem sie das Haus betreten hatte, anrufen. Somit hatte Britti eine gute Weile Zeit, sich umzusehen, und konnte danach einen Grund vortäuschen, sofort aufbrechen zu müssen, ohne ermordet worden zu sein oder mit Olaf Sex zu haben.

Sollte Britti den Anruf nicht annehmen, so hatten sie es vereinbart, musste Dr. Hubertus sofort zum Haus kommen und klingeln. Sturm!

Leos Vater hatte sich eben mit einer kurzen Statusmeldung zurückgemeldet, die sich durch seine Unbeholfenheit wieder verstümmelt las: »Bin Ebene an ge kommen. Gehsteig auf Position. Naschbar schafft ruhig.«

Britti konnte ein Glucksen nicht unterdrücken.

»Ja, was Handfestes nach dem edlen Häppchen ist eine gute Idee, Olaf. Ich nehme statt Ketchup aber lieber eine Currywurst dazu. Holst du es, und ich warte?«

Inzwischen waren sie beim Du.

Kaum war Olaf Richtung Büdchen unterwegs, riss Britti das Handschuhfach auf. Es war, bis auf einen Notizblock und eine Taschenlampe, leer. Schade, mit dem Shirt hätte sie einen ersten Beweis sichern können. Also hieß es, weiter auf der Spur zu bleiben.

Die nächsten fünf Minuten, bis sie an seinem Haus in der Bachstraße ankamen, schwiegen sie. Zwischen ihnen breitete sich der Geruch der heißen Würste und des Currys aus. Britti nahm sich die Zeit, noch mal über den zweiten Grund für ihre Aufregung nachzudenken.

Niemals hätte sie damit gerechnet, Dr. Leo auf der Gala zu treffen. Noch dazu mit einem anderen Mann. Es war unfassbar. Der Blick, den der Fremde Dr. Leo zugeworfen hatte, und sein Statement waren eindeutig. Die beiden waren verabredet gewesen. Hatte sich ihre Chefin vom Hauptkommissar getrennt? Oder betrog sie ihren Freund mit diesem zugegeben auch gut aussehenden Mann mit den weißen Schläfen? Hatte Dr. Leo mit der Praxis, ihren Töchtern und ihren Leichen nicht genug zu tun, brauchte sie noch den Kick von zwei Liebesaffären? Dass die Sache harmlos war, konnte nicht sein, so erschrocken, wie die Chefin gewirkt hatte, als Britti und Olaf sie entdeckten.

»Da sind wir schon, Britti-Maus.«

Britti-Maus? Olaf legte einen Zahn zu. Er beugte sich zu ihr hin, um sie zu küssen, aber Britti hob die Transportbox mit den Würsten vor ihr Gesicht.

»Die werden noch kalt.«

Olaf lachte. »Ich hätte ehrlich nicht gedacht, dass du heute Abend mit mir kommst. Ich habe dich aber nicht auf die Gala eingeladen, weil ich auf das hier aus bin, Britti.«

»Es geht nur um einen Espresso, Olaf. Unter Kollegen.«

»Ja, klar doch.«

Olaf fasste sie am Oberarm. Britti drückte ihm jetzt die Box in die Hand, sodass er sie wieder loslassen musste.

»Pass auf, bevor wir zu mir hineingehen, muss ich dir noch etwas sagen, Britti.«

Ihre Aufregung stieg enorm an. Wollte Olaf ein Geständnis ablegen?

Sie warf einen blitzschnellen Blick auf ihr Smartphone, keine weitere Nachricht von Dr. Hubertus. Wenn sie sich nur umdrehen könnte, um nach ihm Ausschau zu halten. Bei der Anfahrt waren beide Seiten des Bürgersteigs mit Autos zugeparkt gewesen. Jedes hätte im Dunkeln das von Dr. Hubertus sein können. Oder stand er unter einem der Bäume weiter die Straße hinunter?

»Lass es raus, Olaf, ich bin eine gute Zuhörerin.«

Er schüttelte den Kopf. »Nee, ich hab es mir eben anders überlegt. Das musst du gesehen haben. Es ist eine Überraschung. Komm.«

Sie stiegen aus. Es war eine warme Nacht, die Sterne funkelten am Himmel, und Britti wünschte sich für einen Moment innig, dass es wirklich nur um einen kleinen Flirt mit einem Kollegen aus der Praxis gehen könnte.

Bereits bei den ersten Schritten zur Haustür hin gingen automatisch zwei Strahler an, die links und rechts neben niedrigen Büschen installiert waren.

»Ich bin ein Sicherheitsfreak«, sagte Olaf, die Box balancierend, während er seinen Schlüssel suchte. »Seit meinem Einzug habe ich viel verbessert. Doppeltes Schloss, mittig und unten. Drinnen gibt es eine Alarmanlage. Dazu sind alle Fenster gesichert. Bei den Nachbarn wurde bereits dreimal eingebrochen. Wenn es hier jemand versucht, geht die Post ab.«

So viel zu der Idee, sich Zutritt zum Haus zu verschaffen, wenn Olaf Jansen einmal den abendlichen Notdienst übernehmen würde. Die hatten Britti und Dr. Hubertus ebenfalls durchdiskutiert.

Britti drehte sich um, während Olaf mit Aufsperren zugange war. Das Licht der Strahler blendete sie. Von hier aus war nicht einmal mehr der Gehweg zu erkennen.

Endlich war Olaf fertig. »Bitte nicht erschrecken, ich hab etwas Chaos in meiner Bude. Hängt mit der Überraschung zusammen.«

Solange du keine Toten hast, dachte Britti.

»Hereinspaziert, ›The Dentist‹ zeigt sich der Britti-Maus.«

Was für eine komische Anrede.

Olaf streckte seinen Arm aus.

Drinnen war es dunkel.

Ihr fiel ein, dass es keinen Flur und auch kein Vorzimmer gab. Das hatte sie damals cool gefunden, weil es sie an amerikanische Häuser erinnert hatte. Hinter dem Eingang folgte direkt das großräumige Wohnzimmer.

Britti spürte Olafs Hand wieder, diesmal auf ihrer Schulter.

»Schnell, schnell, ich muss den Alarm ausschalten, sonst geht in fünf Sekunden ein großes Jaulen los.«

Sie atmete einmal tief durch und ließ sich in Olaf Jansens Haus schieben. Ab jetzt galt es, eine halbe Stunde zu überleben und zu schnüffeln. Hinter ihr begann sich die Eingangstür zu schließen. Vor ihr ging das Licht an.

Noch innerhalb der fünf Sekunden, in denen Olaf Jansen den Code eintippen wollte, begann Britti zu schreien. Man hätte es auch als großes Jaulen der anderen Art bezeichnen können.

Immer weiter schreiend machte sie kehrt, rannte erst gegen die Tür, taumelte rückwärts, fasste die Klinke, zog daran und lief auf den erleuchteten Zufahrtsweg Richtung Straße. Da sie keine Ahnung hatte, wo Dr. Hubertus seinen Wagen geparkt hatte, stürzte sie zuerst nach links, dann nach rechts.

Hinter ihr her rannte Olaf Jansen, was ihre Kreisch-Lautstärke noch um ein paar Dezibel nach oben gehen ließ. Im Haus ging die nicht abgestellte Alarmanlage an. Die ersten Lichter in den Häusern der Nachbarn folgten.

Währenddessen saß ein älterer Herr in einem der geparkten Autos, mit Spannung im Herzen und einem Smartphone in den zitternden Fingern.

Als er Brittis Schreie hörte und sie aus dem Haus rennen sah, stieg er nicht sofort aus, sondern wählte zuerst die Nummer von Hauptkommissar Jakob Zimmer, die Britti zur Sicherheit in seiner Telefonliste und als Nummer eins der Favoriten gespeichert hatte.

In Hürth brach nächtliches Chaos aus.

# 14

Da sowohl Leo als auch Britti das Fest in der Longericher Shoppingmeile bereits früh verlassen hatten, verpassten beide die Szene, die sich im Zusammenhang mit der Verhaftung von Hercule Pasquale zwanzig Minuten später ereignete.

Allerdings dachten die Gäste wie auch die Presse vor Ort an einen einstudierten Show-Act. Ein Zauberer war kurz vorher mit seiner ersten Nummer aufgetreten, was zu der Annahme beitrug, es handelte sich um eine gespielte Polizeiaktion. Die Band stimmte am Ende der bühnenreifen Verfolgungsjagd dreimal den Karnevalstusch an. Auch sie tippten auf ein Schauspiel, das den Abend aufpeppen sollte.

Es fing mit Luis' Anruf bei Jakob an.

»Hey, Jakob, was für eine Stimmung dort im Laden!«

»Warte!« Jakob schrie in sein Handy und quetschte sich durch die Menge bis zu dem Seitengang, den Leo fünfzehn Minuten vorher genommen hatte, um auf die Herrentoilette zu gelangen. »Hier versteht man sein eigenes Wort nicht.«

»Habt ihr diesen Pasquale?«

»Pasquale noch nicht. Birgit hat bei unserer Ankunft anhand des Fotos sofort seine Assistentin erkannt, diese Sylvia Junger, hat sie aber im Getümmel wieder verloren. Auch Stella Petermann meinte sie gesehen zu haben, war sich aber nicht sicher. Ich habe mir das hier einfacher vorgestellt.«

»Also sind Partys nichts für dich?«

»Die gesamte Shoppingmeile ist nichts für mich. Lauter extravagante Klamotten zu horrenden Preisen, die ich nicht mal an meiner Freundin sehen möchte. Was hast du für uns?«

»Per und ich, wir haben uns hinter die ›Madame et moi‹-Leute geklemmt. In den Suchmaschinen die üblichen Einträge und eine, wie ich finde, unoriginelle Webseite. Es gibt ein paar wenige Bewertungen, die ganz gut ausfallen, aber die meisten Kunden der Begleitagentur bleiben, wie es scheint, lieber anonym. Über Hercule Pasquale nur die Vita, die er selbst ins Netz gestellt hat, in Belgien geboren, seit 1985 in Köln, Gründung von ›Madame et moi‹ und weiteres Blabla. Ähnlich bei Sylvia Junger, aber bei ihr ist die geschäftliche Seite interessanter als bei Pasquale. Sie ist bei der Agentur als Assistentin aufgeführt, taucht aber auch als Teilhaberin im Branchenverzeichnis auf.«

»Weder das eine noch das andere ist strafbar. Was sonst? Du würdest dich nicht melden, wenn es nicht gleich einen Nachschlag gäbe.«

»Das erzählt dir Per, er hat es entdeckt. Blindes Huhn, noch ein Korn.«

»Gib ihn mir, ich bin hier nicht zu meinem Vergnügen.«

»Hallo, Boss. Per hier. Das Spannende ist die Teilzeitangestellte, die Telefonkraft. Stella Petermann. Sie postet fleißig auf Facebook, viele Einträge öffentlich. In ihrer Galerie bin ich zuerst auf ein Foto von einer Weihnachtsfeier der Agentur gestoßen, das sie und diesen Hercule Pasquale zeigt. Doch Stella hat das Bild mit ›Der Onkel Horst und ich‹ untertitelt. Noch ein halbes Jahr weiter zurück hat sie einen Post über ihre neue Stelle bei ›Madame et moi‹ gemacht. Ihr neuer Chef ist als Horst Möwe-Petermann betitelt. Der Name Hercule Pasquale hat von Anfang an nach einem Künstlernamen geklungen.«

»Also sind sie tatsächlich verwandt, nicht nur Stella Petermann und er, sondern auch Dietrich Möwe und dieser Pasquale?«

»Der in Wahrheit Horst Möwe-Petermann heißen könnte.«

»Danke, wir melden uns.«

»Da vorn ist der Pseudo-Belgier.« Birgit zeigte mit dem Finger in Richtung der Band.

Ein Mann mit einem wirklich mehr als stattlichen Bauch stand neben der Bühne und versuchte eben, per Handzeichen Kontakt zu einem der Musiker aufzunehmen. Niemand aus der Band beachtete ihn.

Jakob und Birgit drängten sich durch die Menge zu ihm hin.

»Horst Möwe-Petermann?« Wieder musste Jakob schreien.

Birgit zückte ihren Dienstausweis.

Hercule, oder besser: Horst, hörte mit Gestikulieren auf. Mit seiner nächsten Reaktion hatte keiner der beiden Ermittler gerechnet.

Ohne zu antworten, fasste er sich links und rechts an seinen Bauch und benutzte ihn wie einen überdimensionalen Prellball. Zuerst rammte er Jakob in die Hüfte, schwenkte dann um und schob die überraschte Birgit mit Schwung zur Seite. Dann drückte er sich zwischen die Gäste, die ihm erstaunt Platz machten und hinter ihm die Reihen wieder schlossen. Diese Wellenbewegung der Masse machte es Birgit und Jakob fast unmöglich, an dem Verdächtigen dranzubleiben.

Als sie sich endlich durchgekämpft hatten, konnten sie sehen, dass Hercule/Horst bereits Richtung Eingang unterwegs war. Von hinten sah er wie eine watschelnde Ente aus, die trotz ihrer Fülle ein stattliches Tempo vorlegte. In der Nähe der Schiebetüren hielten sich zwei der in Gold gekleideten Mädchen auf.

»Das darf doch nicht wahr sein.« Birgit war als Erste durch den Pulk durch und setzte zu einem Sprint an. »Bleiben Sie stehen, Polizei!«

Hercule/Horst hörte Birgit rufen, dachte, sie wäre ihm bereits dicht auf den Fersen, und schlug im Watschellauf einen rechten Haken. Sein Bauch kam mit der schnellen Bewegung nicht mit, und er verlor das Gleichgewicht. Einem Kreisel gleich wirbelte er einmal um die eigene Achse. Er schwankte, wild mit den Armen rudernd.

Eines der Goldmädchen sah ihn und wollte ihm zu Hilfe eilen.

»Weg, weg, gehen Sie weg! Aus dem Weg!«, brüllte nun Hercule/Horst.

Erste Gäste hörten den Lärm und drehten sich um.

Trotz des Protests von Hercule/Horst rannte das Goldmädchen zu ihm hin und erreichte ihn vor den Ermittlern und in dem Moment, als er sein Gleichgewicht völlig verlor. Sie versuchte ihm Halt zu geben, aber das sehr schlanke Model auf hohen Schuhen und in einem engen Goldkleid hatte gegen den sehr dicken Mann, den die Erdanziehungskraft nach unten zerrte, nicht die geringste Chance. Statt ihn zu bremsen, wurde sie von ihm mitgerissen.

Das Goldmädchen begann um Hilfe zu rufen, was bei immer mehr Galabesuchern Aufmerksamkeit erregte. Die Band beendete ihre Musiknummer, und in der kurzen Pause danach wurde auch den letzten Anwesenden klar, dass sich vorn am Eingang ein neues Spektakel abspielte.

Zum Glück klatschte Hercule/Horst als Erster auf dem Marmorboden auf, gefolgt von dem Goldmädchen, dessen Sturz sanft von seinem Bauch samt Bauchhalter abgebremst wurde. Ihre Hilferufe verstummten, und sie streckte beide Hände nach oben.

Jakob packte die junge Frau und half ihr wieder auf die Beine. Trotz des Schreckens zupfte sie sofort ihr goldenes Kleid zurecht, fuhr sich durchs Haar und klimperte mit den Wimpern. »Danke schön. Wie überaus freundlich.«

Jakob war kurz irritiert.

Birgit hatte sich indessen neben den fülligen Mann gekniet. Hercule/Horst hatte es geschafft, sich auf dem Marmorboden zu drehen, und fuchtelte mit seinen Armen und Beinen in der Luft. Sein Schnurrbart hatte die Haftung verloren und hing ihm halb über die Lippen. Sein gegeltes Haar war ihm über die halbe Stirn gerutscht. Anscheinend war an dem Mann mehr als nur sein Name unecht.

»Bitte, nicht schießen, nicht. Sehen Sie, meine Hände sind oben, ich ergebe mich.«

»Herr Pasquale? Oder lieber Herr Möwe-Petermann? Keiner schießt hier. Wir würden Ihnen aber gern ein paar wichtige Fragen stellen. Sie sind vorläufig festgenommen.«

Auch Birgit bemerkte, dass sein Akzent verschwunden war.

In diesem Moment spielte die Band den Karnevalstusch. Die Zuschauer applaudierten.

Jakob und Birgit hatten die Gruppe nach draußen geführt, ein paar Schritte die Wilhelm-Sollmann-Straße hoch, um nicht noch mehr Aufmerksamkeit auf sich zu ziehen.

Weder Horst Möwe-Petermann noch das Goldmädchen hatten sich bei ihrem Sturz verletzt. Der herbeigerufene Sanitäter konnte wieder auf die Gala zurück. Auf dem Fest blieb die Unterbrechung durch die augenscheinlich gefakte Verfolgungsjagd nur für kurze Zeit ein Gesprächsthema.

Die Nachtluft war lau, Sterne zeigten sich am Himmel. Jakob war froh, den Lärm hinter sich zu lassen.

Der Agenturchef machte indessen keine Anstalten, noch einen zweiten Fluchtversuch zu unternehmen, sondern stand mit hängenden Schultern und gerötetem Gesicht zwischen den Ermittlern. Haare und Schnurrbart waren notdürftig wieder an ihrem Platz, aber man konnte jetzt deutlich sehen, dass es sich um ein Toupet und einen falschen Moustache handelte.

Das zweite Goldmädchen hatte sich ihnen angeschlossen, hielt ihre Freundin und Kollegin im Arm. Ängstlich sahen die zwei nicht aus, eher neugierig interessiert. Es hätte Jakob nicht gewundert, wenn eine von beiden ihr Smartphone für ein Selfie gezückt hätte.

Die Schiebetür öffnete sich erneut, und mit einem Schwall Musik und Lärm kamen drei Männer aus der Shoppingmeile zu ihnen gelaufen.

»Ich bin der Manager von ›Colonia Elegante‹. Was zum Teufel war das eben drinnen? Sie können hier nicht auftauchen und einen Eklat inszenieren.«

Jakob und Birgit zeigten ihre Ausweise. »Hauptkommissar Zimmer und meine Kollegin Hauptkommissarin von Zeh, Kripo Köln. Wir inszenieren gar nichts. Wir ermitteln.«

»Das kann nur ein Missverständnis sein, die Veranstaltung wurde ordnungsgemäß angemeldet.« Der Manager wurde sofort kleinlaut. »Ich bitte Sie, meine Herrschaften von der Polizei. Noch ist es drinnen nicht ruchbar geworden, dass Sie echt sind. Das soll so bleiben. Wir brauchen keinen Skandal, sondern einen Erfolg.«

»Und Sie sind?« Birgit wechselte von ihrem Ausweis zum Notizblock und nahm den zweiten Mann in einem dunklen Anzug ins Auge, der stämmig und durchtrainiert wirkte.

»Harry Sprung. Ich bin von der Security und für Tim Gastius zuständig. Ich hätte vorhin eingegriffen, aber Sie hatten die Situation ja unter Kontrolle.« Seine Lippen verzogen sich zu einem spöttischen Grinsen.

Birgit gab keine direkte Antwort, aber ihr Blick ließ seine Mundwinkel zurück nach unten gehen.

Der dritte Mann wandte sich unterdessen an Jakob. »Tim Gastius, das ist meine Wenigkeit. Ich bin, kann man sagen, der eigentliche Chef des Ganzen hier. Zumindest, was die Finanzierung betrifft.«

Sein Lächeln war einnehmend und sympathisch. »Es tut mir so leid, dass es einen Zwischenfall gegeben hat. Für Hercule Pasquale bürge ich, er ist ein persönlicher Freund. All das kann nur ein Missverständnis sein.«

In Jakobs Jacke begann sein Handy zu vibrieren. Er dachte an Luis und Per, doch die angezeigte Nummer kannte er nicht. Er gab Birgit ein Zeichen.

Sie reichte Gastius die Hand. »Hauptkommissarin Birgit von Zeh, Kripo Köln. Sie können auch mit mir sprechen. Aber gedulden Sie sich bitte noch einen Moment.«

»Selbstverständlich.« Das Lächeln blieb.

Jakob entfernte sich ein paar Meter von der Truppe.

»Hallo?«

»Hauptkommissar Zimmer?« Eine männliche Stimme.

»Ja. Was kann ich für Sie tun?

»Hier spricht Dr. Gerwald Hubertus.« Die Stimme hörte sich extrem außer Atem an. »Ich bin Leocardias Vater.«

Sofort fühlte sich Jakob angespannt. »Ist etwas mit Leo?«

»Nein, nein. Nicht mit meiner Tochter. Es ist –«

Im Hintergrund konnte Jakob Schreie hören. »Was passiert da bei Ihnen? Wo sind Sie?«

»Bitte, Sie müssen kommen, Herr Hauptkommissar Zimmer. Sofort. Es geht um Britti Poster. Sie ist in Lebensgefahr!«

# 15

»Nach zweihundert Metern rechts halten. Bitte rechts halten. Jetzt rechts abbiegen.«

»Ja doch.« Ich blinke und biege rechts ab.

Die Straßen sind kurvig und eng. Auf der Strecke durch das waldige Gebiet ist es teilweise absolut dunkel gewesen. Dazwischen idyllische Dörfer. Ohne Navi wäre ich aufgeschmissen.

Ich muss mich konzentrieren, sonst baue ich noch mitten in der Nacht einen Unfall.

Mein Smartphone dudelt schon wieder in meiner Handtasche. Zum Teufel damit, ich kann jetzt nicht rangehen. Wozu gibt es die Mailbox.

Ortseinfahrt Monschau.

Monschau. Oh Gott. Ich glaube, ich bin eine Närrin. Nichts werde ich hier finden, was mit Annika oder Möwe zu tun hat. Nichts.

Oder?

Wie lange noch?

In zehn Minuten bin ich laut Navi an der Adresse. Am Zeilinger Bach. Nummer habe ich keine, mein Navi hat sich für die Zahl Drei entschieden.

Ich war noch nie in dieser Ecke der Eifel. Hübsch sieht es hier aus, zumindest, was ich beim Durchfahren sehen kann. Wenn alles vorbei ist und Annika gerettet, dann werde ich mit Jakob einen Ausflug hierher machen.

Falls ich Annika antreffen werde. Es könnte mein nächster Flop werden, aber einen Versuch ist es wert.

Je mehr Zeit vergeht, desto unsicherer werde ich.

Aber ich konnte nicht nach Hause fahren. Sondern bin direkt auf die Autobahn.

Ich bin, wie ich bin.

*I am what I am.* Wie in diesem schönen Song von Gloria Gaynor.

Hilft mir dieser Song, mich besser zu fühlen?

Nein.

»In siebenhundertfünfzig Metern links abbiegen.«

»Nein, es hilft mir nicht und meiner Beziehung zu Jakob nicht und meiner irrwitzigen Wissbegierde auch nicht. Aber wenn ich doch recht habe, dann könnte es Annika etwas helfen. So viel zu den siebenhundertfünfzig Metern.«

Na super, ich rede mit dem Navi.

Auch schon egal.

Nur das Mädchen ist nicht egal.

Unser Mädchen!

Ich kenne sie nicht, habe noch nie ein Wort mit ihr gesprochen, aber ich weiß, dass ich sie suchen muss. Sie erinnert mich an mich, obwohl ich nie wie Schneewittchen ausgesehen habe. Aber dieses freundliche Gesicht auf den Bildern, dieser Ausdruck darin, die Welt willkommen zu heißen, auch wenn man noch keine Ahnung hat, wie sie sich präsentieren wird, das habe ich wiedererkannt.

Eine unzerstörbare Hoffnung im Blick, dass alles gut werden wird. Was auch immer dieses »Alles« sein wird und wie auch immer »gut« zu definieren ist.

So ist sie, und so war ich.

Als ich mein Studium der Zahnmedizin begonnen habe. Trotz meiner Spritzenphobie. Als ich durch Portugal getrampt bin. Allein. Als ich mich in Johannes verliebt und ihn geheiratet habe, als meine Kinder zur Welt kamen. Bis heute, nach Scheidung, nach Trennungen, nach beruflichem Auf und Ab.

Bin ich so geblieben.

Vielleicht will ich diesen Teil in mir retten und nicht nur Annika.

»In hundert Metern links abbiegen.«

Ich hätte nicht warten können. Nicht diese Nacht. Nicht einmal eine Stunde. Mein Bauchgefühl sagt mir, dass Annika dort ist.

Jawohl.

Es ist ein anderes Bauchgefühl, als Jakob es hat. Er stützt sich auf Fakten. Davor braucht er Beweise, Verhöre, Spurenauswertungen. Ich folge Brotkrumen, die ein Vogel jederzeit aufpicken könnte.

Ich liebe Hauptkommissar Jakob Zimmer, das tue ich wirklich.

»Jetzt links abbiegen.«

Wenn er mich nach dieser Aktion verlassen sollte, dann weiß ich auch nicht.

Mein Herz sagt mir, dass er es nicht tun wird. Ich glaube sogar, er hat sich bereits bei unserem ersten Zusammentreffen im Fall der ermordeten Hedda Kernbach in mich verknallt. Spätestens, als er das erste Mal auf meinem Zahnarztstuhl gesessen hat.

Ha, ha, guter Witz!

»Topp den mal, Navi!«

Es tut so gut, an ihn zu denken, auch wenn ich weiß, wie sehr er meine spontanen Überholmanöver hasst. Selbst mir jetzt seinen Ärger über diese Aktion vorzustellen, macht meine Angst kleiner.

»Die Route wird neu berechnet.«

Ups. Ich habe das Linksabbiegen verpasst. Ich höre nicht mal auf das Navi.

Schöne Häuser in dieser Straße. Fachwerk, glaube ich. Wäre mir lieber, wenn ich hier bereits richtig wäre, in zwei der Fenster brennt noch Licht.

Umdrehen, los, Leo. Und weiter.

Ich habe Angst. Richtig Schiss.

Wer wird mich gleich am Zeilinger Bach empfangen, wo doch eigentlich alle meine Verdächtigen auf der Gala waren?

»Bitte wenden.«

Ich habe niemanden gesehen, als ich vorhin los bin. Vielleicht sind sie mir trotzdem auf der Spur. Verfolgen mich. Oder sind bereits da?

»Die Route wird neu berechnet.«

»Ich wende doch schon, ich fahre ja zurück.«

Wieder auf der richtigen Strecke. Weiter geht es. Ich gebe

Gas, meine Scheinwerfer bohren sich in die Dunkelheit. So viele Kurven.

Gastius und Pasquale hängen auf jeden Fall mit drin. Aber sie wissen nicht, dass ich sie belauscht habe. Also habe ich einen Vorsprung.

»In zweihundertfünfzig Metern rechts abbiegen.«

Ich müsste es merken, wenn mich einer verfolgt. Seit über einer Viertelstunde sind immerhin keine anderen Lichter mehr hinter mir.

»Jetzt rechts abbiegen.«

Auch auf der Gegenfahrbahn keiner.

»Rechts abbiegen.«

Dass Dietrich Möwe tot ist, schockt mich immer noch.

Daran wollte ich nicht denken. Zu spät.

Ich sehe ihn vor mir, wie er sich die Backe hält und jammert. Diesen komischen Patienten, der seine junge Nachbarin beobachtet hat. All diese Fotografien und die Kamera am Fenster. Auch wenn man über Tote nichts Schlechtes sagen soll, er war ekelhaft.

»Folgen Sie weiter der Route.«

Aber Annika war zu ihm genauso freundlich wie zu allen, hat mir Malu erzählt. Der Kreis schließt sich. Auch ich bin zu den Menschen freundlich, selbst wenn sie sich mir gegenüber unerhört benehmen.

Wie mein Vater.

Stopp, den Gedanken an ihn kann ich noch verdrängen.

Lieber zu Britti und Olaf. Die beiden machen sich noch einen schönen Abend auf der Gala. Ich würde es Britti gönnen, sich einmal in den Richtigen zu verlieben.

Bin ich schon wieder aus der Stadt herausgefahren? Hier gibt es keine Häuser mehr. Links und rechts Bäume. Toll. Vielleicht wende ich lieber wieder.

»In fünfhundert Metern haben Sie Ihr Ziel erreicht.«

»Was?«

Ich werde langsamer. Keine Ahnung, wo ich bin.

»In zweihundertfünfzig Metern haben Sie Ihr Ziel erreicht.«

»Navi, was quatschst du da?«
»Ihr Ziel liegt auf der rechten Seite.«
»Da ist nichts.«
Doch, eine schmale Seitenstraße zwischen zwei Tannen.
Ich bremse, ich biege ab. Unter meinen Rädern Kies, diese Nebenstraße ist nicht einmal asphaltiert.
Mein Gott, ist das finster hier draußen. Wie viele Nummern hat dieser Weg? Wo steht dieses Haus? In der gruseligsten Ecke von Monschau?
»Sie haben Ihr Ziel erreicht.«
Ich bin ein Stadtkind. Mir macht zu viel Natur Angst. Hier gibt es nur Bäume.
Nein, da ist auch ein Briefkasten. Zwei.
»Am Zeilinger Bach«, steht da. Auf einem Schild über den Briefkästen. Keine Nummern. Keine Namen.
Aber ein Zufahrtsweg.
Ich probiere ihn aus.
Navi?
Es schweigt.
Aber ich habe mein Ziel erreicht.
Einmal um die Kurve und noch einmal.
Bäume, nichts als dunkle, hohe Bäume.
Ein Haus.
Der Weg endet.
Ich fahre näher heran. Im Licht der Scheinwerfer sieht das Gebäude alt und unbewohnt aus. Bin ich hier richtig?
Ich stelle den Motor aus und warte.
Auf was?
Das muss es sein.
Die Angst nimmt zu. Riesenangst.
Ich bräuchte nur mein Handy zu nehmen und Jakob anzurufen. Er würde kommen, er würde rasen, er würde mich retten, so wie ich Annika retten will.
Komm, Leo. Mach das. Ruf ihn an!
Kein Netz.
Warum bitte schön gibt es hier auf einmal kein Netz? Ich

werde zurück an die asphaltierte Straße fahren und es dort versuchen.

Gleich.

Zuerst sehe mich um.

Nur kurz.

# IV.

## STRENGE UND OFFENHEIT SIND ZWILLINGE

# 1

Gift, dachte das Persönchen, Giftmorde bleiben öfter als vermutet unerkannt.

Dietrich Möwes Gegenüber an dem Tag, als er das Glas Orangensaft getrunken hatte, war auf der Fahrt nach Monschau.

»Persönchen«, so war die Ansprache von Vater gewesen. Das verhasste Wort, die demütigende Bezeichnung.

»Es« hatte keinen Namen und kein Geschlecht.

Es brauchte kein Navi, kannte die Strecke wie seine Westentasche, so oft war es in den Tagen seit der Eskalation hergekommen. Hatte es Gift gewählt, weil es damit schon einmal durchgekommen war oder weil es den Wunderbaum als Zierpflanze immer gemocht hatte?

Vater hatte ständig unter Verstopfung gelitten und sich in regelmäßigen Abständen das ungiftige Rizinusöl aus der Drogerie geholt. Die Arznei half ihm, und die Pflanze gefiel ihm, und wie als Symbol für seinen guten Stuhlgang schenkte er seinem Persönchen damals den Wunderbaum, aus dessen Samen die wundersame Scheißmedizin hergestellt wurde.

Die Pflanze gedieh prächtig, und als sie das erste Mal Blüten und dann ihre stacheligen Früchte trug, hatte eine Nachbarin bei einem Besuch gewarnt, dass die Samenschalen hochgiftig seien. Mit Kindern waren schon Unfälle passiert, oft mit tödlichem Ausgang. Zumal die Wirkung Tage später einsetzen konnte und kein Gegenmittel existierte. Eine Magenspülung hätte schon Leben gerettet, aber man konnte leichter daran sterben als gedacht.

Vier Ableger waren aus dieser ersten Pflanze hervorgegangen.

Nun ja, selbst hatte es keine Kinder.

Nie welche gewollt, nie welche geplant.

Mit wem auch?

Es hatte mit und für seinen immer kränkelnden alten Herrn gelebt. Hatte seine Egomanie, sein dauerndes Quengeln und Jammern ertragen.

Nach einem kurzen Versuch, mit einem Studium Selbstständigkeit zu erlangen, war es nach nur einem halben Jahr zu ihm zurückgekehrt. Das Geld war ihm ausgegangen, Vater zahlte nur, wenn es parierte.

Wie oft hatte es ihn in den Jahren danach hinter sich lassen wollen, seine Hasstiraden und Krankheiten, war aber doch geblieben. Der immer übel gelaunte, sture Alte, der von seiner Frau allein und im Stich gelassen worden war.

Kein Wunder bei Vaters Art, mit seinen Lieben umzugehen.

Mutter hatte die Familie bereits verlassen, als das Persönchen eingeschult worden war. War auf Nimmerwiedersehen verschwunden, hatte sich befreit und die Familie verraten. Vater hatte getobt und alle Bilder verbrannt. Verboten, den Namen seiner Frau auszusprechen. Ohne Erinnerung an Mama war es groß geworden. Das damals noch kleine Kind blieb mit dem Mann, der das gemeinsame Leben mit seinen ständigen Leiden bestimmte, zurück.

Ein gutes Kind, ein braves, folgsam. Ängstlich um Vater bedacht, damit nicht am Ende auch er davonlief wie die Mutter.

Später, als das Kind erwachsen geworden war, hatte es nach außen hin funktioniert, aber innerlich war es zerrissen geblieben. Es hatte den Vater gehasst und verachtet und sich doch aufgeopfert.

Pech in diesem Leben. Dagegen hatte kein Öl geholfen, aber der Tipp der netten Nachbarin. Vater war am Ende gestorben, wie er gelebt hatte. Mit einem verkniffenen, schmerzlichen Ausdruck im Gesicht, der keinen Funken Liebe in sich trug.

Zwar hatte es Tränen vergossen, aber kein Mitgefühl gespürt. Es hatte eine Nacht Totenwache bei der Leiche gehalten und Vaters kalte Wange geküsst, genug der Sühne.

Vertrocknet war das Persönchen in seinem Inneren, als hätte Vater mit seinem Tod auch den inneren Brunnen seines Kindes zum Versiegen gebracht.

Bei der Totenschau hatte keiner auf Mord getippt. Keiner hatte es verdächtigt.

Der Vater hatte seinem Kind Aktienfonds, die Wohnung und

das Auto hinterlassen. Das Erbe war gut, aber nicht verdächtig groß gewesen. Allerdings waren die Aktien ein halbes Jahr später bereits im Sinkflug, es verkaufte mit Verlust. Als wären durch Vaters Ableben die Fonds ebenfalls über den Jordan gegangen. Eigentlich hatte es mit einem sorgenfreien Leben gerechnet. Für dieses finanzielle Versagen des alten Herrn post mortem hätte es ihn gern zurückgeholt und schmerzhafter sterben lassen.

Eine Zeit lang hatte es überlegt, sich auf die Suche nach Mutter zu machen, um auch diese büßen zu lassen für das verkorkste Persönchen-Leben, aber die neuen Umstände hatten ganze Aufmerksamkeit gefordert. Es brauchte Arbeit. Musste sich zum ersten Mal um Dinge des Alltags kümmern, die Vater ihm immer abgenommen hatte. Er hatte sich mit der Finanzwelt herumgeschlagen, es sich mit ihm. Von der Rendite hatten sie beide gut gelebt.

Zu wenig Erbe jedoch, die Zukunftsängste wuchsen und produzierten Ableger wie ein Wunderbaum. Auch wurden die Lebenshaltungskosten immer höher und das Persönchen nicht jünger.

Altersarmut, was für ein Wort in langen Nächten ohne Schlaf.

Es trank Wasser in rauen Mengen, aber die innere Wüste blieb.

Gern hätte es eine dauerhafte Beziehung gehabt, doch auch nach Vaters Tod war eine mögliche Partnerschaft nie in greifbare Nähe gerückt. Das Persönchen war immer an den eigenen Ansprüchen gescheitert. Ab einem gewissen Punkt war klar gewesen, dass es keinen Treffer mehr landen würde. Bis auf kurz aufflackernde Träumereien und ein paar hoffnungslose Anläufe war nichts hängen geblieben.

Denn letztlich war nur ein Einziger dem Persönchen je nahegekommen.

Im Leben wie im Tod.

Der Sensible, der Verständnisvolle, der Träumer.

Der Labile, der Spinner, der Verrückte.

In ein und derselben Person.

Der Dietrich.

Der Möwe.

Nur die Zeit trennte Dietrich, den sensiblen Freund, von Möwe, dem psychisch Kranken.

Hatte es sich mit ihm sofort verstanden, weil er Vater ähnlich war? Das Klagen und Jammern? Das Misstrauen jedermann gegenüber?

Hätte Dietrich Geld gehabt, hätte mehr als nur diese Zuneigung zwischen ihnen sein können, aber schon in seinen guten Tagen war er zu schwach gewesen, um der Welt mehr als ein Buchhaltergehalt abzutrotzen.

Als seine paranoide Schizophrenie in einem Schub das erste Mal ihren Höhepunkt erreichte, wurde er arbeitsunfähig und lebte fortan von einer kleinen Erwerbsunfähigkeitsrente. Trotz der Medikamente wurde er nie mehr der Mann, als der er anfangs erschienen war.

Ständige Hilfe hätte er gebraucht, wie Vater. Doch immerhin hatte es sich von Dietrich so gut es ging ferngehalten und seine Zuneigung vor allen anderen verborgen, weiter das eigene Leben gelebt. Dietrichs wieder aufgeflammten Verfolgungswahn hatte es so übersehen.

Sie alle waren blind gewesen oder zu vernarrt in die Aussicht auf Gewinn, als sie den psychisch kranken Mann bei dem Geschäft mit ins Boot geholt hatten.

Doch auch ohne die überzogene, irre Aktion mit dem Mädchen hatte Dietrich den Tod verdient.

Kurz bevor das Persönchen beschlossen hatte, ihn zu vergiften wie damals Vater, hatte er es nicht einmal mehr erkannt und in ihm nur eine fremde, bedrohliche Gestalt gesehen, einen von seinen eingebildeten Verfolgern. Nun, damit hatte Dietrich nicht ganz falschgelegen.

Als es die getrockneten Samenschalen fein zerrieben und mit dem Saft in der Flasche vermischt hatte, hatte es auf eine Regung in seinem Herzen gewartet. Wenigstens dieses Mal ein Funken Mitleid. Aber nicht einmal ein Hauch von Nervosität hatte sich eingestellt, als es zu der letzten Begegnung mit Möwe und zur endgültigen Entscheidung über ihn gekommen war.

Das Geschäft ging vor.

Was einmal geklappt hatte, konnte man ein zweites Mal versuchen. Oder?

Er hätte ja auch überleben können. So genau hatte es die Dosis nicht berechnet, und die Samen hatte es schon seit der Zeit nach Vaters Tod in einer kleinen verzierten Dose gelagert. Wenn Dietrich bei den ersten Symptomen ins Krankenhaus gefahren wäre, hätte er eine minimale Überlebenschance gehabt.

Aber natürlich hatte er sich nicht aus dem Haus und von dem Mädchen wegbewegt.

Beim nächsten Besuch hatte Dietrich halb tot auf der zerschlissenen Couch gelegen.

Es hatte sich gefragt, wie sich überhaupt ein Mensch lange lebend in dem heruntergekommenen Haus aufhalten konnte. Allein schon die Ameisenstraßen durch die einzelnen Zimmer waren ein Horror. Die Tierchen kamen aus dem Wald und schienen sich wohlzufühlen. Als es bei seinem ersten Rundgang zwei Nester entdeckt hatte, hätte es schreien können.

Noch während das Persönchen auf den kranken Mann gestarrt und sich so seine Gedanken über das Leben gemacht hatte, in einer Welt, in der Geldbesitz und Anpassung zählten, hatte Möwe sein letztes Röcheln von sich gegeben. Ein Ein- und kein Austamen mehr.

Es hatte den Kopf schief gelegt, den Verstorbenen weiter betrachtet, seinen Bauch, seine Falten, seine verwelkten Hautlappen. Ein Mann und sein völlig sinnloses Leben.

Dann war es lange durch den Wald gelaufen, frische Luft und Leben atmend. Nach der Rückkehr hatte es nach einer der Wasserflaschen gesucht, die Dietrich für das Mädchen mitgebracht hatte, aber keine gefunden. Durstig und mit einem schlechten Geschmack im Mund hatte es sich an die Entsorgung des toten Körpers gemacht.

Zuerst wollte es ihn unter den Bäumen hinter dem Haus begraben, denn selten fuhr einer auf den Zufahrtsweg. Das zweite Gebäude, noch weiter die unbefestigte Straße hoch, war auch von der anderen Seite zu erreichen und noch dazu ebenfalls unbewohnt. Aber wenn Tiere, die das tote Fleisch rochen, ihn auszugraben versuchten und sich dann doch ein dummer touristischer Wanderer hierher verirrte, würde eine Maschinerie in Gang gesetzt, die am Ende auch das Persönchen überrollen konnte. Ganz abgesehen davon, dass für die nächsten Jahre eine Renovierung des alten Fachwerkhauses geplant war. Ein Knochenfund auf der Baustelle wäre zu riskant gewesen.

Verbrennen wie ein Stück Holz war auch zu gefährlich. Die Winde konnten einen Waldbrand entfachen.

In seinem ewig ungestillten Durst blieb es beim Gedanken an Wasser hängen. Flussbestattung der anderen Art.

Die dicke Leiche im Teppich zu transportieren war Schwerstarbeit gewesen. Warum mussten alle Möwes fressen wie die Scheunendrescher? Immerhin hatte die Aktion in aller Herrgottsfrühe ohne Komplikation geklappt.

Wie lange würde seine Identifizierung durch die Behörden dauern? Noch sprachen alle im Ort über einen in der Rur ertrunkenen Unbekannten. Mit Glück würde die Lage noch eine lange Weile so anhalten. Das Wasser hatte hoffentlich alle Spuren vernichtet und brachte einen möglichen Suizid ins Spiel.

Würde das Persönchen auch das Mädchen töten können?

Der Wunderbaum trug zurzeit keine neuen Samen, der alte Vorrat war aufgebraucht.

Was dann?

Erschießen?

Es hatte Dietrichs Pistole gefunden, als es seinen Körper von der Couch auf den Teppich gerollt hatte. Da hatte die Waffe auf der schmutzigen Decke gelegen. Eine Zeit lang hatte es das Ding sprachlos in den Händen hin und her gedreht, eine derartige Aufrüstung hätte man Dietrich niemals zugetraut. Was der Wahn der Liebe mit einem verkorksten Mann machen konnte, war erstaunlich. Schließlich hatte das Persönchen die Waffe mitgenommen.

In Köln hatte es nach dem Waffenmodell gegoogelt, nachgelesen, wie man sich vergewisserte, ob die Tokarew geladen war, wie man überhaupt so eine Waffe entsicherte, den Hahn spannte und zielte.

Abdrücken war eine andere Sache.

Würde das Persönchen Auge in Auge morden können?

Kaltblütig konnte man am besten vorgehen, wenn die Todesart genügend Abstand zuließ.

Verhungern und verdursten.

Die angenehmere Lösung. Auch wenn der Gestank und der Zustand der Leiche grauenvoll sein würden, aber tot war ja schon tot, da gab es nichts mehr zu entscheiden.

Es hatte dem Haus eine Weile fernbleiben wollen. Bis die Natur die Sache übernahm. Dietrich hatte das Mädchen mit Lebensmitteln versorgt, also konnte das Sterben länger dauern. Die anderen waren dabei das Problem. Es musste sie davon abhalten, herzukommen. Das Mädchen sterben zu lassen würde die anderen überfordern, sie würden versuchen, sie zu retten, wie Dietrich sie hatte retten wollen.

Weil das Mädchen hübsch war. Jung und zart.

In Wahrheit hasste es alles Hübsche, alles Junge und Zarte. War das Mädchen erst tot, mussten sich die anderen damit abfinden, wenn sie nicht ins Gefängnis wollten. Am Ende des Tages zählten doch Geld und Gier mehr als ein Leben.

Aber jetzt machte jemand anderer Probleme. Deshalb war es doch wieder unterwegs in die Eifel.

***

Leo stieg aus ihrem Wagen, ließ aber das Scheinwerferlicht an. Im Inneren erklang eine Folge von Tönen, um sie darauf aufmerksam zu machen. Schnell schlug sie die Tür zu.

Draußen herrschte tiefe Dunkelheit. Nur der Sternenhimmel über ihr. Die Fassade des Hauses vor ihr sah außerhalb der Kegelstrahler schwarz aus, keines der Fenster war erleuchtet.

Unschlüssig stand Leo da und wartete. Worauf, das wusste sie selbst nicht. Mehr und mehr nahm sie die Geräusche wahr, die um sie herum waren. Das Rauschen in den Bäumen, die den schmalen Zufahrtsweg säumten und hinter dem Gebäude als dunkle Schattenrisse in den Nachthimmel ragten. Ein Käuzchen rief. Es knackte im Geäst. Ein Rascheln im Gebüsch. So viel nächtliche Natur um sich war sie nicht gewohnt. In der Stadt war zwar der Lärmpegel höher, aber die Geräuschkulisse eine völlig andere.

Leo rieb sich die Oberarme, ihre Haut war kalt, obwohl die Temperaturen lau geblieben waren. Sie durfte sich nicht davon abhalten lassen, zu tun, was sie tun wollte.

Nachsehen.

Irgendwo in ihrem Auto hatte sie eine Taschenlampe deponiert. Sie öffnete die Wagentür wieder, krabbelte hinein und begann zu suchen. Doch das Innere war wie ihre Handtasche, die Dinge waren irgendwo verstaut, wollten aber nicht gefunden werden, vor allem nicht, wenn man sie brauchte.

Nach ein paar Minuten gab sie entnervt auf. Die ständig warnenden Töne machten ihr zu schaffen, und ihr ungutes Bauchgefühl nahm zu. Sie schnappte sich stattdessen ihr Smartphone. Noch immer zeigte es keine Empfangsbalken an. Dann konnte es ihr zumindest als Lampenersatz dienen.

Sie wand sich rückwärts aus dem Wagen, blieb mit dem Hosenbein an einem Ast hängen und konnte hören, wie der Stoff einriss. Sie stöhnte. Wenigstens hatte sie sich nicht verletzt.

Nach den ersten drei Schritten Richtung Haus hielt sie wieder an, musste einige Male tief Luft holen, bevor es weiterging. Unter ihren Sohlen knirschten Kiesel oder Steine. Jedes Geräusch hörte sich fremd und bedrohlich an.

An der Haustür angekommen, brauchte Leo das Handydisplay. Ihr Körperschatten verdunkelte Klinke und Schloss. Sie ließ ihr Behelfslicht auf und ab wandern. Ein Namensschild gab es nicht, aber sie entdeckte neben dem Türrahmen einen Klingelknopf.

Ihr Zeigefinger kreiste darum.

Würde ihr jemand öffnen? Was sollte sie sagen, wenn tatsächlich ein Bewohner hier war und sie ihn aus dem Tiefschlaf geweckt hatte? Was, wenn »unser Mädchen« eine völlig andere Person war und nichts, überhaupt nichts mit Annika zu tun hatte?

Wenn sie allerdings weiter hier auf der Stelle stehen blieb, würde sie die Antworten genauso wenig finden.

Sie berührte die Klingel, das Material unter ihrer Fingerkuppe fühlte sich fettig an. Sie drückte und wappnete sich gegen etwas Schrilles, Nervenzerfetzendes.

Nichts.

Leos Anspannung lockerte sich. Sie unternahm einen zweiten Versuch. Wieder nichts. Die Klingel funktionierte auch beim dritten Mal nicht.

Sie gab auf und machte einen Schritt vom Eingang zurück. Ihr Schatten dehnte sich im Licht der Scheinwerfer an der Fassade nach oben. Er wirkte riesig, erschien bedrohlicher als die Geräuschkulisse um Leo herum. Sie bewegte sich nach rechts und verließ den angestrahlten Teil der Hausfront.

Nur das Displaylicht blieb ihr jetzt.

Ihr Blick hob sich. Sie sah die Umrisse der Baumkronen, die sich im leichten Wind bewegten, und darüber die unendlich vielen glitzernden Punkte im All. Romantisch, beeindruckend und schön, wenn man aus einem anderen Grund hier wäre.

Los, dachte sie, geh weiter. Je flotter du alles gecheckt hast, desto schneller kannst du wieder abhauen. Ein persönlicher innerer Zuruf, mit dem sie sich Mut machen wollte.

Vorsichtig, einen Fuß vor den anderen setzend, erreichte sie ein erstes Fenster. Sie stellte sich auf die Zehenspitzen. Ihre Finger hielten sich am Mauerwerk darunter fest. Schmutzige, abgeteilte Scheiben konnte sie sehen. Das Fensterglas war seit langer Zeit nicht mehr geputzt worden, ein Sprung war zu erkennen. Dahinter schien dieselbe Schwärze wie um sie herum zu herrschen.

Leo starrte in die Dunkelheit, bis ihre Augen zu tränen begannen. Sie streckte das Handy nach oben, doch das Displaylicht wurde von den Scheiben reflektiert, es nützte nichts. Also weiter.

Leo spürte, dass der Boden unter ihr unebener wurde, da waren Steine und Löcher. Sie musste noch vorsichtiger werden, damit sie nicht stürzte oder umknickte. Nun brauchte sie beide

Hände, um sich an der Fassade abstützen zu können. Das Smartphone war ihr im Weg, sie steckte es in ihre Hosentasche. Zusätzlich wollte sie Akku sparen, sobald sie sich wieder auf einer der Hauptstraßen Richtung Stadt befand, würde sie Jakob anrufen.

Vielleicht schaffte sie es, das Haus einmal zu umrunden, dann würde sie zum Wagen zurückkehren.

***

Das Persönchen bog in die Zufahrtsstraße ein und stellte den Wagen vor der ersten Kurve hinter einer Tanne ab. Den Weg hoch würde es laufen.

Aus dem Handschuhfach holte es Möwes Pistole. Sie sollte eigentlich nicht zum Einsatz kommen. Doch beim Verlassen der Gala hatte es sofort an die Waffe denken müssen. Auf dem Weg Richtung Autobahn hatte es sich zu Hause umgezogen, bequeme Kleidung, in der man sich bewegen konnte, dann die Tokarew eingesteckt. Drei Patronen waren im Lauf, es hatte nachgesehen.

Einmal in der Hand, fühlte sich das Ding besser als eine Handvoll getrockneter Rizinschalen an.

Es überlegte dennoch. Kam es am weiteren Töten vielleicht ganz vorbei, wenn es versuchte, die Frauen mit ins Boot zu holen? Nein. Zu viel teilen war scheiße. Zu viele Köche verdarben den Brei.

Diesmal wollte es sich versorgt wissen. Wenn sie noch mal drittelten, die Inflation abzogen und die Nullzinsstrategie andauerte, blieb nicht genug übrig. Nicht genug für die Jahrzehnte, die da kommen mochten. Was, wenn es krank wurde und nicht einmal mehr arbeiten konnte?

Hier am Haus angekommen, erwies sich der Verdacht als richtig. Da stand der fremde Wagen. Die Scheinwerfer leuchteten Richtung Eingangstür.

Welcher Vollidiot hatte eigentlich die Adresse herausgegeben? Musste in der Familie liegen.

Im Scheinwerferlicht konnte es erst niemanden sehen.

Ein quadratischer Lichtstrahl blitzte auf.

Es fasste den Griff der Waffe fester. Schlich näher. Noch ein Stück.

Und jetzt?

Schießen? In den Rücken?

Aus nächster Nähe?

Es hob die Waffe an.

Dem Persönchen wurde schwindlig.

Es hatte mit Gift getötet, es war verdorben, es war vertrocknetes Laub an einem geöffneten Grab.

Fragen kamen hoch. Vor dem nächsten Tod mussten Antworten her. Anderer Plan, Umorientierung, die Waffe als Knüppel benutzen.

Wieder fühlte es diese unendliche Dürre im Inneren.

***

Hinter Leo knisterte und knackte es, und sie stieß einen Schrei aus. Das Rascheln wiederholte sich mehrmals, entfernte sich von ihr. Ein in seiner Nachtruhe gestörter Vogel vielleicht oder ein anderes Tier. Sie tastete sich mit den Fingern vorwärts. Rau und rissig war das Mauerwerk, es tat weh, es zu berühren. Dazwischen fühlte Leo einen Streifen Holz, dann wieder Mauer.

Ein Schritt nach dem anderen, eine Handflächenbreite nach der anderen.

Die hohen Schuhe behinderten sie, Leo schwankte immer wieder, wenn sie auf einen Stein trat. Durch die Sohlen ihrer teuren High Heels konnte sie jede Spitze spüren, aber sie schaffte es, das Gleichgewicht zu halten.

Ein nächstes Fenster. Leo fühlte das Glas, den Rahmen. Wieder geteilte Fensterscheiben und dahinter Finsternis.

Langsam musste sie sich eingestehen, dass hier niemand war. Das Ganze war eine Schnapsidee gewesen, ein Schnapsgefühl, eine Schnapsaktion. Wie so oft kam sie sich lächerlich vor. Aber wie noch öfter wollte sie noch nicht aufgeben.

Fühlen. Schritt. Stopp. Fühlen. Schritt. Stopp.

Fühlen. Leere. Luft.

Sie war an der ersten Ecke angelangt.

Unter ihr schmatzte der Boden, sie sank mit dem Stöckel ein, zog den Fuß schnell hoch. Auf einem Bein stehend und sich mit den Fingern festklammernd, schob sie ihren Oberkörper und Kopf um die Ecke.

Sie erstarrte in der Bewegung.

Ein schmaler Lichtstreifen. Ungefähr zwei Meter entfernt. Es war doch jemand zu Hause.

Sie stellte den Fuß mit einem Ausfallschritt wieder ab. War auf der anderen Seite, kam dem Lichtstreifen näher.

Bis zum nächsten Fenster.

Ihre Nase berührte die Scheibe.

Es dauerte einige Sekunden, bis ihr bewusst wurde, dass sie mit einem Mal hineinsehen konnte, weil es drinnen tatsächlich Licht gab. Nicht direkt in dem Zimmer, aber in einem Gang oder Flur dahinter. Keine helle Lampe, eher wie eine schwache Reflexion.

Sie reckte sich ein Stück weiter nach oben, es knackte in ihrem Rücken, und es knackte hinter ihr.

Ihre Augen taten weh, so weit riss sie sie auf, um etwas erkennen zu können. Hinter der Scheibe machte Leo Konturen aus. Sie sah einen Sessel. Die Kante eines Tisches. Zugleich gab es auf dem Fensterglas eine unscharfe Spiegelung ihres Gesichtes.

Ein Umriss.

Nein.

Zwei.

Leos Körper versteifte sich. Ihr Herzschlag setzte für eine Sekunde aus, stolperte dann weiter. Für eine weitere Sekunde blieb sie zur Salzsäule erstarrt, unfähig, sich zu drehen. Unfähig, auch nur einen weiteren Gedanken zu fassen.

In dieser kurzen Zeitspanne fiel etwas auf ihren Kopf. Schlug etwas auf ihren Nacken. Durch die Haare, auf die Haut, bis auf den Knochen konnte sie es spüren.

Mit einer Frage ging sie zu Boden.

Wer?

Dunkelheit zog Dunkelheit an.

## 2

Hauptkommissar Jakob Zimmer war sprachlos.

Die Szenerie im Wohnzimmer von Olaf Jansen war grausig.

Das weibliche Opfer in einem hautengen schwarzen Negligé war auf dem Sofa drapiert, in direkter Linie zu einem Mann, der augenscheinlich ein Arzt sein musste. Er trug einen weißen Kittel und einen Mundschutz, hatte eine grüne OP-Haube auf dem Kopf, und seine bedrohlich erhobenen Hände steckten in Latexhandschuhen. In den Fingern einer Hand lag eine Zange.

Die Frau hatte Ähnlichkeit mit Britti Poster, die Frisur und Haarfarbe stimmten überein, der geöffnete rot geschminkte Mund deutete einen Schrei an. Eine Blutspur lief ihr über das halbe Gesicht und setzte sich zwischen ihren eindeutig zu groß geratenen Brüsten fort.

Die beiden Köpfe waren so ausgerichtet, dass ihre aufgerissenen Augen direkt Richtung Eingangstür starrten. Auf dem Couchtisch lagen säuberlich aufgereiht alle möglichen zahnärztlichen Instrumente. Sie ließen dem Hauptkommissar einen heftigen Schauer über den Rücken laufen.

Endlich fand er seine Sprache wieder. »Und wegen so einer verrückten Sache haben Sie mich mit Blaulicht und Sirene durch die Stadt fahren lassen. Ich bin fassungslos, Britti.«

Bei beiden, dem Opfer und dem Täter, handelte es sich nämlich um lebensgroße Puppen.

»Ich hab doch gesagt, dass ich dachte, es wäre echt.« Brittis Zeigefinger deutete auf Olaf Jansen, der am Türrahmen lehnte, bleich und völlig aus der Fassung. »Der da ist schuld. Wie oft soll ich es denn noch wiederholen, dass es ein groteskes und peinliches Missverständnis ist, Herr Hauptkommissar?«

»Als peinlich und grotesk würde ich die Püppchen hier bezeichnen«, meinte einer der beiden Polizeibeamten, die zur gleichen Zeit wie Jakob Zimmer eingetroffen waren, im Streifenwagen, ebenfalls mit Blaulicht und Sirene. Nach dem Anruf von Leos Vater hatte Jakob zur Sicherheit Verstärkung angefordert.

Dr. Hubertus hatte sich an den Esstisch zurückgezogen und sah auf das Display seines brandneuen Smartphones, als ob darauf eine Erklärung für die Eskalation abzulesen war.

Jakob wandte sich an die Uniformierten, in deren Gesichtern sich Belustigung und Fassungslosigkeit abwechselten. »Ich denke, Sie können Ihre Streife weiter fortsetzen, meine Herren. Hiermit werde ich allein fertig. Ich danke Ihnen für Ihr Kommen.«

»Man erlebt doch immer wieder was Neues«, meinte der eine, tippte sich an die Kappe und verschwand durch die offen stehende Tür.

Draußen hatte sich hinter dem Polizeiwagen und Jakobs Auto bereits ein Häufchen Nachbarn versammelt. Jakob sah, dass zwei von ihnen ihre Handys gezückt hatten und Fotos oder Filmaufnahmen machten. Das Internet würde bald um ein paar nutzlose Informationen reicher sein.

»Könnten Sie die Schaulustigen wieder in ihre Häuser schicken, bevor Sie fahren?«

Der zweite Beamte nickte. »Jeht klar, Kommissar.«

»Sagen Sie den Leuten draußen, dass ich ihre tollen Mobiltelefone konfisziere, wenn etwas hiervon hochgeladen wird.«

Eine glatte Lüge, denn hier gab es weder einen Tatort, den es zu schützen galt, noch ein Verbrechen, das aufzuklären war. Aber vielleicht half die Drohung.

Bevor er aus dem Haus war, wandte sich der Streifenpolizist dem bleichen Olaf Jansen zu. »Krass. Aber wenn Se dat mal ausstellen, guck ich et mer aan. Ne joode Naach noch.«

Britti schloss hinter den Männern die Tür.

Sie fühlte sich nach der ganzen geheimen Verfolgungs- und Spionageaktion ausgelaugt und bloßgestellt. Sie und Dr. Hubertus hatten Jakob Zimmer und den Beamten bereits abwechselnd berichtet, doch das meiste an diesem schiefgegangenen Einsatz hatte Britti zu verantworten. Ein noch größerer Fauxpas hätte ihr nicht passieren können.

»Woher hätte ich denn wissen sollen, dass alles nur Fake ist, Herr Hauptkommissar? Und mal ehrlich, Sie predigen doch immer, dass Dr. Leo und ich uns mit Ihnen kurzschließen sollen.«

»Das ist jetzt nicht Ihr Ernst, oder, Frau Poster?« Jakob merkte, dass er ärgerlich wurde. Er hatte Wichtigeres zu tun, hatte seine Kollegin wegen dem Schauspiel hier allein im Shoppingcenter gelassen. Die Erklärung, die ihm die Zahnarzthelferin zu dem ganzen Vorfall gegeben hatte, klang absurd.

Immerhin keine Spur von seiner Freundin. Diesmal waren es nur Britti Poster und Leos Vater, die sich auf eine völlig abstruse Mörderjagd begeben hatten. Die Zahnarzthelferin und der frühpensionierte Herr Doktor würden von ihm ihr Fett wegkriegen, damit ihnen die Lust an solchen Aktionen ein für alle Mal verging.

»Wenn Sie oder jemand anderer in Ihrer Umgebung meint, ein Verbrechen zu entdecken, dann haben Sie die Polizei sofort zu verständigen. Wo kommen wir hin, wenn jede Möchtegern-Schnüfflerin und jeder unausgelastete Pensionär auf eigene Faust ermitteln! Ich könnte Sie beide wegen Behinderung der Justiz festnehmen.«

Britti sah zu Boden, Dr. Hubertus' Blick schien an seinem Smartphone festgewachsen zu sein.

»Jetzt noch mal für alle Zeiten, Frau Poster und Herr Dr. Hubertus: keine Einmischung in polizeiliche Arbeit, keine eigenmächtige Verbrechensrecherche, keine Pseudoermittlungen mehr.«

»Ich wollte ja Dr. Leo mit einbeziehen. Aber sie war immer so beschäftigt.« Britti klang sogar etwas beleidigt.

»Haben Sie mir nicht zugehört?« Jakob wurde noch wütender. »Ich bin die Polizei, und ich werde mit einbezogen, wenn es etwas gibt, das es wert ist, untersucht zu werden. Haben Sie und Dr. Kardiff nicht schon genug erlebt, um das zu wissen?«

»Ja, da haben Sie recht, Herr Hauptkommissar.«

»Das heißt also, Ihre Chefin hat wirklich nichts von Ihrem Aktionismus gewusst?«

»Nein. In meiner Not habe ich mich an Dr. Hubertus gewandt. Das war ein riesiger Fehler. Sorry.«

Als diesmal sein Name genannt wurde, hob Leos Vater den Kopf. »Wenn ich ehrlich bin, weiß ich nicht, welcher Teufel mich da geritten hat, Herr Hauptkommissar Zinner.«

Jakob machte die paar Schritte zum Esstisch hin und reichte Dr. Hubertus die Hand. »Zimmer ist mein Name. Hauptkommissar Jakob Zimmer. Es ist ohnehin an der Zeit, dass ich mich Ihnen vorstelle, auch wenn mir andere Umstände lieber gewesen wären. Ich bin der Freund Ihrer Tochter.«

Britti stieß einen Lacher aus. Dr. Hubertus sah Jakob an, als wäre er eben aus einer fliegenden Untertasse gestiegen.

»Davon hat sie mir nichts erzählt. Ich kenne nur den Steuerberater, diesen Magister Heinz.«

»Da sind Sie aber nicht auf dem Laufenden, Dr. Hubertus.«

»Scheint so, ja. Verzeihen Sie.« Leos Vater erhob sich. »Ich fühle mich wie erschlagen nach alldem. Es war wie ein Rausch. Doch jetzt freue ich mich, Sie kennenzulernen.«

Die Männer schüttelten sich die Hände, was Britti wieder kichern ließ.

»Ich werde von einer Verhaftung oder einer Anzeige absehen, Dr. Hubertus. Aber nicht, weil Sie Leos Vater sind, sondern weil ich hier keine strafrelevante Handlung erkennen kann.«

»Nein und stopp!« Olaf Jansen meldete sich zum ersten Mal. »Ich finde es eine Unverschämtheit, meine Offenheit so auszunutzen. Ich habe vorhin vor Schreck fast einen Herzstillstand bekommen und möchte Anzeige erstatten.«

Er verließ seinen Platz am Türrahmen und umrundete seine Schaufensterpuppen und die makabre Dekoration. »Das hier ist ein Projekt. Es soll ein mir wichtiges Ereignis ankündigen.«

Bevor Jakob etwas dazu sagen konnte, sprintete Britti zur weiblichen Puppe mit den übergroßen Brüsten. Sie packte den Plastikarm und ließ ihn angewidert sofort wieder los. Stattdessen stemmte sie ihre Hände in die Hüften.

»Was bitte schön soll hier ein Projekt sein? Für mich ist das eine perverse Ausgestaltung einer kranken Phantasie.«

»Britti-Maus, du verstehst das nicht.«

»Was sollte ich denn verstehen? Dass du aus der Praxis Instrumente klaust, dass du dich wie ein Serienkiller benimmst, dass du Dr. Leo hintergehst und dass du hier eine Szene aufbaust wie aus Dr. Mabuses Schreckenskabinett? Ganz abgesehen davon, nenn mich nie wieder Maus, klar!«

»Entschuldige, Britti. Verstanden.« Olaf zeigte sich auf der Stelle zerknirscht. »Lass mich dir bitte meine Skizzen zeigen.«

»Skizzen, welche Skizzen?«

»Das hier ist nur der Probeaufbau für die erste Präsentation.«

»Präsentation von was? Der irre Zahnarzt und sein busiges Opferlein? Soll das da ich sein oder was? Oder WAS, Olaf?« Britti trat gegen das Schienbein der Puppe. Sie wackelte auf dem Sofa.

Jakob wollte sie abstoppen, entschied sich aber dagegen. Er und Dr. Hubertus waren zu Randfiguren geworden, die ihre Köpfe zwischen Britti und Olaf hin- und herdrehten wie bei einem Tennismatch.

»Nein. Ähnlichkeiten mit lebenden Menschen sind nur zufällig.« Olaf ließ Britti nicht aus den Augen, er schien zu befürchten, dass sie sich gleich auf ihn stürzen würde.

»So eine Kacke, die du da quatschst, Olaf.«

»Bitte, lass es mich erklären. Das alles dient der Präsentation von ›The Dentist‹!«

»Von wem?«

Olaf kam einen vorsichtigen Schritt auf Britti zu. »›The Dentist‹, so heißt meine Idee. Ich schreibe und zeichne in meiner Freizeit. Ich habe eine neue Comic-Reihe kreiert. Eben ›The Dentist‹. Zugegebenermaßen eine schräge Figur. Ein Zahnarzt, der verrückt geworden ist.«

Kann schon mal vorkommen, dachte Jakob ohne Ironie.

»Das hier ist aber mehr als eine Zeichnung.« Britti trat noch mal gegen die weibliche Puppe, wenn auch weniger fest.

»Das hier ist ein möglicher Aufbau für eine Szene aus der Geschichte. Ich habe für das erste Heft alles in Eigenregie gemacht. Die Ausgestaltung, den Druck. Die erste Ausgabe ist fertig, und der Bonner Comic-Laden will sie auslegen. Mit Glück ziehen andere Läden nach, und es kommt ein richtiger Verlag hinzu, und das Ding läuft. Der Ladenbesitzer wird mir eine Ecke zur Verfügung stellen, wo ich eine erste Präsentation installieren kann. Das ist großartig. Ich wollte, dass es echt aussieht, makaber und schräg zugleich. Deshalb die Instrumente aus der Praxis.«

»Die du geklaut hast.«

»Nur ausgeliehen.« Olaf warf Jakob einen raschen Blick zu. »Glaub mir, ich wollte längst mit Dr. Kardiff reden, aber sie ist immer so in Eile. Ich wollte sie zum Essen einladen und sie sogar fragen, ob ich nicht auch den leeren zweiten Büroraum für eine kleine Ausstellung nutzen könnte.«

»Das erlaubt sie dir nie und nimmer.«

»Fragen kostet nichts, Britti.«

»Und für das Blut hast du ein armes Tier getötet, du Arsch.«

»Das ist Theaterblut, Britti. Kann man im Laden kaufen oder im Internet bestellen. Meine Comic-Reihe mag noch so gruselig sein, im wahren Leben könnte ich keiner Fliege etwas zuleide tun.«

»Es riecht wie echtes Blut.«

»Ich finde, es stinkt nach faulem Obst.«

»Wie auch immer, Olaf, du hast mich damit fast zu Tode erschreckt. Ich dachte, du bist ein Serienkiller oder etwas in der Art.«

Jakob hätte gern nachgefragt, was Britti mit »etwas in der Art« meinte, aber er hielt weiter den Mund.

Olaf wirkte immer beschämter. »Ich hätte es auch in der Praxis erzählt und euch alle eingeladen. Du bist heute die Erste gewesen, die es gesehen hat.«

»Dämlich, dass du mich nicht vorgewarnt hast.«

»Warum hast du mich nur beobachtet und nicht direkt gefragt?«

Britti und Olaf standen sich zunehmend erschöpft wirkend gegenüber.

»The Dentist« ist ein bescheuerter Name für eine dumme Geschichte, dachte Jakob. Aber er kannte die Welt da draußen, oft waren die schrägsten Storys die erfolgreichsten.

Es war Zeit, zu einem Ende zu kommen. Er trat zwischen die

beiden. »So gesehen, Frau Poster und Herr Jansen, hat sich die Lage doch entspannt, und darüber sollten wir alle froh sein.«

Er sah auf sein Handy. Eine Stunde war seit seinem überstürzten Aufbruch von der Gala vergangen. Ob Birgit den Agenturchef festgenommen hatte? Hatte sie Luis oder Per als Unterstützung angefordert? Was war mit Hercule Pasquale oder besser Horst Möwe-Petermann? Es gab einen unbeantworteten Anruf seiner Kollegin und eine Nachricht auf seiner Mailbox.

Es wurde höchste Zeit. Die drei hier würden sich allein zurechtfinden.

Leos Vater saß wieder am Tisch. Jakob konnte das Zittern seiner Hände sehen. Leo hatte ihm von der Parkinson-Erkrankung erzählt.

»Darf ich Sie um etwas bitten, Hauptkommissar Zimmer?« Dr. Hubertus sah Jakob jetzt direkt an.

»Ich kann mir schon denken, was kommt.«

»Würden Sie diesen Zwischenfall bitte nicht meiner Tochter erzählen?«

»Nein. Das kann ich Ihnen nicht versprechen.« Jakobs Entscheidung war spontan. »Das wäre nicht im Sinne unserer Beziehung. Leo und ich sind schon aneinandergeraten und haben uns gestritten, weil es diese Geheimnisse zwischen uns gab. Schweigepflichten mal ausgenommen. Damit will ich für meinen Teil Schluss machen. Aber ich gebe Ihnen einen Vorlauf, Dr. Hubertus. Ich habe einen, nein zwei reale Fälle abzuschließen, und danach werde ich Leo in aller Ruhe von heute Nacht erzählen. Bis dahin können Sie mir zuvorkommen.«

Dr. Hubertus reichte Jakob erneut die Hand. »Das geht in Ordnung. Verzeihen Sie mein Verhalten. Und danke.«

Britti kam ganz nahe und zupfte an ihrem pinken Stretchkleid. »Auch ich bedanke mich, Hauptkommissar Zimmer. Ich verspreche hoch und heilig, dass ich mich nie wieder einmischen werde.«

Jakob hatte dieselben Worte schon aus Leos Mund gehört. Allzu sehr wollte er Brittis Aussage nicht trauen.

»Zu guter Letzt entschuldige auch ich mich für meine Unhöflichkeit und das ganze Chaos, das meine Figuren angerichtet haben.« Olaf Jansen vervollständigte die Runde.

»Dann wäre ja alles geklärt.« Jakob merkte, wie Unruhe in ihm aufstieg. Ein echter Mord wartete auf Aufklärung.

Als er das Haus von »The Dentist« verlassen hatte, tätigte Jakob einen Rückruf.

»Hey, Birgit, wie sieht es aus? Soll ich noch ins Präsidium kommen?«

»Nein, wir sind hier fertig, Jakob. Per hat dich ersetzt. Wir haben diesen Möwe-Petermann befragt. Er hat schnell zugegeben, dass er tatsächlich mit Dietrich Möwe verwandt ist, er ist sein Neffe. Sein komischer Name sowie sein Akzent gehören zu seinem Image, hat er gemeint. Er hat einen ordentlichen Schreck bekommen, als er vom Tod seines Onkels gehört hat. Da es keinen direkten Verdacht gegen ihn gibt, konnte ich ihn nicht über Nacht hierbehalten, aber er hat von sich aus angeboten, morgen noch mal zu erscheinen, um auch mit dir zu sprechen. Zehn Uhr ist doch für einen Polizistensonntag ganz in Ordnung.«

»Geht klar, wir treffen uns.«

»Und bei dir? Ich hoffe, deine dringende Angelegenheit hat nichts mit du weißt schon wer zu tun, die sich mal wieder in Gefahr gebracht hat. Ha, ha. Blöder Scherz.«

»Nein, alles geregelt. Ist eine Story für einen kölschen Abend.« Jakob wünschte Birgit eine gute Nacht.

Die Geschichte eben war tatsächlich wie ein schlechter Sketch abgelaufen, allerdings dieses Mal ohne seine Leo.

Von ihr war keine Nachricht auf seinem Handy. Er hoffte inständig, dass sie von ihm träumend in ihrem Bett lag.

# 3

Mein Schädel.

Oh Gott, mein Schädel.

Mich muss ein Hammer getroffen haben. Oder ich bin aus dem Bett gefallen.

Nein, kein Bett. Kein Hammer. Ich bin nicht zu Hause. Ich habe nicht geträumt.

Die Gala. Die Adresse. All die Verdächtigen. Die Fahrt hierher. Ich bin in Monschau. Vor dem Haus. Ich schnüffle mich im Hosenanzug und in High Heels durch die Nacht.

Nein, auch das war vor meinem Sturz in die Bewusstlosigkeit. Bevor man mich zusammengeschlagen hat. Ich erinnere mich durch meinen klopfenden Schädel hindurch.

Wo bin ich jetzt?

Zuerst hebe ich meine Hand, fasse mir vorsichtig an den Hinterkopf.

Aua.

Ist das getrocknetes Blut? Jetzt nur nicht wieder ohnmächtig werden.

»Hallo, sind Sie wieder wach?«

Ach du Schreck.

Ich bin nicht allein hier.

Meine Augenlider sind mit Bleischürzen belegt. Sie zu heben ist Schwerstarbeit. Immer noch ziemlich dunkel um mich herum, aber nicht mehr schwarze Nacht.

Ein Zimmer. Klein. Eng. Stapel von Papieren vor mir und neben mir. Alte Zeitungen. Ein Haufen aus Kleidern, längst reif für den Müll. In einer Steckdose rechts an der Wand steckt ein Nachtlicht, wie man es Kindern zum besseren Einschlafen gibt. Es stellt die einzige Lichtquelle dar.

Ich drehe mich.

Mein Kopf will explodieren.

Da. Eine Tür. Holz?

Ich muss im Haus sein. Der, der mich k. o. geschlagen hat, hat mich hierhergeschleppt.

»Geht es Ihnen gut?«

Ist er das?

Nein. Kein Mann. Eine helle Frauenstimme.

Ich könnte auch von einer Frau niedergeschlagen worden sein. Aber würde sie mich danach nach meinem Befinden fragen?

Noch ein Stück weiter drehen. Ein Aspirin. Oder zwei. Oder die ganze Packung. Ein Königreich für Kopfschmerztabletten.

»Wo bin ich?« Meine Stimme funktioniert.

»Ehrlich gesagt, weiß ich es nicht. Aber ich bin so froh, dass Sie hier sind.«

Ein Schluchzen.

»Als die Tür aufging, hatte ich da in der Ecke geschlafen. Zuerst hab ich gedacht, es ist endlich wieder Herr Möwe. War er aber nicht. Ich hatte solche Angst. Habe mich nicht gerührt. Seit er nicht mehr gekommen ist, war ich immer allein. Wenn er mir nicht etwas Essen und Wasser dagelassen hätte, ging's mir noch schlechter. Hilfe. Bitte, Hilfe.«

Ich glaube, da fleht sie die Falsche an. Um Hilfe müsste ich auch rufen.

Das Mädchen schluchzt wieder.

»Was passiert hier nur? Ich habe geschrien und geklopft und gegen das Holz getrommelt, aber keiner hat mich gehört. Herr Möwe war der Einzige. Aber er war es auch, der mich hierhergebracht hat. Zu meiner Sicherheit, hat er gesagt. Aber ich verstehe es nicht. Ich bin hier doch nicht sicher, nur eingesperrt. Es müssen so viele Tage vergangen sein. Ich kann mich an nichts mehr erinnern. An überhaupt nichts mehr. Ich war zu Hause, dann war ich hier. Es ist wie ein schwarzes Loch in meinem Kopf. Ich kann mich nicht waschen, ich muss dort hinten auf den Kübel gehen. Herr Möwe ist nicht mehr gekommen, um ihn leer zu machen. Es ist so schrecklich. Ich verstehe es einfach nicht. Bitte, bitte.«

Ich konzentriere mich.

Sie hockt in einem Abstand von einem halben Meter von mir

auf dem Boden. Sie hat sich anscheinend nicht getraut, näher zu kommen. Vor mir braucht sie sich nicht zu fürchten.

Wegen ihr bin ich hier.

Unser Mädchen.

»Annika? Annika Trautmann?« Die Frage ist unnütz. Wer sonst sollte sie sein?

Jetzt kommt Bewegung in ihren Körper. Sie streckt ihre rechte Hand aus und drückt sie gegen die Wand. Nimmt die linke Hand dazu, zieht sich hoch.

»Ja, das bin ich. Ja, ich bin Annika. Annika.«

Sie lässt los und wankt auf mich zu. Dann sackt sie neben mir auf den Boden. Ich kann sie nicht auffangen, wir sind beide angeschlagen.

Sie streckt ihre Hand aus. »Ja, ich bin Annika. Herr Möwe hat mich hierhergebracht. Er wollte es mir nicht erklären. Er hat sich um mich gekümmert. Er hat gesagt, hier wäre ich sicher. Sicher vor wem? Wovor?«

Ich schaffe es, meinen Oberkörper aufzurichten. Annika und ich sitzen uns gegenüber wie bei einer Selbsthilfegruppe. Ich nehme ihre Hände, ziehe sie zu mir. Kalt sind sie.

»Sie glauben gar nicht, wie froh ich bin, Sie zu sehen, Annika. Auch wenn ich mir die Umstände anders gewünscht hätte. Leider habe ich genauso wenig Ahnung. Aber du lebst, und das ist wunderbar.«

Ich wechsle vom Sie zum Du, in diesem Raum gibt es keine Distanz.

»Haben Sie – hast du meine Eltern verständigt? Die Polizei?«

Mein Handy.

Ich lasse Annikas Hände los. Ich gehe auf alle viere, dann stehe ich auf. Sterne und allerlei andere Dinge explodieren vor meinen Augen. Egal, wenn ich nur das verdammte Ding noch bei mir habe.

Ich fasse in die Taschen meines Hosenanzugs.

Nichts.

Ich erinnere mich, dass ich das Smartphone eingesteckt hatte, es muss herausgefallen sein, als ich zu Boden gegangen bin. Es wird irgendwo hinter dem Haus liegen. Oder mein K.-o.-Schläger hat es an sich genommen. Was aber keine Rolle spielt. Ich erinnere mich jetzt, dass es kein Netz gab. Keine Empfangsbalken. Wir könnten auch auf dem Mond sein.

Aber etwas ist in meinen Taschen. Das Kältespray ist noch in der linken. Was bitte schön soll ich damit anfangen?

»Gibt es Wasser?« Meine Kehle fühlt sich wund an.

Auch Annika stemmt sich wieder hoch. Ich kann sie deutlicher sehen. Sie sieht schrecklich aus. Ein verwirrter Blick, tiefe Ringe unter ihren Augen, sie trägt eine Leinenhose und ein T-Shirt, das einmal blau hätte sein können. Beide Sachen starren vor Schmutz. Ihr Körper darunter ist schmal, zart, fast schon knochig. Jetzt kann ich sie auch riechen.

»Herr Möwe hat hinten ein paar Plastikflaschen abgestellt. Eine ist noch halb voll. Es gibt auch noch ein paar von den Äpfeln, die sind aber bereits schimmlig außer einem. Und sehr hartes Brot. Kaum mehr zu beißen. Nusskekse auch, härter noch als das Brot. Aber die Brösel von beidem kann man immer noch essen.«

Sie geht mit Vorsicht die aufgestapelten Reihen von Zeitungen entlang, ich folge ihr. Der Raum ist größer als zuerst vermutet. Weiter hinten ist es noch dunkler, kaum mehr etwas zu erkennen.

Ein weitaus unangenehmerer, ranziger Geruch nimmt zu. Mir fällt der Kübel ein, den Annika erwähnt hat. Vielleicht sollte ich doch kein Wasser trinken. Aber diese Sorge ist meine geringste.

»Annika, wir müssen hier raus.«

Das Mädchen vor mir stößt ein Krächzen aus. Es ist ein Laut, der mir eine Gänsehaut macht. »Wie denn?«

»Keine Ahnung. Wir treten die Tür ein oder machen Feuer, um sie abzubrennen.«

Was für idiotische Ideen. Aber mir wird etwas einfallen. Muss.

»Du kannst mir auch nicht helfen, oder?«

Darauf weiß ich keine Antwort. »Ich bin übrigens Leo.«

»Okay.«

»Ich bin Zahnärztin.« Etwas Unpassenderes habe ich wohl noch nie in einer Notlage gesagt.

Immerhin bewirkt mein Statement, dass Annika leise lachen muss. Es hört sich besser an als alles andere zuvor.

»Ich dachte immer, mich würde die Polizei suchen.« Sie gluckst, und ich schließe mich an.

Danke, Gott, für den Humor. Alles wird dadurch erträglicher.

Aber, Gott, jetzt hilf uns bitte auch, ja?

# 4

Nachrichten aus dem Mailboxuniversum:

Samstag, 21:45
*Oh, Dr. Leo. Britti hier. Ich habe in dem Getümmel nach Ihnen gesucht, aber hier ist kaum ein Durchkommen. Es ist nicht, was Sie denken. Olaf und ich. Wir haben kein Verhältnis. Dr. Leo, es ist etwas ganz anderes. Wenn Sie mir nur einmal ein klein wenig Ihrer Zeit schenken würden. Ich kann das jetzt nicht ausführen, aber es geht um –*

*Oh, da kommt Olaf. Ich melde mich. Oder ich finde Sie noch auf der Gala. Viel Spaß mit Ihrem – was auch immer! Tschüsseli.*

Samstag, 22:00
*Hallo, Frau Dr. Kardiff. Hier spricht Birgit von Zeh. Unsere Begegnung war doch etwas überraschend und wurde für meinen Geschmack zu abrupt beendet. Ich würde gern noch ein paar Sätze mit Ihnen wechseln. Da Sie ja Jakob nicht begegnen wollen, rufen Sie mich einfach zurück. Danke.*

Samstag, 22:20
*Hallo? Kann ich schon reden? Ich hasse diese Pieptöne, nie weiß man, ob man bereits etwas sagen kann. Egal. Leocardia, hier ist dein Vater. Nun, ich wollte nur mitteilen, dass es bei mir später wird. Bitte warte nicht auf mich.*

Sonntag, 0:12
*Oh, Dr. Leo. Hier ist wieder Britti. Es tut mir so leid, dass ich mich um diese Uhrzeit noch mal melde. Aber ich bin ziemlich fertig. Wenn Sie wüssten, was eben passiert ist. Ihr Freund war auch da. Zwar hat er gesagt, dass er Ihnen nichts erzählen wird, aber er ist Ihr Freund. Ihr Vater ist übrigens auch daran schuld, dass es so weit gekommen ist. Verzeihen Sie mein Gebrabbel. Es*

*ist spät, und ich bin völlig durch. Vergessen Sie diese Nachricht. Oder rufen Sie mich gern auch noch später zurück.*

Sonntag, 0:27
*Hey, ich bin es. Jakob. Schläfst du schon? Ich konnte mich nicht früher melden. Da ist etwas passiert, das glaubst du mir nicht. Ich sollte dir zwar nichts erzählen, aber dabei geht's nicht um Dienstgeheimnisse. Du wirst Tränen lachen. Ich küsse dich. Träum von mir.*

Sonntag, 08:15
*Guten Morgen, Leo. Dein Liebster spricht. Ein früher Kuss. Du schläfst also immer noch. Tja, einer von uns muss ja arbeiten. Ich fahre ins Präsidium. Es haben sich Neuigkeiten ergeben. Ich melde mich später.*

Sonntag, 09:24
*Leocardia? Hier ist dein Vater. Ich wollte dich wecken, aber dein Bett ist unberührt. Da ich nicht weiß, wie ich die Kaffeemaschine bedienen soll, werde ich Richtung Stadt fahren und im Café Bauturm frühstücken. Komm doch nach. Wo bist du eigentlich?*

Sonntag, 10:30
*Guten Morgen, Doro. Hier spricht Stella von »Madame et moi«. Ich sollte Sie kontaktieren, weil Tim Gastius sich nach Ihrem Verbleib erkundigt hat. Sie waren auf der Gala plötzlich verschwunden. Hercule Pasquale möchte darüber Anfang der Woche auch ein Feedback-Gespräch führen. Bitte melden Sie sich wegen der Terminvereinbarung. Ich bin auch heute in der Agentur, noch etwa eine Stunde, dann morgen früh ab neun Uhr.*

Sonntag, 10:35
*Hallo, Jakob wieder. Keine Nachricht, keine WhatsApp? Was ist los? Sauer? Vergesslich? Oder mit einem anderen unterwegs? Denk dran, ich bin Hauptkommissar. Ha, ha. Ruf mich zurück.*

Sonntag, 11:01
*Hier ist Nathi. Die Lulu steht neben mir. Mama, der Papa und die Alicia sind mit uns auf dem Weg zu irgendeinem Ort in Belgien. Keine Ahnung, wie das genau heißt. Es wird heute Abend später, soll ich dir sagen. Nicht vor zehn zurück. Ja? Und keine Sorge, wir haben so kurz vor Ferienbeginn keine Hausaufgaben mehr. Lulu will auch noch was sagen.*

*Hey, Leo, jetzt hast du noch länger sturmfrei mit deinem Kommissar.*

*Lulu, Papa kann das doch auch hören.*

*Ach ja, dann macht was Schönes zusammen. Bye-Bye.*

*Tschüss, Mama.*

Sonntag, 11:40
*Wieder Jakob. Melde dich, Leo. Bitte.*

Sonntag, 13:40
*Jakob noch mal. Ruf mich an. Sofort. Es ist dringend.*

Sonntag, 13:42
*Dr. Kardiff? Birgit von Zeh. Ich habe eben mit Jakob gesprochen. Bitte melden Sie sich bei uns. Bei ihm oder mir. Wir machen uns Sorgen.*

# 5

»Ach, Leo. Was soll ich dir sagen? Herr Möwe ist ein komischer Kauz. Aber er ist immer freundlich zu mir gewesen. Hilfsbereit. Er hat mir die eine oder andere Reparatur erledigt, unsere Hausverwaltung braucht immer ewig damit. Wenn wir uns im Flur begegnet sind, hat er sich rührend erkundigt nach mir, nach meiner Familie, nach dem Studium. Er hat meine Pflanzen versorgt.« Annika schluchzte wieder auf, bevor sie weitersprach. »Gott, meine Pflanzen. Sie werden vertrocknet sein. Aber vielleicht hat Herr Möwe sie weiter gegossen.«

Sicher nicht, dachte Leo, sagte aber nichts. Sie ließ Annika reden. Man konnte merken, wie gut es ihr tat, einen anderen Menschen zu haben als den seltsamen Dietrich Möwe. Dass sie kein einziges schlechtes Wort über ihn verlor, konnte damit zusammenhängen, dass sie seit Beginn ihrer Gefangenschaft vollkommen von dem Mann abhängig gewesen war. Die Wut würde vielleicht nach ihrer Befreiung kommen.

»Einmal war ich bei ihm Kaffee trinken, in seiner Küche. Er hat mich nicht ins Wohnzimmer gelassen, meinte, dort würde sich sein Krempel stapeln, er wäre ein seniler Messie mit Wohlstandsbauch. Wir haben zusammen gelacht, verstehst du, gelacht. Ich wohne seit fast einem Jahr dort, und nie ist er unangenehm gewesen. Nie. Ich habe ihm noch weiße Schokokugeln von meiner Mama mitgebracht, von meinem Geburtstag. Meine Mama, ich will zu meiner Mama. Sie wird sich solche Sorgen machen. Leo, was passiert nur mit uns?«

Annikas Redeflut ging in ein nächstes Weinen über. Seit Leo zu sich gekommen war, wechselten sich Tränen und Erzählen bei der jungen Frau ab.

Noch hatte Leo ihr nichts davon gesagt, dass Dietrich Möwe tot war. Viel mehr hätte sie auch nicht berichten können, sie hatte keine Ahnung, wie der Mann gestorben war. Bei Annikas Zustand von einem Mord zu reden wäre sowieso schlecht gewesen.

Leo selbst fühlte sich hundeelend.

Zwar hatte sie ein paar Schlucke von dem Wasser genommen, das ihr trotz der Wärme und des abgestandenen Geschmacks göttlich erschienen war, aber ihr Zustand war desolat.

Das Dröhnen in ihrem Kopf war zu einem stetigen Pulsieren geworden. An ihrem Hinterkopf war eine Beule unter dem getrockneten Blut angeschwollen, die die Größe einer Melone zu haben schien. Wenn sie den Kopf drehte, kamen die Sterne zurück. Sie musste bei dem Schlag nicht nur eine Platzwunde, sondern auch eine Gehirnerschütterung abbekommen haben.

»Wer hat mich hier hereingetragen, Annika? Ich war bewusstlos, und ich bin kein Federgewicht. Also muss derjenige Kraft gehabt haben.«

Leo dachte an die Spiegelung im Fenster. Nur ein verschwommenes Bild, kein klares Gesicht zu erkennen.

»Ich weiß es nicht. Nicht mal das kann ich dir sagen. Nur, was ich schon erzählt habe: Ich habe geschlafen, bin durch einen hellen Lichtstrahl geweckt worden, der mir in den Augen schrecklich wehgetan hat. Plötzlich habe ich gefühlt, dass es diesmal nicht Herr Möwe ist. Da habe ich mich eingerollt und bin in der Ecke geblieben. Ich hatte solche Angst. Solche Angst.«

»Waren in der Zeit davor auch andere Menschen bei dir?«

»Nein. Ich habe nie jemand anderen als Herrn Möwe gesehen.«

»Gehört?«

»Ein- oder zweimal hat Herr Möwe mit jemandem gesprochen, glaube ich. Oder ein Selbstgespräch geführt, da bin ich mir nicht sicher.«

»Wie lange war ich bewusstlos?«

»Ein paar Stunden schon. Ich bin zu dir, aber du hast nicht reagiert, dann muss ich wieder eingedöst sein. Ich schlafe fast nur noch.«

Annika löste sich aus Leos Armen und begann sich vor und zurück zu wiegen. Leo dachte an einen beginnenden Hospitalismus. Sie mussten hier raus, dringend.

Das Bild ihres Wagens tauchte in Leos Kopf auf. Wenn sie es

bis nach draußen schaffen würden, konnten sie hineinspringen und fliehen.

Sie vermisste ihre Handtasche. Darin hätte sie mit Glück etwas finden können, mit dem man diese Tür hier aufknacken konnte. Auch etwas zur Verteidigung wie den Bein'schen Hebel, falls sich jemand zeigte. Doch die Tasche war wie das Smartphone unerreichbar, verloren.

Mit einem Schrecken im Herzen wurde ihr klar, dass niemand wusste, wo sie war. Tim Gastius und Hercule Pasquale kannten die Adresse, aber sie würden schweigen, noch dazu konnte einer von den beiden auch ein Mörder sein.

Oder beide zusammen, eine Gemeinschaftstat.

Hatten sie Dietrich Möwe getötet und auf der Herrentoilette ein großes Theater abgezogen, weil sie Leo hineingehen gesehen hatten? Leo konnte sich mit einem Mal ein solches Szenario vorstellen. Würden die Männer am Ende auch Annika und sie ermorden? Wer einmal gemordet hatte, der hatte seine Hemmungen bereits abgelegt. Noch einfacher, Gastius und Pasquale würden Annika und sie in diesem Haus, in diesem Raum verrotten lassen.

Sie mussten einen Weg hinaus finden.

Doch erst mal weiterreden, das beruhigte sie beide.

»Annika, ganz am Anfang, als dich Herr Möwe hier eingesperrt hat, hast du da nicht versucht zu entkommen?«

Das Schaukeln des Mädchens hörte abrupt auf. »Immer wieder. Zuerst habe ich geschrien, bis ich heiser war. Dann bin ich gegen die Tür gerannt wie blöde, ich hatte solche Schmerzen in der Schulter, dass ich schon dachte, ich hätte sie mir gebrochen. Ich habe versucht, das Türschloss irgendwie zu knacken. Meine Nägel sind abgerissen, meine Fingerkuppen haben geblutet. Wenn Herr Möwe hereingekommen ist, wollte ich mich auf ihn stürzen, ihn kratzen und schlagen und dann hinausrennen.«

»Warum hast du es nicht gemacht? Der Mann war älter, übergewichtig und unsportlich.« Leo hielt sich die Hand vor den Mund. Sie hatte von Möwe in der Vergangenheitsform gesprochen, aber Annika bemerkte es in ihrem Redeeifer zum Glück nicht.

»Das erste Mal ist es mir gelungen. Ich habe ihn zur Seite gestoßen und bin hinausgerannt. Da hinter der Tür ist eine Küche. Sieht auch seit langer Zeit unbenutzt aus, aber von der Küche aus gibt es einen Gang. Weiter bin ich nicht gekommen, denn er hatte eine Waffe.«

»Eine Waffe?«

»Ja, eine Pistole.«

»Er hat dich bedroht, wo er sonst so nett zu dir war?«

»Ja.« Ein trockenes Husten kam aus ihrer Lunge. »Mein Nachbar, der nette, hilfsbereite Herr Möwe. Er hat gesagt, ich dürfe nicht weg. Nicht, bis die anderen keine Gefahr mehr für mich wären. Dann hat er gemeint, ich müsse schweigen wie ein Grab. ›Das tust du doch, meine liebe Annika, ja?‹, hat er gesagt. Ich habe keine Ahnung, wovon er geredet hat. Die Waffe hat mich zu Tode erschreckt.«

»Meinst du, er hätte dich wirklich erschossen? Niemals.«

»Nicht getötet. Aber er war genauso in Panik wie ich, und er wollte mich unbedingt aufhalten. Was, wenn er mir in den Fuß oder in den Bauch geschossen hätte?«

Da hatte Annika recht. Sich Dietrich Möwe mit einer Pistole vorzustellen fiel Leo schwer. Hatte ihm die jemand zugesteckt, damit er das Mädchen in Schach halten konnte? Was sollte die junge Frau auf keinen Fall weitererzählen?

Annika begann erneut mit dem Wiegen ihres Körpers.

»Wenn Herr Möwe wiederkommt, dann bitten wir ihn um mehr zu essen und um Wasser. Er wird es uns bringen, er meint es nicht böse. Das weiß ich. Er hat mir aus Theaterstücken vorgelesen. Durch die Tür. ›Romeo und Julia‹.« Sie lachte einmal hysterisch auf. »Ich glaube, das werde ich nie vergessen. Wie er alle Rollen mit verschiedenen Stimmen zu sprechen versucht hat. Darüber konnte ich mich sogar amüsieren.«

Leo beschloss, doch vollkommen ehrlich zu sein. Sie wollte mit offenen Karten spielen. Sie hoffte, dass der Schock über diese Nachricht Annika aus ihrem Zustand herausholen würde. Dann konnten sie beide weiter überlegen, welche Fluchtmöglichkeit es gab.

Sie nahm wieder Annikas Hände. »Herr Möwe ist tot, Annika. Ich weiß sogar, dass er ermordet worden ist.«

Annika stoppte, starrte nach unten.

Eine Weile sagte keiner von beiden ein Wort.

Leo meinte, von draußen ein Rauschen zu hören. Außerdem hatte sie das Gefühl, mehr sehen zu können. Entweder ihre Augen hatten sich an das Nachtlicht gewöhnt, oder es begann hier drinnen heller zu werden.

»Tot?« Annika flüsterte plötzlich. »Wer sollte denn so etwas tun?« Sie blieb entgegen Leos Befürchtung relativ gefasst.

»Vielleicht die Leute, vor denen er dich beschützen wollte. Tim Gastius und Hercule Pasquale.«

»Du kennst Tim? Und Horst?«

»Ich war an deiner Stelle auf der Gala in Longerich. Ich habe mich als Begleitdame anheuern lassen.«

Endlich kam ein leises, normal wirkendes Lachen aus Annikas Mund. »Du bist engagiert worden? Von Horst oder Sylvia? Oder hat dich die gute Stella reingedrückt?«

»Wer ist Horst?«

»Hercule. Horst Möwe-Petermann. Das ist sein richtiger Name. Er ist Herrn Möwes Neffe.« Ihr Lachen stoppte. »Er war Herrn Möwes Neffe.«

Leo war baff. »Wie?«

»Seine verstorbene Mutter war die Schwester von Möwe. Also, meinem Nachbarn. Er hat mir gleich nach meinem Einzug einmal auf dem Flur den Tipp gegeben, mich bei ›Madame et moi‹ zu melden, als ich über das Kellnern neben dem Jurastudium und die hohen Kosten in Köln gestöhnt habe. Er hat mich empfohlen, und ich bin sofort genommen worden. Stella ist die Tochter von Horsts Halbschwester. Stella Petermann. Sie tut immer so geschäftig und denkt, dass es ohne sie am Telefon nicht laufen würde. Aber ich mag Stella. Na ja, wen mag ich schon nicht?«

Mit einem Mal kam endlich die junge Frau durch, die in Köln studierte, am Anfang ihres erwachsenen Lebens stand und auf dem Weg in die Selbstständigkeit war. Leo sah die Annika, die sie auf den Aufnahmen von Dietrich Möwe so berührt hatte, das hübsche Mädchen, das auf dem Vermisstenfoto abgebildet war.

Unser Mädchen.

Es war eine unfassbare Gemeinheit, Annika so zu bezeichnen und hier verrotten zu lassen.

»Mich wundert, dass du dich darauf eingelassen hast.«

»Nachdem klar war, dass die seriös arbeiten und ich nicht fürs Strippen oder sonst was engagiert werde, war es der beste Studentenjob der Welt. Gutes Geld für ein wenig Gequatsche in schicken Klamotten. Meinen Eltern habe ich es bis heute nicht erzählt.« Sie stockte kurz, schüttelte dann aber den Kopf, wie um die wiederkehrenden Ängste zu vertreiben.

»Allerdings habe ich nie verstanden, warum sich ältere Frauen dort beworben haben. Aus Langeweile? Nichts gegen dich, Leo, aber du hast doch vorhin gesagt, du bist Zahnärztin, warum jobbst du als Begleitdame?«

Es war an der Zeit, Annika auch alles Weitere zu berichten.

Leo erzählte von dem ersten Besuch von Dietrich Möwe beim Notdienst, von Malu und von ihrem Termin bei »Madame et moi«. Von ihrem Zusammentreffen mit Tim Gastius und dem belauschten Gespräch bis zu ihrem Entschluss, loszufahren, um nach Annika zu suchen.

Annika schwieg, bis Leo erschöpft innehielt.

»Die liebe Malu und der Moritz. Aber Tim und Horst? Das kann ich nicht glauben, Leo. Was für Geschäfte, was für Gelder? Ich war ungefähr ein Dutzend Mal als Tims Begleitung bei allen möglichen Events, aber er war zu mir immer höflich und charmant. Es war oft richtig spannend, sich mit ihm zu unterhalten, wenn er von seinen Investitionen und neuen Ideen geschwärmt hat.«

»Außer wenn man direkt angehaucht wird.«

»Ach, sein Mundgeruch. Der arme Kerl. Ich verrate dir meinen Trick.«

»Du hast einen Trick gegen den Schwefel des Grauens?«

»Es ist viel einfacher, als man denkt. Du schmierst dir, bevor du ihn triffst, Pfefferminzcreme tief in die Nasenlöcher hinein.

Zuerst tränen deine Augen, also den Kajal und die Wimperntusche erst danach auftragen, aber damit bleibst du garantiert für ein paar Stunden mundgeruchresistent.«

Leo grinste. »Ich werde es mir merken, allerdings ist mein Ausflug in die Welt der Hostessen damit beendet.«

»Die beiden können keine Mörder sein, Leo.«

Leo hatte vorhin das Gegenteil gedacht, wollte die junge Frau aber nicht noch mehr beunruhigen. »Ich will nicht den Teufel an die Wand malen, Annika. Es ist ja auch nichts bewiesen. Aber sie haben über ein krummes Geschäft geredet, das viel Geld einbringen kann, und sie wussten, dass du hier in Monschau festgehalten wirst.«

»Ich bin in Monschau?« Annika sah sich um, als könnte sie die Gegend um sich wahrnehmen. »Irre, das alles.«

Leo hob ihren Kopf ebenfalls. Ihre direkte Umgebung konnte sie nun besser sehen. Die alten Zeitungen, den erdigen Boden, die verstaubten leeren Regale, die Wände aus Holz. Es war heller geworden, sie hatte es sich nicht eingebildet. Sie suchte nach der Quelle des Lichts. Ihr Blick ging nach rechts oben und blieb dort.

Ein Oberlicht.

Ein schmales Oberlicht aus Milchglas. Bis an die Kante zur Decke.

»Da, Annika, da oben.«

»Ja, Leo. Gott sei Dank gibt es das da oben. So weiß ich zumindest, ob es Tag oder Nacht ist. Ich glaube, dieser Raum ist eigentlich ursprünglich als Lebensmittelkammer gedacht gewesen, neben der Küche. Wenn nicht von dort oben wenigstens tagsüber etwas Licht hereinkommen würde, wäre ich schon gestorben.«

»Hast du mal versucht, da rauszukommen? Das Glas einzuschlagen und dich durchzuquetschen?«

Annika drehte sich und kam auf alle viere, dann richtete sie sich langsam auf. Sie streckte ihre Hände der Lichtquelle entgegen.

»Wenn du mir sagst, wie ich da hinaufkommen soll, ich würde es mit meinen bloßen Händen versuchen. Sieh dich um. Hier drinnen gibt es nichts, was man stapeln könnte. Die Zeitungen sind jedes Mal umgefallen, wenn ich es mit ihnen versucht habe. Der Latrineneimer von hinten ist zu niedrig. Ich habe es trotzdem ausprobiert, habe ihn ausgeleert und mich daraufgestellt. Dann bin ich hochgesprungen. Da war immer noch über ein Meter zwischen mir und dem Oberlicht. Dabei könnte ich mich an den Holzpaneelen oben festhalten, denke ich. Der Raum ist nicht sehr hoch, aber trotzdem komme ich nicht die Wand hoch. Spiderman müsste man sein.«

»Da gebe ich dir recht, zumindest solange du allein warst.« Auch Leo stand mit einem Ächzen auf. Die Sterne kamen in ihr Blickfeld zurück. »Aber wir sind zu zweit. Da sieht die Sache schon wesentlich besser aus.«

Annika umarmte Leo. Ihr dünner Körper zitterte. »Ich bin so froh, dass du gekommen bist. So verdammt froh.«

Für den Moment war Leo das auch, trotz all der Strapazen, der Schmerzen und der Gefahr, in der sich beide immer noch befanden.

# 6

»Ich schaffe es nicht. Mir fehlt die Kraft.«

Annika balancierte auf Leos Schultern und hielt sich mit den Fingerspitzen einer Hand an einer der Spalten im Holz neben dem schmalen Oberlicht fest. Mit der anderen versuchte sie, mit ihrer bloßen Faust das Glas der Scheibe zum Zerspringen zu bringen.

Auch Leo schwankte.

Obwohl das Mädchen leicht war, abgemagert auch durch die Tage in Gefangenschaft, spürte sie das Gewicht auf ihren Schultern. Mit ihren eigenen Händen hielt sie die Unterschenkel von Annika umklammert.

»Beweg dich nicht, Leo. Ich kann sonst nicht zielen.«

Stillstehen war aber unmöglich.

Wenn Leo nicht abwechselnd von einem auf das andere Bein trat, bekam sie einen Krampf in den Zehen. Die ersten drei Versuche hatten sie deshalb abbrechen müssen, und beim dritten Mal hatte sich Annika beim Herunterspringen bereits den Knöchel angeknackst. Umgekehrt war es ebenso unmöglich, Leo als oberer Teil der Räuberleiter wäre für Annikas geschwächten Körper viel zu schwer gewesen.

Auch war das Mädchen bereits merklich erschöpft. Wenn es so weiterging, mussten sie eine längere Pause einlegen, jeder einen Schluck vom restlichen Wasser trinken, sich den letzten Apfel teilen oder harte Brotkrumen aufpicken wie zwei traurige Täubchen.

Mit jeder Pause und jeder missglückten Aktion schwand ihre Hoffnung und auch ihre Energie ein wenig mehr.

Annika hob ihren linken Fuß und stellte ihn auf Leos Kopf. Als die Ferse Leos Beule berührte, hätte sie kreischen können, doch sie biss nur fest die Zähne aufeinander.

»Wenn ich Schwung nehme, wird mein Faustschlag fester.«

»Nein, Annika, nicht.« Leo konnte fühlen, wie sich ein nächster Krampf ankündigte, diesmal in ihrem Nackenbereich. In der oberen Schulter zuckten ihre Muskeln, versteiften sich.

»Nicht hochspringen. Sonst knallst du voll auf den Boden und brichst dir noch einen Arm oder Fuß oder Schlimmeres. Bleib bitte und versuch, dich an der Wand abzustützen, ich muss wenigstens etwas mit meinen Schultern kreisen.«

»Das Glas ist sowieso zu dick. Vergiss es. Wir brauchen einen harten Gegenstand, mit dem ich dagegenschlagen kann.«

Mit der Plastikflasche samt dem Restwasser darinnen hatten sie es beim zweiten Mal versucht. Außer einem lauten Klonk, als das Plastik auf die Scheibe traf, war nichts passiert. Annika hätte die Flasche mit beiden Händen umfassen und mit Wucht zuschlagen müssen, doch dazu fehlte ihr auf Leos Schultern der Halt.

Leo sah sich zum gefühlt hundertsten Mal in dem Raum um. Die verstaubten alten Regale waren bis auf unzählige Spinnweben leer. Gut, dass sie keine Spinnenphobie entwickelt hatte, denn hier drinnen teilten sich Annika und sie den Platz mit unzähligen der Krabbeltierchen. In dem Haufen Kleider, den Dietrich Möwe samt zweier Decken behelfsmäßig als Schlafstelle für Annika hereingebracht hatte, hatte Leo auch Ameisen entdeckt.

Wie hatte Möwe nur auf den Gedanken kommen können, dass seine Nachbarin an einem solchen Ort sicher sein könnte? Der Mann musste an einer schweren psychischen Störung gelitten haben. Wäre er nicht ermordet worden, hätte ihm eine Einweisung in die geschlossene Psychiatrie bevorgestanden.

Die Zeitungen waren ungeeignet. Sie hatten es noch einmal ausprobiert, je höher der Stapel, desto schneller rutschte das Papier auseinander, zerriss oder zerfaserte schon bei der Berührung. Leo ließ den Blick in die dunklen Ecken schweifen, vielleicht hatte sie einen Stein oder einen anderen weggeworfenen spitzen Gegenstand übersehen.

Nichts.

Statt ihrer Schulter krampften wieder die Zehen. Am rechten Fuß.

»Halt dich weiter fest, ich muss mich etwas bewegen.«

Mit dem linken Fuß stemmte sie sich gegen den unebenen Untergrund, hob den rechten vorsichtig und spannte die Zehen in den Schuhen mehrfach an und ließ wieder los. Beim nächsten Mal würde sie die High Heels ausziehen, dadurch hätte sie mehr Bodenhaftung und einen sicheren Stand.

Ihr graute es, mit ihren nackten Füßen den verschmutzten Boden zu berühren. Dann fiel ihr ein, dass sie während ihrer Ohnmacht mit ihrem gesamten Körper und ihrem Gesicht mitten in diesem Dreck gelegen hatte. Wer auch immer dafür verantwortlich war, sollte in der Hölle schmoren.

»Annika, komm wieder runter, ich ziehe mir die Schuhe aus.«

»Nein, ich springe hoch. Egal, wenn ich falle. Es ist alles egal.« Annika klang verzweifelt und hysterisch.

Leo hatte ihr Hoffnungen gemacht, die sich nun nicht erfüllten. Neben all ihrer eigenen Angst und Fassungslosigkeit spürte sie auch Wut und eine Portion Trotz gegenüber dieser Situation. Wütend war sie dazu noch auf sich selbst, weil sie sich wieder einmal mit ihren Alleingängen in Gefahr gebracht hatte und, am schlimmsten, keine Hilfe für das Mädchen war.

Auf ihren Schultern und ihrem Kopf spürte sie Annikas Zehen sich tiefer festkrallen. Der Schmerz war kaum auszuhalten.

»Nein, nicht! Wenn du dich verletzt, wird es nur schlimmer. Denk an deine Eltern, deine Mama. Mach dich bereit, ich lasse gleich deine Waden los. Wir finden eine andere Lösung, vertrau mir.«

Was für eine Zusage. Leo hob noch einmal ihre rechte Ferse ein winziges Stück hoch, dann stampfte sie mit dem Stöckel auf. Eine lächerliche Aktion gegen ihren Frust und ihre Hilflosigkeit.

Die Erleuchtung kam eine Sekunde danach.

»Annika! Ich habe einen spitzen Gegenstand gefunden, mit dem du es probieren kannst. Komm sofort herunter.«

Für einen Augenblick dachte Leo, dass Annika doch ihren dummen Versuch starten würde, von Leos Schultern aus hochzuhüpfen, doch stattdessen ging ihr Fuß von Leos Kopf zurück auf ihre Schultern. Der nächste Abstieg begann.

Leo holte Luft und streckte ihre Arme ganz nach oben. Ihre Schulter krampfte nun doch, und sie unterdrückte einen Schmerzensschrei. Annika fasste ihrerseits Leos Hände und sprang auf den Boden.

»Aua. Au!«

Beide Frauen ächzten und stöhnten.

Annika ließ sich auf den Boden gleiten und massierte ihren Knöchel, Leo ließ ihre Schulter kreisen und drückte mit den Fingern in den verhärteten Klumpen hinein.

»Was hast du entdeckt? Was haben wir übersehen? Sag, Leo.«

»Meine Schuhe, Annika. Meine verdammten hohen Schuhe. Die Stöckel sind hart und spitz. Damit versuchen wir gleich unser Glück. Aller guten Dinge sind fünf.«

Annika sah Leo an. Ihre Augen waren die eines Kindes, das an Wunder glauben wollte. »Dann los.«

Diesen fünften Versuch würden sie auch noch durchstehen. Alles oder nichts.

Leo zog sich die Schuhe aus. Es kostete sie trotz allem Überwindung, die Fußsohlen aufzusetzen. Vor gerade mal ein paar Stunden hatte sie mit ihren nackten Füßen auf einem Fußgängerweg neben einer edlen Einkaufsmeile gehockt und den Asphalt gespürt. Was war der Verlauf eines Wochenendes manchmal verrückt!

»Jetzt bist du kleiner«, stellte Annika fest.

»Deshalb trage ich meistens die hohen Schuhe. Ich fühle mich dann so groß, wie ich meinen Kilos nach sein müsste.«

»Das meine ich nicht, Leo.« Annika sah nach oben zum Oberlicht, das sie beide bisher zu verhöhnen schien. »Mir fehlen dann ein paar Zentimeter, um richtig heranzukommen.«

Das Mädchen hatte recht. Die Schwierigkeiten hörten nicht auf. Leos Hirn ratterte.

»Pass auf, Annika. Ich stelle mich auf den Eimer.«

»Die untere Fläche ist zu schmal, du kannst mit mir auf den Schultern unmöglich das Gleichgewicht darauf halten.«

»Dann ziehe ich einen Schuh wieder an.«

»Du kannst nicht auf einem Bein stehen, du hältst mich ja jetzt schon kaum.«

»Nein, den Eimer habe ich als Stütze für den nackten Fuß. Das muss gehen.«

»Ja, Leo, ja.«

Erneut war die Hoffnung da. Sie durchschimmerte Annikas und Leos erschöpften Zustand.

Leo zog sich den linken Schuh wieder an. In dem hatten ihre Zehen noch keinen Krampfalarm gegeben. Sie krempelte die Hosenbeine hoch. Annika holte den Eimer, er stank derart, dass sich Leo fast übergeben musste. Das Blech knackte laut, als Leo ihre Fußsohle aufsetzte. Wenn er nicht hielt, konnten sie es noch einmal mit den Zeitungen versuchen. Nur nicht aufgeben.

»Gib mir zuerst noch einen Schluck von dem Wasser bitte. Bei dem Staub und dem Gestank ersticke ich sonst.«

»Nein. Probieren wir es sofort aus, Leo. Ich kann nicht warten.«

»Gut, dann trinken wir hinterher. Als Belohnung.«

Leo machte die Räuberleiter. Annika, Leos rechten Stöckelschuh in einer Hand, stieg wieder nach oben. Ein paar Sekunden presste sie ihre freie Handfläche auf Leos Kopf, um sich auszubalancieren, dann richtete sie sich mit Schwung auf und stoppte ihren kippenden Körper an der Wand ab. Leos Hände fassten die Unterschenkel des Mädchens.

Der Eimer unter Leos Fußsohle begann zu wackeln.

Leo zog die Zehen an und krallte sich am Rand fest. Es gab einen Stich in ihrem großen Zeh, aber sie hielt durch. Auf ihren Schultern suchten Annikas Füße ihrerseits nach dem besten Stand. Die nächste Zirkusnummer war in vollem Gange.

»Okay. Kannst du dich ein wenig Richtung Wand beugen, Leo?«

»Wenn ich mich nach hinten lehne, verliere ich das Gleichgewicht.«

»Nur einen Millimeter oder so.«

»Ja«, sagte Leo, obwohl sie Nein meinte. »Ich versuche es.«

»Mach, mach.«

Leo spürte, wie Annika den Arm hob. Bitte, lieber Gott, murmelte sie tonlos, bitte.

Der nächste Laut war wesentlich leiser als das Klonk der Wasserflasche. Ein stumpfes Ping. Leider folgte kein Klirren.

»Wieder nichts?« Was für eine bescheuerte Frage. Leo merkte, wie eine erste dicke Träne bei ihr zu rollen begann. Auch sie kam immer näher an ihre Grenzen.

»Nein. Doch. Warte. Ich mache weiter.«

Ausholen. Schlagen. Ping.

Und noch mal. Und wieder.

Mit jedem Schlag spannten sich Leos Nerven weiter an. Ihr Körper wollte nicht mehr. Nur mit äußerster Disziplin hielt sie sich aufrecht, versuchte, sich ein winziges Stück weiter nach hinten zu lehnen. Sie musste durchhalten.

»Da ist ein erster Sprung im Glas, Leo. Ein verdammter Sprung.« Annikas Stimme überschlug sich.

Ausholen. Schlagen.

Das Ping wurde deutlich lauter.

Leo wurde schwarz vor Augen. Wenn sie jetzt ohnmächtig wurde, war es vorbei. Zeit für eine ihrer Selbstohrfeigen. Diesmal in Zeitlupe. Sie ließ ihre linke Hand von Annikas Wade gleiten, langsam zu ihrer Wange hin, sie holte vorsichtig aus.

Sie und Annika schwankten bedrohlich. Trotzdem schlug Leo zu, fester als sonst.

Es klatschte auf ihrer Backe. Die Schwärze vor ihren Augen zog sich zurück.

Es klirrte über ihr.

Die Scheibe brach.

Annika schrie. Leo schaffte es nur zu keuchen.

Glasscherben stürzten über sie beide nach unten. Sausten an ihnen vorbei, landeten auf ihnen, fielen um sie herum zu Boden. Leos erhobener Arm wurde von einer Scherbe getroffen. Ein neuer, heller Schmerz stieg auf.

Ein paar der Scherben fielen nach draußen auf die andere Seite, und auch hinter der Wand waren die Aufschläge und zersplitterndes Glas zu hören.

Dann war es vorbei.

»Ich muss nach unten.«

»Ich kann dich nicht mehr halten.«

Sie redeten übereinander.

Annikas Körper krümmte sich, aber sie bekam Leos Hände zu fassen. Statt zu springen, streckte sie ihre Beine aus und schaffte es, bei Leo huckepack zum Sitzen zu kommen. Dann ließ sie sich vorsichtig über Leos Rücken zu Boden gleiten, achtete auf die Scherben. Sie beugte ihren Kopf nach vorn und schüttelte die Glassplitter aus ihrem Haar.

»Geschafft, Leo, geschafft.«

Leo zitterte nach dieser Aktion so sehr, dass sie zuerst nicht sprechen konnte, weil ihre Zähne aufeinanderschlugen.

»Du bist verletzt, Leo, du blutest.«

Leo sah zur Seite. Dort, wo die Scherbe sie am Oberarm getroffen hatte, war eine klaffende Wunde, und das Blut floss Richtung Ellbogen.

»Alles gut. Ist ein Schnitt. Nur ein Schnitt. Daran sterbe ich nicht. Geschafft, heureka, geschafft.«

»Jetzt eine Pause, ja? Bei Wasser, Brot und schrecklichen Nusskekskrümeln.« Annika kicherte.

Auch Leo spürte diese hysterische Belustigung in ihren Mundwinkeln. »Das machen wir. Bevor es weitergeht.«

# 7

Ohne seinen Schnurrbart und sein Toupet konnte man Horst Möwe-Petermann nur noch an seinem überdimensionalen Bauch erkennen. Er trug seine randlose Brille, hatte sich ein buntes Hawaiihemd und kurze Shorts angezogen. Darin sah er mehr wie ein Tourist als wie der Chef einer Begleitagentur aus.

Jakob hatte sich ihm gegenübergesetzt, Luis an seine linke Seite. Im Überwachungsraum hinter dem Einwegspiegel war nur Per anwesend. Birgit hatte sich fürs Erste entschuldigt, ihr jüngster Sohn hatte sich nach dem Frühstück übergeben. Sie würde aber nachkommen.

»Herr Möwe-Petermann, kommen wir zur Sache.«

Jakob trommelte etwas genervt auf den Tisch. Auch heute Morgen hatte er Leo nicht erreichen können. Am liebsten wäre er bei ihr zu Hause vorbeigefahren, aber er wollte nach gestern Nacht nicht gleich wieder mit ihrem Vater zusammentreffen.

»Sie sind nicht hier, weil Sie sich Hercule Pasquale nennen. In Zeiten von Facebook hätten wir einen Stau, wenn wir uns um alle Fake-Namen kümmern würden.«

»Es ist kein Fake, es ist ein Künstlername, Herr Hauptkommissar. Ganz am Anfang hieß die Agentur noch schlicht und einfach ›Möwe Begleitservice‹. Das Geschäft lief katastrophal. Dann hatte Stella die Idee mit dem eleganten Namen, und die Buchungen gingen nach oben. Ich wollte mich anpassen und habe mir den Belgier ausgedacht. Der Name, der Akzent und der Schnurrbart waren eine Hommage.«

»An Hercule Poirot?« Luis sah den dicken Mann skeptisch an. Er liebte die Romanfigur und fand es unmöglich, dass der Agenturchef ihn mit seiner Aufmachung zu imitieren versuchte. »Warum gerade den berühmten Detektiv Poirot in Zusammenhang mit einem Hostessenservice bringen? Verstehe ich nicht.«

Auf der kahlen Stirn von Horst Möwe-Petermann glitzerten

Schweißtropfen, die er immer wieder mit einem Stofftaschentuch abwischte.

»Ich liebe die Filme mit Peter Ustinov. ›Tod auf dem Nil‹. ›Das Böse unter der Sonne‹. Was die Beleibtheit angeht, sind wir uns ähnlich. Das Toupet habe ich vorher schon getragen, aus reiner Eitelkeit. Allerdings war ich bisher niemals in Kriminalfälle verwickelt.«

»Nun, jetzt schon, Herr Möwe-Petermann. Kommen wir zu Ihrem Onkel, Dietrich Möwe. Sie haben gestern bei meinen Kollegen ausgesagt, dass er ein Sonderling war, der sich von der Familie zurückgezogen hat. Dadurch war der Kontakt zu ihm spärlich.«

»Genau. Deshalb hatte ich keine Ahnung, dass er verstorben ist. Niemand hat mich verständigt.«

»Er ist nicht nur gestorben, Herr Möwe-Petermann«, ergriff Jakob wieder das Wort. »Er wurde ermordet.«

»Das hat mich zutiefst geschockt.«

»Ich habe mir den Bericht von gestern auch durchgelesen, nirgends stand, dass Sie sich nach der Art seines Todes erkundigt haben.«

»Wie meinen Sie das, Herr Hauptkommissar?«

»Nun, wenn einer meiner Verwandten Opfer einer Gewalttat wäre, würde ich sofort nachhorchen.«

»Ich war wie gelähmt. Konnte keinen klaren Gedanken fassen. Davor die Verfolgung, dann der Sturz.«

»Nicht zu vergessen das Verschwinden von Annika Trautmann.«

»Annika, ja.« Der Agenturchef atmete schwer. »Die arme Annika.«

»Wussten Sie, dass Ihr Onkel die junge Frau gestalkt hat?«

Der dicke Mann sah auf seine Hände, knetete das Taschentuch.

Jakob beugte sich über den Tisch. »Wenn Sie uns vor ein paar Tagen schon mitgeteilt hätten, dass Sie und Dietrich Möwe verwandt sind, hätten die beiden Beamten aus meinem Team, die Sie aufgesucht haben, einige Fragen mehr an Sie gehabt. Die ganze

Geschichte auf der Gala hätte nicht stattgefunden. Warum haben Sie geschwiegen?«

»Ich hatte keine enge Verbindung zu meinem Onkel.«

»Kein Grund, ihn unerwähnt zu lassen bei unserer polizeilichen Ermittlung. Auch Ihre Angestellte Stella Petermann ist mit Ihnen verwandt. Demzufolge auch mit Dietrich Möwe.«

»Stella Petermann ist die Tochter meiner Halbschwester. Die wiederum die Tochter der zweiten Frau meines Vaters ist. Mein Erzeuger ist bereits verstorben sowie auch meine Mutter, die ältere Schwester von Dietrich aus der Linie der Möwes. Stella hat mit dieser Seite der Familie überhaupt nichts zu tun. Sie verdient sich bei mir etwas dazu, als Teilzeitkraft macht sie den Telefondienst. Dietrich kannte sie so gut wie gar nicht, da er sich nie bei Familientreffen gezeigt hat.«

»Wie oft haben Sie Ihren Onkel zu Hause besucht?«

Horst Möwe-Petermanns Gesichtsfarbe wechselte von Rot zu Rosa. »Einmal im Jahr höchstens. Er wollte keinen Besuch.«

»Kürzlich waren Sie aber bei ihm. Jemand aus dem Wohnhaus hat Sie wiedererkannt.«

»Kann sein.«

»Sie erinnern sich nicht?«

»Doch, ja. Ich war dort. Aber nur ganz kurz. Wie jedes Mal, wenn ich nachgesehen habe, ob Onkel Dietrich noch am Leben ist. Und das war er, auch bei meinem letzten Besuch. Ich schwöre es.«

»Sie haben nie das Wohnzimmer betreten und die Fotowand gesehen? Seine Kamera? Sein Abhörgerät? Sie wussten nichts von seiner krankhaften Passion?«

Jakob breitete die Bilder aus Möwes Wohnung auf dem Tisch aus.

Mit spitzen Fingern, als ob sie heiß wären, fasste Horst Möwe-Petermann die Abzüge an. Auf seinem Gesicht spiegelten sich Erschrecken und Ungläubigkeit.

»Das habe ich nie gesehen. Wenn ich dort war, saßen wir in der Küche. Es ist widerlich. Wenn ich davon gewusst hätte, hätte ich Onkel Dietrich wieder zu einem Therapeuten geschickt. Er hat mir Annika Trautmann empfohlen, er hat von seiner hübschen und gebildeten jungen Nachbarin erzählt, und ja, das war sie. Sie war schön, höflich und klug. Ich meine«, er räusperte sich, »ich will sagen, das ist sie. Ist sie noch. Sie darf nicht auch tot sein. Nicht das auch noch.«

Er begann zu husten, erneute dunkle Röte überzog seine Wangen, und er bekam Atemnot. Luis klopfte ihm auf den Rücken.

»Kann ich ein Glas Wasser haben?«

»Sofort, Herr Möwe-Petermann. Ein paar Nachfragen noch.« Jakob schob die Wohnungsbilder zur Seite. »Denn wir hoffen wie Sie, dass Annika nicht dasselbe Schicksal erleidet wie Ihr Onkel.«

Zuunterst folgten Fotos von dem Toten. Der aufgequollene Körper auf der Liege in der Rechtsmedizin als Erstes.

»Himmel, hilf.« Der dicke Mann schnappte wieder nach Luft. Sein voluminöser Bauch hob und senkte sich ungesund schnell. »Das wusste ich nicht. Das wusste ich wirklich nicht.«

»Wird es nicht Zeit, dass Sie uns die Wahrheit sagen?«

Im Überwachungsraum kam Birgit zu Per dazu. »Schneller ging es nicht. Was gibt es bei unserem Pseudo-Belgier Neues? Der sieht heute ganz anders aus.«

Per kaute auf seiner Zunge. »Heute hat er Bart und Haare gelassen, könnte man sagen. Sein Vorbild ist übrigens Hercule Poirot.«

»Nicht im Ernst.«

»Doch, deshalb der aufgezwirbelte Schnurrbart.«

»Sich bei der Hitze etwas ins Gesicht zu kleben ist allein schon verdächtig.«

»Dazu noch, sich einen Mob auf den Kopf zu setzen.«

»Hat er uns angelogen?«

»Sieht so aus.«

»Trotzdem. Wenn wir kein Geständnis bekommen, wird es schwer, überhaupt jemandem den Mord nachzuweisen. Das Wasser hat mögliche Beweise vernichtet.«

»Ich glaube nicht, dass er der Täter ist, aber er weiß mehr, als er uns gestern und auch bei unserem ersten Besuch erzählt hat.«

»Da hätten wir vom Verwandtschaftsverhältnis wissen sollen. Dann wären wir vielleicht schon weiter.«

»Hat Jakob auch eben gesagt.«

Hinter dem Einwegspiegel schlug sich Möwe-Petermann die Hand auf die Stirn. »Ich hatte keine Ahnung, glauben Sie mir. Dietrich hatte vor über einem Jahrzehnt einen Zusammenbruch. Nach der schweren Erkrankung und dem Tod meiner Mutter Erna, also Dietrichs Schwester, fing es an. Er war immer ein Sonderling, aber mit ihr war er sehr verbunden. Dann wurde paranoide Schizophrenie bei Onkel Dietrich diagnostiziert. Nach einem längeren Klinikaufenthalt galt er als gut eingestellt, war aber arbeitsunfähig. Die Leute in der Firma damals hätten ihn auch nicht zurückgenommen, dazu war zu viel geschehen. Er dachte in der schlimmen Phase seiner Krankheit, sie wären Agenten oder so was in der Art, er hat sie einmal sogar offen bedroht. Ich habe ihn nach seiner Entlassung eine Weile unterstützt, aber er war anstrengend und wollte lieber seine Ruhe, vor uns allen. Wir haben ihn dann mehr oder weniger vor sich hinleben lassen. Solange er nichts Auffälliges getan hat, waren wir schon zufrieden.«

»Wir?«

»Meine Familie. Also, auch seine. Na ja, hauptsächlich Sylvia und ich.«

»Sylvia Junger, Ihre Assistentin. Die aber nicht mit Ihnen verwandt ist?«

»Nein, natürlich nicht. Sie war und ist eine gute Freundin. Hat mich unterstützt. Später wurde sie meine Mitarbeiterin.«

»Auch Teilhaberin der Agentur?«

»Woher wissen Sie das?«

»Wir recherchieren, was möglich ist, Herr Möwe-Petermann.«

»Ja, es stimmt. Allerdings gehören ihr nur fünfzehn Prozent. Auch für sie lege ich meine Hand ins Feuer.«

»Mit Frau Junger werden wir noch sprechen. Heute sind Sie an der Reihe.«

»Keiner hatte einen Grund, Dietrich zu töten.« Er starrte erneut auf das Foto. »Hätte ich gestern gewusst, dass mein Onkel tot ist, wäre ich nicht weggelaufen. Ich habe geglaubt, Sie wollten mich verhaften.«

Luis übernahm. »Wenn Sie mit dem Mord an Ihrem Onkel nichts zu tun hatten, warum haben Sie dann eine Verhaftung befürchtet?«

»Ich dachte, Sie sind von der Steuerbehörde.«

Birgit und Per auf der anderen Seite horchten auf. Luis und Jakob wechselten einen Blick. Im nächsten Moment fiel es Horst Möwe-Petermann wie Schuppen von den Augen, dass er sich verplappert hatte.

»Steuerbehörde?« Luis' Ton wurde schneidend. »Das ist interessant, das müssen Sie uns näher erklären.«

»Nein, nein, das eine hat mit dem anderen nichts zu tun.«

Mit einem Ruck stand Jakob auf. »Diese Entscheidung treffen wir, Herr Möwe-Petermann. Ihr Onkel ist nicht ohne Grund ermordet worden.«

»Nehmen Sie das Bild wieder weg, bitte.«

Jakob legte das Foto zur Seite, um nach dem nächsten zu greifen, auf dem Dietrich Möwes Gesicht in Großaufnahme zu sehen war.

»Oh Gott. Schrecklich, der arme Dietrich. Ich könnte niemals jemandem etwas antun, nie im Leben. Ich bin einer, der sich einen falschen Schnurrbart anklebt und hübsche Menschen für nette Abende vermittelt.«

»Aber Sie denken, dass ein anderer sehr wohl dazu fähig wäre?«

»Nicht wirklich.«

»Das können immer noch wir entscheiden. Nennen Sie uns den Namen.«

»Tim Gastius.«

Hinter dem Einwegspiegel zog Birgit die Luft ein.

Per sah sie von der Seite an. »Das ist doch der Mann von gestern Abend, der mit dir geredet hat, als ich ankam.«

»Genau.« Birgit biss sich auf die Lippen. »Investor des Gesamten.«

Per hatte das Gefühl, dass die Nennung dieses Namens seine Kollegin doch überraschte.

Im Vernehmungsraum redete Horst Möwe-Petermann bereits weiter, als hätte man einen Korken aus einer Flasche gezogen.

»Er hat alles eingefädelt. Ich will mich nicht rausreden, aber durch ihn sind wir überhaupt in diese prekäre Lage gekommen. Wir alle sind zufällig da hineingeraten. Ich meine, ich wusste nichts von dem Ablauf. Ich kenne mich nicht aus. Tim Gastius hat alles arrangiert, ich habe nur unterschrieben.«

Luis öffnete den Mund, aber Jakob winkte ab. Der Redeschwall des Agenturchefs sollte nicht unterbrochen werden.

»Mein einziger Fehler war, dass ich Onkel Dietrich überredet habe, ebenfalls mitzumachen. Warum, weiß ich bis heute nicht. Später, als Dietrich dachte, der Deal wäre eine Verschwörung gegen ihn, war es zu spät. Dazu die Geschichte mit Annika. Dietrich meinte, Tim hätte auch sie mit in den Topf genommen, und Annika wäre dadurch in Gefahr. Mit solchen Hirngespinsten konnte keiner rechnen. Tim Gastius hat Annika, seit sie bei uns war, immer gebucht, wenn er eine Begleitung haben wollte. Sonst ist, denke ich, nichts zwischen ihnen gelaufen. Sie können jetzt gern auch meine Kundenkartei einsehen, ohne Durchsuchungsbeschluss, ich habe diesbezüglich nichts zu verbergen. Alle meine Kunden sind seriös. Das gilt genauso für Tim Gastius, also zumindest, was seine Zusammenarbeit mit ›Madame et moi‹ angeht. Aber Onkel Dietrich hat Panik bekommen. Er war vernarrt in das Mädchen. Er dachte, Tim hätte Böses mit ihr vor. Dietrich war doch verrückt, das wussten wir alle.« Horst Möwe-Petermann hustete wieder heftig.

»Alles nur, weil ich Onkel Dietrich überredet habe, mitzumachen, also bin ich doch schuldig. Nicht des Mordes, das nicht. Ich habe ihn nicht getötet, glauben Sie mir.«

Jakob stand auf und holte eine der kleinen Mineralwasserflaschen, die sie vor der Befragung in der Ecke deponiert hatten. »Wenn ich ehrlich bin, konnte ich Ihren Sätzen wenig Konkretes entnehmen. Wer ist mit ›wir‹ alles gemeint? Welche Deals? Was hat Tim Gastius eingefädelt?«

Statt einer Antwort bearbeitete Möwe-Petermann wieder sein Taschentuch. Der Schweiß auf seiner Stirn glitzerte im hellen Licht der Neonlampen.

Jakob holte sein Handy aus der Hosentasche und schickte eine kurze Nachricht an Birgit und Per.

»Der Boss schreibt, wir sollen uns unverzüglich um diesen Gastius kümmern.«

Birgit blätterte mit einer Hand in ihren Notizen vom Vorabend, mit der anderen suchte sie in ihrer Jacke.

»Tim Gastius. Er kam zu Jakob und mir nach draußen, als wir Möwe-Petermann hatten. Dann musste Jakob dringend weg. Ich habe mit Gastius geredet.«

»Wohin musste Jakob denn?«

»Frag ihn. Ich hatte noch keine Gelegenheit. Zu Gastius: Er ist Geschäftsmann. Einer der Hauptinvestoren der Shoppingmeile, Gründer der Prime-Invest AG. Er und seine Firma residieren in Marienburg.«

»Besser geht es in Köln kaum. Nach außen hin also ein erfolgreicher Typ.«

»Außer seinem Mundgeruch ist mir leider auch nichts weiter an ihm aufgefallen, aber schlechte Hygiene ist nicht strafbar. Der Mann war sonst sehr freundlich, sehr kooperativ. Ich hatte ihn in dieser Sache überhaupt nicht auf dem Schirm, ehrlich gesagt. Ziemlicher Irrtum meinerseits.«

Birgit zog eine Visitenkarte aus der Jackentasche. »Hier. Er hat mir sein Kärtchen zugesteckt mit privater Nummer und Adresse, sich für weitere Fragen bereitwillig zur Verfügung gestellt. Von diesem Angebot können wir gleich Gebrauch machen.«

Per nahm die Karte an sich. »Wenn er Dreck am Stecken hat, ist er vielleicht schon über alle Berge.«

»Oder er dachte, seine Offenheit lässt ihn unschuldig wirken. Per, nimmst du dir einen unserer diensthabenden Beamten und fährst los? Vielleicht kannst du den Mann sonntäglich überraschen. Wenn er sich weigert, mitzukommen, melde dich. Sollte sein Bodyguard da sein, dieser Harry Sprung, bring den gleich mit. Ich harre hier aus und berichte dir.«

»Wenn es in der Zeit eine spektakuläre Enthüllung in all dem wirren Gerede von dem Möwe-Petermann gibt, dann schick mir eine Nachricht, damit ich auf dem Laufenden bin.«

»Mach ich.«

»Ich glaube, ich will jetzt doch einen Anwalt«, sagte Horst Möwe-Petermann in dem Moment. »Ich quassle mich doch um Kopf und Kragen. Kann ich einen Rechtsbeistand bekommen? Einen Pflichtverteidiger? Das steht mir doch zu?«

»So viel zu weiteren Enthüllungen. Wir müssen jetzt ohnehin pausieren.« Birgit streckte ihren Zeigefinger Richtung Per. »Sei bitte vorsichtig. Wir wissen so gut wie nichts über Tim Gastius. Seine sympathische Fassade hat mich auch getäuscht.«

Sie sah besorgter aus als sonst, selbst während schwierigerer Ermittlungen. Per wollte nachfragen, tat es dann doch nicht. Er verließ den Überwachungsraum.

Birgit überflog ihre Notizen und schrieb den Namen Dr. Kardiff auf die letzte Seite. Jakobs Freundin hatte bei dem unerwarteten kurzen Zusammentreffen zwischen ihnen erwähnt, mit dem Mann auf die Gala gekommen zu sein. Das machte die Kommissarin jetzt unruhig.

Im Vernehmungsraum hatte der Agenturchef mit dem Ruf nach einem Rechtsbeistand seiner Aussagebereitschaft ein Ende bereitet. Er nahm einen Schluck aus der Mineralwasserflasche, seufzte laut, wischte sich den Schweiß von der Stirn und ein paar Tränen unter seinen Augen fort.

Dann, ganz leise: »Wie ist Dietrich gestorben?«

»Er wurde vergiftet und sein Körper in der Rur entsorgt.«

»Was? In Monschau?«

Jakob kam schnell zurück zum Tisch. »Das ist jetzt aber interessant. Wie kommen Sie ausgerechnet auf Monschau, Herr Möwe-Petermann? Die Rur hat doch so viele andere schöne Ortschaften zu bieten.«

Horst Möwe-Petermann schluckte und rückte sich die Brille zurecht. »Ich werde kein Wort mehr sagen, bis ich einen Rechtsbeistand habe.«

»Jakob, kann ich dich ganz kurz unter vier Augen sprechen?«

Birgit war aus dem Überwachungsraum herausgeschossen, als Jakob die Befragung von Horst Möwe-Petermann unterbrochen hatte. Er wollte sich auch noch Rückendeckung bei Oberstaatsanwalt Theo Prunk holen, der möglicherweise einen Haftbefehl für Tim Gastius über einen Bundesrichter ausstellen lassen musste.

»Wenn du Kaffee holen magst, dann habe ich einen Becher lang für dich Zeit. Bring auch einen für Luis mit.«

Birgit nickte und ging zum Automaten. Der Kaffee in der Kantine schmeckte besser, aber sie wollte ihre Chance, mit Jakob zu reden, nicht verstreichen lassen. Sie musste ihm reinen Wein einschenken, nachdem die ganze Geschichte mit der Entführung und dem Mord nun diese Wendung genommen hatte. Hin zu Tim Gastius.

Mit zwei Plastikbechern in der Hand kam sie zurück. Jakob wartete im Gang auf sie.

»Plastikmüll aus dem Automaten? Schlechter Kaffee und schlecht für die Umwelt. Hast du uns nicht allen zu wiederbefüllbaren Coffee-to-go-Bechern geraten?«

»Ich werde die leeren Becher höchstpersönlich richtig entsorgen, versprochen. Kantine war zu weit.«

»Was gibt es? Ich muss Prunk anrufen. Und dann möchte ich zu unserem Verdächtigen zurück. Vielleicht kann ich ihn doch noch zum Reden bringen. Es ist Sonntag, da braucht ein Pflichtverteidiger seine Zeit.«

»Meinst du, er hat seinen Onkel ermordet?«

»Mein Gefühl sagt eher Nein. Für so einen Giftmord braucht es eine gewisse Kaltblütigkeit. Danach die Leiche auf die Art und Weise zu entsorgen setzt auch gute Kondition und Kraft voraus. Sein Übergewicht spricht dagegen. Aber er hat damit zu tun. Weiß noch viel mehr. Es wird auf einen Deal herauslaufen. Doch wenn er uns damit zum Mörder führt, ist es mir recht.«

»Hoffentlich auch zu der vermissten jungen Frau.«

»Die Fäden führen nach Monschau. Jetzt aber erst mal weiter mit Möwe-Petermann und diesem Gastius. Was hattest du für einen Eindruck?«

»Auf der Gala? Wie ich schon Per gesagt habe, ich habe den Mann falsch eingeschätzt. Passiert mir selten. Im Gegensatz zum Manager der Shoppingmeile hat sich Gastius kooperativ verhalten. Er hat mir sogar seine Karte gegeben. Apropos.« Birgit holte einmal tief Luft.

»Jakob, du weißt, dass ich mich nie in dein Privatleben einmischen würde.«

»Wie meinst du das?«

»Hör mir zu. Ich habe nichts gegen Dr. Kardiff, nein, ich mag sie sogar. Ich zeige es nicht so, weil ich ihre Art immer etwas zu übertrieben finde und mir ihr, nennen wir es Wissensdurst, nicht gefällt. Sie mischt sich ein in Dinge, die nur uns etwas angehen. Mein Volker ist Betriebswirt, und wenn er eine Leiche finden würde, würde er mich anrufen und wäre froh, dass er sich nicht die Hände schmutzig machen muss. Aber abgesehen davon, du bist glücklich mit der Frau. Das sieht man dir an. Wir alle freuen uns darüber.«

»Ich verstehe nicht, warum du mitten in einer Befragung auf Leo zu sprechen kommst. Ja, ich weiß, Dietrich Möwe war bei ihr in der Praxis, und sie war es auch, die Annikas Verschwinden entdeckt hat. Aber dafür kann sie nichts. Und ich war diesmal wie eine Auster. Sie weiß nichts. Nichts von Möwes Ermordung, nichts von Monschau. Überhaupt nichts.«

»Ich hatte befürchtet, dass du das sagst. Warum war sie dann gestern mit Tim Gastius auf der Gala?«

»Leo war da? Mit diesem Gastius?«

Wenn die Situation nicht ernst gewesen wäre, hätte Birgit gern Jakobs Gesichtsausdruck fotografiert. Seine Kinnlade fiel ihm wortwörtlich herunter.

»Sie war auf dieser Jubiläumsfeier, ja. Ich bin in sie hineingerannt. Wir haben ein paar Sätze gewechselt, und ich dachte, du hast sie eingeweiht, was den Mord an Möwe angeht. Jedenfalls habe ich Möwes Tod erwähnt und erst da begriffen, dass sie keine Ahnung hatte.«

»Du hast mit Leo auf der Gala gesprochen? Was hat sie dort ausgerechnet mit dem Gastius gewollt?«

Birgit konnte förmlich sehen, wie es in Jakobs Hirn zu rattern begann.

»Ich hätte es dir gleich sagen sollen. Aber sie hatte mich gebeten, es nicht zu tun. Sie hat mir zugesagt, dass sie es dir selbst erzählen will, wenn ihr euch wiederseht. Sie wollte keinen Streit mit dir, denke ich.«

»Sie wusste nicht, dass Möwe ermordet worden ist?«

»Sicher nicht. Ihre Überraschung war nicht gespielt.«

»Warum war sie dann dort?«

»Ich denke, deine Frau Doktor betreibt mal wieder Parallelrecherchen.« Birgit verdrehte die Augen. »Es geht mehr um Annika Trautmann als um Möwe, wenn du mich fragst. Das habe ich vorhin gemeint. Sie kann es einfach nicht lassen.«

»Ich rufe sie sofort an.« Jakob hatte sein Handy schon am Ohr.

»Wieder nur Mailbox. Scheiße.« Er wandte sich ab. »Jakob noch mal. Ruf mich an. Sofort. Es ist dringend.«

»Es tut mir leid, Jakob.« Birgit wirkte bedrückt.

»Sie geht seit gestern Nacht nicht ran. Was meinst du, welche Spur hat sie auf der Gala verfolgt?«

Sein Handy summte, Jakob riss es sich förmlich ans Ohr. »Leo?«

»Nein. Hier spricht Marit Radler aus Monschau.«

»Was gibt es?« Jakob klang ungehaltener als gewollt.

»Wir haben den Wagen von Ihrem Toten gefunden.«

»Er ist nicht mein – egal. Wo?«

»Steht seit Tagen auf dem Parkplatz des Baumarkts an der Linde. Jetzt erst hat uns einer von den Angestellten verständigt.«

»Wir werden ohnehin so schnell als möglich wieder bei Ihnen sein, POK Radler. Sorgen Sie dafür, dass der Wagen für die Spurensicherung bereitsteht und sich niemand daran zu schaffen macht, der nicht kompetent ist. Danke.«

Kaum war der Anruf beendet, meldete sich Birgits Mobiltelefon.

»Hallo, Per, was gibt es?«

»Ich bin mit Tim Gastius gleich bei euch. Er war zu Hause in

Marienburg und sofort bereit, mich zu begleiten. Wie du gesagt hast, er gibt sich äußerst freundlich. Ich bringe ihn ins Präsidium. Allerdings ruft er gerade seinen Anwalt an. Der wird schneller bei uns sein als ein Pflichtverteidiger für den anderen.«

»War der Bodyguard da?«

»Nein. Gastius meinte, das wäre an dem Abend mehr Show gewesen, als dass er jemanden zu seinem Schutz bräuchte.«

»Okay. Wenn ihr zurück seid, dann bring Gastius in Raum drei. So können wir Möwe-Petermann und ihn auf die Bildschirme im Überwachungsraum legen. Bis gleich.«

Jakob fixierte Birgit. »Per kommt?«

»Er ist unterwegs. Mit Tim Gastius.«

»Möwes alter Mazda. In Monschau gefunden. Ich werde Luis informieren. Alle Spuren führen dorthin. Aber kommen wir zu Gastius und deiner Begegnung zurück.«

»Annika Trautmann wurde von ihm gebucht, wenn er eine Begleitdame brauchte.«

»Außer gestern Abend, da ist Leo an seiner Seite gewesen.«

Birgit verstand sofort. »Dr. Kardiff hat es herausgefunden und sich auf der Gala an ihn gehängt.«

»Woher hätte sie davon wissen können?«

»›Madame et moi‹. War sie vielleicht dort?«

»Warte!« Jakob trank seinen Kaffee in einem Schluck aus und stürzte in den Vernehmungsraum. Luis und Horst Möwe-Petermann sahen ihn an.

»Herr Möwe-Petermann, ich habe eine Frage an Sie, die Sie mir auch ohne Anwalt beantworten können. Jetzt sofort. Wer war gestern Abend statt Annika die Begleiterin von Tim Gastius?«

Horst Möwe-Petermann zuckte zusammen.

»Da ist eine dumme Sache gelaufen. Ich habe Tim eine neue Dame vermittelt. Allerdings war sie anscheinend eine Betrügerin. Sie hatte sich mit falschem Namen bei mir vorgestellt. Als Hausfrau ausgegeben. Aber sie wurde erkannt und entlarvt. Da war sie bereits von der Gala verschwunden. Vielleicht hat sie ja den armen Dietrich ermordet.«

Jakob antwortete darauf nichts und verschwand wieder nach draußen.

Luis hätte zu gern gewusst, was Sache war, blieb aber sitzen.

Draußen steckte Birgit eben ihr Smartphone weg. »Und?«

»Leo war mit Gastius dort, als Ersatz für Annika Trautmann. Genau so, wie wir eben spekuliert haben.«

»Bitte zieh keine falschen Schlüsse. Ich denke nicht, dass ihr etwas passiert ist.«

»Woher willst du das wissen?«

»Sie wollte von der Gala sofort weg und nach Hause, nachdem wir uns begegnet sind. Sie hätte da auch die Gelegenheit gehabt, sich mir anzuvertrauen, wenn sie etwas herausgefunden hätte. Dazu kommt, dass Tim Gastius bei mir vor dem Eingang geblieben ist, als du weg bist. Bis Per kam, ist mindestens eine halbe Stunde vergangen. Auch Gastius' angeblicher Bodyguard und der Manager waren da. Am Ende sind die Herren, außer Möwe-Petermann natürlich, zurück ins Shoppingcenter.«

»Was ist mit den Frauen?«

»Sylvia Junger habe ich kurz gesehen, als wir angekommen sind. Später nicht mehr. Von Stella Petermann keine Spur. Jakob, es gibt immer noch die Möglichkeit, dass keiner von ihnen etwas mit dem Mord und dem Verschwinden von Annika zu tun hat.«

»Warum meldet sich Leo dann nicht?« Jakob zerwühlte sein Haar. »Ich nehme mir Tim Gastius vor, wenn er ankommt. Auch mit Anwalt. Davor muss ich Luft schöpfen und nachdenken. Kümmere du dich bitte statt meiner um den Haftbefehl und Prunk, sonst ist Gastius schneller wieder draußen, als wir Eifel sagen können.«

»Mach ich. Bleib cool. Klingt blöde, aber ist ein guter Rat.«

***

»Danke, dass Sie so schnell bereit waren, zu uns zu kommen, Herr Gastius. Wir haben uns bereits gestern kurz kennengelernt.«

»Ich erinnere mich an Sie. Hauptkommissar Zimmer, nicht wahr? Es ist mir ein Vergnügen.«

»Dass eine polizeiliche Ermittlung ein Vergnügen ist, wage ich zu bezweifeln.«

»Auch wenn ich nur peripher mit Herrn Pasquale zu tun habe, möchte ich ohne meinen Anwalt nichts sagen. Er ist unterwegs.«

»Doch, das werden Sie. Und zwar mir, ganz persönlich. In den nächsten Minuten stelle ich Ihnen ein paar Fragen, und Sie werden mir Auskunft geben.«

»Was, wenn nicht?«

»Keine Sorge, ich werde mich rechtens verhalten. Ich stelle Ihnen nur Fragen zu einer bestimmten Person, die Sie kürzlich kennengelernt haben.«

»Ich kann Ihnen nicht folgen.«

»Dr. Leocardia Kardiff.«

»Wer soll das sein?«

»Zahnärztin mit Praxis am Nikolausplatz.«

»Ich versichere Ihnen, dass ich seit Jahren bei keinem Zahnarzt mehr war. Das hat seine Gründe, die Sie vielleicht, wenn ich das so direkt sagen darf, bereits riechen konnten. Keiner von diesem Gesocks konnte mir helfen. Ich verstehe also immer noch nicht.«

»›Madame et moi‹ hatte Ihnen für gestern Abend Annika Trautmann als Begleitung vermittelt.«

»Dazu sage ich nichts ohne meinen Anwalt.«

»Annika gilt als vermisst. Sie wurde entführt oder vielleicht Schlimmeres. Noch fehlt jede Spur.«

»Kein Kommentar.«

»Folgendes können und werden Sie mir beantworten. Wer hat Sie statt Annika begleitet?«

»Sie haben recht, Herr Hauptkommissar Zimmer, dazu kann ich mich äußern, sogar ganz gern. Es war eine schräge Dame namens Doro Kastig, eine Hausfrau. Etwas überdreht, aber nett. Es war ihr erstes Mal, sie wollte sich etwas dazuverdienen. Obwohl ihr Mann Immobilienmakler ist. Der momentane. Der vorherige war tatsächlich Zahnarzt. Welchen Job wohl noch weitere Exmänner haben?«

»Lassen Sie die Spielchen, Herr Gastius. Wenn wir Ihnen den Mord an Dietrich Möwe nachweisen, sieht die Sache auch mit einem teuren Anwalt schlecht für Sie aus.«

»Mord? Das ist jetzt nicht Ihr Ernst? Der Möwe ist tot?«

»Herr Gastius, das ist mein voller Ernst. Sie kannten den Onkel von Herrn Möwe-Petermann also.«

»So gut wie nicht. Und von seinem Tod wusste ich nichts. Ich bin erschüttert. Trotzdem sage ich auch dazu nichts mehr ohne meinen Rechtsbeistand.«

»Verstanden. Deshalb zurück zu Ihrer Begleitung. Diesmal die tatsächliche Version, wenn ich bitten darf.«

»Na gut. Ich bin mit einer schönen und gebildeten Frau auf der Feier gewesen, die mich anscheinend wegen Annika aushorchen wollte. Sie ist im Laufe des Abends irgendwann verschwunden. Dass sie Zahnärztin ist, hat wohl eine Patientin von ihr erzählt. Nicht mir persönlich, sondern Herrn Pasquale und seiner Assistentin. Wie Sie sicher schon wissen, handelt es sich bei Hercule Pasquale um Herrn Möwe-Petermann. Er ist damit zu mir gekommen. Der Sinn dieser Verwechslungskomödie hat sich mir bisher nicht erschlossen.«

»Monschau.«

»Wie bitte?«

»Sie haben mich gehört. Kein Ausweichen oder Abschweifen.«

»Ich war noch nie in dem Haus.«

»Aber Sie wissen von einem Haus dort.«

»Ohne meinen Anwalt sage ich dazu nichts. Basta.«

»Die Adresse.«

»Das Haus gehört irgendwem aus der Familie von Möwe-Petermann oder so, fragen Sie ihn doch.«

»Ich rede jetzt aber mit Ihnen.«

»Ich erinnere mich nicht.«

»Anders gefragt. Sie mögen Annika Trautmann?«

»Ja, das tue ich.«

»Sehen Sie. Und ich mag Dr. Kardiff, das ist die besagte Zahnärztin.«

»Ich habe mit dem ganzen Mist nichts zu tun. Ich bin Geschäftsmann, ich leite eine Investmentfirma. Ich finanziere Projekte und mache keine Entführungen von jungen Mädchen, die meine Töchter sein könnten, oder ermorde alte, psychisch kranke Männer. Der Rest ist Schweigen.«

»Die Adresse.«

»Sie lassen wohl nicht locker, was?«

»Sie sind mich auf der Stelle los, wenn Sie mir die Adresse geben, Herr Gastius. Das ist ein Versprechen.«

»Am Zeilinger Bach. Keine Ahnung, welche Nummer.«

»In Monschau direkt?«

»Ich sagte doch, ich war noch nie dort. Und ich war auch noch nie in einer Zahnarztpraxis am Nikolausplatz.«

# 8

Birgit traf mit Luis und Per auf dem Gang vor den Vernehmungsräumen zusammen.

Die beiden jungen Kommissare redeten gleichzeitig.

»Leute, ich habe die Vermutung, dass die Freundin vom Boss gestern auch auf der Gala war, inkognito.«

»Dr. Kardiff war die Begleitdame von Gastius. Er hat es vorhin bestätigt. Ich fasse es nicht.«

Birgit hob ihre Hände. »Ruhe bitte. Ja, es stimmt. Ich bin mit Frau Kardiff quasi zusammengestoßen.« Sie ließ beide gar nicht erst wieder zu Wort kommen. »Lange Rede, kurzer Sinn. Es ist davon auszugehen, dass Frau Doktor doch wieder das Metier gewechselt hat und schnüffelt. Jetzt ist sie nicht zu erreichen, und Jakob macht sich Sorgen. Also, haltet euch mit irgendwelchen Bemerkungen zurück.«

»Wo ist der Boss überhaupt?« Luis zog seine Stirn kraus. »Der falsche Belgier sitzt da und wird immer unrunder, um es mal so auszudrücken. Vorhin kam nur eine SMS von Jakob. Wegen einer Gegenüberstellung der beiden sollte ich noch warten.«

»Welche Gegenüberstellung?«, fragte Birgit. »Er wollte mit Gastius' Befragung schon mal anfangen, während ich mit Theo Prunk und einem Untersuchungsrichter telefoniert habe. Dann wollte er zu dir zurück, damit du dich bei deiner Polizeioberkommissarin Radler meldest. In Monschau ist Möwes Wagen gefunden worden.«

»Tim Gastius' Anwalt ist eben eingetroffen. Den sollten wir nicht zu lange allein lassen.« Per deutete auf den Vernehmungsraum drei.

»Ich muss jetzt auch zu Möwe-Petermann zurück.« Luis schnaubte. »Er hört nicht auf, nach dem Pflichtverteidiger zu fragen. Wir brauchen Jakob.«

Per hob die Schultern. »Im Überwachungsraum ist er nicht, da war ich vorhin.«

»Hast du das Gespräch zwischen Tim Gastius und Jakob mitgehört?«

»Ja, klar. Daher weiß ich doch von Dr. Kardiff.«

»Was haben sie ohne Anwalt sonst noch geredet?«

»Jakob wollte die Adresse in Monschau. Ich dachte, wir fahren nach den Vernehmungen dorthin.«

»Dann hat er die Infos von Gastius bekommen?«

»Ja, hat er. Er sah grimmig aus, als er den Raum verlassen hat. Und zufrieden. Ihr kennt ihn.« Per schaute sich etwas hilflos um. »Vielleicht ist der Boss bloß auf dem Klo. Auch Hauptkommissare pinkeln.«

Die drei standen etwas ratlos am Gang.

»Verdammte Scheiße aber auch!« Luis begriff es als Erster.

Birgit folgte seinem Gedankengang nur eine Sekunde später. Sie traf sofort eine Entscheidung.

»Luis, beende deine Befragung von Möwe-Petermann, aber lass ihn nicht gehen. Ebenso müssen wir Tim Gastius hierbehalten. Ich trommle bei Kollegen um Hilfe an, die unsere Verdächtigen für den Moment übernehmen können. Alles muss jetzt schnell gehen. Wir sollten uns schleunigst auf den Weg machen.«

»Und Jakob? Wo ist er denn jetzt?« Per sah zwischen seinen Kollegen hin und her und verstand immer noch nicht.

***

Hauptkommissar Jakob Zimmer fuhr unterdessen bereits von der A 4 auf die A 44.

Er hatte kurz überlegt, mit Blaulicht und Sirene zu starten, aber da der Verkehr floss, entschied er sich dagegen. Sollte er in einen Stau kommen, konnte er immer noch auf diese Möglichkeit zurückgreifen.

Er war höchstens zu einem Drittel dienstlich unterwegs. Der Hauptanteil seiner überstürzten Aktion war seinen Gefühlen geschuldet.

Korrekterweise hätte er die beiden Vernehmungen beenden und gemeinsam mit seinem Team aufbrechen müssen. Zuvor hätte er der Polizeidienststelle in Monschau Bescheid gegeben, damit sie Verstärkung zum genannten Ort schickten. Dort hätten die Ermittlungen einen ersten Höhepunkt erleben können, mit Glück wäre eine Befreiungsaktion erfolgt.

Birgit würde diese Dinge ohne ihn in die Wege leiten.

Sein Herz hatte die Führung über seinen Verstand und über seine dienstlichen Pflichten übernommen. Er handelte überstürzt.

Leo war in Gefahr.

Der Satz leuchtete wie eine grelle, überdimensionale Neonreklame in allen Winkeln seines Denkens.

Natürlich war es genauso gut möglich, dass der Mörder von Dietrich Möwe bereits über alle Berge war. Leo war zwar der Vermissten auf der Spur, aber nicht dem Täter gefährlich nahe. Mit Glück waren beide Frauen noch am Leben.

Was, wenn sie Pech hatten?

In seinen Dienstjahren hatte Jakob mehr Opfer gesehen, als er in seinem Kopf zahlenmäßig überschlagen mochte. Im Affekt ermordet, geplant hingerichtet, grausam gequält oder kaltblütig getötet. Jeder einzelne Tote hatte ihn berührt, manch ein Fall war ihm fast zu nahe gegangen. Aber kein einziges Mal hatte er sich derart am Rande eines Abgrunds gefühlt. Nie war es um einen seiner Beziehungsmenschen gegangen. Weder seine Exfrau noch seine Mutter, nicht einmal einer seiner wenigen engen Freunde war jemals in Lebensgefahr geraten. Sogar sein Team hatte er bis heute weitestgehend aus lebensgefährlichen Situationen heraushalten können.

Sein Handy begann zu klingeln. Er vergewisserte sich, dass es nicht Leo war, nahm den Anruf nicht an. Nach einer Weile sprang die Mailbox an. Dann wieder Klingeln. Nicht Leo. Nach dem dritten Mal warf Jakob das Mobilteil auf den Rücksitz.

Seit er Leo kannte, liefen die Dinge anders. Sie brachte sich in Gefahr, zog nicht nur Mordopfer, sondern auch die Täter magnetisch an. Wäre die Lage anders, könnte er darüber schmunzeln.

Seine Mordszahnärztin und ihre unendliche Neugier.

Er stellte den Polizeifunk an, dann sofort wieder aus. Die Meldungen machten ihn nervös, und er musste es schaffen, bis zu seiner Ankunft in Monschau wieder einen klaren Kopf zu bekommen. Wenn er schon wie ein aufgeschreckter Gaul losgaloppiert war, dann sollte er zumindest jetzt seine Coolness wiedererlangen.

Jakob drehte den Knopf am Autoradio, Musik schwoll an.

Rag 'n' Bone Man sang »Human«: *I'm only human after all.* Ich bin schließlich auch nur ein Mensch.

Er war Hauptkommissar, er war Polizist und Ermittler mit Leib und Seele, aber eben auch nur ein Mann, der liebte.

Er verließ die Autobahn und fuhr nach rechts auf die Monschauer Straße.

Wenn er nun zu spät kam, was dann?

Vor ihm gab es einen Stau infolge einer Baustelle.

Es war jetzt doch Zeit für Blaulicht.

***

»Er geht nicht an sein Handy.«

Luis raufte sich die Haare. Er sah wie ein kleiner Junge aus, der seinen Papa verloren hat.

Birgit versuchte den Überblick zu behalten. War Jakob nicht anwesend, leitete sie das Team. Sie hatte die Vernehmungen der Verdächtigen an Kollegen übergeben, Anweisungen weitergeleitet und sich am Ende mit Luis und Per im Parkhaus des Polizeipräsidiums verabredet.

»Wir sollten los. Die örtliche Polizei ist verständigt. Vielleicht sind die Beamten bereits vor Ort, wenn Jakob eintrifft.«

Per kam gelaufen, er sah sich keuchend um, bevor er redete. »Der Boss hat seine Dienstwaffe nicht mitgenommen.«

»Was?«

»Ich bin nochmals hoch und in sein Büro. Sie liegt noch im Stahlschränkchen, wie immer bei einer Vernehmung.«

»Wieso das denn? Was hat er vor?«

Luis und Per sahen zu Birgit. Sie war die Besonnene.

»Bleibt ruhig. Das heißt nur, er ist sofort losgefahren und hat nicht einmal den Umweg über die Büros gemacht, sonst hätte es sein können, dass er einem von uns in die Arme läuft. Jungs, kein Drama, wo keines ist! Jakob ist kein Frischling. Er weiß sich zu verteidigen. Ganz abgesehen davon, gibt es im Wagen immer auch andere Kampfgeräte.«

»Er kann den MES einsetzen«, sagte Per und kaute auf seiner Zunge.

»Aber denkt an die leere Pistolenbox in Möwes Keller.« Luis wurde immer nervöser. »Vielleicht hat der Mann doch eine Schusswaffe besessen, die jetzt der Täter hat. In dem Fall wäre der Boss mit einem Schlagstock völlig im Nachteil.«

»Luis, Per, hört auf. Jakob ist Profi. Keine Spekulationen. Auf geht's.«

Per und Luis sprangen förmlich zum Wagen hin. Birgit holte die Autoschlüssel aus ihrer Jeans. Ihre Hände zitterten leicht.

***

Kurz nach der Einfahrt in den Ort Monschau hielt Jakob an der Zufahrtsstraße an. Eine kleine Gruppe Wanderer drehte sich erschrocken um, Jakob hob beschwichtigend seine Hand und stellte mit der anderen das Blaulicht aus. Dann begann er sich mit dem mobilen Navi zu beschäftigen.

Erst jetzt war ihm bewusst geworden, dass seine Ortskenntnis ziemlich dürftig war. Wäre er mit seinen Leuten unterwegs, hätte Luis bereits beim Losfahren die Route auf seinem iPad gehabt und Jakob als menschlicher Navigator gelotst.

Er wog ab. Die drei aus seinem Team hatten seinen Abgang in der Zwischenzeit mit Sicherheit bemerkt, hatten sich ebenfalls auf den Weg gemacht. Es war davon auszugehen, dass Birgit oder Luis die örtliche Polizei verständigt hatten, das hieß weiter, an der besagten Adresse würde in Kürze jede Menge los sein.

Einerseits gut, aber andererseits konnte ein solcher Tumult die Lage eskalieren lassen. Was, wenn er vor Ort auf Möwes möglichen Mörder traf und der eine Waffe hatte?

Automatisch fuhr Jakob unter seine Jacke und griff ins Leere.

»Mist!«

Seine eigene Dienstwaffe lag noch im Stahlschränkchen in seinem Büro. Wieder ein Zeichen, wie kopflos er losgerast war. Nur die Handschellen hatte er bei sich. Zumindest konnte er den Schlagstock und das Pfefferspray aus dem Wagen mitnehmen.

Das mobile Navi hatte die Route berechnet. In acht Minuten würde er am Zeilinger Bach sein.

***

»Radler?«

»Hier ist noch mal Hauptkommissar Luis Fahrenz. Wie weit sind Sie?«

»Wir brechen in dieser Minute auf. Zwei Einsatzfahrzeuge, vier Beamte.«

»Wie lange brauchen Sie zum Einsatzort?«

»Ein paar Minuten. Der kleine Weg im Waldgebiet geht von der Schleidener Straße ab. Ein Stück weiter gibt es einen Campingclub.«

»Hauptkommissar Zimmer wird ebenfalls dort eintreffen. Vor uns. Oder ist vielleicht schon dort. Das sollten Sie wissen. Wir sind unterwegs.«

»Es handelt sich um Annika Trautmann, nicht?«

»Nicht nur. Es könnte eine zweite Frau gegen ihren Willen vor Ort festgehalten werden.«

»Ich verständige auch unseren Notarzt.«

»Gute Idee.«

»Gefahr in Verzug?«

»Ja. Und mein Boss ist dort.«

»Alles klar, Fahrenz. Ich habe Sie schon beim ersten Mal verstanden.«

***

Fast hätte er trotz der Navigation die Zufahrtsstraße mit den zwei Briefkästen übersehen und wäre weiter durch die sonnige, sommerliche Eifellandschaft gefahren.

Der Weg machte zwei Kurven, dann kam er zu einem ersten Gebäude. Ein in die Jahre gekommenes Fachwerkhaus, von Bäumen umsäumt.

Jakob stellte seinen Wagen auf einem überwachsenen Vorplatz ab, stieg aus und entledigte sich seiner Jacke, die Sonne brannte. Auf dem unasphaltierten Weg konnte er Reifenspuren sehen, doch vor wie langer Zeit hier ein anderes Auto geparkt hatte, ließ sich nicht einschätzen.

Das Haus war trotz seines desolaten Zustands schön anzusehen, idyllisch fügte es sich in die Landschaft ein. Hinter dem Gebäude ging die schmale Straße weiter, führte in den Wald hinein. Allerdings stand das Buschwerk so eng, dass hier seit langer Zeit kein Fahrzeug mehr hochgefahren sein konnte. Quer über dem Weg lag dazu noch ein breiter Ast.

Wenn er sich hier umgesehen und nichts entdeckt hatte, würde er seine Suche zu Fuß fortsetzen.

In der Nachmittagssonne summten Bienen im Gras, und Vögel zwitscherten in den Bäumen. Nichts deutete darauf hin, dass außer Jakob jemand anwesend war. Trotzdem begann sein inneres Warnsignal zu leuchten, mit jedem Schritt mehr.

Am Eingang angekommen, drückte er auf einen abgegriffenen Klingelknopf, kein Ton war zu hören. Langsam ging er an der Hausfront entlang, spähte durch eine der schmutzigen Fensterscheiben nach innen. Gerümpel in einem ansonsten leeren Zimmer war zu sehen. Hier hatte schon lange keiner mehr gewohnt.

Er erreichte die erste Ecke.

An der seitlichen Hauswand lehnten weiter vorn ein paar Bretter an der Mauer. Am Boden davor, zwischen Steinen, Erde und Gräsern, lag ein viereckiger Gegenstand, der nicht hierherzugehören schien.

Jakob bückte sich. Ein Smartphone. *Ihr* Smartphone. Unverkennbar.

Leo, hämmerte sein Kopf.

Leo, wogte sein Herz.

Der Gedanke an Schlagstock und Pfefferspray im Wagen, auch an die Schutzweste, die einsatzbereit im Kofferraum lag, ging zwischen dem Hämmern und Wogen unter.

Mit wenigen Schritten war er zurück an der Eingangstür.

Sie war unverschlossen.

# 9

Dieser ganze Dreck.

Vor dem Haus, im Haus und vor allem in der ehemaligen Speisekammer. Die Bezeichnung war ein Witz, wenn die ganze Sache denn komisch gewesen wäre.

Das Lachen war dem Persönchen schon lange vergangen.

An diesem Ort konnte man erkennen, wie verrückt Dietrich geworden war. Wenn Horst neben der anfallenden Grundsteuer nicht auch den Strom weiter bezahlt hätte, wäre das Gebäude völlig unbewohnbar gewesen. Annika hierher zu verschleppen und in all dem Unrat verkommen zu lassen und dabei zu denken, er würde etwas Gutes für das Mädchen tun.

Wenn er gewusst hätte, dass Horst vorgehabt hatte, das Haus an Tim Gastius zu verkaufen, wäre er wohl durchgedreht. Horsts verstorbene Mutter Erna, die ältere Schwester von Dietrich, hatte nach der Scheidung von Horsts Vater allein hier gelebt und bereits damals jegliche Renovierung abgelehnt. Auch sie war nicht richtig im Kopf gewesen, es lag in der Familie.

Horst selbst, mit seinem Spleen, sich wie ein Filmdetektiv zu verkleiden und einen Künstlernamen anzunehmen, war ein weiteres Glied der verrückten Möwe-Linie. Aber Hercule, wie er sich nannte, war harmlos im Vergleich zu Dietrich.

Die Hand schmerzte immer noch.

Das Persönchen hatte nicht geschossen, aber mit dem Lauf zugeschlagen. Dabei hatte es sich selbst verletzt, der Schädel der Frau war härter als gedacht.

Vergiften, Leichen entsorgen und Leute zusammenschlagen, all das hatte es hinter sich, die Liste wurde länger, die Hemmungen spürbar weniger.

Wieder hatte es Schwerstarbeit geleistet, die ohnmächtige Frau zu schleppen.

Sorge hatte dem Persönchen die Gefangene bereitet, Annika hätte in der Speisekammer lauern können, bereit zur Flucht.

Deshalb hatte es die Tür vorsichtig geöffnet, in der Erwartung, auch dem Mädchen mit der Waffe eins überzuziehen. Aber Annika hatte sich nicht gezeigt.

Vielleicht war die junge Frau bereits tot?

Mit einer Gänsehaut am Rücken hatte es den Körper der anderen auf den erdigen Boden fallen lassen und war sofort wieder retour. Die Dunkelheit, die Stille, der schlimme Geruch, der Schmutz, hier konnte es nicht bleiben.

Es hatte das fremde Auto weggebracht. Die Fahrertür war unverschlossen gewesen, der Schlüssel hatte gesteckt. Es war die Hauptstraße entlanggefahren bis zu einer Parkmöglichkeit bei einem Campingplatz und hatte das Fahrzeug dort abgestellt.

Die Handtasche hatte es mitgenommen, um sie später zu entsorgen, davor sich den Inhalt, die Papiere, den Ausweis angesehen. Eine Weile den Bein'schen Hebel zwischen den Fingern gedreht, ohne zu wissen, wozu das silberne Ding gut sein sollte.

Fragen zupften am Nervenkostüm des Persönchens.

Warum hatte sich eine Zahnärztin als jemand anderer ausgegeben? Warum war diese Fremde auf der Suche nach Annika? Wer war noch eingeweiht? Wie viel wusste die Polizei in der Zwischenzeit?

Dann war es im Schutz der Dunkelheit zurückmarschiert. Die Bewegung hatte gutgetan. Es hatte sich vor das Haus gesetzt und den Sternenhimmel betrachtet.

Nach der Rückkehr nach Köln würde es mit Tim und Horst reden. Die Männer mit den Tatsachen konfrontieren, ihnen von Dietrich erzählen. Horst würde weinen um seinen Onkel, aber er musste mit den Konsequenzen auch seiner Taten leben. Das Geld würde er am Ende einsacken und schweigen, dessen war es sich sicher.

Mit dem eigenen Wagen hatte es anschließend dieselbe Strecke gewählt, hatte aber einige Kilometer mehr zurückgelegt, ein gutes Stück raus aus der Stadt. Schließlich hatte es an einer Bucht am Straßenrand angehalten und gemerkt, wie erschöpft es war. Eine Fahrt zurück nach Köln war nicht mehr zu schaffen, und zurück in das Haus, auf die zerschlissene Couch, auf der Dietrich gestorben war, kam ebenfalls nicht in Frage.

Alles um das Persönchen herum war dunkel und still gewesen. Es hatte den Sitz zurückgestellt und die Augen geschlossen. Ein Hotel wäre gut, hatte es gedacht. Fünf Sterne. Dusche, Minibar, Frühstücksbuffet. Solche Dinge wollte es sich leisten.

War das zu viel verlangt? Ein gutes Quartier, wenn man unterwegs war. Ein neues Auto, wenn das alte Schrott war, mal ein Essen bei einem teureren Italiener, kleiner Luxus.

Zweihunderttausend Euro. Lächerliche Summe. Trotzdem zerging der Betrag auf der Zunge, wenn es ihn aussprach.

Als Tim mit seinem Vorschlag angekommen war, hatte das Persönchen sofort angebissen. Horst war wie immer ängstlich hinterhergehinkt und hatte dann noch zu allem Übel Dietrich mit ins Boot geholt. Das hatte es zu verhindern versäumt. Um der alten Zeiten willen keinen Einwand vorgebracht.

Damit hatten die Komplikationen begonnen.

Zu spät. Viel Wasser war in all der Zeit die Rur und den Rhein hinabgeflossen, unwiderruflich die Fehler, nur Korrekturen waren noch möglich.

Es war im Auto eingeschlafen. Tief und traumlos. Stundenlang.

Mit einem Ruck, trockenem Mund und ausgedörrten Lippen war es bei helllichtem Tageslicht erwacht. Das Wetter war wieder prachtvoll, strahlend blauer Himmel, ein Sommertag wie im Bilderbuch.

Tatsächlich hatte es die Nacht durchschlafen können, trotz der ungemütlichen Position. Es war so durstig gewesen, es hätte einen See austrinken können.

Nicht mehr lange.

Da Dietrich wegfiel, würden die einzelnen Summen größer sein. Mehr Geld, mehr Gewinn.

Deshalb hatte das Persönchen seine Pläne geändert. Auch an diesem Sonntagmorgen würde es nicht in sein Zuhause zurückkehren, noch nicht. Es würde den Weg retour bis nach Monschau nehmen und sich im Burghotel einquartieren. Sich pflegen. Einen

Urlaubstag einlegen. Das Aukloster oder die Burg besuchen nach einem Brunch in der Sonne. Das hatte es sich verdient.

Nach einer Dusche, einem Frühstück und einem ausgedehnten Spaziergang würde es sich wie neugeboren fühlen.

Im Laufe des Tages würde es noch einmal zum Haus zurückkehren und die brennenden Fragen stellen, durch die verschlossene Tür. Beide Frauen sollten Hoffnung schöpfen, dass eine Chance auf ein Überleben bestand. Wenn das Persönchen ihnen das in Aussicht stellte, würde die Zahnärztin reden.

Wie hintertrieben es war. Niederste Instinkte.

Zweihunderttausend in Worten.

Andere Persönchen waren schon für viel weniger zu Mördern geworden.

# 10

»Du bist die Coolste von uns, Birgit. Ich würde am Ende noch einen Unfall bauen.« Obwohl Per schnelle Einsätze mit dem Auto liebte, hatte er ohne Einwände Birgit das Fahren überlassen.

»In Ordnung. Bis Monschau weiß ich Bescheid, dann lotst ihr mich.«

Auch Birgit hatte sich beherrschen müssen, nicht bereits im Kölner Stadtgebiet die Sirene anzustellen. Es war Sonntag, die Straßen ohnehin frei. Sie dachte ähnlich wie ihr Boss, dem sie folgten. Unterwegs konnte sie immer noch in den Gefahr-in-Verzug-Modus umschalten. Auf das Blaulicht mochte sie jedoch in der Situation nicht verzichten, denn an das Tempolimit konnte sie sich jetzt nicht halten. Zwar waren andere Verkehrsteilnehmer nicht verpflichtet, die Straße frei zu machen, wenn »nur« das Blaulicht ging, aber alle taten es.

Mit Birgit am Steuer, Per auf dem Beifahrersitz und Luis hinten, das iPad auf den Knien, fuhren sie durch diesen Sommertag, der überhaupt nicht zu ihrem Einsatz passen wollte.

»Was, wenn die Kollegen in Monschau zu spät sind?« Per trommelte auf das Armaturenbrett.

Birgit klopfte ihm auf die Finger. »Wofür zu spät? Wir wissen nicht, was Jakob vorhat. Wir wissen im Grunde nicht einmal, wen oder was Jakob an dieser Adresse vorfinden wird. Du machst mich nervös, Per.«

»Fakt ist doch: Dort laufen die Fäden zwischen Entführung und Mord zusammen. Ich mache mir Sorgen, weil Jakob emotional handelt. Er will seine Zahnärztin retten, die sich anscheinend wieder in Gefahr befindet. Dabei ist ihm jedes Mittel recht. Déjà-vu.«

»Täglich grüßt das Murmeltier«, kam als Zugabe von Luis.

»Ich sage es euch noch mal. Jakob wird nicht kopflos in eine gefährliche Situation gehen.« Birgit überholte auf der Brücke einen Lamborghini.

»Krass!« Per hätte dem Fahrer am liebsten zugewunken, wandte sich aber stattdessen seinen Kollegen zu.

»Hier.« Luis meldete sich zu Wort. »Zwei Neuigkeiten: Mit der Monschauer Adresse konnte ich über den Grundbucheintrag Horst Möwe-Petermann als Besitzer des Hauses Am Zeilinger Bach verifizieren. Er hat es von seiner Mutter Erna Möwe geerbt, die als Vorbesitzerin eingetragen ist. Ihm gehört die Bude, was er uns trotz all seines Gefasels verschwiegen hat.«

»Der Mann steckt noch tiefer in der Sache mit drin.« Birgit überholte in Schlangenlinien weitere Autos. »Wenn wir Annika Trautmann dort finden sollten, ist er schon mal wegen Beihilfe zur Freiheitsberaubung fällig. Vielleicht hat er seinem psychisch labilen Onkel sogar den Auftrag dazu gegeben. Was ist die andere Neuigkeit?«

»Ich habe mir die Seite von der Prime-Invest AG angesehen. Tim Gastius bietet dort als Unternehmer Investitionen für andere Unternehmer an. Sein Portfolio umfasst derzeit über zwanzig Investments mit einem Gesamtvolumen im fünfstelligen Millionenbereich. Seine Ausfallquote ist unterdurchschnittlich, sie liegt bei sechs Prozent.«

»Wo kann dort das krumme Geschäft liegen, von dem Möwe-Petermann gefaselt hat?«

»Kann ich dir noch nicht sagen. Ich brauche Genehmigungen und Einsicht in die Geschäftsunterlagen und die Kundendatei. Wenn es hinter der erfolgreichen Fassade dunkle Kanäle gibt, wird sie Gastius nicht auf der Webseite aufgeführt haben. Was wir wissen, ist, dass auch die Steuerbehörde ermittelt. Vielleicht ist es wie bei Al Capone, der nur dadurch zu Fall gebracht werden konnte.«

»Schon klar. Mir ist allerdings momentan nicht nach Scherzen zumute, okay?«

»Da hast du recht.« Luis legte sein iPad zur Seite. »Ich würde mich auch besser fühlen, wenn wir Pinguine wieder mit unserem Boss vereint wären.«

Birgit betätigte die Lichthupe, damit ein SUV vor ihnen den Fahrstreifen freigab. Sie war durch die Stadtzone durch, in wenigen Minuten kam die Auffahrt zur Autobahn.

»Wer, denkt ihr, könnte nun eigentlich der Mörder von Möwe sein? Bei all dem Durcheinander haben wir uns diese Frage heute nicht gestellt.«

Luis beugte sich zwischen den Vordersitzen nach vorn. »Nun ja. Gastius und Möwe-Petermann sind zu gleichen Teilen verdächtig. Beide sind anscheinend in krumme Geschäfte verwickelt, die durch Dietrich Möwe Gefahr liefen, aufzufliegen.«

»Ich habe übrigens vorhin auch noch etwas recherchiert.« Per nahm Anlauf. »Nachdem Gastius gestern seine Investition in die Shoppingmeile erwähnt hat, habe ich eine Anfrage an die Steuerbehörde gestellt.«

»Das sagst du erst jetzt?« Luis zog die Stirn kraus. »Ich spekuliere vor mich hin, und du hast schon Fakten.«

»Erzähl, Per.« Birgit erhöhte noch mal das Fahrtempo.

»Während ich auf Jakob gewartet habe und noch nicht wusste, dass er einen Alleingang vorhat, habe ich eine Mail geschickt. Ich dachte zwar, dass an einem Sonntag dort niemand sein würde, aber einen Versuch war es wert. Ich hatte Glück. Ein Rainer Kuttenberger hat da scheint's Überstunden eingelegt oder zu Hause seine Dienstmails abgerufen. Schneller als gedacht habe ich einen Anruf erhalten, dass es bereits eine Akte über Tim Gastius gibt. Ein paar Infos konnte ich bekommen, soweit sich eben ein Finanzbeamter spontan in die Karten gucken lässt.«

»Und?« Birgit und Luis synchron.

»Er hat es schon mehrfach getan.«

»Was?«

»Gastius. Unter den vielen anderen ein Projekt aufgezogen, das von vornherein für eine Pleite bestimmt war. Also unter diese Sechs-Prozent-Ausfallquote fällt, von der du gesprochen hast, Luis. Nach einem fulminanten Start ging das jeweilige Investmentprojekt nach einem Jahr oder so steil in die Insolvenz, die aber viel zu spät bekannt gemacht wurde. Dazu war noch die Rede von sogenannten Karussellgeschäften mit Briefkastenfirmen, die durch ein paar ausgesuchte Kunden seiner Prime-Invest AG gegründet wurden. Mehr Interna gab es nicht.«

»Um welche Summen geht es?« Birgit, diesmal allein.

»Darüber hat sich Herr Kuttenberger ausgeschwiegen.«

»Schon für ein paar Tausender wurde gemordet.«

»Es ist anzunehmen, dass es hier um wesentlich höhere Beträge geht.«

Birgit nahm die Autobahnauffahrt und zog quer auf die äußere Überholspur.

»Stark!« Per konnte sich nicht verkneifen, den Daumen zu heben. »Cooles Manöver.«

»Lasst mich spekulieren.« Luis zog an seinem Sicherheitsgurt, um mehr Spiel zu haben. »Gastius macht diesmal seinen Deal mit den Mitarbeitern von ›Madame et moi‹. Möwe-Petermann holt seinen Onkel noch dazu. Vielleicht auch Annika Trautmann.«

»Aber Dietrich Möwe war Frührentner, er hätte nie das Geld gehabt, sich einzukaufen«, warf Birgit ein. »Ebenso wenig Annika, eine Studentin.«

»Ja, da muss noch mehr dahinterstecken.« Luis nickte. »Vielleicht waren auch noch Kunden von ›Madame et moi‹ mit von der Partie. Du buchst eine Begleitdame und bekommst ein Investment dazu. Genaueres werden wir erst wissen, wenn ich die Namensliste der Prime-Invest AG einsehen darf.«

»Okay.« Wieder Per. »Nehmen wir an, Dietrich Möwe ist da mit hineingezogen worden, vielleicht ohne überhaupt zu wissen, welches krumme Geschäft unter seinem Namen abgezogen wird. Bis zu dem Moment, wo er denkt, dass Gastius Annika eingeweiht hat und sie deshalb in Gefahr ist, läuft die Sache zumindest für die anderen gut.«

»Die Gefahr für das Mädchen ist allerdings ein Hirngespinst von Möwe, der seine Medikamente schon lange nicht mehr genommen hat und einen paranoiden Schub erleidet.«

»Möwe entführt das Mädchen, hält sie irgendwo unter Verschluss, weil er denkt, so rettet er sie.«

»In Monschau. In dem Haus seiner verstorbenen Schwester, das seither seinem Neffen gehört.«

»Die anderen sind zwar über Dietrichs Aktion entsetzt, unternehmen aber nichts, weil sie ihren betrügerischen Deal nicht platzen lassen wollen.«

»Sie haben den Tod von Annika billigend in Kauf genommen.«

»Das glaube ich weniger.« Birgit mischte sich wieder ein. »Ich denke, sie haben eher daran gedacht, dass sie, wenn alles gelaufen ist, das Mädchen mit Schweigegeld abfinden können.«

»Genau.« Per stimmte seiner Kollegin zu. »Keiner hat sich mit eigenen Augen ein Bild davon gemacht, wie es der entführten jungen Frau wirklich geht.«

»Einer schon, einer hat nachgesehen.«

»Unser Mörder.«

»Dort, wo Jakobs Zahnärztin jetzt auch sein könnte.«

Die Landschaft raste an ihnen vorbei.

Luis schob sich noch weiter nach vorn. »Wenn der Täter in Monschau ist, handelt es sich weder um Gastius noch um Möwe-Petermann.«

Birgit blinkte und wechselte auf die linke Spur zur Ausfahrt Monschau. »Ihr braucht lange, bis der Groschen fällt, Jungs.«

Luis und Per sahen sich an.

»Schön doof.« Per griff sich an die Stirn. »Heute haben wir nur zwei Leute vernommen, die in den Betrug verwickelt sein könnten.«

»Ja, superdämlich.« Auch Luis gab ein gespieltes Ächzen von sich. »Uns fehlen noch die beiden Frauen von ›Madame et moi‹. Diese Assistentin Sylvia Junger.«

»Und Stella Petermann.«

»Genau, Jungs. *Cherchez la femme.*« Birgit fuhr am Ortsschild vorbei. »Und jetzt macht mir einer von euch bitte das Navi.«

# 11

Den weiteren Verlauf von Leos und Annikas Befreiungsaktion ein Kinderspiel zu nennen wäre übertrieben, aber ab dem Moment, als das Oberlicht zu Bruch ging, hatten die Frauen das Gefühl, das Glück wäre auf ihrer Seite.

Endlich machten sie eine kurze Pause, zwangen sich dazu, innezuhalten, um Kraft zu schöpfen.

»Nicht alles trinken, falls wir es doch nicht rausschaffen.« Leo hielt Annika davon ab, einen zweiten großen Schluck aus der fast leeren letzten Wasserflasche zu nehmen.

Die Blutung an ihrem Oberarm hatte aufgehört, sie hatte nur ihre eigene Spucke auf den Schnitt getan, alles andere hier drinnen strotzte vor Schmutz und Keimen. Später war Zeit für eine richtige Wundversorgung.

»Wir müssen einfach raus, Leo. Ich halte es keine zehn Minuten mehr hier drinnen aus. Wie weiter, was meinst du?«

Wieder war klar, wer der Räuber und wer die Leiter sein würde, denn Leo mit ihren weiblichen Rundungen würde in der schmalen Öffnung stecken bleiben.

Vorsicht war weiterhin geboten. Zwar war das Oberlicht geborsten, aber einzelne Scherben hingen noch an der Umrahmung.

»Am besten, du nimmst meinen Schuh wieder in die Hand. Zerknüll dazu noch ein paar Seiten Zeitungspapier. Damit musst du oben zuerst den Durchgang von den Scherben frei machen.«

»Nicht dass sie dich noch mal treffen, wenn sie herunterfallen.«

»Schlag sie seitlich weg, wenn es geht. Sei gründlich. Du könntest dich sonst beim Hindurchzwängen böse schneiden.«

Zudem machte sich Leo Sorgen, wie Annika auf der anderen Seite herunterkommen sollte. Ein Sprung aus solch einer Höhe konnte ihren angeknacksten Knöchel endgültig brechen, auch Schlimmeres konnte beim Aufprall passieren.

»Meinst du, dass du überhaupt die Kraft hast, dich am Rahmen hochzuziehen?«

Annika nickte. Sie schien jede Art von Bedenken außen vor zu lassen. »Sobald ich nebenan in der Küche bin, schließe ich auf.«

»Weißt du, ob der Schlüssel steckt?«

»Sonst schlage ich die Tür mit einem der Sessel ein. Ich kriege dich raus, versprochen.« Annika stand auf und humpelte zum Ausgangspunkt hin.

Leo zögerte noch. »Pass auf. Wenn du es nach draußen schaffst und diese Tür nicht sofort aufbekommst, dann flieh und hol Hilfe. Vergeude nicht die Zeit mit meiner Befreiung. Draußen steht mein Auto. Ich habe den Schlüssel stecken lassen. Oder lauf weiter. Da ist ein Zufahrtsweg, der führt hinunter bis zur Straße. Halte jemanden an. Bitte, pass auf. Sei auf der Hut.«

»Du meinst, falls der, der dich zusammengeschlagen und hier abgelegt hat, wiederkommt?«

Die beiden Frauen verstummten und lauschten für einen Moment. Draußen war nichts zu hören. In Leos Kopf wechselten sich die Gesichter von Tim Gastius und Hercule Pasquale mit seinem Schnurrbart ab. Dann schob sich Dietrich Möwe in ihre Erinnerung, mit dem selbst gebastelten Eisbeutel und der dicken Lippe. Wie war er gestorben?

Sie zog den verbliebenen Schuh wieder an und brachte den Eimer in Position. »Auf geht's, Annika. Wer nicht wagt …«

Annika fasste nach Leos anderem Schuh, nahm das Zeitungspapierknäuel zwischen ihre Lippen und nickte. Leo verschränkte die Finger. Ihre Schultern protestierten schon, bevor das Mädchen sie wieder als Hebebühne benutzte. Wenn diese Katastrophe vorbei war, würde sie einen Termin beim Chiropraktiker brauchen.

»Geht's?«

»Mmh.«

Sie hörte Annika oben hantieren und die Glassplitter entfernen. Sie schwankte auf Leos Schultern. Ein Klirren war zu hören, Leo wappnete sich gegen die fallenden Scherben, doch diesmal landeten sie einen halben Meter entfernt auf dem Boden. Am Ende segelte zuerst das Papierknäuel herunter, dann fiel wie ein Stein ihr Schuh.

Die nächste Phase begann.

»Ich bin so weit«, sagte Annika, und im nächsten Augenblick spürte Leo, wie sich Annikas Füße von ihren Schultern mit einem festen Druck abstießen. Dann war die Last verschwunden.

Leo wirbelte um die eigene Achse, stolperte. Sie streifte sich den verbliebenen High Heel vom Fuß und fand ihr Gleichgewicht wieder, schaffte es, in keine der Scherben zu treten. Sie legte ihren Kopf in den Nacken.

Oben hing Annika wie ein Kletteräffchen mit beiden Händen an der Fensterkante. Ein Bein hatte sie bereits über den Rand gehievt. Das Mädchen stöhnte auf, es musste höllisch wehtun, sich über die Kante zu ziehen. Dem Bein folgte ihre Hüfte, dann kippte ihr Körper seitlich nach draußen. Sie schrie einmal laut.

Leos Herz trommelte wie wild. Am Ende sah sie noch Annikas Finger am Rand, dann waren auch sie verschwunden. Sie wartete auf das Geräusch des Aufpralls, hörte aber nur einen dumpfen Stoß.

»Ist alles okay? Annika?«

»Ja, ja, ich bin da. Ich bin draußen.« Die Stimme des Mädchens war eine Mischung aus Jubel und Schmerz.

»Bist du gefallen?«

»Nur ein kurzes Stück. Da ist eine Arbeitsplatte unter mir. Die hat mich aufgefangen. Ich bin gleich bei dir.«

»Annika, lass es. Flieh. Renn, lauf davon.«

Leo hatte plötzlich ein absolut ungutes Gefühl, einer Vorahnung gleich. Ihre Nackenhaare sträubten sich, und in ihrem Bauch gab es ein schmerzhaftes Ziehen. Etwas Schlimmes würde gleich passieren. Es konnte nicht sein, dass sie am Ende so einfach davonkamen. Der letzte Akt stand noch aus. Sie fühlte die Panik wie einen Kloß im Hals.

»Du musst jetzt gehen, Annika, bitte. Lass mich hier. Ich warte. Alles ist gut. Lauf und verständige die Polizei. Die retten mich. Sag ihnen, sie sollen Hauptkommissar Jakob Zimmer in Köln anrufen. Er kommt mich holen, er macht alles wieder gut. Lauf, bitte, bitte, lauf.«

Ein Schlüssel wurde ins Schloss gesteckt und gedreht. Die Tür schwang auf.

Annika stand da wie ein verschmutzter, ausgehungerter Engel, der einen tiefen und langen Fall hinter sich gebracht hatte.

»Der Schlüssel lag auf der Ablage neben der Tür. So einfach, Leo, so einfach.«

Leos Füße bewegten sich automatisch nach draußen. Fünf Schritte zählte sie. Fünf Schritte raus aus der Dreckskammer. Raus ins Licht des Tages, raus an frischere Luft, raus aus diesem Alptraum.

Annika breitete ihre Arme aus, und Leo ließ sich trotz der Schmerzen, die sich über ihren ganzen Körper ausbreiteten, drücken.

»Gottverdammt, Leo!«

Beide Frauen stießen gleichzeitig einen schrillen Schrei aus und sprangen auseinander, als hätte man Wasser über sie geschüttet. Annika schlug die Hände zusammen. Leo dachte an eine Halluzination, eine Fata Morgana.

Da stand Jakob.

Jakob stand an der offenen Tür zu dieser fremden Küche, noch im Gang. Zwischen seinen Augenbrauen war die Sorgenfalte tiefer als ein Krater.

Wie auch immer er sie gefunden hatte, Jakob war da.

Doch statt Erleichterung klumpte sich die böse Vorahnung von vorhin in Leos Eingeweiden zusammen, verursachte einen Krampf, wurde zu etwas Realem. Es war nicht vorbei, sie waren nicht gerettet, keiner von ihnen.

Denn hinter Jakob war der Kastenteufel aufgetaucht.

Der böse schwarze Mann, der Täter, der Mörder.

Nur, dass es kein Er war.

Der Name der Frau fiel Leo nicht ein. Aber die Waffe sah sie. Die Waffe zielte auf Jakob. Sie musste handeln.

Annika reagierte schneller. »Sylvia«, kreischte sie.

Sylvia Junger.

So hieß sie.

»Was ist das denn hier für ein Zusammentreffen? Da bin ich doch genau richtig gekommen.«

Leos Erstarrung löste sich, sie hob ihre Hand. »Pass auf!«

Jakob drehte sich um. »Kriminalpolizei Köln«, sagte er mit fester Stimme. »Lassen Sie die Waffe fallen und nehmen Sie die Hände hoch.«

In dem Moment fiel der Schuss.

# V.

# LÄCHELN SIE!

# 1

Meine Töchter lieben die Marvel-Filme. Spiderman, Captain America, natürlich Wonder Woman und die Avengers. Wenn die beiden für einen Abend vergessen, dass ich ihre Mutter bin und sie Teenager, die alle Erwachsenen peinlich finden, dann machen wir Popcorn und laden uns den einen oder anderen Superheldenfilm herunter.

Jetzt wäre ich gern diese Wonder Woman.

Ich würde gern meine Hand nach vorn strecken und die Kugel abfangen, die aus Sylvias Waffe abgeschossen wird. Oder ich wäre Flash, der in atemberaubender Geschwindigkeit losrennt und den Mann, den ich liebe, zur Seite schiebt und aus der Schusslinie bringt.

Doch ich bin nur Dr. Leo.

Eine Zahnärztin, die sich vor Spritzen fürchtet, oftmals mit Chaos im Kopf.

Ich bin nicht stark genug, nicht schnell genug.

Ein kurzes Aufblitzen im helleren Licht dieser schmutzigen und leeren Küche, es muss das Mündungsfeuer sein. Mündung wie Mund, Jakobs Mund, den ich so gern küsse.

Mein Sprung nach vorn ist viel zu träge, eine langsame Schnecke im Vergleich zu diesem flinken Hasen von Pistolenkugel.

Der Knall ist riesig.

Nie hätte ich gedacht, dass das Abfeuern einer Waffe so laut sein kann. Ich möchte mir die Ohren zuhalten, aber meine Arme sind bereits nach vorn gestreckt, um meinen Hechtsprung anzuführen.

Ich sehe Annika, wie sie ihre Lippen zu einem Schrei auseinanderreißt, kann aber ihre Stimme nicht hören.

Ich sehe Sylvia Junger, die auch in Trainingshose und Jacke wie eine Gouvernante aussieht. Ihre Augen sind weit offen, als ob sie zu Tode erschrocken wäre. Nicht wie eine Entführerin oder Mörderin sieht sie aus, mehr wie eine Frau, die am Ende einer Sackgasse angelangt ist und keinen anderen Ausweg mehr weiß.

Ich sehe die Waffe. Ich sehe das Mündungsfeuer.

All diese Dinge und Menschen nehme ich wahr, während ich mich weiterbewege.

Doch am Ende wird mein Körper von der Schwerkraft nach unten gezogen, mein großer Sprung geht nur einen halben Meter weit. Mein rechter Fuß setzt zuerst auf, der linke folgt ihm. Der Aufprall ist stark, ich kann mein Gleichgewicht nicht halten. Meine Knie knicken ein, mein Oberkörper kippt vornüber. Der Küchenboden mit seinem dreckigen Linoleumbelag kommt näher, meine Hände spreizen sich, um den Aufprall abzumildern.

Wieder kracht es, anders diesmal. Mein Körper schlägt der Länge nach hin.

Aua, mein rechtes Knie, meine Hüfte, meine Hände.

So viele schmerzende Stellen, ich habe die Übersicht verloren. Doch letztlich ist das alles unwichtig.

Annikas Schrei, Sylvias Erschrecken, mein Sturzflug.

Ich beiße die Zähne zusammen. Ich rolle mich einmal um die Achse.

Was jetzt zählt, ist Jakob.

Jakob und die Kugel.

Mein Blick hebt sich.

Da steht er.

Mir fällt ein, dass Polizisten bei ihren Einsätzen immer eine kugelsichere Weste tragen. Er hat mir erzählt, dass ihm diese Weste schon mehr als einmal das Leben gerettet hat. Die bösen Buben dieser Welt sind nicht zimperlich, und nur Jerry Cotton hat die Fähigkeit, im nächsten Heft wieder aufzuerstehen.

Also ist Jakob gerettet.

Warum hat sich dann sein T-Shirt rot gefärbt?

Warum hat er überhaupt nur ein T-Shirt an?

Ich kann kein Halfter über seiner Schulter sehen, keine Dienstwaffe, die er in seinen Händen hält. Shirt und Jeans trägt er. Ohne Schutzweste. Das falsche Outfit für eine Verhaftung.

Jakob ist getroffen worden.

Ich komme auf alle viere, stemme mich gegen den Boden. Die Schmerzen in meinem Knie nehmen zu, aber es ist mir egal. Während ich mich nach oben kämpfe, fällt er hinab. Jetzt knicken seine Beine ein, er rutscht seitlich weg.

»Jakob«, rufe ich.

Doch immer noch hallt der Knall in meinen Ohren nach, und auch mein Rufen klingt wie weit entfernt. Unwirklich.

Ich stehe aufrecht.

Jakob liegt am Boden.

Das Rot auf seinem Bauch wird größer, breitet sich aus.

Weste? Wo? Schreie ich oder denke ich.

Drei Schritte sind es. Die drei längsten und schmerzhaftesten Schritte meines bisherigen Lebens.

Dann muss ich meine Knie wieder beugen. Es tut so weh, dass ich noch einmal aufjaule. Ich plumpse neben ihm auf den Boden.

»Wie … geht … es … dir?«

Was für eine bescheuerte Frage, Leo.

Er atmet schwer. Er blutet.

»Gehen Sie weg da, sofort!« Schreit jemand.

Ich drehe mich um. Sylvia hat den ersten Schreck hinter sich und steht erneut mit erhobener Waffe da.

»Weg da. Hände hoch. Sonst erschieß ich Sie auch noch.«

»Er braucht Hilfe, verdammt.« Das sagt jetzt Annika, nicht ich. Die junge Frau macht die gleichen drei Schritte wie ich vorhin und kommt neben mir auf den Boden.

Ich streiche Jakob über den Kopf. Ich ziehe sein blutiges T-Shirt nach oben. Der Einschuss ist ein schwarzer Krater an seinem unteren Bauch. Blut sprudelt dort unregelmäßig hervor. Ich deute mit meinen Fingern auf Annikas eigenes Shirt, und sie versteht mich sofort. Sie zieht es sich über den Kopf und gibt es mir. Ich falte es zusammen, presse das schmutzige Stück Stoff auf die Wunde. Druck ist jetzt am wichtigsten.

»Ich schieße«, kreischt Sylvia.

Meine Wut kommt unerwartet und selbst für mich überraschend.

Ich löse meine Hände, packe stattdessen die von Annika und lege sie auf den blutenden Bauch meines Freundes und den Stoff, der sich auch bereits rot gefärbt hat. »Fest, richtig fest«, flüstere ich.

Ich sehe Jakob nicht ins Gesicht, nicht in seine Augen. Ich weiß nicht, ob er noch bei Bewusstsein ist oder nicht. Ich weiß nur, dass ein einziger Blick mir die Wut wieder nehmen würde. Aber sie brauche ich jetzt.

Wild lodert sie auf. All meine Frustration, all meinen Groll der Jahrzehnte lege ich hinein.

Nicht nur Sylvia Junger entflammt diesen Zorn, sondern auch mein Vater, mein Exmann, meine Spritzenphobie, meine Enttäuschungen und Verletzungen, meine Kränkungen und Niederlagen, meine Sorgen und Ängste. Selbst meinen Selbsthass lege ich in das Feuer dieser Emotion.

Ich fasse in die Tasche meines Hosenanzugs.

Das Kältespray.

Jakob.

Die Wut.

Was ist dagegen eine geladene Waffe.

# 2

Der Adrenalinschub überflutete Leos Systeme und ihr Denken.

Um sie herum baute sich ein tönender, unsichtbarer Wall auf, der ausschließlich sie selbst und die Frau mit der Waffe umschloss. Wie im Innern einer Glocke, die ihren ersten Gong anstimmte, bebte ihr Körper. Schallwellen schienen Leo zu durchlaufen. Zugleich war ihr, als hätte ein Eisriese sie angehaucht und ihr Inneres kalt und gefühllos gemacht. Sie spürte die blutige Beule am Kopf nicht mehr, ebenso wenig wie die Schmerzen in ihren Schultern und ihrer Hüfte, nicht den Schnitt an ihrem Oberarm.

Ihre linke Hand fuhr in die Hosentasche. Sie packte das Kältespray und drehte es in ihren Fingern, bis sie unter der Zeigefingerkuppe den Druckknopf fühlen konnte. Sie ging zwei Schritte auf die Frau zu, unter ihren nackten Füßen knirschte das Linoleum.

Sylvia stand an der Kante des Tisches, die Waffe in ihrer Hand zeigte auf Leo. »Gehen Sie zurück! Nehmen Sie Ihre Hand aus der Hosentasche!«

Ein nächstes verzweifeltes Schluchzen kam von Annika. »Was wollen Sie denn? Warum machen Sie das?«

»Was ich will?« Sylvia sah Annika an, als wäre sie eine begriffsstutzige Schülerin. »Das Geld, was sonst. Zweihunderttausend allein für mich, verstehst du?«

Annika schüttelte fassungslos den Kopf.

»Nein? Dann bist du dümmer, als ich dachte. Was hat dir der durchgeknallte Dietrich erzählt? Dass er es für dich tut, um dir dein Studium zu finanzieren?«

»Der Herr Möwe war ein guter Kerl.«

»Das habe ich früher auch gedacht. Doch du wärst nicht hier, wenn er nicht irre geworden wäre. Sag schon, wie weit du eingeweiht bist.«

»Ich weiß doch von nichts.«

»Glaube ich nicht. Ihr wollt alles auffliegen lassen.« Sylvia fuchtelte mit der Waffe und zielte Richtung Jakob und Annika. »Ihr wollt mich um mein Geld und in den Knast bringen. Ich werde euch hier krepieren lassen. Ihr seid alle schwachsinnig wie er.«

Als wäre schwachsinnig das Stichwort gewesen, stemmte Leo die Ballen ihrer Zehen in den Linoleumboden. Sie machte einen nächsten Ausfallschritt nach vorn, kam mit dem rechten Fuß auf, stieß sich erneut ab. Zur gleichen Zeit zog sie ihre Hand aus der Hosentasche, das Kältespray umklammert.

Sylvia registrierte es aus den Augenwinkeln, die Waffe begann einen erneuten Schwenk, aber bevor der Lauf auf Leo zielen konnte, landete diese. Nase an Nase mit ihrer Widersacherin.

Sylvia Junger stieß einen heiseren, wütenden Laut aus, versuchte mit der Pistole zwischen sich und Leos Körper zu kommen. Hinter ihnen rief Annika mit schriller Stimme etwas, das Leo nicht verstand, und sie hörte ein verzweifeltes Stöhnen, das von Jakob kommen mochte. Leo hob ihre Hand bis auf Sylvias Augenhöhe und drückte, presste, so fest, dass sie meinte, ihr Fingerglied würde brechen.

Es gab ein zischendes Geräusch, als hätte Leo eine Dose Cola geöffnet, dann schoss ein feiner Strahl des gekühlten Gases aus der Öffnung. Er traf Sylvia in der oberen Gesichtshälfte.

Sie quiekte. Vor Überraschung, vor Schreck, auch vor Schmerz. Zwar hatte das Gas bei Weitem nicht die Wirkung, die Pfefferspray ausgelöst hätte, aber sie musste die Augen zusammenkneifen, und automatisch hob sie beide Hände, um die Substanz wegzuwischen.

Es war die einzige Chance, die sie alle drei hatten, hier lebend wieder herauszukommen. Das war Leo bewusst. Die Frau war durchtrainierter als sie, sie würde Leo vielleicht erneut k. o. schlagen können.

Sie öffnete ihre Finger, ließ das Kältespray fallen. Als Sylvias Hand mit der Pistole nach oben ging, griff sie stattdessen nach deren Handgelenk. Sie umfasste es, zog es ein Stück in Richtung ihres Mundes.

Leo öffnete die Lippen und biss zu. So fest sie nur konnte.

Sie grub ihr Gebiss in die Sehne im Unterarm ihrer Gegnerin. Als ihre Zähne unter die fremde Haut drangen, machte sie ihrerseits die Augen zu. Sylvia heulte auf. Nur wenige Sekunden hielt Leo durch, dann musste sie ihre Zähne aus dem fremden Fleisch lösen. Der Geschmack von Blut war Ekel pur.

Hatte das Kältespray nur der ersten Ablenkung gedient, so verursachte der Biss eine Kettenreaktion. Sylvia ließ die Pistole los, sie fiel mit einem Scheppern zu Boden. Automatisch krümmte sich ihr Körper unter dem Schmerz, aus dem Heulen wurde ein Wimmern. Aber ihre Augen begannen bereits nach der Waffe zu suchen.

Sie fuhr ihren Ellbogen aus und rammte ihn Leo in die Brust. Jetzt gab Leo ein Keuchen von sich, winkelte im selben Moment aber ihr Knie an und trat Sylvia in den Unterleib. Dann ließ sie sich mit ihrem gesamten Gewicht gegen den anderen Körper fallen. Sylvia wurde nach hinten und gegen die Tischkante gepresst.

In schneller Folge schlug Leo zu. Sie klatschte ihre Handflächen abwechselnd in Sylvias Gesicht. Jeder Schlag tat Leo selbst in den Händen bis hoch zu den Schultern weh, aber sie machte weiter. Es war, als wäre sie durch einen Spalt in eine andere Dimension gestürzt, die ihr sonst so angepasstes und friedliches Verhalten verpuffen ließ.

Dann konnte sie nicht mehr.

Sie ließ von Sylvia ab, wischte sich kräftig über den Mund. Auf ihren Zähnen, auf ihren Lippen war das fremde Blut. Ihr eigener Körper war eine einzige schmerzende Beule.

Doch ihre Attacke hatte gewirkt. Statt weiterer Laute tropfte Speichel aus Sylvias Mund. Sie verdrehte die Augen, dann knickte sie ein und rutschte am Tischbein nach unten.

Leo sah die Pistole einen Meter weiter weg am Boden liegen, humpelte dorthin und nahm die Waffe in ihre eigene Hand. Auch das Kältespray steckte sie wieder ein.

Mit einem Seitenblick fing sie Annikas Gesichtsausdruck ein, die fassungslos auf das Szenario starrte. Jakob, der in Annikas Armen lag und unter dessen Körper sich eine Blutlache gebildet hatte, hatte seinen Kopf gehoben. Er sah sie mit einem Staunen an, als wäre er ihr eben zum ersten Mal begegnet.

Leo wandte sich wieder der Frau zu, die Dietrich Möwe getötet, Jakob angeschossen und Annika und Leo eingesperrt hatte, um sie dort ebenfalls sterben zu lassen.

»Du hast mich gebissen, du Miststück«, krächzte Sylvia.

Sie war schneller wieder zu sich gekommen, als Leo gehofft hatte. Doch sie machte keine Anstalten, noch einmal auf Angriff zu gehen. Ihre Nase blutete, ihr Gesicht war angeschwollen. Ihre weißen Haare hatten sich aus dem Dutt gelöst, standen wirr vom Kopf ab. Sie hielt sich den verletzten Unterarm und blieb am Boden hocken.

»Ja, das habe ich getan, genau das.« In Leos Mund war immer noch der kupferne Geschmack. Ihr Magen wollte sich umstülpen, doch sie hielt ein Erbrechen mit Willenskraft zurück. Sie hatte Sylvia in Schach zu halten.

»Es kann doch nicht nur um Geld gegangen sein.« Leo musste einfach fragen. »All die schrecklichen Geschehnisse wegen ein paar Euro mehr?«

»Zweihundert«, Sylvia spukte aus, »habt ihr es nicht gehört? Zweihunderttausend garantiert, verstehst du?«

»Nein.«

Leo schleppte sich zu Annika und Jakob hin, kniete sich neben die beiden. »Nimm mit einer Hand die Pistole, Annika. Mit der anderen hältst du den Druck. Ich muss hier raus und Hilfe holen.«

Annika zuckte zurück. »Ich kann nicht.«

Auch Leo würde sie im Ernstfall höchstwahrscheinlich nicht benutzen können, das war ihr klar. Trotzdem. »Bitte, du musst.«

»Gib sie mir, Leo.« Jakobs Stimme war ein Flüstern, aber er war bei klarem Bewusstsein. »Wenn die Täterin zu fliehen versucht, schieße ich. Ich kann das.«

Leo zögerte, reichte ihm aber die Waffe. Was würde passieren, wenn Jakob doch ohnmächtig wurde?

Eine andere Möglichkeit fiel ihr blitzartig ein. Sie sah Sylvia Junger an und streckte ihren Zeigefinger aus. »Kriechen Sie dahinein.« Sie deutete auf den Raum, die ehemalige Speisekammer, in der sie und Annika gefangen gewesen waren. Die Frau machte keine Anstalten, sich zu bewegen.

»Gehen Sie dort hinein, oder ich schwöre, ich beiße Sie wieder.«

Leo wusste, dass sie keine zweite solche Attacke schaffen würde, aber ihre Drohung wirkte. Sylvia begann sich am Tisch hochzuziehen. Es gelang ihr erst beim zweiten Versuch, sie machte einen Schritt, noch einen. Krümmte sich wieder.

»Ich brauche einen Arzt.«

Leo schnappte nach Luft ob so viel Dreistigkeit.

Die Antwort kam von Jakob, leise, aber bestimmt. »Der wird kommen. Los, oder ich drücke ab. Die Kraft habe ich noch.«

Die immer größer werdende Blutlache unter ihm ließ Leo erzittern. Die Zeit lief.

# 3

Die Beerdigung ist an einem Wochentag.

Das Team hat natürlich freibekommen. Die drei sind da. Birgit von Zeh mit ihrer Familie, ihr Mann hält sie mit einem Arm, an der anderen Hand geht der kleinere ihrer Söhne, der große ist ein Stück dahinter.

Per Kowalski hält die Finger seiner Freundin Else Fröhlich umklammert, so fest, dass es ihr wehtut, aber sie sagt nichts, lässt ihn gewähren. Per weint jetzt schon, obwohl die Zeremonie noch nicht losgegangen ist. Luis Fahrenz ist allein hier, er ist Single und wird es auch noch länger bleiben. Aber er steht ganz nah bei Per und Else, damit er sich nicht ganz einsam fühlt.

Gefasst betritt Stefanie Zimmer die Einsegnungshalle. Jakobs Mutter sieht erstaunlicherweise jünger aus, fast wie ein Kind, in ihrem dunkelblauen Kleid und mit den geröteten Wangen. Sie trägt eine rote Rose vor sich her, sie alle werden sich später noch eine nehmen, so soll eines der Abschiedsrituale ablaufen.

In einer der hintersten Reihen sitzt schon seit einer Stunde Rechtsmediziner Harro deNärtens. Er kennt den Tod in all seinen Facetten, aber wenn der Sensenmann ihm persönlich zu nahe kommt, hadert auch er, weiß um das Vergängliche und will es nicht wahrhaben.

Oberstaatsanwalt Theo Prunk ist da mit seiner Sekretärin und Schwägerin. So viele andere sitzen bereits oder kommen mit versteinerten Gesichtern durch die Flügeltür geströmt. Bei manch einem fließen Tränen, es sind die Männer, die ihre Haltung verlieren.

Und Leo?

Leo trägt heute Schwarz. Ein schwarzes Kostüm und flache Schuhe. Heute will sie sich nicht größer oder hübscher fühlen, als sie ist, nur die Stunden überstehen. Danach die Tage, die Monate, die Jahre.

Ihre Töchter Nathalie und Luise rahmen sie ein, es könnte

ein schönes Bild sein, die Mutter mit ihren Mädchen, aber der Anlass lässt nur stille Andacht zu, die weich ist, ohne Schnörkel.

So wird es enden. Denkt Leo.

Zu spät, es ist zu spät.

Die Schussverletzung, das viele Blut.

Sie muss umdrehen und zurück zu Jakob, muss an seiner Seite bleiben, damit sie ihm sagen kann, dass sie ihn liebt. Auch nach sieben Monaten, immer noch wie am ersten Tag und immer weiter, auch in sieben Jahrzehnten, wenn sie beide ein biblisches Alter erreichen könnten.

Sie muss weiterlaufen, es bis zum Wagen schaffen. Losfahren, Hilfe holen.

Hilfe.

Die braucht sie jetzt auch.

Sie muss stehen bleiben.

Mehr geht nicht. Stehen und atmen und die verdammte Szene, wie Jakobs Beerdigung ablaufen könnte, aus ihrem Hirn verbannen, sie wegschlagen, wie sie vorhin zugeschlagen hat.

Ihre Knie geben nach, und sie sackt nach unten.

Steh auf, Miststück.

Sie braucht jetzt einen Tritt in den Hintern.

Nur der Kopf hebt sich. Da ist kein Auto. Nichts vor ihr. Nur verschwommene Leere.

Über ihr ist der Himmel schwarz, wie kann das sein? Am dunklen Firmament beginnen Sterne zu glitzern, und unfassbarerweise fällt in diesem Augenblick eine Sternschnuppe.

Wow, denkt sie.

Vergisst aber zu wünschen.

Doch dann merkt sie, dass es nur wieder die Sterne sind, die um ihr Sichtfeld kreisen. Einer davon ist abgestürzt.

Ihr Blickfeld hellt sich auf. Die Schwärze zieht sich zurück. Hier draußen ist es Tag, Wind rauscht in den Bäumen, und die Sonne scheint. Friedlich zwitschern die Vögel.

Wow, denkt sie wieder.

Aber ihr Wagen ist tatsächlich weg. Das registriert sie. Fort, verschwunden. Sie muss laufen, mit bloßen Füßen.

Ein Schmetterling flattert zu ihr hin, setzt sich auf ihre Schulter, schlägt mit den Flügeln, hebt wieder ab.

Ein drittes Wow schwillt an, wird zu einem harten Ton, einem schwirrenden Klang, einem Brummen, einem Getöse an Lärm. Das Wow wird zu blauem Licht, das Sterne und Streifen und alles andere um Leo herum verschwinden lässt.

»Dr. Kardiff, Dr. Kardiff! Hören Sie mich?«

Das Wow spricht. Jakob, will Leo rufen. Stattdessen hebt sich ihr Arm, folgt ihrem Kopf, zeigt nach oben, dann zum Haus.

»Wir gehen rein.«

»Los, vorwärts.«

»Die Rettung ist gleich da, Dr. Kardiff.«

Ich habe euch eben auf Jakobs Beerdigung gesehen, will Leo sagen, aber sie schweigt lieber.

# 4

»Wenn Sie Ihr Kompott brav aufessen, dürfen Sie nachher Besuch empfangen.«

Krankenschwester Dorle wackelte mit ihrem Zeigefinger, und Jakob kam sich vor wie in der Nachmittagsaufsicht an der Grundschule.

»Sie wissen schon, dass ich Sie verhaften lassen könnte.«

»Im Krankenbett sind alle gleich, lieber Herr Hauptkommissar. Ganz abgesehen davon, ich kenne meine Rechte, ich sehe mir jeden ›Tatort‹ an.«

Jakob musste an den Wiener ›Tatort‹ denken, vor einer gefühlten Ewigkeit hatte er den gesehen. Wie lange noch, bis er es sich wieder mit seiner Leo kuschelnd auf der Couch bequem machen konnte? Die Operation lag vier Tage zurück, und unter seinem Verband juckte es.

Schwester Dorle kam an die linke Seite seines Bettes. »Besser sehen Sie aus, Herr Zimmer. Viel besser. Ich würde sagen, Sie sind übern Berg.«

Er mochte die dralle Frau und vertraute ihren Worten mehr als denen des behandelnden Arztes. »Wenn Sie es sagen, dann stimmt es auch.«

Mit einem Ächzen zog sich Jakob an dem Galgen hoch, und Schwester Dorle begann seine Kissen auszuschütteln.

»Vor dem Abendessen stehen Sie aber noch auf, und wir gehen etwas spazieren. Der Kreislauf muss in Schwung kommen.«

»In Ordnung. Aber nach dem Besuch, den Sie mir erlauben werden, weil ich das Kompott aufesse. Versprochen.«

Sie hob die Bettdecke einmal hoch und breitete sie wieder über Jakobs Körper, dann steckte sie die seitlichen Ränder unter die Matratze. Jakob kam sich jetzt noch jünger vor, wie ein Wickelkind.

»Danke, ich denke, ich bin eingetütet.«

»Ist das die Kugel?«, fragte sie und deutete zum Nachtkästchen hin, auf dem seit heute Morgen ein durchsichtiges Plastikdöschen mit einer Patrone darin stand. Harro hatte Jakob beides vorbeigebracht, statt Blumen oder einer Bonbonniere, wie er meinte. Die Untersuchungen zu dem Geschehen um Jakob waren abgeschlossen.

»Abgeschossen aus einer Tokarew TT-33, Kaliber 7,62 x 25 mm.«

»Klingt spannend. Sie haben verdammtes Glück gehabt, wenn ich das so sagen darf.«

»Ja, das weiß ich.« Die Kugel hatte die Baucharterie knapp verfehlt.

»Hat es wehgetan?«

»Höllisch. Wie wenn mir einer einen glühenden Eisenstab in den Bauch gerammt hätte.«

»Na, dann essen Sie jetzt Ihr kaltes Kompott.«

Mit einem schelmischen Grinsen ging Schwester Dorle hinaus. Die Tür war kaum ins Schloss gefallen, da schwang sie wieder auf, und Luis kam herein.

»Boss, dein rundlicher Wachhund meinte, ich darf nur zu dir, wenn ich dich nicht aufrege oder zum Lachen bringe. Beides wäre für deine Wundheilung nicht gut.«

»Luis! Komm rein. Mir ist ohnehin langweilig. Noch bin ich nicht reif für die Insel oder ein Versehrtenheim.«

»Gut so. Wir erwarten dich baldmöglichst zurück. Mit Überraschungsparty, von der du nichts wissen darfst. Ich sage nur, vielleicht gibt es eine Riesentorte und jemand springt daraus hervor.«

Luis holte sich einen Stuhl vom Tisch am Fenster und setzte sich neben Jakob. Er hatte statt seinem iPad zwei Mappen unter der Achsel. Ungewohnt und nicht zu Luis passend, wie Jakob feststellte.

»Wie sieht es aus? Ich habe heute Morgen bei euch im Büro angerufen und wollte eine Auskunft, aber Birgit meinte nur, erst wenn ich wieder Seilspringen kann, ohne vor Schmerzen zu heulen, bin ich arbeitstauglich.«

»Du bist umgeben von Frauen, die dir Befehle erteilen, Boss.«

»Schieß los.« Jakob verzog das Gesicht. »Jetzt habe ich es schon wieder gesagt. Nach meinem Erlebnis ist es noch unpassender.«

»Strenge Frauen und machtvolle Gewohnheiten. Also, Sylvia Junger ist so gut wie überführt. Die anderen ebenso.«

»Gute Neuigkeiten.«

»Ich fange mit der Dame an.« Luis legte die Mappen auf Jakobs Bett und öffnete die erste. »Bisher konnten wir sie wegen Freiheitsberaubung, tätlichem Angriff und unerlaubtem Schusswaffengebrauch mit Verletzungsfolge festsetzen. Den Mord an Dietrich Möwe leugnet sie vehement.«

»Für Gefängnis reichen die Punkte.«

»Aber es wären ein paar Jährchen zu wenig. Nun, bis gestern waren wir noch im Hintertreffen. Dann kamen endlich die Ergebnisse aus dem Labor. Else Fröhlich und die anderen aus der Forensik haben ein Extralob verdient.«

»Spann mich nicht auf die Folter, ich leide ohnehin genug.«

»Also, los geht's. Wir haben unter der Spüle im Haus am Zeilinger Bach eine leere Glasflasche gefunden. Die hat nicht zu den Plastikwasserflaschen gepasst, die Dietrich Möwe für Annika gebracht hatte. Nicht mehr für das bloße Auge, aber für die Kollegen unter dem Mikroskop doch sichtbar, konnten winzige Restspuren von Orangensaft, versetzt mit Rizin, festgestellt werden. Sylvia Jungers Fingerabdrücke waren ebenso darauf. Als Nächstes wurden Hautschuppen und ein paar Haare von ihr in Dietrich Möwes Wagen gefunden. Sie hat zwar den Wagen einer Innenreinigung unterzogen, aber wir waren gründlich.«

»Sie kann argumentieren, dass sie zu seinen Lebzeiten mit ihm im Auto mitgefahren ist.«

»Richtig. Doch wir haben dazu noch den einzigen Teppich untersucht, den es in dem Haus gab. In dem hat sie Möwes Körper transportiert, bevor sie ihn an der Böschung entrollte und Möwe in der Rur entsorgte. Als ob Per eine Vorahnung gehabt hätte, als er den Hotelzimmerläufer als Dummy benutzt hat. Der Teppich ist jedenfalls derselbe, in dem Dietrich Möwe wiederum die betäubte Annika verschleppt hatte. Das wusste Sylvia Junger nicht, dachte, das alte Stück wäre Teil des heruntergekommenen Inventars, hätte immer schon in Monschau vor der Couch gelegen. Deshalb hat sie ihn zurückgebracht. Darauf war ein Heer von Spuren. Den hat nie einer gereinigt.«

»Sie war sich so sicher, dass sie nicht gefasst wird. Ist tatsächlich Geld ihr Motiv?«

»Sylvia Jungers Aussagen widersprechen sich. Einmal nennt sie Möwe ihren einzigen Freund, dann hasst sie ihn und ihren Vater und gibt ihnen die Schuld. Birgit tippt wie du auf Geldgier. Per auch auf eine frühere Beziehung zu Dietrich Möwe, die wohl schiefgegangen ist. Ich glaube, es war eine Mischung aus beidem.«

»Was ist mit den anderen? Gastius, Möwe-Petermann und Stella?«

»Pass auf.« Luis nahm sich den zweiten Ordner. »Stella Petermann ist aus dem Schneider. Sie hat ihren Teilzeitjob bei ›Madame et moi‹ verloren, die Agentur wird dichtmachen müssen. Sie hängt sonst nicht mit drin. Bei den anderen sieht es düster aus. Die Steuerbehörde wird bei Tim Gastius und Co. kein Pardon kennen.«

»Wie sah der Geschäftsbetrug aus?«

»Ein sehr ausgeklügeltes System. Bei den meisten Projekten, in die Tim Gastius investiert hat und die ihn immer reicher gemacht haben, lief alles korrekt ab. Doch der Mann hat den Hals nicht voll bekommen, hat nicht nur einen Hass auf Zahnärzte, sondern auch auf hohe Abgaben. Er hat sich von Zeit zu Zeit mehr Steuern zurückgeholt, als er durfte. Alle paar Jahre hat er auf eine Pleite gesetzt. Er hat hohe Summen investiert in Projekte, die nach ungefähr einem Jahr überraschend Insolvenz angemeldet haben. Er konnte bereits vorher die Verluste abschreiben und sie mit den anderen steuerpflichtigen Gewinnen gegenrechnen. Eine Fehlinvestition vom ersten Spatenstich an. Die beauftragten Firmen, mit denen er zusammengearbeitet hat, wussten nichts von diesen Plänen. Ebenso wenig die Geschäftsleute, die sich, wie im Fall des Shoppingcenters ›Colonia Elegante‹, gutgläubig in die Räumlichkeiten eingemietet haben.

Sie wären von der Insolvenz bald kalt erwischt worden. Gastius aber nicht. Somit hätten wir schon mal den Straftatbestand einer Insolvenzverschleppung.«

»Aber unsere kleine Betrügertruppe hat davon gewusst.«

»Natürlich. Es geht ja noch weiter. Einzelne, hierfür von Gastius sorgsam ausgewählte Investoren haben sich in das zur Pleite vorherbestimmte Bauvorhaben eingekauft.«

»Stopp. Mit welchem Geld denn, bei Dietrich Möwe zum Beispiel?«

»Jetzt kommt der Clou, Jakob: Mit Gastius' eigenem Geld. Die angeblichen Investoren haben von ihm selbst das Kapitel erhalten. Geld, das er ihnen unter der Hand hat zufließen lassen über einzelne Briefkastenfirmen, die die jeweiligen Erwählten im Ausland angemeldet haben und die wiederum im Rahmen der Prime-Invest AG scheinbar in die Projekte investiert haben. Strohmänner beziehungsweise -frauen. Möwe-Petermann und Junger hingen im Fall des Shoppingcenters mit drin, genauso wie der ahnungslose Dietrich Möwe. Ich denke, der wusste nicht einmal, was er da alles unterschrieben hat, als ihn sein Neffe in die erlauchte Runde aufgenommen hat.«

»So ein Konstrukt hat sich gelohnt?«

»Oh ja. Am Ende hat Gastius unterm Strich Millionen an Steuern gespart und seine Mithelfer bei den besagten Projekten in Form einer offiziellen Teilrückzahlung aus der Konkursmasse entlohnt. Zwar haben die sich dann mit Summen um die zweihunderttausend Euro zufriedengegeben, aber sie hatten ja ohnehin nie die Million investiert, die sie angeblich verloren hatten. Es war Geld, das sie sonst niemals erwirtschaftet hätten. Verstehst du?«

»Ehrlich, Luis. Ich bin schon mit meiner Steuererklärung überfordert, mich wundert es immer wieder, welche komplizierten Konstrukte sich Leute ausdenken, um ihre Gier zu befriedigen.«

»Keine Sorge. Wie du siehst, habe ich dir alles ausgedruckt und zum Nachlesen mitgebracht. Statt Blumen und einer Bonbonniere.«

»Warum sagen das alle, ich hätte gern ein paar Blümchen und was zum Naschen.«

»Daran hat keiner gedacht, Boss.«

»Egal. Gratulation, Luis. An dich und das Team.«

»Dir gebührt die Ehre der Lösung beider Fälle, Jakob.«

»Ach Quatsch. Ich war ein Irrer, der direkt in ein Minenfeld gelaufen ist.«

»Weil du die Frau retten wolltest, die du liebst. Wie in einem der Jerry-Cotton-Hefte, die deine Mama so gern liest. Und du ebenso, wie ich sehe.«

Auf dem Nachtkästchen lagen neben der Patrone vier davon. Stefanie Zimmer hatte sie ihrem Sohn mitgebracht. Auch statt Blumen und einer Bonbonniere.

»Wäre ich Jerry, würde ich nicht hier liegen, sondern bereits wieder in den nächsten Fall verstrickt sein. Für den ist ein Bauchschuss ein Klacks. Wie geht es Annika Trautmann?«

»Gut. Wir haben ihre Aussage aufgenommen. Sie ist jetzt bei ihren Eltern in Alsdorf.«

»Das ist die beste Nachricht von allen.«

»Nein, das Beste ist, dass du überlebt hast. Einen Boss wie dich findet man nicht so schnell wieder.« Luis beugte sich über Jakob und umarmte ihn kurz. »Danke.«

»Wofür denn?« Jakob merkte, wie ihn Luis' Geste rührte.

»Noch für das Gespräch, das du mit mir geführt hast, im Odysseum.«

Auch dieser Tag schien Jahrhunderte zurückzuliegen. »Hauptsache, es hat dir geholfen.«

»Mir geht es blendend. Ich verzichte auf eine Auszeit.«

»Was macht deine neue Flamme, die Polizeioberkommissarin?«

»Städtepartnerschaft läuft an. Monschau-Köln-Connection. Deine wartet übrigens draußen.«

»Leo ist da? Warum hast du sie nicht gleich mitgebracht?«

»Sie wollte nicht stören, meinte, du hältst dich immer strikt an deine Schweigepflicht. Ich wusste gar nicht, dass wir eine haben. Ha!«

»Vergiss es. Es hat auch nicht geholfen. Meine Leo ist ein Trüffelschwein, was Verbrechen angeht.«

»Ich bin gespannt, was sie zu diesem Vergleich meint. Ich geh dann mal wieder, Boss. Ruf mich an und nicht Birgit, wenn du durch den Bericht durch bist. Ich halte dich unter der Hand auf dem Laufenden.«

Nachdem Luis das Krankenzimmer verlassen hatte, legte Jakob die Mappen auf dem Nachtkästchen ab. Dafür war später Zeit genug. Nach dem Kompott, nach dem Spaziergang und nach Leos Besuch.

Wieder öffnete sich die Tür, und sie war da.

Mit Blumen und einer Bonbonniere.

# 5

»Darf ich denn jetzt bei der Agentur mitmachen? Bitte, bitte, bitte. Mama.«

Ich erschrecke hinter der Zeitung. Auch zwei Wochen nach den Geschehnissen noch.

Woher weiß Nathalie von »Madame et moi«? Ich habe es ihr nicht erzählt, Jakob auch nicht, und Britti hat in diesem Fall nichts mitbekommen. Abgesehen davon hat mich meine Tochter eben Mama genannt, was beide Mädels nur machen, wenn sie unbedingt meine Erlaubnis haben wollen.

Niemals werden meine Töchter bei einem Begleitservice arbeiten.

Niemals.

»Nein«, sage ich, ohne die Zeitung zu senken.

Auf Seite acht in den Köln-Nachrichten ist ein Artikel über die vorläufige Schließung des neuen Shoppingcenters in Longerich. Wegen Ermittlungen der Steuerbehörde. Jetzt ist erst mal Schicht im Schacht. Ein neuer Eröffnungstermin im November wird in Aussicht gestellt. Mit neuen Geldgebern.

Schade für die Leute, die Verkäuferinnen und anderen Angestellten, die dort einen Job gefunden haben. Immer zahlen sie den Preis, wenn etwas schiefgeht. Denn ich bin mir sicher, dass sich Tim Gastius von dieser Pleite wieder erholen wird. Andererseits wird in diesem Land Steuerbetrug härter bestraft als manch andere Straftat, also kann es sein, dass er bald hinter Gittern seine Mithäftlinge mit seinem Schwefelatem vertreiben wird.

Nein, Leo, das ist gemein.

»Das ist gemein, Mama. Schließlich sind alle möglichen Leute aus meiner Klasse dabei. Vinzenz hat seine Eltern nicht mal gefragt. Hätte ich auch nicht tun sollen.«

Jetzt erst merke ich, dass ich keine Ahnung habe, wovon Nathi redet.

Ich senke die Zeitung. »Was für eine Agentur?«

Sylvia Junger wird auf jeden Fall ins Gefängnis wandern. Der Mord an Dietrich Möwe und ihre Verhaftung haben bereits einige Schlagzeilen gemacht. Auch dass ein Kölner Ermittler bei der Festnahme in Monschau schwer verletzt wurde, war zu lesen.

Kein Name wurde genannt, und nicht mal Britti hat auf Jakob getippt.

Er hat mir erzählt, dass Sylvias Verteidiger auf Notwehr plädiert, was völlig irrwitzig ist. Nach der Tat hat sie kaltblütig die Leiche von Dietrich Möwe in der Rur entsorgt, um alle Spuren zu verwischen.

Mord aus Habgier. Mord aus niederen Instinkten.

Nicht zu vergessen die unterlassene Hilfeleistung und Freiheitsberaubung. Der Schlag auf meinen Kopf, meine Gefangenschaft. Ich könnte eine Zivilklage gegen sie einreichen, werde es aber sein lassen. Keinen Staub aufwirbeln.

Ich kann kein Mitleid mit ihr empfinden, sie hat meinen Jakob fast getötet und hätte Annika und mich in der Speisekammer verrotten lassen.

»Hey, Riesen-Breakfast heute!« Luise ist zum Frühstück heruntergekommen.

»Ja, aber wir müssen noch auf Jakob warten, Lulu, also lass die Finger davon.«

»Aber einen Orangensaft brauche ich vorneweg, sorry!«

Ich betrachte die Zwillinge. Luise schenkt sich ein Glas Saft ein. Nathalie schneidet ein Brötchen in zwei Hälften.

Meine Töchter sehen so erwachsen aus. Vielleicht war ich auch deshalb über Annikas Schicksal dermaßen besorgt, weil Lulu und Nathi in zwei Jahren großjährige junge Frauen sein werden. Ich werde nicht mehr schlafen können vor Sorge, wenn sie ausziehen, um ihre eigenen Leben zu führen.

Das große und üppige Frühstück habe ich vorbereitet, weil nicht nur Jakob nach seiner Entlassung aus dem Krankenhaus endlich wieder einmal die Zeit hat, zu mir zu kommen, sondern weil er auch seine Mutter Stefanie mitbringen wird. Der Versuch, die zusammenwachsende Großfamilie an einen Tisch zu bekommen.

»Hier.« Nathalie reicht mir ein dünnes Heft über den Tisch, das mich an die Broschüre mit den Benimmregeln von »Madame et moi« erinnert.

»Es geht um unseren neuen YouTube-Kanal. ›Die Schüler-Agentur‹, so nennen wir es. Ferienjobvermittlung, Schülerberatung und alles, was so ansteht. Wir wechseln uns mit den Beiträgen ab. Mit genügend Klicks könnten wir auch Geld durch Werbeeinnahmen bekommen. Manche YouTuber verdienen Millionen. Vinzenz hat den Ablauf und alles Weitere aufgeschrieben und dir gemailt. Lies es, es ist cool.«

»Ist es«, bestätigt Luise. »Ich finde, ›The Agency‹ würde besser klingen.«

»Ich wollte dein Okay, damit du später keinen Schreck kriegst, wenn du unsere Videos im Internet siehst. Mama, bitte.«

Sie hätte es tatsächlich auch durchziehen können, ohne mich zu fragen. Wann sehe ich mir schon Videos an? »In Ordnung, mach es. Aber zeig es mir.«

»Danke. Super, Leo.«

Ja, jetzt sind wir wieder beim Vornamen.

Allerdings haben sich die beiden nach meinem schrecklichen Wochenenderlebnis unfassbar lieb verhalten und mich nach meiner Rückkehr umsorgt, als wären sie die Mütter. Nein, auf meine Süßen lasse ich nichts kommen.

An meinem Hinterkopf kann ich immer noch die letzte Erhebung der großen Beule fühlen. Dazu die Narbe von den zwölf Stichen, mit denen die Platzwunde genäht werden musste. Auch bei meiner Schnittwunde am Arm sind gestern erst die Fäden gezogen worden.

»Morgen zusammen.« Mein Vater ist ebenfalls aufgestanden.

Jakob hat mir von Britti und Olaf Jansen berichtet und der Rolle, die Papa dabei gespielt hat. Er selbst hat die Geschichte mit keinem Wort erwähnt. Doch die letzten zwei Wochen hat er nur stundenweise in der Praxis vorbeigeschaut und die Mittagspausen mit Gerda Horst verbracht. Auch er ist froh, dass mir nichts Schlimmeres zugestoßen ist, seine Zuneigung zeigt sich mehr in den Zwischentönen.

Britti ist wieder die alte Plaudertasche geworden, es kann sich höchstens noch um ein paar Tage handeln, bis ich ihre Version von »The Dentist« zu hören bekomme.

»Guten Morgen, Gerwald. Wir bekommen gleich noch Gäste. Ich hab vom Bäcker frische Brötchen und Croissants geholt.«

Mir beginnt es zu gefallen, meinen Vater so zu nennen. Langsam verstehe ich Nathalie und Luise besser, wenn sie Leo zu mir sagen, fühlen sie sich gleichwertig. Manchmal aber werde ich ihm die Freude machen und wieder zu Papa zurückkehren.

Er stemmt die Hände in die Hüften und sieht aus wie eine Mischung aus einem alternden Westernhelden und einem verwirrten Professor. »Ich habe euch eine Ankündigung zu machen. Ich habe eine Wohnung gefunden und kann bald einziehen.«

Das ist wirklich eine Überraschung.

»Hey, Grandpa, das ist super!« Luise stellt ihren Orangensaft ab und umarmt ihren Großvater.

»Du hättest aber ewig hier wohnen können«, meint Nathalie und wirft mir einen schelmischen Seitenblick zu.

»Gerwald, wie toll. Wie konnte das so schnell passieren? In welchem Veedel ist die neue Wohnung?« Mein Magen verkrampft sich leicht, denn ich habe Angst, dass er in die Nähe meiner Praxis zieht und weiterhin von einer Beratertätigkeit als Senior-Zahnarzt träumt.

»Am Dellbrücker Steinweg.«

Entspannung. Das ist ziemlich weit weg, auf der anderen Rheinseite.

Ich merke, dass mein Vater immer noch nervös auf seiner Unterlippe kaut. Da kommt noch ein Nachschlag. »Es ist so: Ich werde in das Haus von Gerda Horst ziehen.«

Wusste ich es doch.

»Du ziehst zu Bulldogge Horst?« Luise ist direkt.

»Hilde und du, ihr lasst euch scheiden?« Nathalie nicht weniger.

Bei Gerwald zieht etwas Röte auf. »Nein, keine Scheidung, aber wir brauchen Distanz, dann sehen wir weiter. Ich ziehe auch nicht mit Frau Horst zusammen, bitte keine falschen Schlüsse!

Das Haus hat drei Etagen, und Gerda wohnt im Dachgeschoss oben. In der Mitte hat sie an ein Ehepaar vermietet. Die unterste Wohnung wird kurzfristig frei. Da hat sie mich gefragt.«

Ich bin mir sicher, dass zwischen den beiden eine alte Geschichte neu aufgewärmt wird.

Dass er unter einem Dach mit einer, sagen wir mal, guten Bekannten wohnen wird, finde ich grundsätzlich klasse, denn damit hat er jemanden im Haus, der sich um ihn kümmern kann, sollte sein Parkinson schlimmer werden.

»Du hättest aber auch gern noch bleiben können, Papa«, sage ich und meine es zumindest in diesem Augenblick ehrlich.

Es klingelt an der Haustür.

»Das ist Jakob.«

Mannomann.

Eine perfekte Idylle bahnt sich an.

# NACHSCHLAG – SAHNEHÄUBCHEN

August.

Leo und ihre Töchter machen ganze drei Wochen Urlaub auf der Insel Baltrum.

Nathi und Lulu wohnen bei ihrer Oma, Leos Mutter Agathe, in einem reetgedeckten Haus in den Dünen. Leo hat für sich und Jakob ein Zimmer im Strandhotel Wietjes gebucht. Zwar freut sie sich, mit ihrer Mutter endlich einmal etwas Zeit zu verbringen, aber die Zweisamkeit mit ihrem Freund ist ihr genauso wichtig. Endlich nicht mehr nur ein halbes Wochenende oder ein Treffen zwischendurch, sondern Tage und Nächte miteinander.

Jakob geht es besser. Beim Atmen meint er weiterhin ein Stechen in der Wunde zu fühlen, aber seine Genesung schreitet täglich voran. Leo konnte gestern sogar eine leichte Unruhe bei ihm spüren, als sich Luis gemeldet hat, um seinem Boss von einem Raubmord zu berichten, den sein Team ohne ihn aufzuklären beginnt.

Daran wird sie sich gewöhnen müssen. Sein Beruf wird ihm stets wichtig sein, und der Job wird gefährlich bleiben.

Auch sie hat Arbeitszeiten, die nicht immer in geregelten Bahnen verlaufen. Eine Praxis zu führen heißt, für die Patienten da zu sein, manchmal lange nach Feierabend. Zurzeit sind die Zahnschmerzgeplagten bei Olaf Jansen in guten Händen.

Britti hat ihr erst Wochen später von der vermeintlichen Serienkillerjagd mit Dr. Hubertus erzählt. Gerwald dagegen hat immer noch kein Wort darüber verloren, es ist davon auszugehen, dass es ihm zu peinlich ist.

Auf Brittis Blog ist die Geschichte inzwischen in allen Farben ausführlich dargestellt worden, mit anderen Namen und in einer anderen Stadt spielend, aber sonst mit allen mörderischen Details geschmückt. Am Ende gibt es in Brittis Schilderung einen Link zur neuen Comic-Reihe »The Dentist«.

Manchmal wird Leo nachts von dem ungewohnten Meeresrauschen vom geöffneten Fenster her geweckt. Dann hört sie eine Weile den Wellen zu, die ihre laufenden Gedanken überdecken, fast sogar zum Schweigen bringen. Bevor sie wieder einschläft, bedankt sie sich jedes Mal, dass Jakob den Schuss überlebt hat. Dass er neben ihr liegt und atmet und sie beide eine Zukunft haben können.

Sie sind seit neun Monaten zusammen, und über eine solche Zeitspanne hat sie bisher nichts Abergläubisches gehört oder gelesen.

Heute ist sie vormittags allein am Strand. Die anderen machen zusammen eine Bootstour, aber Leo leidet an der Seekrankheit und würde nach spätestens fünf Minuten auf dem bewegten Wasser kotzen, was das Zeug hält.

Sie hat es sich in einem der Strandkörbe bequem gemacht und liest. Seit Jahren hat sie sich geweigert, den Filmklassiker »Der Marathon-Mann« anzusehen, gestern hat sie das Buch dazu von William Goldman in einem wunderbaren kleinen Laden zwischen Sanddorntee und Plüschtier-Seehunden entdeckt. Nach längerem Zögern hat sie zugeschlagen, vielleicht fehlte ihr ein wenig Spannung in diesen Ferien.

Bisher ist Leo von der Geschichte völlig fasziniert. Es kommt darin eine ziemlich heftige Szene mit angebohrten Zähnen vor, die ihr einen Schauer über den Rücken jagt. Verrückt, denkt sie, sich bei ihrem Beruf und ihrer Spritzenphobie davon unterhalten zu lassen.

Über ihr kreisen Möwen, vor ihr glitzert das Meer.

Das Leben ist gigantisch.

»Bevor wir es endgültig werden lassen, muss klar sein, dass du das gesamte Vermögen erben wirst.« Eine Männerstimme trägt die Worte zu Leo hinüber.

Leo unterbricht die Lektüre und lässt den Satz wirken. Ein nächster kommt.

»Keine halben Sachen. Die Insel ist der perfekte Ort.«

Sie gibt das Lesezeichen an die Stelle, an der sie gerade ist, legt das Buch zur Seite und richtet sich im Strandkorb auf.

»Gott, du redest, als wäre alles bereits entschieden.« Eine weibliche Stimme folgt.

Dann eine Pause.

Ganz langsam, aber unaufhaltsam kommt ein Gedanke in Leo hoch. Eine Idee, der eine Überlegung folgt, die wiederum von einer gewissen Neugier begleitet wird.

Sie beugt sich nach vorn, um die Personen hinter den Stimmen sehen zu können. Ihrem Gefühl nach kamen die Sätze von links.

Ein paar Meter von ihrem entfernt steht ein weiterer Strandkorb, gefolgt von einem nächsten. Hinter Leo gibt es auch einen, darin sitzt ein Pärchen, das sich ein Cornetto-Eis teilt. Schwer zu sagen, ob es die beiden waren, die sich unterhalten haben.

Leo bleibt in der vorgebeugten Haltung und lauscht. Möwen und Meeresrauschen. Von weiter weg ist leise Radiomusik zu hören. Kindergeschrei, Rufe, auch Hundegebell.

Sonst nichts.

Was könnte entschieden sein? Welches Vermögen? Wofür sollte gerade die Insel der perfekte Ort sein?

Könnte es sich um –?

Stopp, denkt Leo. Keinen Schritt weiter.

Sei still, sagt sie streng zu sich, obwohl sie ja nicht laut geredet hat, das waren die anderen, die in dem Strandkorb neben oder hinter ihr.

Sie will nie mehr etwas mit Mord und Totschlag, Vergiften, Erwürgen, Erstechen oder sonstigen mörderischen Möglichkeiten zu tun haben. Kein Killer, keine Toten, keine Verbrechen mehr. Sie ist Zahnärztin und basta!

BASTA!

Das schreibt sie in ihrem Kopf auf. In Großbuchstaben und fett und unterstrichen.

»Aua! Au! Was für ein Mist.« Die Frauenstimme ist wieder da. Ganz klar, es ist das Pärchen im Strandkorb hinter ihr, die Cornetto-Esser.

»Was hast du denn?«, fragt der Mann.

»Mein Zahn. Das Eis. Es tut so höllisch weh. Ob es auf der Insel irgendwo einen Zahnarzt gibt?«

Leo lächelt.

Fine

## Drei Tipps für weißere Zähne und für gesundes Zahnfleisch:

1. Apfelessig
In ein Glas Wasser einen Schuss Bio-Apfelessig geben. Nach dem Zähneputzen damit den Mund wie mit Mundwasser ausspülen. Hinterher ist keine Extra-Spülung mehr nötig.

2. Kokosöl
Ölziehkur: Morgens nüchtern oder abends nach dem letzten Essen einen halben Löffel Kokosöl in den Mund nehmen und circa zehn Minuten hin und her bewegen. Dann ausspucken. Am besten ebenso mit Bio-Kokosöl.

3. Xylit
Xylit, auch Birkenzucker genannt, gilt als Zuckerersatz, kann aber auch Gutes zur Zahnpflege beitragen. Einen Teelöffel davon nach dem Essen in den Mund nehmen. Mit Speichel vermischen und zwei Minuten bewegen. Am Ende ausspucken. Danach eine Viertelstunde nichts essen oder trinken.

## Dankesliste

Danke für Recherche und Unterstützung:

Dr. Cornelia Assaf
Chris Willer
Dr. Katharina Janßen
Andrea und Martin Friedrich
Dipl.-Betriebswirt Tobias Meyer
Özlem Firat
Susanne Geiger-Krautmacher
Lennart und Laurens Orlinski
Else Reinermann
Brigitte und Herbert Hesidenz
Dorrit Archan
Leslie Schmidt
Burkhard zur Bonsen
Regina und Peter Molden
&
Gabriela

Ein Extra-Dankeschön an meine Lektorin Hilla Czinczoll
und
*merci beaucoup* an das Team vom Emons Verlag.

Isabella Archan
**TOTE HABEN KEIN ZAHNWEH**
Broschur, 368 Seiten
ISBN 978-3-95451-776-3

*»Ein ungewöhnlicher und sehr witziger Krimi. Ihre Hobbyermittlerin allein ist schon preisverdächtig.«* Saarländischer Rundfunk

*»Bühne frei für eine spannende, lustige, nicht immer ernst gemeinte Mörderjagd. Ein wenig grotesk, viel Humor.«* Radio Köln

Isabella Archan
**AUCH KILLER HABEN KARIES**
Broschur, 336 Seiten
ISBN 978-3-7408-0036-9

*»›Auch Killer haben Karies‹ von Isabella Archan ist ein ungewöhnlich humorvoller Krimi mit einem sympathischen Kommissar und einer schrägen Zahnärztin, die den Profis bei der Aufklärung des Mordfalls immer einen Tick voraus ist. Berührend beschrieben, packend erzählt, witzig und spritzig – einfach gut zu lesen.«* SR3 Krimitipp

www.emons-verlag.de

Isabella Archan
**SCHERE9**
Broschur, 256 Seiten
ISBN 978-3-95451-983-5

*»›Schere9‹ ist ein spannender Psychothriller, der in die menschlichen Abgründe führt.«* Rheinische Post

*»Ein sympathisches Ermittlerteam und eine temporeiche Story, die durch ihren komplexen Aufbau für Spannung bis zum Schluss sorgt und auch dann, als man die Lösung schon zu kennen glaubt, noch zu überraschen weiß.«* Das Echo vom Alpenrand

www.emons-verlag.de